闲情解佩 著

花山文艺出版社

图书在版编目（CIP）数据

妃上不可 / 闻情解佩著 . -- 石家庄：花山文艺出版社，
2019.7
ISBN 978-7-5511-4603-6

Ⅰ . ①妃… Ⅱ . ①闻… Ⅲ . ①长篇小说－中国－当代
Ⅳ . ① I247.5

中国版本图书馆 CIP 数据核字 (2019) 第 076715 号

书　　名：**妃上不可**
著　　者：闻情解佩

责任编辑：贺　进
责任校对：李　伟
美术编辑：张思悦
出版发行：花山文艺出版社（邮政编码：050061）
　　　　　（河北省石家庄市友谊北大街 330 号）
销售热线：0311-88643221/29/31/32/26
传　　真：0311-88643225
印　　刷：涿州汇美亿浓印刷有限公司
经　　销：新华书店
开　　本：620×889　1/16
印　　张：20
字　　数：217 千字
版　　次：2019 年 7 月第 1 版
　　　　　2019 年 7 月第 1 次印刷
书　　号：ISBN 978-7-5511-4603-6
定　　价：49.00 元

目 录

第一章　云泥之别　/001

第二章　一朝入尘　/015

第三章　谁言生死无相欢　/032

第四章　何处化惆怅　/048

第五章　若为平生　/059

第六章　一日青云　/075

第七章　锦言素语　/089

第八章　春意且迟　/106

第九章　薄情深意　/120

第十章　谁曾对己慈悲　/137

第十一章　局 /155

第十二章　花落但凭时令 /172

第十三章　妆　残 /188

第十四章　是为相思 /205

第十五章　唯有相拘意 /220

第十六章　惜佳期 /236

第十七章　拂弦玉箫 /253

第十八章　阳关孤唱 /271

云泥之别

孟冬，郡太守闻家府邸。

雪舞圣洁，梅香清寒。雪卧梅枝，梅应雪而生，当自在漫天大雪中飘香秀逸，韵致悠然。

闻锦言手握红笺，上面写着短短四个字"梅落情定"，龙飞凤舞飘逸生情，她将红笺慢慢藏于香帕中。雕花铜镜中，她卸下女儿冠，绾起流云飞髻，因为他说过，最爱她这个妆容回身轻笑时的娇颜。闻锦言自当女为悦己者容，只是轻点胭脂，脸颊已是媚红，眼波流转处，情思亦在。

她随手拿过披风裹在身上，仍是抵不住寒意，才出房门几步，就见太守府内张灯结彩，红绸高挂，一张红毯从府外直铺到了正厅，令闻锦言想起午后在父亲闻步青书房里见到的那一幕。

今日是个吉日，宫里传旨，要赐闻家嫡女闻锦言入宫为后，这莫大的荣耀传到闻府，却是满座皆惊。

闻步青将杯中酒一饮而尽，狠狠地把酒杯往地上摔去，沉声说道："我就说无端升我官阶，非大喜乃大祸，如今这祸事怕是要落在锦言身上了！"

闻锦言失神地坐在椅子上，手里还握着刚温好的汤婆子，可是此刻她却感觉不到一丝温暖了。其母沈蕊洁拉着丈夫的衣袖落着泪，低声道："老爷，锦言是我唯一的骨血，无论如何，我也不能让她进宫，那哪里是条活路啊？"

闻步青甩开妻子的手，喝道："妇人之见！太后下的懿旨，除非我闻家想被满门抄斩，锦言是一定要进宫为后的。"

沈蕊洁止住泪，指甲陷进肉里，血丝都冒了出来，她阴狠地说道："为什么是锦言进宫？为什么不是那个贱人生的女儿进宫？我的亲生女儿要经受这种罪，她的女儿却好端端地活在宫外，她也配？"

闻步青回过身来，双眼通红，厉声说道："你待要如何？这可是杀头的大罪，怎能乱来？"

"我要那个贱人生的女儿顶替锦言进宫……"

沈蕊洁的声音尖厉而刺耳，闻锦言被惊得倏地起身，在父亲颓然的叹息中走出房门。屋外，婢女绿意候在一旁，乖巧地递上一纸红笺。

走进后院，人迹稀少，仆人都在前厅忙碌，俱是喜气洋洋，自家主子里出了个皇后，他们这些做奴才的也觉得荣光，只是他们怎会知道内里详情？荣宠需要付出血的代价，用生命争来的荣耀值得这般庆贺吗？肃杀寒风，凌厉呼啸，刺入骨髓。闻锦言裹紧了披风，缓步走近梅苑里那两棵最别致的梅花树前，它们形若情人相拥，情深义重，叫人不由得叹息。

闻锦言站在梅花树下，抬起头仔细寻觅着，从层层叠叠的枝丫间，摘下一枚玉佩，握在手里温润如春，竟让她慢慢不再感到通体的寒意。她知道这一定是他留下的玉佩，仔细摩挲时，身后传来低沉的声音："你来了……"

闻锦言转身轻笑，只见他风骨俊逸，鬓若墨山，一袭白衣，站在雪天梅枝之下。他伸手欲揽她入怀，闻锦言轻巧地躲在一棵梅树后，娇笑着等他来捉，才绕行了几棵梅树便跌进了他的怀中。他面色阴郁，低沉地道："你还笑得出来？"

闻锦言自然知道他指的是什么，他怕是也得了消息，所以匆忙赶来与自己相见吧？闻锦言松开他的手，转过身，眼前是满园寒梅，一腔孤傲。

"我为什么笑不出来，只怕如今我就是想死也没那么容易吧？太后赐婚，闻家长女闻锦言无端死于大婚前，太后一定会迁怒我父亲，到时候满门抄斩，痛苦的岂止我一人？"闻锦言的声音听似清冷坚定，可那一地的落梅却是她彷徨无助的见证。

"你为别人着想无人会领情，可是苦楚却是自己来承受，何苦？如果你早为自己着想，只怕早已进了锦亲王府……"他的声音压抑而隐忍——叫他如何不恼？如果她能果断一些，或许这会儿她早已是他的枕边人了。

"素语毕竟是我姐姐，她对你的情意不亚于我对你……"闻锦言不敢回身，因为几近潸然泪下。

"都到如今这个地步了，你还念着她的感受，本王喜欢的是你啊……"他便是南宫君悦，堂堂一国王爷。此刻他一袭白衣站在梅林深处，只是个为情所困的男子，这却让闻锦言觉得有些安慰。南宫君悦从地上捡起几瓣落梅，放在锦言的手心里，缓缓地道："折梅有煞风景，这几瓣落梅纯洁而无辜，含芳吐蕊，正合你现在的处境。"

闻锦言有些释然，望着他轻笑，他总是知道自己的心意，他永远知道自己要的是什么——她不求荣华，要的只是这种心境。两情相悦踏雪寻梅，看尽春花妩媚，看尽叶落秋霜。

南宫君悦拥她入怀，她把头埋在他的胸前，闻着他身上的气息，心慢慢地安静了下来，这种情景将来只怕在梦里也是奢求了吧？

"锦言，我去求太后，让她收回成命，把你赐给我。"南宫君悦的声音急切而诚恳。

"不要，你不能去。你如今处境已是难堪，何苦为了我，与太后再起干戈？算了，这大概就是你我的命了。"锦言用手掩住他的嘴，只不过是一瞬，便已经感受到了他唇间的温度，这对于她来说，已经足够。

南宫君悦不停地苦笑，神情黯然地道："谁都羡慕我有个王爷的身份，只有我自己才知道，我这个王爷连个寻常百姓都不如！皇上妒我，太后防我，满朝文武大臣都撺掇我夺权，日子本已痛苦难熬，如今我却连心爱的女子也留不住，我……"

远处似有一抹红色身影掠过，再仔细看去，那身影却早已不见，锦言失笑，或许是自己眼花了吧？但她还是起了警觉，连忙催南宫君悦离开："快些走吧，这个时候，叫人瞧见王爷与未来的皇后在后院私会，可如何收场？"

南宫君悦不舍，驻足不前，锦言只好自己疾步离开，留下一句看似敷衍的话，声音清冷："你我如若有缘，自会相见。"

在南宫君悦的眼里，或许锦言只是留给他一个悲凉的背影，还有一句苍白的诺言。

"锦言，我不会放手的，即便你不得不成为皇后，我依旧会来这里等你，我永远都不会放手的！"南宫君悦低声地怒吼。

锦言心如刀割，在漫天雪地里，脚步踉跄，忘记了曾经忘情梅雪时的痴恋。

沈蕊洁的房间在太守府北，整个太守府最高的楼阁之中。她出身大家，向来奢侈无度，吃穿用度极为考究。跟天下所有自认出身高贵的女子一样，她瞧不起周若惜这样做妾的低贱女子，当然更不喜欢周若惜生的女儿闻素语。

闻素语虽是长女，却是庶出。沈氏入门三载无所出，闻步青只好讨了小妾周若惜回府。不过半年，周氏就怀上了，一时闻家上下欣喜异常，沈氏怎么咽得下这口气？寻了好些方子，在周氏临盆之际，她也被大夫诊断出有了喜，一时间，又重新在闻府趾高气扬起来。

闻步青若是给予周氏母女一分关注，沈氏都会加倍讨回来，这对于她来说，没有一丝罪恶感，只不过是在树立闻家女主人的权威。所以沈氏在闻家仆人眼里，少了周氏的柔弱，却多了三分歹毒。

锦言还记得自己七岁时，素语与她在井边嬉戏，打打闹闹之间，她意外落井，所幸衣服挂在了井口的绳索上。素语慌忙尖叫，引来人救她。锦言虽性命无虞，可是素语却被沈氏吊起来打了个半死，闻家上下敢怒不敢言，都怪沈氏出手太狠。锦言高烧不退，休养了半个月，每日都是郁郁寡欢——只有她知道，当自己落井的一刹那，素语眼里掩不住的笑意才是她伤心的缘由。

父亲与周氏生女在前，这对娘亲来说，是耻辱，是抹不去的伤痛。娘亲不能把父亲怎样，可是嫡庶有别，她却可以用尽手段对付周氏母女。对于周氏，锦言是不了解的，她一向是站在父亲身边柔柔弱弱的女子，可是闻素语眼里的那股不甘与仇恨，却每每让锦言心惊。素语看着锦言的华贵衣料与精致美食，眼里总是会有不屑一闪而过。

锦言也曾劝过母亲，这样做会不会有失风范，母亲总会在勃然大怒后，失神地说道："我就是要让她们母女知道，在这个家里，只有我和我的女儿才是真正的主人，而她们什么也不是！"

锦言无语，因为娘亲也是一个可怜之人，哪个男子不爱女子娇柔如水，偏偏娘亲是个倚势生骄的女子，父亲虽然敬重她，可是哪有半点儿爱怜的影子！娘亲是寂寞的，她每日守在房里绣的绣品，足足有几大箱子，她戏言这些要留给锦言做嫁妆。锦言苦笑，这些其实是娘亲绣给父亲的。锦言早已深得母亲女红真传，如若送给情郎，一定会是自己在烛光如豆下针针绣成。

锦言推开娘亲的房门，娘亲还在给父亲绣制那幅流云富贵牡丹图。过些日子是父亲的寿辰，娘亲已经在灯下熬了好些个夜晚。

看到她进来，沈氏神色略有不安，慌忙藏起了绣品。

"娘，别藏了，我都不知看了多少遍了，这是你对爹的情意，没什么见不得人的。"

"娘不是怕别人看到，只是不想让你看见而已。你如今大难临头，娘却还有心思为你爹绣这劳什子，岂不叫你心寒？"沈蕊洁拉起锦言的手，母女俩一同坐在椅榻边，旁边生着红泥小炉，烘得屋子里暖融融的。

"娘，锦言心里自有思量，这都是命，咱们闻家也出了皇后这么金贵的人，即便以后我有什么不幸，也是我的造化。"

"不，娘不许你这么说。靖威大将军之女进宫为后三年，也逃不了一死。太后挑选我们这样人家的女儿进宫为后，还不是欺我们软弱无势，她好继续把持朝政？想那皇上年幼患疾，十四岁登基以来还似傀儡一般，哪里是什么女子想要嫁的良人？锦言，前面已经死了三个皇后，娘绝不许你是那第四个。听娘的，我们就在宫外安分地过一辈子，比坐上那巅峰之位如履薄冰的好。"

屋子里的暖炉烧得很旺，娘亲的话却让锦言感到一丝寒意。娘亲给她端来一些点心，说道："自小你身子便弱，需要少食多餐，娘亲给你准备的点心最合你口味，如果你进了宫，哪里还能吃得到？"

锦言接过一块桂花糕，含在嘴里，却如鲠在喉，怎么也咽不下去。

"锦言，你别怕，娘已经与你爹商量过了，叫闻素语那个贱骨头顶替你进宫去，这样，你就能安心地待在府里。三年后，即便那贱骨头死不了，你将以庶出的身份出嫁，凭我闻家，娘照样可以叫你爹给你寻个好人家嫁了。"娘亲的手很软，帮锦言抻了抻衣角，轻描淡写地说道。

"娘，这样岂不是叫素语替我去送死？"锦言不忍，娘亲口中无所谓的女子终究是自己的姐姐。

"你爹叫来那个女人，一问，她就赶紧答应了。有那么一个宁愿牺牲女儿也要攀龙附凤的娘，女儿能好到哪里去？她怕是修了三生才有这样的福气！做三年的皇后，怕是将来在棺材里也会笑出声来的。"娘亲的话虽有些恶毒，可是听起来就像真的一样，让人无法不信。

门外，贴身丫鬟绿意来报："禀夫人、小姐，太后娘娘的懿旨到了，老爷请夫人、小姐去正厅跪候。"

沈蕊洁饶是装作无比镇定，此刻也有些慌乱起来，拉起锦言的手匆忙往正厅走去。绿意跟在锦言的身后，似是有话要说："大小姐……"

沈蕊洁转过身，一巴掌狠狠地甩在绿意的脸上："贱婢，我之前怎么教你的？这是二小姐，大小姐这会儿已经在前厅跪候懿旨了。"

因为沈蕊洁恼恨素语，所以即便素语是长女，她也从来不让人称其为大小姐，而是称呼比素语小一岁的锦言为大小姐。这会儿素语顶了锦言的名，自然就是大小姐了。沈蕊洁虽严厉，可是鲜见体罚下人，这次竟然出手教训绿意，可见有多么紧张此事。锦言回头望了绿意一眼，只见她委屈地咬着下唇，眼中噙着泪，随后慌忙用手擦拭了一下，低着头小心地跟在自己身后。锦言无声叹息了一下，手被娘亲握得紧紧的。

前厅里挤满了人，周氏母女早已等在那里，当锦言看到素语一身红衣时，心不由得快速跳动起来，原来在梅苑偷看自己与锦亲王相会的人，竟然真的是素语。这会儿素语眼睛里的恨意不减，直朝她扫过来，就像是刀子一般刺在她身上，好痛。

锦言还来不及多想，已有太监宣读懿旨，闻家上下诚惶诚恐。闻步青的后背已经湿透了，接过懿旨的手不停地颤抖着，这可是满门抄斩、诛九族的大罪啊，叫他如何能安心？

闻素语是第一个站起来的人，似是在炫耀她如今的身份，看向锦言的目光里多了几分得意。锦言慢慢走近她，低声说道："姐姐受苦了，妹妹会记在心里的。"

素语声音低而尖厉，说道："说这些还有什么用？"

闻步青打赏了传旨太监，又将嬷嬷们安顿在厢房，回过身，看着素语时，低声吐出一句话来："素语，进了宫好生……"

素语冷冷一笑："不就是三载吗？我在这太守府里十六年都活下来了，在皇宫里锦衣玉食又有何惧？何况我还是后宫之主。"

"爹也知道你心里有怨，可锦言是你妹妹，本性纯良，你只有多担待些……"

"我可不敢有这样的妹妹！连王爷都私会到后院了，还谈什么纯良？"素语的话激得沈蕊洁一下子就跳了起来。

"贱骨头，还没有当上皇后，腰杆子就硬起来了？竟敢出口诬陷锦言！我告诉你，进了宫就是死路一条，任多显赫家族的女子都活不过三年，更何况我们这样的人家！还是叫你娘每日吃斋念佛，盼着女儿多活个一年半载吧！"沈蕊洁牙尖嘴利，一席话让周氏的脸红白不定。

"夫人这话有失体统，别忘了这会儿素语可是以锦言的名义入宫的。你不盼着素语好，岂不是跟盼着锦言早死一样？"在锦言的印象中，这是周氏第一次说出这么有杀伤力的话来，竟然让沈蕊洁也招架不住败下阵来。周氏看向沈蕊洁的目光里也多了几分骄傲，她真的在利用自己女儿来讨好父亲？

周氏与母亲之后的争执，锦言已经听不进去了。锦言有话想对素语说，可是这会儿只怕素语什么都听不到心里去了，她的心里有仇恨，有荣华，有万般私欲，那是在闻家隐忍多年即将爆发的前兆。

而沈蕊洁显然受不了这种落差，原来在她眼中的低贱女人竟然成了皇后的生母——她沈蕊洁如何接受得了别人比她高贵？在回屋的路上，沈蕊洁不断地谩骂着，但锦言不敢劝母亲，因为她知道今夜父亲一定会在周氏的房里过夜，等待母亲的将只有孤独与寂寞，那幅流云富贵牡丹图，只怕又要沾染母亲彻夜的泪水了。

闻素语的房间早已粉刷一新，再也看不到往日的寒酸。吉服也早已送过去了，凤冠霞帔是普天下所有女儿家的梦想，只是在皇帝南宫君尚嗜杀残暴的传闻下，入皇宫比上断头台更叫人惊惧。锦言慢慢走近闻素语的屋子。自从懿旨下来，素语身边围满了宫里来的妇人，看见锦言走近时，只以为她是闻家庶女，敷衍地点个头，便各自忙碌着。

"你来做什么？难道又改了主意，想把这皇后的位子讨回去？"闻素语嘴边露出一丝讥笑，让锦言又把心里的话咽了回去。

"你怎么不说话了？平时看似贤良的闻家大小姐，这会儿竟然对荣华富贵看得这么重了？告诉你，这个位子我要定了！我看到闻家上下对我诚惶诚恐的模样，我开心得紧呢。而你呢，以后只能顶着闻家庶女这个贱名活下去，怕是会比我更辛苦吧。"说罢，闻素语放声狂笑起来，引得屋外的那些妇人不停往里窥视着。

锦言拉拉闻素语的衣袖，轻轻咳了几声，说道："我不打扰你了，明日是你的吉日，愿你在宫里一切安好。"

锦言转身欲走，闻素语在她身后声嘶力竭地喊道："我不会这么轻易放过你的，你这个虚情假意的人！"

锦言低着头，不叫屋外的嬷嬷看见自己滑落的泪水，匆忙离开。

夜深了，因为积雪，周围并不显得那么黑暗。雪在日光下刺眼，可在月光下却显得那么沉静，沉静得瘆人。锦言被素语的话刺得很痛，或许在她的眼中，轻飘飘的几句话，真的只是虚情假意。锦言不知不觉又走到了梅苑，依旧是清香飘逸，只是再也找不回纯粹的心境。

还是那两棵拥抱的梅树，锦言手里握着暖玉，想起南宫君悦捡起梅瓣的情景，心暖了起来，原来在自己的心底，始终会有一片净土为他而存在。

"你在想什么？"清朗的声音从身后传来。锦言不假思索，便转身投入他的怀抱："原来你一直在这里！你竟然没有离开！"

南宫君悦的手有些凉，或许是因在雪地里站久了，锦言把他的手放在自己唇边，不停地哈气为他取暖，心里却为他对自己的好感动得一塌糊涂，原来自己是这么期待见到他，这份惊喜让她落泪不已。

"没有见到你，没有你的消息，叫我如何安心离去？快些告诉我，你真的要进宫吗？懿旨已经传到太守府了？难道就没有挽救的办法了吗？"南宫君悦急切地问道。

锦言轻笑不语，只是定定地看着他。

他慌乱，他茫然失措，他失去了往日的镇静，他将锦言拥入怀中，便吻了上来，轻声说道："我不许，不许你进宫，我不许……"

梅枝轻晃，压在梅枝上的积雪落了下来，滑进了她脖颈里，如他的吻，轻轻痒痒的，唤起万般滋味。

南宫君悦得知闻素语将替锦言入宫后，也是一阵感慨："她也是一个可怜之人。"

"君悦，即便我不进宫，闻家也再无锦言了，以后我便是闻素语，一个庶女怎么配得上王爷？看来，你我终究是无缘。"

"锦言，我不许你这么说。我去求太后，只要她把你赐给我，我就应承她那件事。为了你，我什么都可以抛弃！"他声音决绝道。

"弃王位？隐江湖？"

他默默点头。又开始下雪了，这个冬天格外冷，可怎么比得上心寒？

"不行，你若没了王位，太后和皇上只怕很快便会制造事端，对外声称你遭恶人毒害，无辜枉死，再找几个替死鬼出来昭告天下，他们母子二人便既夺了你的命又得了利。我不许你做这样的傻事，即便你我不能相守，我也希望你好好地活着。”

"锦言，你让我再好好地想一想。"南宫君悦神色黯淡。他是个失意的王爷，纵然才华横溢，却怎奈不是太后所出。当今圣上体弱不能执掌朝政，文武百官一直企图拥戴他上位，这叫太后母子如何不忌惮他三分？他们一直在等他生出事端，便可名正言顺地将他除去。怎奈南宫君悦深谙君臣之道，一直韬光养晦，让那母子俩寻不着理由，抓不住把柄，关系也就一直僵持着。

明日便是吉日，南宫君悦作为王爷，会去朝堂祝贺，锦言只有催他快快离开。

待锦言回到自己的屋中，绿意还在等着给她卸妆，锦言记起她受了母亲一巴掌的样子，问道："绿意，还疼吗？"

"小姐，绿意已经不疼了。"

"娘只是性子急了些，她其实心不坏的，她只是为了我。"

绿意似是不想回忆此事，咬住下唇不再出声，锦言便叫她先下去歇着了。绿意却站在原地不动，眼睛直勾勾地看着锦言，半晌才说道："小姐，二小姐进了宫，只怕就再也回不了这个家了，三年之期，她能熬得过三年吗？"

锦言没有想到绿意会说出这样的话来，一时不知道该如何回答，与南宫君悦两情相悦的幸福，此刻也开始慢慢降温，她陷进了无尽的愁思里："绿意，你在指责我吗？你在指责我为什么自己不进宫，而让自己的亲姐姐代去送死，对吗？"

绿意慌忙退了两步，不停摇晃着手："没有，绿意不敢，绿意知道这也不是小姐愿意的。"

"我知道你是怎么想的。可是绿意，我是真的害怕，我喜欢王爷，我想跟他在一起，我进了宫便再无机会了，难道姐姐就不能成全妹妹吗？她明明知道王爷喜欢的人只有我……"锦言似是自言自语，又像是在为自己辩解。

"可是绿意听说，今天二小姐那边也收到了王爷的书信。"

锦言蓦地一惊，仔细地看着绿意，似是在找寻她说谎的证据，可是绿意的眼神那么坦然、那么平静，锦言再次陷进了悲伤之中。

"绿意，这话可有假？"

"这是绿意亲口听二小姐房里的春桃说的。春桃与我交好，不会拿假话来骗我的。"

原来如此！怪不得在梅苑，素语也会出现在那里，只是不知道素语乘兴而来，又该是怎样失落而去？南宫君悦，难道我果真看错了你？

一夜无眠。

吉日，锦言让绿意给自己多施了些脂粉以掩盖脸上的苍白。

锦言亲自去了素语房中，此时素语高高在上，两姐妹相见时已有了难以逾越的距离。素语屏退了众人，只见她凤冠霞帔，珠光宝气，坐在那里如一座巧夺天工的美人雕塑。

"我就知道你还会来找我的。"素语语气里的肯定让锦言有一刹那的恍惚。

"难道你真的接到了他的书信？"锦言慢慢地问道，似是用尽了全身的力气。

"这个自然，你以为你才是他的唯一？别傻了。"素语嘴角的嘲讽刺痛了锦言。锦言苦笑道："我不想进宫，不是因为怕死，只是因为对他不舍，早知道是这种局面，还不如我亲自进宫，就算是死了，也是命。"

素语走近锦言，眼里的恨意昭然若揭："我不会让你如愿的！只要你喜欢的，我从此以后便有了抢夺的机会，你说你现在还有什么资格与我争呢？"

锦言被素语的煞气吓到，仓皇退了两步。有些话在此刻来说是那么苍白，她选择了缄默。

门外已有嬷嬷催促道："皇后娘娘，快上凤辇吧，迟了怕错过吉时。"

素语在众人的簇拥下，骄傲地登上了凤辇。闻步青与沈蕊洁跪在凤辇之下，恭送皇后，素语并不理会他们，往人群里巡视了一圈，有些失望。锦言知道，她是在找周氏，而周氏怕情感流露而露出马脚，所以才没有出现。

普天同庆之日，太后昭告天下，鼓乐齐鸣，御林军从太守府一直排到皇宫，百姓站满了大街小巷，脸上亦是嘲讽之色，纷纷议论这个皇后会不会活过三年。素语神色不变，气定神闲地坐在凤辇上，似乎根本不知道那个恐怖的传闻。

凤辇过去了很久，闻步青与沈蕊洁才敢起身。闻步青脸上俱是忧虑，而沈蕊洁却是有些嫉妒，如果没有那些传闻，如果没有前面死去的那三任皇后，任谁的女儿进宫为后都是件极为显荣光彩的事。

转眼间，正月过去，已是立春。宫里很安静，闻步青千方百计地托人在后宫打探消息，都只是听说，皇后安好，与皇上相敬如宾。闻府在这迷雾之下，也渐渐人声鼎沸起来，有些门第略次的公子开始托人上门提亲，想要娶闻家庶出的二小姐。

锦言明白，那些人并不是看好从闻府出来的皇后，而是想趁着这三年之期，为自己谋一个好差使，即便三年后皇后一命呜呼，他们也可以坐享其成。闻步青听着那些人的阿谀奉承，也是唯恐避之不及，豪迈地道："我闻步青珍爱的女儿，连进宫为后都不舍得，还能叫她去那些虎狼之家？那些人只怕是在做梦！"

锦言不置可否，南宫君悦自此也无书信再来。锦言有了绿意的话在先，便存了心事，慢慢地就似是病了，对什么事都提不起兴趣来，所以府里发生的事情，她竟然全都不知，等到知道的时候，却早已埋下了祸根。

明日便是闻步青的寿辰，宫里遣人送来贺礼，说是皇后娘娘的赏赐。闻步青与沈蕊洁跪接赏赐后，沈蕊洁有些无聊地翻看着赏赐，得知消息后赶来的周氏看到，慢腾腾地道："看来素语在宫里不错，我这个亲娘算是放下心来了。"

沈蕊洁听出话里的刺来，说道："这才什么时候？你就能看出个究竟来？"

周氏冷眼盯着沈蕊洁："你就那么盼着她死？"

"我可没那么说，她毕竟是闻家的人，她如果好，闻家脸面上也会好看。只是如果将来出了什么意外，闻家可就天上地下两重天了。"沈蕊洁的话还是不饶人。

周氏不甘任她嘲讽，拉着闻步青道："老爷，大寿之日，我要以皇后娘亲的身份示人，否则我岂不是白白生养了她？"

不光沈蕊洁惊讶，连闻步青也吓得脸色发白："这如何使得？叫人发现其中端倪，闻家可就是杀头的大罪啊！"

周氏毕竟是小户人家出身，此刻早已顾不得大局，她说道："这个我不管，我生的女儿做了皇后，我却还是坐在妾位，让人轻视，我咽不下这口气！无论如何，明日我要叫众人都知道我才是皇后的生母，看谁还敢对我不恭敬？"说罢，她挑衅地看了沈蕊洁一眼，丢下瞠目结舌的闻步青离开了。

"老爷，你看吧，这个低贱的女人就是没有脑子，留着这个女人只怕是祸害……"

"闭嘴！如果不是你煽风点火，事情也到不了这一步！你们两个都不叫我省心，你们可知道我在担着多少风险度日？闻家要是真的败了，也是你们两个的原因。"闻步青的额头上暴出青筋，多日来的隐忧终于爆发，惊得沈蕊洁连连后退。

沈蕊洁在闻家一向是趾高气扬，从来没有被如此呵斥过，此刻就有些吃不消了，看到女儿，便开始哭诉："都是因为那个贱人，你爹才会如此对我！看着吧，我非要弄死那个贱人不可！从此闻家有我没她。"

锦言一番好言相劝，才把母亲劝回了房间。想不到周氏因为素语进宫，也有了与母亲分庭抗礼的勇气，家里想要些许安宁是不可能了。

寿辰当日，闻家人声鼎沸，前来祝贺的人接踵而至，丫鬟、小厮忙着引座、奉茶，闻步青满面春风，招呼着宾客，沈蕊洁端坐在宴席上，却是惶惶不安。锦言知道她是怕周氏突然出来酿出什么祸事，随即拉起母亲的手，劝慰了几句。

沈蕊洁看闻步青倒是一丝忧虑也无，看向自己时的神色也温柔了许多，不禁有些脸红，握着流云富贵牡丹图的手也颤抖了几下，随即她喝了口茶，舒缓了一下心情。

一个时辰过去了，周氏并没有出现，锦言的心也慢慢地放了下来，或许昨日不过是她一时的气愤之话，当不得真。

众人狂饮，对闻步青颇多奉承之词。闻步青似有些醉意，对着身边的沈蕊洁和锦言低声说道："从此之后，我闻家再无后患……"

锦言有些茫然，瞧母亲也是一脸迷茫，只以为是闻步青的醉话，便不再理会。

宴会进行到后半场，早已是宾主尽欢，酒残菜凉。就在这时，绿意匆忙跑了进来，失魂落魄地大叫着："老爷，老爷，不好了！"

闻步青已有三分醉意，这会儿似被惊醒了，呵斥道："住嘴，给我下去！如此无礼，岂不是叫人笑话我闻家不懂得管教下人？"

绿意掩着嘴不敢出声，只是肩膀耸动，不停地呜咽着。锦言把她拉到身边，正想好好问问发生了什么事，便听见前厅嘈杂，原来宫里有懿旨传来。这下宾客皆惊，慌忙跪下。传旨太监面无表情，看不出什么，只是锦言莫名其妙地心慌起来，总觉得不会是吉兆。

"皇后口谕，自从本宫进宫以来，虽一切安顺，却十分挂念亲人，遂召闻素语进宫为伴，聊以安慰。"太监尖厉的声音刺破了众人的鼓膜，这没来由的懿旨让众人都是一脸茫然。

闻步青失神地坐在了地上："造孽啊！造孽啊……"

沈蕊洁拉着锦言的衣袖不放："这怎么可能？我不能让锦言进宫，绝不能！"

第二章

一朝入尘

锦言从地上站起，轻声说道："我回房收拾下东西，你们且等我一会儿。"

"慢着，皇后娘娘的口谕，限闻素语即刻进宫，不得有误。"传旨太监说话时并不看着锦言，而是仰头看天，那种目中无人的轻狂劲却更叫人心生胆怯，而后这太监又说道，"姑娘，您还是快些跟我走吧，皇宫之大，还能缺什么呢？"

锦言默默思量，蓦地转过身，跪在闻步青与沈蕊洁面前道："爹、娘，孩儿这就去了，二老多保重！"说完她起身离开，率先出了闻府大门。她的身后便是闻步青的老泪纵横与沈蕊洁撕心裂肺的大哭。宾客们面面相觑，仿佛在看一场生离死别的戏。

锦言上了小轿，行至宫门前时，轿子突然被拦了下来，锦言听见有太监上前说道："钟离将军，这是皇后娘娘的手谕。"

"轿子里是何人？"那声音威严而又谨慎，出言相问时，一点儿都没有因为是皇后娘娘的手谕而有所退缩。

"这是皇后娘娘入宫前在闻府的贴身丫鬟，获太后批示，才得入宫的。"

锦言不知道那太监为何如此说话，未来得及多想，便听到钟离将军说道："即便是皇后娘娘要的人，本将军也要仔细搜查，这是规矩。"

轿帘蓦地被人掀起，一张俊朗的脸便出现在眼前，锦言来不及回避，只得低下头，不再与他对视，只是身前的轿帘迟迟未被放下。

"钟离将军，皇后娘娘还等着奴才带人去交差呢。"

钟离将军仔细看了锦言几眼，不甘地放下轿帘，不确定地问道："她真的只是皇后娘娘的丫鬟？"

"是。"

轿子起行，入了宫门，便在一旁停下，太监掀起轿帘："姑娘，下来吧，随奴才走吧。"

锦言未曾来过皇宫，这下只见亭台阁宇，大气巍峨，虽极尽奢华却又不流于俗艳，真正就是九重天宇。这座凝聚历史的宫殿不知承载了多少宫廷变迁和人世沧桑。

前面的太监快步前行，锦言只能在后面疾步跟着，无暇顾及奇树古木意境迭出的景色，匆忙行至皇后所居的澄瑞宫。一路上宫女、太监众多，看到锦言并未着宫装，都显出诧异之色，不过只是一瞬，便低下头匆匆而去。与己无关之事不能多看多听，想在宫里生存，便要这样。

澄瑞宫是皇后的居所，极为奢华，太监引锦言至宫殿内，有宫女迎上来道："秦公公，劳烦你了，这是皇后娘娘赏的。"说罢就塞给了他一锭金子。那小秦子也不推让，把金子塞到怀里，便说道："谢过兰舟姑娘，这下总算可以交差了。"

"慢着……"兰舟喊住小秦子，看了锦言一眼，脸上净是嘲讽与不屑。她移步至雕花木架前，上面摆满了古瓷珍玩，她随手拿起一个花瓶便往地上摔去，这下连小秦子也摸不着头脑了，一时愣在了那里："兰舟姑娘，你这是……"

"皇后娘娘说了，这个丫鬟初来乍到，不懂宫中规矩，打坏宫中珍玩，现发落到浣衣房。秦公公，有劳您了，把这个丫鬟送去浣衣房吧。"

"你好大的胆子，竟敢如此对我！你可知道我是谁？"锦言大怒道。

"你是谁，兰舟当然知道，娘娘说过了，你不过就是闻府里的一个丫鬟而已。在这宫中，不受皇后娘娘的抬举，你这个家生的丫鬟便连次等宫女也不如！"兰舟说完后有些得意。

锦言立刻明白，兰舟是故意为之，不过她敢这么做，定是素语的授意："叫她出来，我要见她！"

兰舟不屑地说："你以为你是谁？今时今日，想见皇后娘娘哪有这般容易？皇后娘娘正在吃斋念佛，近日不会出祠堂一步。我劝你，识相的还是随秦公公去吧，否则明日宫里还有没有你这个人都要两说了。"

小秦子看不出其中的端倪来，可是也慌了神，便拉着锦言离去，在路上说道："姑娘，我不知道你与皇后娘娘到底有何恩怨，眼下还是保住小命要紧。"

"秦公公，皇后娘娘遣你去闻府要人进宫，真的是点名要素语吗？"

"姑娘，这个还有假？借我两个胆子，我也不敢乱说啊。快些去吧，若过了晚膳时辰，只怕浣衣房的管事便不能为你安排住处了。"

锦言苦笑，这究竟是为何？素语虽与自己不和，但从未曾如此待自己，锦言百思不得其解。她随着小秦子来到了浣衣房，浣衣房的管事云姑睥睨了锦言一眼，不冷不热地说道："这是哪个宫里的？模样长得倒是俊俏，怕又是哪个妃子觉得碍了自己的眼，才送过来的吧？"

小秦子倒是对云姑毕恭毕敬，回道："这是澄瑞宫的宫女，失手打坏了皇上赐给皇后娘娘的花瓶，才被发落到此的。"

云姑冷哼一声："想不到连皇后娘娘也是一般模样，澄瑞宫里也容不得俊俏女子。我瞧这浣衣房里的女子，只怕比当今皇上宠着的妃子都美艳几分呢。也罢，既然来了，便在这儿安心住下吧。"

小秦子似是不敢多加逗留，把锦言送到后，没说几句话便离开了。云姑把锦言安置在一个阴暗的屋子里。昏暗的灯光下，锦言看到里面已经住了四个女子，靠墙的一个女子极为瘦弱，斜斜地靠在榻上。

"这个时辰已经过了晚膳时间，我叫绿屏给你找些吃的来。"

那个叫绿屏的女子闻声站了起来，一言不发地走了出去。她再回来时，云姑早已离去。绿屏塞给锦言几块干饼，便又靠在床榻上不出声了。

锦言拿着干饼，食不下咽，又不知与她们如何搭话，就一时僵在了那里。突然，角落里传来一声尖厉的冷笑："来了这个地方，有东西吃便不错了，还想要什么锦衣玉食？"

另一个女子走了过来，随手把一条薄被递给了锦言，说道："云姑既然没有给你安排床铺，我们姐妹也不敢让出床铺来给你，这条棉被你裹在身上御寒吧。也不要怪绿屏，我们浣衣房的人人微言轻，即便是宫里还有剩饭，也不会给我们的，御膳房的人最会看人下菜碟了。"

那个尖厉的声音再度响起："西楼，你跟她多说什么？谁来到浣衣房不要吃几日苦头？我来的时候，连这干饼都吃不到呢。"

叫西楼的女子叹了口气，说道："烟翠，你少说几句吧，来这浣衣房的女子，谁不是有万般苦楚？姐妹们相互扶持一把才能勉强度日，否则死了也比在这儿强。"

叫烟翠的女子沉默了。一时间，这个昏暗的屋子陷入了漆黑中，烟翠小声说道："大家别出声，那个恶婆娘又来了。"

果然，屋外有个破锣嗓子大声喊道："都是些贱骨头，快些熄灯睡觉，明天还要不要早起干活了？堆了那么多衣服，难道不用洗了吗？"

等声音远了，烟翠才骂出声来："恶婆娘、母夜叉！我咒你明天吃饭噎死，走路摔死！"

"烟翠，够了，别生事了！难道你忘了前几日才被她毒打过？"西楼恨恨的声音响起，便不再有人敢说话了。

锦言茫然地站在那里，手里抱着西楼塞给她的薄被。实在有些乏了，她才拥着薄被靠在墙角处，不知不觉地睡了过去，一夜之间不知被冻醒了几次。她被推醒的时候，天未大亮。她有些恍惚地站起来，随着烟翠、西楼出了屋子。众人整齐地站在晒满了五颜六色的衣服的院子里，云姑坐在台阶上的椅子上，开始了每日的训话。锦言这才发现，云姑长得极美。

"能进宫也是你们的福分。这后宫之地，容不得你们肆意妄为。做好手里的事，等年岁到了，便能放你们出宫，否则小命留在了皇宫里，史册上也不会记下你们的名字。"云姑端起手里的茶，抿了一口，便叫众人散了。

昨晚在屋外呵斥众人的便是李嬷嬷，这会儿她把锦言叫了来，指着角落里的一堆衣服，说道："上午之前，把衣服都洗了，否则别想吃饭。"

锦言不作声，咬着嘴唇站在那里不动。她想不通，昨日自己还是好端端地在闻府里过着锦衣玉食生活的大小姐，为何突然就变成了皇宫里最低贱的宫女？

"怎么？你还不赶紧的？难道要吃板子才肯听话？"

"李嬷嬷，这里交给我，你先下去吧。"云姑走了过来，李嬷嬷恭敬地低下头应了一声，恶狠狠地瞪了锦言一眼便走了。云姑拉起锦言的手，端详了一会儿，嘴里啧啧有声："可惜了这双娇嫩的手！我看你模样俊俏，原本也喜欢得紧。只是因为你是澄瑞宫出来的，皇后娘娘的娘家死了人，心情不好，所以我不能不多'照顾'你一些，也好叫皇后娘娘舒心些。"

锦言知道这里说的"照顾"其实是折磨，只是她说皇后娘娘的娘家死了人，这话如何解释？到底是谁死了？锦言有些紧张，随即抓着云姑的衣袖问道："是谁？是谁死了？"

锦言虽然极力克制自己的情绪，却还是让云姑诧异不已。云姑慢慢地说道："昨日闻太守大寿，前厅宾主尽欢之时，闻太守的小妾周氏却死于非命。听知情人说，有可能是闻太守的正室沈氏所为。沈氏一向容不得周氏，自女儿进了宫后，更加飞扬跋扈，逼死小妾也在情理之中。"

锦言脸色潮红，因为昨夜受冷，现在身子正在发热，又听到云姑所言，她顿时昏倒在了地上。等她醒来时，已是黄昏，她身子还是极热，绿屏端来一碗汤药，放在她身边后就不再作声，转身走开了。西楼叹了口气，端起药说道："她身子这般弱，自己可怎么服药？你们都不管她，难道真的要看她死在这里吗？"

锦言本不想喝药，却不忍拂逆西楼的好意，她强撑着身子坐了起来，接过药碗，一口气就喝了下去，苦得她直皱眉头。她倒吸两口凉气，勉强说道："难为你了。"

云姑推门进来，朝几人挥了挥手，西楼、绿屏等人就齐齐地退了出去。

"我真是看走了眼，原本我以为不过是皇后娘娘妒你貌美，留你在身边怕夺了皇上的宠爱，现在才发现不是那么简单。"

"云姑这话怎么说？"锦言有些心惊，迟疑地问道。

"在浣衣房，但凡宫女生病，都是要隔离在外任其自生自灭的。你这病生的急，如果不救治，只怕不过三日便会死了。上面得了消息却传下话来，要为你医治，这我还能看不出端倪来？你先好生养病，上面既然不让你死，你若有个三长两短，我也担不了这个责任。"云姑说罢便离开了。

西楼等人从屋外走进来，看了锦言几眼，而后就各自睡下了。锦言躺在床上，回想这一日，还是有些不真实。周氏竟然死了，传言还是娘亲所为，这怎么可能？可是想起宴席里娘亲的忧虑与不安，锦言也觉得有可能就是娘亲所为，怪不得素语会召自己进宫，把自己设计成了澄瑞宫的宫女，后又将自己发落到了浣衣房来。

锦言知道，素语认为是母亲害死了周氏，才会这般恨自己入骨。她不让自己病死，不过是要玩一场虐杀的游戏。而自己则要服从这个潜规则，不透露自己的身份，否则必死无疑。锦言把被子往身上拉了拉，不敢落下一滴眼泪，因为这才是游戏的开始，日后会是如何，谁能知道呢？

见锦言身子弱，云姑便没有再安排她做事。锦言能够起身下地后，就开始在浣衣房走来走去。锦言观察着这些女子，都还是有大好年华的女子，或许是过于劳累，她们的脸上都带有一些疲惫。

晚些时候，烟翠气急败坏地闯进了屋子，大声怒骂道："一个贵人而已，欺人太甚，这衣服送来时，就已经破了，现在却偏说是我给洗坏了！还不是因为我在她身边时，被皇上多看了几眼，就寻了个由头将我送来了这里！我已是永无出头之日了，没想到，她还不肯放过我！"说罢她便把一件湖绿色的衣衫扔在了地上。

那衣衫质地优良，正好落在锦言的脚边，锦言瞧着颜色讨喜，便弯腰从地上捡了起来。看见衣角处有一个小洞，她似自言自语地说道："这件衣衫夏天才穿上，没理由这会儿拿来洗啊？"

烟翠气不过，忘记了锦言是新来的，便说道："可不是嘛，浣衣房有规矩，洗坏了主子们的衣服，轻则杖责，重则处死。丽贵人说这是皇上赏给她的，破了要拿我问罪，明摆着是要置我于死地。"

锦言仔细看了看那个破洞，心生一计，坐在床榻上道："给我拿些针线来，我帮你补救。"

烟翠有些诧异，可是也只能死马当活马医了，便去衣橱里找出了针线来。锦言找来找去也没有找到红线，便将白线折叠在一起，咬破手指后，滴血染色，惊得烟翠花容失色。

飞针走线，一个时辰过去了，在烟翠的忐忑不安中，锦言已经把破洞之处绣成了一艘小舟，与衣裙之上的湖光山色相映成趣，实乃锦上添花之作。烟翠捂着胸口长舒一口气，然后拍手称赞道："真是美极了！没想到你竟有这般本事，以前倒是小瞧你了。"

锦言浅浅一笑，她深得娘亲的女红真传，绣个小舟不在话下。刚才因专心致志地做女红，如今就有些乏了，锦言不再说话。烟翠给她倒了一杯茶，有些羞赧地说道："昨日是我怠慢了你，如今你这么帮我，我对你自是非常感激，这杯茶虽微薄，却是我实实在在的心意。"

锦言接过茶，喝了一口，轻声说道："区区小事，你无须放在心上。"

二人说话间，西楼和绿屏都回来了，似是疲惫不堪。西楼看着烟翠拿着那件湖绿色的衣衫在发呆，就夺来仔细看了看，却没有说话。之后，众人便各自梳洗睡下了。

次日，锦言待在这浣衣房甚感无聊，就在院子里走了走，看见墙角有一扇小门，门虚掩着，她忍不住好奇就走了出去。她身子并未痊愈，这会儿走了几步已是气喘吁吁，可是当看见这门里的旖旎风景时，竟是看痴了，想不到这浣衣房旁竟有这般景色，假山叠翠，舞榭歌台。锦言看四下无人，便禁不住又走了几步。

走近了，锦言才发现牌匾之上写着"墨韵堂"，但见屋子里香气缭绕，缥缈秀逸。她在门外站了一会儿，听不到屋里有人，便有些忐忑地推门而入。屋里陈设清雅明丽，不似寻常妃子所居之地。锦言看到着一个刺绣屏风，这个绣品难道就是传说中前朝珍妃所绣的七彩流星？真是好功夫，这绣品只怕没有十年工夫是完成不了的。可惜了，珍妃一死，接针绣法再无传人。锦言下意识地自言自语道："这样清雅的屋子竟然没有人？"

"谁说没有人？"一个声音传来，那声音清朗，竟还带了几分促狭。锦言有些惊慌地转身看着身后的这个人，当看到他是一身太监装束时，才拍着胸口放下心来，说道："我是随意走进来的，无意唐突公公，还请见谅。"

"你认的这幅刺绣？"他身材高大，虽是太监装束，却面如冠玉，眉清目秀。他好整以暇地站在那里问道。锦言点点头，说道："珍妃是前朝女红第一人，深得恩宠……传言珍妃死前烧了所有的绣品，只留下这幅七彩流星，因为这是她倾十年之力才完成的作品。"说到这里，锦言脸色突变，冷冷地说道，"我若是她，便连这幅七彩流星也一起烧了，耗尽心血完成的绣品，留给那些俗人赏玩已是亵渎！"

太监眉目一变，看锦言时多了一分认真："你是哪个宫里的？"

锦言自知刚才失言了，便匆匆答道："我是浣衣房的。"

太监沉吟片刻，轻轻颔首，又问道："你叫什么名字？"

锦言轻咬下唇，思虑再三，不敢说出自己的名字，许久才迟疑地答道："我叫西楼。"说罢她就转身离去。

太监还想再问些什么，锦言却已经走远了。看着倩影远去，他露出神秘的笑容。这后宫是越来越有意思了。

锦言从侧门回到浣衣房，并没有被人发现。她从院子里穿过正要回房时，就看见绿屏慌忙地跑过来拉住了她："不要，不要进去！"

绿屏向来都是木讷寡言，这会儿情绪竟然如此激动，锦言不禁诧异地问道："绿屏，发生什么事了？"

"烟翠死了，她死了！就死在这个房间里……"

锦言大惊失色，昨夜还见她捧着那件湖绿色的衣衫欣喜异常，怎么就死了？

"听说，她洗坏了皇上赏给丽贵人的衣服，恐被责罚，所以在这屋子里自尽了。"绿屏边说边指着屋子，恐惧地拉着锦言的衣袖不放。

这怎么可能？锦言心想自己已经把衣衫补好了，丽贵人为何还是不肯放过烟翠呢？

"绿屏，难道你不用做事吗？快点儿去，别戳在这里了。"云姑呵斥绿屏道。绿屏边走边回头看了锦言一眼，眼里都是恐慌，毕竟她还年幼。

锦言微微向云姑颔首，想推开房门进去时，却被云姑拦住了："自从你进了这浣衣房，我还一直不知道你的名字。"

锦言沉吟片刻，说道："我叫燕瑾。"锦言，燕瑾，不过是把名字颠倒过来用同音字罢了。

"燕瑾姑娘，我云姑在宫里也有好多年了，见多了妃嫔的争斗，我喜欢你的沉静，也猜得出你来历不凡，不是澄瑞宫里的一个宫女那么简单。我斗胆劝你一句，既来了后宫，便是这里的一只蝼蚁也不能置身事外。凭着这些年的阅历，我可以告诉你，你以后的日子怕是不会那么轻松了。"云姑站在那里，眼角有一丝皱纹，也许那才是女人生活的沉淀吧，"烟翠之死，跟你脱不了干系。"

锦言有些恍惚，说道："我不过是帮她……"

"后宫与己无关之事，人人避之。"云姑说得斩钉截铁。

"云姑的意思是说烟翠根本不是自尽的？她其实是被人……"

"你是个聪明人，无须我多说。我只不过是来告诉你，丽贵人遣人过来，点名要帮烟翠绣补衣服的人。我知道是你，便来知会你一声，兰若轩的人正在等你，所幸你也无衣物可收拾，还是快些去吧。"

在宫里生存的另一个手段，应该就是随波逐流了。锦言只能随着大势而行，进了兰若轩。丽贵人所居的兰若轩并不大，里面种满了兰花，但现在还不是兰花盛开的季节，所以还是略显萧条。看起来，丽贵人并不像多么受宠的贵人。

"抬起头来，让我看看。"丽贵人的声音尖厉，并不悦耳。

锦言依言抬头，只见丽贵人相貌清秀，算是中上之姿。丽贵人看着她说道："没想到你不只手巧，人也是这般俊美，倒真是个可人儿。起来吧，我这兰若轩规矩不多，只要不似烟翠那般口出狂言，我还是容得了人的。你先跟着莺歌，让她先去给你安置一下吧。"说罢，丽贵人就不再理会锦言。

锦言随着莺歌来到房间，里面倒是整洁，不过看得出丽贵人是不得宠的妃子，所以摆设还是略显陈旧。莺歌对她道："你就睡这里吧，这儿离丽贵人的屋子近，即便不守在她身边，她在寝室召唤一声，我们在这里也能听得见。"

锦言点点头，还未来得及道谢，莺歌便撇撇嘴又道："眼下娘娘把你要到这兰若轩里，也不过是着险棋，大家都好自为之吧。"

锦言揣摩着莺歌的话，睡下时已是半夜。等到早起后去丽贵人身边伺候时，莺歌早在里面了。她刚走到门口，便听见了里面的对话。

"主子，别怪莺歌多嘴，这燕瑾，莺歌瞧着她实在妖媚，若真把她留在兰若轩，将来万一被皇上看上，那也是一害啊。"

"你这丫头，什么心思瞒得过我？我这兰若轩虽说皇上来得次数少，可是皇上每次来，总是少不了有人在跟前伺候。没有燕瑾时，在这兰若轩的奴才里，你自然算是出众的，可是有了这燕瑾，别说把你比得靠边站，只怕我也是要输一筹。"丽贵人叹了口气，继续说道，"老了，虚长这几岁年纪，没熬出什么资历来，倒是熬出皱纹来了。我如果还不趁着现在为自己的将来谋划一下，只怕以后就没有半点儿机会了。"

莺歌在一旁轻笑道："莺歌还从未见娘娘这般感慨过，娘娘这般姿色都在发愁，奴婢瞧澄瑞宫里的那位还真悬，只怕三年不到也就过去了。"

"话不能这么说，澄瑞宫的那位虽说才进宫，出身也不显赫，却把澄瑞宫里那些不服她的老人治得服服帖帖的，可见还是有些手段的。我们不能不防，否则在后宫里被人吃了，也找不到一点儿骨头。"

莺歌不禁瑟缩道："娘娘，您可别说了，莺歌都有些怕了。可是既然要忌惮澄瑞宫的那位，为什么还把那燕瑾要过来？要知道，她可是澄瑞宫里出来的人。"

"你懂什么？她是澄瑞宫里出来的人，自然知道那边的事情多一些，将来若有个万一，我们也好把这个丫头交出去有个应对。"丽贵人嘻嘻笑了几声，"再说，她的绣工，我还有用得着的地方呢。"

院子里风起，锦言衣着单薄，受不住寒意轻咳了几声，她慌忙掩住嘴，却为时已晚。只听见莺歌在门内喊道："谁在外面？"

风起了，吹进锦言的领子里，让她感到刺骨的冷，可是她不能退缩，也容不得她退缩。她知道躲不过，便整整衣襟，推开门，低着头向丽贵人福了一福："燕瑾本来以为今早可以跟着莺歌姐姐一起来伺候丽贵人，心存了侥幸，所以睡迟了，这会儿才赶了过来，还望娘娘恕罪。"

莺歌有些戒备，瞪大眼睛问道："你在门外多久了？"

锦言轻笑道："燕瑾才到。外面风大，燕瑾便失了规矩，一时没忍住，失礼了。"

丽贵人倒不以为意，她仿佛并没有把锦言放在眼里，慢慢地说道："你起身吧，我这兰若轩里规矩没那么多，只要奴才不做吃里爬外的事情，我都容得下。莺歌，一会儿你就去告诉其他人，如果谁再敢跟烟翠一样，在我这兰若轩当差，却还一心想着攀高枝，那就是她们的下场，死了也只能扔在乱葬岗。"

一大清早听到这种话，锦言不禁打了个寒战，她知道丽贵人这是在给自己立规矩，但当下只能装作不知，低下头回避了丽贵人探究的目光。

莺歌依言出去，没过一会儿却慌张地跑了回来，站在丽贵人面前有些急不可待，可是看见锦言还站在那里，便没有出声，只是不停地绞着帕子，掩饰不住她的吃惊与嫉妒。丽贵人不解地看着她："大清早的，你这是见鬼了？有话快说，别在这儿吞吞吐吐的，叫人看着憋气。"

"娘娘，莺歌才出去就听说了一件大事，"莺歌焦急地说道，"浣衣房里有个叫西楼的丫头，今天早上被皇上册封了常在。"

丽贵人有些失神："常在？常在？正七品的常在？莺歌，你没有听错吧？"

莺歌急忙说道："娘娘，哪敢有错啊？宫里的人都道这个西楼不知道施了什么狐媚招数，竟然让皇上一举册封其为常在。虽说皇上之前也曾册封过宫女，但也只是个更衣之类的，几天新鲜劲过去也就过去了。可是这个西楼才入场便是这么不简单呢，常在，可是正七品呢。"

莺歌是嫉妒，丽贵人更是气得有些发狂，她在宫里这么多年，一直不得宠，册封的贵人也只不过是正六品而已，而一个浣衣房的宫女竟然被册封为了正七品的常在，叫她如何不气？

"娘娘，这可如何是好？一个浣衣房的宫女竟然要赶上来了……"

丽贵人沉下脸来，喝道："莺歌，你好大的胆子，你在胡说些什么？"

莺歌噤了声，知道自己失言了，便慌乱地为自己辩解道："娘娘，莺歌不是那个意思，莺歌是说那个宫女卑贱，有什么资格与娘娘共同服侍皇上呢？"

丽贵人冷冷一笑，看着莺歌的神色也多了几丝耐人寻味："莺歌，我看你并不是为了我这个贵人着急，而是你看到自己与她都是宫女，人家能爬上来，而你却还在我身边服侍做奴才，心里不忿吧？"

莺歌急忙摆手道："娘娘，不是的，莺歌没有那种心思，莺歌愿意在您身边侍您一辈子。"

丽贵人把镶金指套从小指上摘下来道："是吗？那挽起你的袖子来，叫我瞧瞧你的忠心。"

莺歌顿时吓得脸色发白，瑟缩在地上，虽然害怕却不敢不挽起袖子来，还未等求饶之声出口，便已尖叫起来。原来那丽贵人摘下指套后，就拿着指套尖利的那一端，用力去划莺歌雪白的手臂。霎时间，指套划过莺歌的肌肤，便有血珠渗出。锦言仔细看去，莺歌的手臂上早已是旧伤累累，不禁有些触目惊心，只是她站在那里，倒是不知道应该上前帮着求情还是作壁上观。思虑之间，丽贵人已经停下手中的动作，看着莺歌的手臂轻笑起来："好了，今日先饶了你。"

莺歌嘴唇发抖，颤声回答："娘娘，莺歌谢过娘娘恩典。"

丽贵人拿出一方针绣锦帕，仔细擦拭着镶金指套："莺歌，你可别怪我心狠，我这是在管教你。心思要少用在攀高枝上面，皇上也是你们这等人可以想的吗？你们有幸在这宫里当差，已经是祖上积了德，别自己把这个福气折了。如果再让我发现你口出狂言，那么这指套绝不是划在你的胳膊上这么简单了，明白了吗？"

莺歌慌忙捂着脸，不住地磕头："莺歌再也不敢了，娘娘饶了莺歌吧。"

"起来吧，知道怕就好。就怕有些人心机深，连怕也不知道呢。"丽贵人不理会莺歌，转过身意味深长地看着锦言，"燕瑾，你说对吗？"

"燕瑾愚钝，听不出娘娘语中玄机。"锦言缓缓说道。

丽贵人不禁脸色一沉，看着锦言的神色更加隐晦："没有关系，来日方长，你在我这兰若轩的日子还多着呢，慢慢就会明白了。"丽贵人有些不解恨地踢了还伏在地上的莺歌一脚，喝道，"死奴才，你还躺在这里装死吗？不如我叫人把你扔进乱葬岗，让野狗叼了去，瞧你这副德行，还不快给我滚下去！"

莺歌吓得赶紧从地上爬起来，脸色已是苍白如纸，胳膊上的血顺着手腕慢慢流到手指上，远远看去，一双沾满鲜血的手，吓人至极。锦言看着莺歌走过的地方留下的斑斑血迹，心没来由地抽动了一下。

"我这兰若轩即便是规矩不多，拖出去的尸体也有两具了。在这宫里步步都是如履薄冰，度日已是艰难，如若谁再叫我不痛快，我自然不会轻易饶了她。"丽贵人把指套重新戴到小指上，跷着小指仔细观赏着，又换了另一种语气说道，"这是前年我生辰时，皇上赏给我的。我每日每夜都戴着它，为的是见到皇上时，叫皇上看着心里欢喜。但戴久了，也就感觉这玩意儿像长在了我手指上一般。慢慢地，我就发现这妙处了，用它划在人的肌肤上，那伤痕格外深。而且我还发现，这指套沾了血会格外鲜亮，所以我都是不定时让它见见血。"说完，丽贵人跷着那戴着镶金指套的手指，用帕子掩住嘴轻笑起来，那笑声干涩而粗俗，在这兰若轩内回荡着，让人不由得汗毛直竖。

锦言本是难以忍受的，可是她也要顾惜自己的性命。这个丽贵人分明就是一个狠毒、粗鄙的女人，她要想在这兰若轩内存活下来，只能装作木讷无知。

丽贵人看着锦言一直面无表情，脸上便现出不耐烦的神情，挥手道："你也下去吧，总是板着脸，没点儿反应，我也瞧着无趣。"锦言正要依言退下，又听到她道，"过些日子，是太后寿辰，我知道你绣工好，给我绣出一幅上品刺绣来，我要呈给太后讨她欢心。这些日子，没事你就不用在我身边伺候了，好好把这差事办完，我自会打赏你。如果差事做不好，拿些俗物来凑数，惹恼了太后，即便太后那里不惩治你，我也会将你碎尸万段。"

锦言怔了一怔，她本想说，慢工出细活，可是只怕跟丽贵人说了也是白说，只好应了一声，退了下去。她知道这个兰若轩在整个后宫里，不过是个可有可无的地方，丽贵人并不受宠，这是不争的事实。可是即便这般，丽贵人的飞扬跋扈也显得那么理直气壮。锦言在房间里看到了莺歌，莺歌仿佛刚哭过一般，脸上犹带着泪痕。看见锦言进来，她慌忙擦拭着脸庞，没好气地说："你进来之前，不知道敲门吗？"

锦言看铜盆里还盛着清水，绞了块帕子，递给莺歌："给，擦把脸吧，哭红眼睛就不好看了。"

莺歌接过帕子，看到锦言脸上并无幸灾乐祸的表情，也就不再那么针对她，只是刚抬起胳膊便呼痛了。

"难道你的胳膊还没有敷药吗？还是快请太医来瞧瞧吧。"

"哼，燕瑾，我也算是阅人无数，却仍看不出你是太天真还是在装傻。难道你不明白，在这宫里，宫女性命如蝼蚁，哪还能请来太医给医治？即便是丽贵人她身体不适，有时能忍也便忍了，那些太医也是会挑着人伺候的。就说刚册封的常在，也就是浣衣房的那个丫头西楼，如若她现在说哪里不适，那些太医都会觍着脸争着来伺候。所以说，这就是命啊，我们投胎投错了，下辈子还是选个好人家吧。"莺歌撇着嘴，从她嘴里说出的话真是句句刻薄。

"莺歌，我瞧你心地其实也不坏，今日对我说这些，难道不怕……"锦言说到这里便止了声。莺歌冷哼一声："你是说，我难道不怕你把这些话说给别人听？这后宫里的人，谁没有乱嚼过舌根，又不是只有我一个人，再说我也没说错哪里啊。谈论下太医算什么大不了的罪过？即便是现在谈论澄瑞宫里的那一位，也不是什么大忌了。"莺歌脸上的表情轻佻而肆意，"反正她张狂不了多久，迟早也会死的……"

锦言怔在那里，她知道如果不是素语顶替她进宫，这会儿被人在背后谈论、诅咒的就是自己了。她只觉得背上汗涔涔的，有些凉意，看到莺歌睡下了，这才松了口气，坐在床榻上靠了半晌，实在是乏极了，才睡过去。

次日晨起，莺歌已经穿戴整齐准备出去了，看见锦言醒来，便冷嘲道："到底还是好命，托你那双巧手的福，这会儿娘娘正怜惜着你呢，既不叫你做事，也不罚你，等过了这一茬，有你好瞧的，你以为咱们娘娘是个体贴人？哼！"说罢，她便甩门离开。

锦言默默摇头，想这个莺歌性子直、脾气坏，迟早会出事的。

锦言想起丽贵人吩咐要一幅上好的刺绣之事，仔细琢磨下，这宫内的绣品早已是精美绝伦，而自己的绣法并不出奇，要想出彩，夺人眼球，还是要借用前朝珍妃的接针绣法。她想起了浣衣房旁的墨韵堂，那里放着珍妃的七彩流星图，不禁心思一动，想去仔细揣摩下针法。

这一次，锦言换了宫装。丽贵人不是得宠的宫人，所以平时用度上并不宽裕，莺歌昨日扔给她的宫装半旧不新，不过这倒正合锦言之意，如此出去，才不会引人注目。

走出兰若轩，锦言此刻的心情又是另一番滋味。她本可以在这后宫叱咤风云，即便只有短短三年之期。如今她却在这后宫里做了一个不得宠的妃子的侍女，看不到未来。有宫女稀稀拉拉地在她身边走过，她隐约听见了她们说的话：

"听说了吗？皇上昨天刚册封的常在，昨夜还未得临幸，就被赐死了！"

"你说的可是那个浣衣房的西楼？我们私下里还猜，那个西楼会得宠一阵呢，怎么这么快就被赐死了？"

"我们做奴才的哪里猜得出皇上的心思？听里面的人说，皇上见了西楼，就一个劲儿地说，不是她，不是她，像失了魂一样。你说怪不怪，难道皇上连册封的是谁都不知道吗？"

锦言身心俱惊，西楼死了！一夜之间，一条鲜活的生命就这么没了，她想起了西楼温和的笑，那是她在浣衣房时感到的唯一温暖。

墨韵堂里，静寂而又清幽，清池内烟雾氤氲，锦言走在其中，如同入画般静默。推门进去，那个七彩流星屏风还尚在，锦言看着这幅世上绝无仅有的精品，不由得痴了。世人都说这幅七彩流星图绣得好，可是究竟好在哪里，却说不上来。锦言看着这接针绣法，却能慢慢地感受到一个在后宫荣宠一时的妃子的寂寞与心酸。这时，她突闻远处有脚步声传来，她擅闯这无主之堂，被人撞见，只怕会惹来麻烦，但眼下离开已经来不及，只好躲在了房间里的另一个屏风后面。

一先一后进来两个人，其中一人道："皇上，您别气恼了，小心气坏了身子，龙体要紧。"

"叫朕如何不恼？你是如何办事的？连朕要册封的常在都能弄错，朕养着你们还有何用？"

"皇上息怒，那明明就是西楼姑娘啊。"

"她不是朕要找的那个西楼，难道浣衣房还有两个西楼不成？"

"不可能，老奴还特别交代过云姑，她说浣衣房的西楼是顶顶温和的性子，错不了的，皇上看上她，是她的福分，也是浣衣房的荣光。谅那云姑也没有胆子犯欺君之罪。"

房间里一下子静了下来，锦言掩住嘴不敢惊呼出声，也不敢挪动身子，那声音明明便是她那日在这里见到的太监。原来他是皇上！锦言恨自己眼拙，竟看不出端倪，道出西楼的名字，却白白害了她，让她枉送了性命。

"朕明白了，那日她说她叫西楼时，神情有些不安，看来她没有对朕说真话，她不叫西楼，这就好办了，只要她还在宫中，李朝海，朕命你就是把整个皇宫翻个底儿朝天，也要把她给我找出来。一个小小的浣衣房找不到，就一个一个寝宫地搜，朕不信找不到她。"皇上说话底气十足，清朗润耳。

只是这会儿，锦言无暇去品味皇上的声音，她仔细思量着，素语现在已为皇后，位高权重，自己如果被皇上找到，那么便有可能被追查家世而牵连素语。所以，不管是为了素语，还是为了闻家，她都不能被人发现踪迹。

叫李朝海的太监略微沉吟，声音苍老而尖厉："皇上，奴才有话，不知当说不当说。"

"有话就快说，朕什么时候不准你说话了？"

第三章

谁言生死无相欢

"皇上，太后宫里传来消息，听说太后正在为您赐死新册封的常在的事生气呢。"

"她有什么好生气的？朕赐死西楼，那是对她的怜悯，总比让后宫里的那些人折磨死她好些。她既然不是朕要寻找的那个人，朕自然不会宠她，后宫不得宠的妃子，谁的日子好过？她从一个浣衣房的宫女一跃成为正七品的常在，不知红了多少人的眼睛。朕虽然赐死了她，但也给她留了几分体面，照样按照常在的体制下葬，也给了她的家里不少抚恤。即便是生前，也越不过这个份儿了，朕对她无愧。"皇上拿着上好的狼毫笔，用墨汁仔细润着，在平铺的纸上写着字。

"皇上，奴才跟您这么多年，自然清楚皇上是个仁善之君。可是太后现在正在气头上，如果叫她知道奴才大张旗鼓地去寻找一个浣衣房的宫女，无论如何也说不过去啊。"李朝海在后宫里当差几十年，揣摩人心思的功力已是极致，一言既出，正中要害。

果然，皇上缓缓说道："你说的不无道理，那就给朕慢慢查找。不要走漏风声，瞒住一时是一时。别人问起，你便说是朕的玉佩弄丢了，怀疑是那个宫女捡了去，所以才要搜查。"

"皇上，还有一事……"

"有什么你就快些说，今儿个你是怎么了？说话尽是吞吞吐吐的，叫人听了心烦。"

"奴才还听澄瑞宫的人说，皇后最近一直未出澄瑞宫内的小佛堂半步，又不思饮食，皇上要不要过去看看？"

"这有什么大不了的，也值得朕亲自去看？你去传朕的旨意，告诉她，现在还不是她矫情的时候，本来便不是砧板上的肉，何苦要做出那副任人宰割的模样？朕瞧着很假，叫她好自为之。"

李朝海没有料到皇上竟会说出此话来，一时愣在那里，许久才回过神来，道："奴才领旨。"

李朝海转身往门外走时，皇上又叫住了他："算了，算了，还是朕亲自走一趟吧，所幸忍忍也不过又是三年罢了。"

两人从屋里走了出去，锦言才拍着胸口长舒了一口气。她走到书案前，只见桌上平铺的纸上写着：鸿雁不来，之子远行。字迹工整大气，刚柔相济，一派君王风范。锦言不禁执笔写下了一句：所思不远，若为平生。但写完后，她就有些后悔，可是字已落下，追悔莫及，她又怕皇上半路折返，只好匆匆离去，所幸她已记熟了珍妃的接针绣法。

她刚回到兰若轩，便被莺歌叫住了："你去哪里了？我到处都找不到你。你不用做事，也不用听候吩咐了吗？"

"我只不过随意出去走走……"锦言不卑不亢地道。

"我问你，你刚才是不是回浣衣房了？"莺歌明显不信，睥睨了锦言一眼，问道。

锦言大惊，难道她的行踪被莺歌发现了？虽说自己并没有回浣衣房，可墨韵堂毕竟就在浣衣房旁边。她脸色顿时苍白，说话间便有些含糊："没有，我没有回浣衣房。"

"你说谎！不知道你听说了没有，昨天刚被册封的常在已经被赐死了，你和她都是浣衣房出来的，你刚才难道不是回浣衣房悼念了吗？"莺歌觉得自己分析得很有道理。

锦言这会儿确信莺歌不过是在信口雌黄，听她那口风并不知道自己去过哪里，不禁松了口气，沉声说道："莺歌姐姐这话就错了，皇上赐死她，自有赐死她的道理，我怎么敢去悼念她？至于姐姐说我去浣衣房的事情，还是不要乱说了，这宫里没有隔墙话，传到别人耳朵里，我不好过，姐姐也会受牵连。"

莺歌没有想到锦言会这般强硬，气急了，反而噎得说不出话来："你……"

"莺歌姐姐，或许你觉得燕瑾的话有些刺耳，燕瑾只是觉得祸从口出，莺歌姐姐以后还是小心谨慎为妙。"

莺歌正要发作，丽贵人的声音从里面传了出来："莺歌，住嘴！你如果有燕瑾的刺绣本事，我便叫你出去闲逛。没有那本事，就给我老老实实地待在这兰若轩，哪里都不准去。连常在都被赐死了，你一个低贱的宫女倚仗谁敢说出这些轻狂的话来？还不快给我滚进来！"

莺歌狠狠地瞪了锦言一眼，才转身进了兰若轩的寝殿。

锦言回到房间，看见房间里已经放好了刺绣所用的针线和一块上好的锦缎。已是黄昏时分，刺绣还是没有眉目，锦言有些心浮气躁，静不下心来。在此期间，莺歌回过一次屋子，谩骂道："我还以为你真是什么巧手！一天了竟连个针脚也未落下，亏娘娘还一心盼着能拿你的刺绣去讨太后欢心，我瞧别欢心没讨上，反倒惹出祸端来。"

锦言未理会莺歌，她还在想着上午在墨韵堂看到的那一幕，皇上要寻她，那自己早晚都会被他寻到，皇宫之大，也大不过皇上之手。如果被他寻到，那可怎么办？闻家怎么办？素语怎么办？欺君之罪，满门抄斩，祸及九族，这可是大不赦之罪啊！

"你还愣在那里做什么？还不快些动手刺绣？难道非要娘娘亲自来督促你，你才肯动手吗？虽说你是从澄瑞宫里出来的人，但也别把自己看得太重，你以为自己有朝一日也会飞上枝头？西楼就是个血淋淋的例子，未到一夜她就被赐死了，连皇上的衣角都还没碰上呢，这到底是福是祸，谁能说得准？所以说，你我还是安守本分为好。"莺歌的飞扬跋扈在锦言眼里此刻显得尤为狰狞。

西楼，曾是锦言在浣衣房内感受到的唯一温暖，她在没有任何缘由的情况下，受自己牵累而死，这叫锦言悔恨不已。所以当莺歌用嘲讽和幸灾乐祸的口气提起西楼时，让锦言从心底恼恨起她来。看着莺歌红唇白牙的泼语滥调，锦言的心紧了又紧，她眼神清冷，心想，莺歌，这你可怪不得我了。

"莺歌，你看着……"锦言在笑，笑得那么明媚动人，她慢慢地把手放在嘴里，用力一咬，顿时手上便血肉模糊，莺歌看呆了。

"你疯了吗？为什么要咬自己？"莺歌掩嘴惊呼。

"莺歌姐姐，我没有疯，这伤口是你咬的，不是吗？"锦言还在笑，那笑容轻松而愉快，仿佛在与人闲聊一般。她起身往丽贵人的寝殿方向走去，莺歌在后面追着喊道："我没有咬你！是你自己咬自己的，不关我的事……"

"娘娘，燕瑾被发落到浣衣房，得娘娘青眼才出得浣衣房。娘娘要为太后贺寿，这也是燕瑾报答娘娘的时候，燕瑾怎会做出咬伤自己的手这么愚蠢的事情，还请娘娘明察。"

丽贵人尖声说道："莺歌，你胳膊上的伤现在好得差不多了，是吗？你竟敢咬伤她的手？你难道不知道她对我来说有多大用处吗？一个烟翠还不够，又加上一个莺歌，我这兰若轩尽出些什么奴才？你这是在找死！莺歌，我们也算主仆一场，别怪我心狠，怪只怪你不识好歹，坏我好事。"

莺歌大惊，跪在地上苦苦哀求丽贵人道："娘娘，奴婢冤枉，真的不是奴婢伤的她！燕瑾，你快些说话啊，把真相说出来，是你自己咬的，对不对？"

"都这时候了，你还要狡辩？看来你是不见棺材不落泪！来人，赐莺歌白绫，扔到乱葬岗去，旁人若问起来，只说她是偷了我的首饰被发现后畏罪自尽了。"丽贵人说出这番话时不含一丝情绪，莺歌是她的近身宫女，她说处死莺歌时就像捏死一只蚂蚁一般，一点儿旧情都不念，可谓凉薄至极。

锦言在一旁绞着帕子，内心犹豫起来，如果再不说出实情，莺歌这命就难保了。

"娘娘，其实并不关莺歌的事，是我自己咬的……"锦言本是纯良之人，情急之下，还是不想莺歌无辜枉死，只是她的话迅速被宫人的声音淹没："荣华娘娘驾到。"

丽贵人的脸色顷刻变了颜色，眼里的愤恨一闪而过："不知荣华娘娘驾到，妾身未曾远迎，还请娘娘恕罪。"

"姐姐，咱们姐妹单独相处就别这么拘礼了，叫人看了心寒。当年若不是姐姐礼让，妹妹又怎能占了荣华的虚名，否则依姐姐的姿色，哪里会三年之间都只是贵人之位？"赵荣华模样俊俏，说话间眉眼弯弯的，看起来比丽贵人讨喜多了，不过眼波流转，一看便是个心思活泛的人。她在兰若轩四处扫了一圈，落眼处却在锦言身上，她仔细打量了锦言几眼，才把目光重新投到丽贵人的身上。

赵荣华此刻虽面带笑容，可是话语却不饶人，把丽贵人气得脸色苍白，只恨尊卑有别、地位悬殊，所以她才硬压下心头之火。

"荣华娘娘俊俏可人，得皇上宠爱不过是早晚之事，所以请娘娘以后万万不要再提当年之事了，叫外人还以为妾身念着旧事，一直恼恨娘娘呢。"丽贵人话里有话。

"你难道不是一直在记恨着我吗？"赵荣华看着丽贵人的脸色慢慢变得难看，自己却先笑了起来，"姐姐这个模样，可当真不好看，你瞧瞧，脸上毫无血色，愁眉苦脸的，活像个受气的小媳妇儿，凄苦至极。你我都是伺候皇上的人，叫皇上见了姐姐这个模样，岂不要惊了圣驾？到时候皇上怪罪下来，姐姐这贵人之位怕是也难保了。妹妹心疼姐姐，还是让妹妹帮姐姐梳洗打扮一番吧。"

赵荣华说到这里时，任谁都听得出她是存心挑衅来了。锦言垂头站在那里默不作声，连在一旁抽泣的莺歌也茫然蜷缩在地上没了声儿。丽贵人面白如纸，小指上的镶金指套此刻却深深陷进了自己的掌心里，那滋味看样子是苦极了。可是如果此刻她出言顶撞，恐怕也会被赵荣华冠上以下犯上的罪名，所以她除了隐忍，别无他法。

赵荣华身边的宫女已经把梳妆盒摆在了丽贵人的面前，另一个宫女捧了一面铜镜站在丽贵人的面前。一个模样清秀的宫女走上前来，低声在赵荣华身边说道："娘娘，那么就让晚晴来给丽贵人梳妆吧。"

赵荣华嫣然一笑，神情里不无讥诮："还是叫丽贵人身边的人来服侍她吧，毕竟自己人也能明白她的喜好。"她随手便指了指蜷缩在地上的莺歌。

莺歌早已吓得面色苍白，拿眼偷瞧丽贵人，畏缩不前。锦言站在丽贵人的身后，瞧不见丽贵人的神色，不过从镜中隐约的侧影也看得出，她此刻面如死灰。

"还不快动手？傻愣着做什么？难道要荣华娘娘亲自来吗？荣华娘娘性子虽好，可是最看不得人慢腾腾，做事跟傻子一般。再迟会儿，就废了你的双手，叫你以后想磨蹭也磨蹭不了了！"赵荣华身边的晚晴，下巴尖尖，说话也是利落且脆生生的，跟她的主子一样的脾性。

莺歌看来在宫里吃尽了苦头，她马上从地上爬起来，端来一盆水，绞了一块帕子。赵荣华见状喝道："你这是做什么？"

莺歌瑟缩道："奴婢想在梳妆前为丽贵人先净净脸，擦去原来的脂粉。"

赵荣华更加不悦了，脸色沉了下来，喝道："多手多脚的奴才，叫你做什么便做什么！净脸？擦净了脂粉，只怕更见不得人了吧。就这样梳妆。"

莺歌手脚颤抖，一盆清水已经洒在了地上。青石地板上溅起的水珠落在了丽贵人的脸上，让不知情的人看到，还以为是几行清泪。

"给本宫滚开，笨手笨脚的！丽贵人当年也算是个伶俐人，怎么就调教出你这么个上不得台面的东西来？晚晴，你过来，给丽贵人梳妆时用点儿心，明白吗？"赵荣华端坐在椅子上，头上珠翠闪耀，耳边珍珠坠摇曳，一副悠闲散漫的模样，别有风情。

晚晴脆生生地答道："娘娘，您就放心吧，晚晴一定好好伺候丽贵人。"

晚晴顺手从妆台上拿起粉盒来，细心地为丽贵人抹匀。抹匀一次后，她又为丽贵人抹了一次脂粉。晚晴却仍然没有停下手中的动作，在为丽贵人抹上第五遍脂粉的时候，丽贵人的脸就跟被面团糊住一般，白得吓人，眼睛眨动间竟发现有脂粉簌簌落下。

赵荣华看着丽贵人的模样，笑了起来，拿起胭脂在丽贵人的脸上狠狠抹了两下："姐姐，这是妹妹为姐姐打扮的，你瞧好看吗？"

丽贵人看着铜镜里的自己，白粉涂面，红粉两团，哪里还看得清本来面容？不禁气得浑身发抖："赵媚儿，你太过分了！"

"凭你也敢直呼本宫的名字？你在本宫面前，好像忘了什么是尊卑了吧？你要永远称自己为贱妾，明白吗？"赵荣华媚笑之下是淡淡的不屑。

"你欺人太甚！赵媚儿，别以为你现在是荣华，就有什么了不起的！当初如果不是我救了你一命，你早就被澄瑞宫的第二位给杀了！"丽贵人一说话，脸上的脂粉就纷纷落下，令人啼笑皆非。

丽贵人有些压抑不住，想站起身来又没有勇气，只是看着赵荣华的时候，眼里再也藏不住恨意："当年我们初进宫，你锋芒毕露，惹得澄瑞宫里的那位不满。如果不是我帮你挡了一劫，你这会儿还不知道葬身何处呢。你还记得你那时是怎么苦苦哀求我的吗？现在做了荣华，就忘了曾经的奴颜婢膝了？"

赵荣华霎时间沉下脸来，再不见一丝和善，薄薄的红唇抿得紧紧的，她许久才道："这一生我都不会忘记，你当时不过是虚情假意来拉拢我，可笑我竟被你骗了！你说我们姐妹一起伺候皇上，共享荣华，结果……"

丽贵人脸上略显不安，慌忙辩解道："我说过，那是个误会，我不是存心的。"

"误会？姐姐看来是老了，不记得当年的误会是怎样深刻了吧？你忘记了，我却不会忘记。三年前，皇上迎娶第三任皇后进宫，太后下旨，要从各品阶妃嫔中遴选册封晋位，你我俱是贵人之位，也最得皇上宠爱。在大宴上，你怕我夺了风头，谎称我脸上有灰尘，拿帕子帮我拭去，可笑我当时那么信任你，心里还对你感激不尽。可你呢？你又是怎么对我的？你在帕子上抹的到底是什么？姐姐，你真的忘记了吗？"赵荣华越说越激动，丽贵人越听越慌张，因脸上脂粉厚重，也看不出她的神色来，只是身子微微颤抖着，能让人看出她的不安来。

"那帕子是莺歌递给我的，我其实并不知道……"丽贵人摇着头，指着站在一边的莺歌说道。莺歌一下子就紧张起来，大声喊道："娘娘，不是奴婢！那帕子的事情，莺歌并不知情！丽贵人爱干净，贴身帕子从来不让我们这些做奴婢的碰。"

"住嘴！看来你们都该死。这三年来，我每日每夜都忘不了那天的奇耻大辱，众目睽睽之下，让我丢尽颜面，遭人耻笑。你抹在我脸上的是什么？"赵荣华把妆台上的胭脂狠狠往地上一摔，顿时红尘飞扬，在锦言面前腾起一片红雾。

赵荣华似不解恨一般，又走过来，在那胭脂盒上踩了几脚："就是这胭脂，你用帕子将我的脸抹满了胭脂，让我活脱脱得像个小丑！可是你没有想到吧？谁都想不到，连我自己也想不到，皇上竟然会因此选中了我！那日皇上看到我的妆容后哈哈大笑，夸我憨态可掬，我瞧你的眼睛都气红了，姐姐，这就是命，我命里注定要做这个荣华！"

丽贵人如同被风雨袭过，额上渗出了汗，与脸上的脂粉混在一起，甚是难看。她艰难地道："你现在想怎么样？你虽然被封了荣华，可是这三年来，我瞧皇上也并没有因此多加宠幸于你，不是吗？你现在这般羞辱我，等皇上知道了，看你如何解释。"

赵荣华冷哼一声，丝毫未将丽贵人的话放在心上："我既然敢来这兰若轩，便有应对之策。再说你这将死之人，就无须再为我操心了。还是好好想想，到了奈何桥，怎么与孟婆应对吧。"

丽贵人跳了起来，终于按捺不住，顾不得尊卑，指着赵荣华大叫道："你想怎么样？难不成你还想杀了我？这后宫还不是你赵荣华独宠专断、草菅人命的地方！别忘了，我在这个后宫也是有品阶的贵人，不是那些低贱的宫女，想杀便杀。我倒要看看你为何敢这般猖狂？"

赵荣华妩媚地笑了。她真是八面玲珑之人，笑时温柔动人，看不出丝毫恨意来，眼睛里也是笑意盈盈，这个女子可谓心机极重。她道："我已经忍了你三年，再忍你几年又如何？我本不想要你的命，可是你却做了一件愚蠢的事，所以你不得不死。"

"愚蠢的事？什么事？"丽贵人疑惑不解，她伸手想跟莺歌要一块帕子过来拭脸。莺歌看着赵荣华的神色，并不敢去给她绞帕子，只好低着头不敢再看她一眼。还未等丽贵人发怒，赵荣华便移步走近了锦言。她仔仔细细地瞧着锦言，眼睛里都是莫测高深："就是她。你做的愚蠢之事，就是把她留在了兰若轩。"

"她？她不过是澄瑞宫的一介宫女，也就是尚有几分姿色罢了，那又怎么样？难不成皇上看上她了？"丽贵人瞪了锦言一眼，不屑地道。堂堂贵人会被宫女牵连祸事，这在于她是不可想象的。

"你猜得没有错，皇上现在正四处寻她呢。我也不再跟你多说什么，你既然已经知道自己为什么而死了，便安心去吧，以后每年的今天就是你的忌日，看在你我过往情谊的分上，我会给你烧些纸钱的。"赵荣华说完便不再看丽贵人一眼，而是紧盯着锦言，那双眼睛似是要把锦言看透一般。

"不，我不信，你说谎！凭什么我便该死？赵媚儿，你给我说个明白！"丽贵人疯了般嘶吼道，可是她再说什么，锦言已听不到了。赵荣华带来的几个宫女，合力按住丽贵人，灌她喝下了一碗酒。那酒含有剧毒，不过片刻，丽贵人便七窍流血而死，怒目圆睁，脂粉狼藉，狰狞不已。

锦言吓得心都要跳出来一般，再去瞧赵荣华，只见她脸上含笑，似是刚才的一切都没有发生过一般。她拉着锦言的手，轻声说道："跟我走吧，这里不是你该待的地方，我的锦瑟殿里才有安宁祥和。"

身后，莺歌只是惊呼一声也没了动静，锦言不敢回头去看。她知道莺歌也难逃被毒死的命运。只是她不知，莺歌死后，脸为何会被人用刀刺花，弄得看不出本来面容，次日她才明白过来。

锦瑟殿内垂挂了许多紫色的锦缎，流光溢彩，风吹来时，锦缎似水波流动，在阳光的照耀下，变幻出万千色彩。锦言被眼前的这幕惊呆了，赵荣华款款走来，轻缓道："这些锦缎我每日都会叫人换上不同的颜色，今日本来想换上红色的，可是又怕会叫我想到血，人的血，兰若轩内那主仆二人的血，所以我让人换上了紫色的锦缎，看着厚重些。"

锦言还未说些什么，晚晴便从外面进来，将几件换洗的衣物塞给了锦言。锦言认出这些衣物都是莺歌的，虽然她有些疑惑，脸上却没有表现出来，倒叫人看不出喜怒来。

赵荣华盯着锦言的眼神有些怪异，许久才换上笑颜，说话时一字一板，咬音不重，却让人不得不听下去："从今儿个起，你便是莺歌。丽贵人从浣衣房要来的丫头燕瑾已经死了，你听清了吗？"

锦言看了赵荣华一眼，赵荣华又重复地问道："你听清了吗，莺歌？"

锦言握紧了手中的衣物，这些衣物虽不贵重却让她感到烫手。她很想把这些衣物扔在地上，可是她不能。她要隐忍，再隐忍，这是在宫中生存的手段之一，她必须得学会。

晚晴给赵荣华斟了一杯茶，说道："娘娘，这茶是温昭仪娘娘遣人送来的，说是叫娘娘尝个鲜。晚晴听说这茶皇上只赏了宫里几个得宠的娘娘呢，温昭仪娘娘那里得的也不多，却肯给娘娘送来，也是难得。"

赵荣华冷冷一笑，有些不屑，却还是将晚晴奉的茶接了过来，轻尝一口道："果真是好茶，过齿留香。晚晴，你心思也太纯真了些，在我身边这么久，还看不透温昭仪的伎俩。"

晚晴从赵荣华手里捧过茶盏，温顺地说道："晚晴愚钝，还请娘娘明示。"

"我今日为她铲除了兰若轩的那位，她感激还来不及呢，区区一杯茶又算得了什么。另外，这茶本是皇上赏给后宫最得宠的几位妃子的，而她是其中一个，她等于在告诉我，如果出了事，也不要把她牵连进来，否则她也有手段置我于死地。"赵荣华缓缓说着，锦言听着只觉得心寒，一杯茶隐喻了这么多的事，是自己想不到的。

晚晴也恍然大悟，给赵荣华的椅榻上添了一个锦缎坐垫，说道："娘娘，您放心，晚晴已经打点妥当，不会出岔子的。"

"果真没有被别人瞧见？兹事体大，如若有人泄露出去，你我二人的性命可算是葬送在这里了。"赵荣华虽然说着与性命攸关的话，却不见丝毫怯颜，或许在后宫里，她已对这种事习以为常。

晚晴看起来却有些害怕，但她并未表现在脸上，只是怕在眼里，更是怕在心上。她肯定地说道："娘娘请相信奴婢，不会有人瞧见的。奴婢已经叫人放出话去，丽贵人不守宫规，蛊乱后宫，并且把写有太后生辰八字的小人扎满银针，埋在床前青石地板之下。这可是宫里的大忌，即便大家知道是捕风捉影，也会畏惧，何况，现在那个小人真的在兰若轩内呢。娘娘，这着虽是险棋，可是却万无一失。"

赵荣华听后轻笑道："在宫内度过的几年，伴在君侧时日不多，未雨绸缪却是最多，这些点子并不是我所想出来的，可是在后宫内却是最常见的手段。"

晚晴看了锦言一眼，有些不解："娘娘，晚晴只是想不明白，为了她，一定要让丽贵人死吗？如果温昭仪想把这个人要到身边，大可以直接去跟丽贵人要人，丽贵人不敢不放的。"

"晚晴，你还是嫩了些，不过也是，不居其位，不司其职，你怎么可能会想到那么多？但我也不会怪你，你对我的忠心，我不会忘记。"赵荣华似是有些乏了，靠在椅榻上半躺下来，"你可别小瞧她，她的身份你还不知道，说出来吓死你。记着，后宫事无对错，只有强与弱，太后现在即便是做错什么事，还不是照样有人跟在后面阿谀奉承吗？"

锦言站在那里，腿脚已经有些发僵，便微微挪了一步，只听见赵荣华说道："晚晴，你带莺歌下去吧，就让她跟你住一屋。记得除了我这锦瑟殿，哪里也别让她去。"

"晚晴记了。晚晴安顿好莺歌，再来伺候娘娘。"

赵荣华慵懒地靠在椅榻上，挥了挥手，便再没动静。

晚晴对待锦言还是极为客气的，她虽然不似莺歌那般尖酸刻薄，说话却也爽快，只是轻易不会开口，锦言想从她嘴里探听宫中之事，片刻之间也不知道该如何开口。

"莺歌，你就睡在这张床榻上吧。有什么需要尽管跟我开口，这锦瑟殿内，娘娘虽然挑剔些，对待我们这些做奴婢的却是极好。晚晴跟了娘娘几年，即便做错过什么，也未曾遭到过责打，这在宫里已是求不来的福分了。"晚晴给锦言拿出一条棉被，放在她的床榻上，锦言赶紧接过来，自己动手收拾起床铺来。

"我看得出来你对荣华娘娘的忠心，只是为她这般舍命，还是有些叫我不能理解。"锦言淡淡地道。她漆黑的眸子里有一股冷意，将晚晴隔开了。在宫内她不能有朋友，情势不允许她有自己的生活，她只能为了活命而活。

"舍命？你说兰若轩一事？那是我情愿做的，温昭仪把此事托付给娘娘，许给她婕妤的位子，你说娘娘会不放手一搏吗？"晚晴似是在说别人的事情一般，她难道忘记了自己也牵连其中吗？

"那这一切与我何干？"锦言放下手中的棉被，站在晚晴身边问道。她身上还穿着在兰若轩时换上的旧宫装。只见晚晴从衣柜内拿出一套崭新的宫装来，示意她换上，说道："与你何干，晚晴并不清楚，你有胆量可以自己去问娘娘。只是我不能不提醒你，在荣华娘娘面前，'我'这个字你不必再说，还是自称莺歌为好。"

晚晴听出了她的不情愿，对，她是不情愿自称为莺歌，莺歌本就不是她的名字，燕瑾也不是她的名字，如今莺歌死了，甚至连燕瑾这个名字也死了，过不了多少时日，兰若轩也该易主了吧？

晚晴的房间，原本是她一个人独住，即便狭小也显冷清了些，现在锦言站在里面，换上了晚晴拿来的崭新宫装，别有一番气势。锦言仔细打量才发现，这宫女品阶不同，宫装也不同，自己身上的这套宫装明显比原来的做工精细，面料也更柔软一些。

锦言把宫装的褶皱处舒展一番，缓缓开口道："谢谢你的提醒，我自有分寸。莺歌也罢，燕瑾也罢，不过都是些名字罢了，连我自己都快不知道是谁了，还要别人记得我的名字做什么？"

晚晴听后哑口无言，她没有想到锦言会说出这番话来，但是也并没有出口反驳锦言的话，而是岔开话题道："你且歇着，我去瞧瞧娘娘，这几日她也累着了。"

直到傍晚，晚晴也没有再回来过，锦言一直未曾进食，这会儿已经饿得饥肠辘辘，她想寻些食物，可是想到不能轻易走出锦瑟殿，就有些犹豫。正在思考间，便看到晚晴匆匆进来，塞给了她几块点心，说道："来不及给你拿些饭菜了，你先用些点心充饥吧。"

锦言只吃了一块点心，就被晚晴拉起："快些跟我走。"

锦言用衣袖拭了下嘴角："做什么？你要带我去哪里？"

晚晴头也不回，拉着锦言疾步而去，直至锦瑟殿内东北角一间略为破旧的房间前才停下来："进去吧。"

"有人要见你，已经在里面等着了。"或许是看出了锦言的犹豫，晚晴又补充了一句，"我也不知是什么事，是福是祸就看你自己了。"

锦言此刻心潮起伏，后宫对她来说，太过陌生，她的家世只允许她配门第相当的亲事，入宫为后是万万没有想到的。于闻家，于自己，都是很少涉及皇宫之事的，这会儿入了后宫为婢，更是没有料想到的。

可是，即便是这陌生的后宫，她也有一分熟悉，那便是澄瑞宫内的皇后，也就是她的姐姐闻素语。因为娘亲惨死，闻素语怀恨之下才将自己推进后宫这无底深渊中。锦言在想，推门进去后，看到素语时该如何说？她料想，这扇门后的人便是素语，除了她，又有谁会来见自己？

心里不是没有不安的，可是这几日的遭遇，已叫她学会将喜怒藏于腹中，不能显露。

陈旧的房间，看起来已是很久没有人居住，一推开门便有尘土飞扬。锦言不小心踢到了地上破烂不堪的椅子，那椅子"咔嚓"一声便断了，让她一惊。当看到眼前人时，她恍然失神。眼前是一位出尘入画的女子，洁白的宫纱拖曳在地上，沾惹了些尘土，就是这些尘土才让锦言觉得那女子的真实。只见那女子眉眼清澈，看起来性格温和。

女子声音悦耳，如同琴音袭来："果然是个绝色女子，我在心里想了你千百回，只是没有想到你是这般美。"女子笑起来很是好看，叫锦言看着很是舒心。这样的女子，美妙的声音、美丽的面容，怕是谁见了都会爱慕三分吧？

"锦言，你是闻锦言，对吗？"

再动听的声音也抵不住锦言的惊惧，这是她第一次在宫中听见有人唤她的真名，不是西楼，不是燕瑾，不是莺歌，而是闻锦言。可是一想到自己的名字会给闻府带来天大的祸事，她宁可舍弃自己的名字。这是舍，也是取，舍了自己的命，保了闻府的周全。

宛如如镜湖面乍起涟漪，锦言的心猛地被揪起来，感觉要从嗓子眼儿里跳出来一般。面前的这个女子带着几分自信、带着几分执着，自顾自地说了下去："不用想怎么与我周旋，在这个后宫，只有我才可以保全你的性命。"

她轻轻一笑，仿佛带来些许暖意，锦言放缓心情，脑海中却不断浮现出兰若轩里丽贵人死时的惨状，血腥而暴力。她只不过才进宫几天，身边却已有几人因她而死，她必须万分小心，不能再让闻家出事。

女子似是看透了锦言所想，不待她说话，接着说道："你的顾虑我很明白，但是现在不是你选择的时候。让我简单地说吧，澄瑞宫之主原本应该是你——闻锦言！现在里面那个颐指气使的人不过是个冒名顶替的庶女，可是你娘亲却杀死了她的娘亲，所以她才会把你召进宫中为婢。哪里想到，你却那么轻易见到了皇上，还让皇上对你一见倾心。你自然是要躲的，你怕自己的身份会给闻家带来灭门之祸，可是皇宫之中，没有人相助，你能躲到哪里去？"

"你是谁？你到底是谁？"锦言有些情绪失控，她在宫里生存的唯一希望，便是能把这个秘密给守下去。可是如今被人这么轻易就说穿了，锦言有些难以接受。

那女子嘴角的笑容如同一杯毒酒，看了让人心醉，却让锦言感到绝望的心碎："你不用管我是谁，你只要知道我是救你的人便可以了。兰若轩那一幕，你心里虽然不忍，可是对你来说却正中下怀，我说得对吗？"

锦言闻言一惊，赶紧辩驳道："你胡说，那不是我希望看到的。"

女子笑了，目光却是咄咄逼人，她审视着锦言，慢慢说道："你无须解释，是与不是，你可以摸着心口问问自己，你敢说你没有因为烟翠的死而恨丽贵人？你敢说你没有因为莺歌顶替你的名字死去而窃喜？"

女子的逼问让锦言有些失态，她慌乱地说道："是又怎么样？难道丽贵人便可以有生杀大权吗？她不过是一个贵人而已。莺歌如果一定要死，顶替了我的名字岂不是正好？这一切都不是我做的，我根本不需要因此而愧疚。"

女子云鬓如黛，斜插点翠金兰云步摇，轻移莲步，流苏生韵，她的妆容精致，看得出是对万事细致入微的人，她的声音似是带着蛊惑一般："对，你说得对极了，你不需要愧疚，谁也不需要愧疚。在这个后宫，不必因为任何事而愧疚。谁不是踩着尸骨爬上自己想要的位子呢？澄瑞宫的位子虽然可以轻易坐上去，却也会轻易就丢掉性命。三年，只是三年而已，到底值不值得豁出性命，我想了不知多少次，可是都没有结果。"

锦言这会儿已经冷静下来了，她已经知道面前的人是谁了，所以也不会再冒失说错话，她顺着女子的话说了下去："那是因为您根本没有想要结果。只要澄瑞宫内皇后三年死期一到，便会有下一位皇后被册封，说是册封，说穿了不过是昭告天下她的死期罢了。而您，会从一个昭仪慢慢熬到妃位，再晋升为贵妃，与皇后也不过只差一步而已。可是贵妃要比皇后强，贵妃是荣宠，皇后却是死命。澄瑞宫里的那位不过是担了皇后的虚名，放眼过去，整个后宫会有几人羡慕她？怕是唾沫尽了也会在背后耻笑吧。"

女子面现惊容，却也转瞬即逝："你猜得出我是谁，不难，可是能看透我的心思，看懂这后宫，也算不简单了。"

锦言冷冷一笑，眼睛里闪过一抹耐人寻味的神采："因为我没有进澄瑞宫，否则此刻死期被昭告天下，担了虚名、任人耻笑的皇后就是我了。"

女子拊掌大笑："痛快！没有想到你竟是这般爽快之人，你既然承认了身份，我自不会以等闲之辈待之。看来，我寻你是寻对了，如果真叫你在这后宫受尽折磨而死，只怕我后半生也不会原谅自己。"

锦言并不理会女子的示好，只是淡淡地问道："昭仪娘娘，您如果仅仅是为了寻我，何苦要杀丽贵人和莺歌？说吧，到底所为何事？"

第四章

何处化惆怅

天色已经昏暗下来，锦言庆幸温昭仪选择在这个时辰相见，如此一来便看不清对方的神色。锦言知道自己的脸色此刻一定难看极了，她无比惶恐，因为命运由不得自己，身处险境的她掌控不了自己的命运。

温昭仪声音轻柔，徐徐说道："我进宫已有两年了，从未想过要登上澄瑞宫的主位，因为那意味着死亡，只是后宫荣宠，还是要争上一争的，否则等哪一天别人杀死我如同我杀死丽贵人这般容易，不是很悲哀吗？"

锦言冷冷一笑，说道："我知道娘娘想要什么，是后宫生杀予夺的大权。"

温昭仪目光闪烁，露出与她面容不称的勃勃野心："一针见血。后宫女子只有你骑到别人头上，否则便是别人骑到你头上来。我宁可豁出去做那人上人，也不肯俯首听命。"

"那您为什么要寻我？难道觉得我能助您一臂之力吗？"锦言自嘲地道，"别忘了，我现在的身份只是一个卑微的宫女，身后还有一双眼睛在盯着我呢。"

"她在宫里还好吗？"许久，锦言才开口问道。

温昭仪是个聪明人，知道锦言问的是素语："她进宫以来，我只不过才见了她两次。如今她在澄瑞宫的佛堂里潜心修佛，宫里都传闻，她名义上是思亲人之痛，其实不过是在为自己祈福，是盼着自己多活几年吧。"

"她不是那样的人，她心里有恨，她会去大开杀戒，会去搏斗，却从来不会听天由命。所谓小佛堂，也不过是她思虑谋划的清静之处吧。"锦言是了解素语的，素语临走时是那般想要扬眉吐气，也不过是想替周氏争口气，如今周氏既死，她可谓再无牵挂。锦言说完此话，仿佛意犹未尽，又接着问道："皇上……皇上对她好吗？"

温昭仪似是听到什么好笑之话，放声大笑道："你问这话就问错了，你应该问，皇上对谁好过？"

锦言有些惊异："我见过皇上，他看起来很是面善，不像是……"

温昭仪冷冷地道："面虽善，心却凉薄！后宫死了三任皇后了，你可见皇上为谁悲悯过？而你姐姐正是这第四任，谁都说她活不过三载，你难道不想知道为什么吗？"

"为什么？"锦言问出此话后便有些后悔了。这恐怕是后宫最为隐讳之事，温昭仪又怎会轻易对自己说出口？果然，温昭仪只是淡淡地笑了笑，不再往此处说："皇上还在寻你，不过现在谁都以为你死了在兰若轩，为防万一，你且在这锦瑟殿内暂住一些时日。赵荣华会细心照料你的，也会将宫里的事详细说与你听，将来你也好有个应对。"

温昭仪话音刚落，便听到门外枯枝碎响，她出声询问道："是谁在门外鬼鬼祟祟的？"

门外，晚晴惶恐的声音传来："昭仪娘娘，是奴婢晚晴。夜深了，荣华娘娘吩咐晚晴送来灯笼，以备昭仪娘娘回宫之用。荣华娘娘说，一会儿就不与娘娘相见了，今夜只当昭仪娘娘没有来过锦瑟殿。"

温昭仪笑了："果然是个伶俐人，回去告诉你家主子，我答应她的事，自然不会忘记。丽贵人的事，她做得漂亮，我会记在心里的。"

"晚晴代荣华娘娘谢过昭仪娘娘。"

未等温昭仪推门离去，锦言在她身后说道："我有话要对您说。"

温昭仪回过头来，笑脸盈盈："有什么话你说，你我之间无须客气。"

锦言走近温昭仪身边，一字一板地说道："我既然在您面前承认了身份，便会受制于您。但是您也别忘了，我也有一个办法可以不受您的挟制，那便是死。只要我死了，便死无对证，这个秘密也就永远只是个秘密了。所以，请温昭仪不要以此来挟持我，因为这一点儿用处也没有。"

温昭仪笑了，眼睛里的谋算是锦言无法企及的距离，她什么也没说便离去了。灯笼照射出微弱的光，甚至比不上她的白纱亮眼。她飘然而去，并没有说什么时候会再来，也没有说何时再聚。锦言明白，温昭仪不会轻易把底交给自己。

晚晴扯了扯锦言的衣袖，说道："去吧，荣华娘娘还在等着你呢。"

锦瑟殿内，赵荣华早已命人将紫色锦缎换下，今夜悬挂在大殿内的是白色的宫纱，轻灵飘逸，风吹过，像天上的浮云，也像锦言说不出的心事。这宫纱飘荡间，却让锦言想到了一个人——温昭仪，她也是一袭白纱而来。

赵荣华慵懒地倚在靠榻上，头上珠钗已卸，穿着宽大的锦缎长袍，腰间流苏环扣，别有一番风韵。只见她朱唇微启："晚晴，你去备些小菜，今日同是受了惊吓，且薄饮几杯。"

晚晴依言而去，她看向锦言时的目光有些怪异，却叫锦言辨不出是什么滋味。

酒菜很快布置好了，赵荣华对锦言说道："你坐下吧，陪我喝几杯。"

锦言没有动身，只是站在原地，说道："娘娘，莺歌不敢，莺歌不过是个奴婢，不敢与娘娘同饮。"

赵荣华笑了，声音凄凉而悲切："真是好笑，一个自称是奴婢的人，却令皇上朝思暮想、茶饭不思。男人便是这样，越得不到的越想得到，更何况他是君王？你或许还不知，今日他得知兰若轩之事，大为光火，不是因为丽贵人，只是因为那个叫燕瑾的浣衣房宫女，你说可笑不可笑？"

锦言有些紧张，她在听到皇上寻她时便有些害怕，这会儿听到已经查到兰若轩的时候，更是揪心，所幸，她死了——在名义上，她已经死了。

"皇上恨丽贵人坏他好事，即便现在丽贵人死了，他也没有放过她，传旨下去暴尸三日以示惩戒，所以丽贵人到现在还没有下葬呢。"赵荣华提起此事来，并没有太多同情，只是颇为感慨道，"你说，你怎么可能是个奴婢呢？只要皇上找到你，你就会有享之不尽的荣宠。整个后宫的妃嫔们，就又多了一个眼红的对象，你可真是不简单呢。"

锦言自然明白赵荣华的意思，她生怕自己一朝得势，可是如今她忌惮温昭仪，所以还不会轻易对自己下手，只能在言语之间点到为止。锦言紧跟着说道："在这个后宫，我只是为了活命而已。如果活不了，那我宁可自尽，也不愿被人杀死。"

"好，温昭仪要的人果然不错。"赵荣华拍手笑道，话音落下，她执起酒杯一饮而尽，"来，喝了这杯酒。"赵荣华亲自为锦言斟满酒杯，晚晴欲上来帮她，却被她一把推开，"我一定不会看错，你也逃不了后宫妃嫔的命运。"

锦言握着酒杯的手有些颤抖，酒是温热的，入喉却是滚烫的辣。后宫，后宫，难道自己注定无法逃脱这厮杀争斗的后宫？

昨夜只不过淡饮几杯酒水，却勾起万千思绪，累得心醉，一股悲戚袭上心头，锦言觉得无力而悲伤。她甚至忘了赵荣华微醺的眼神，那些句句刺骨的话语，让锦言有些后怕，自己是否也泄露了许多心事？

果然，赵荣华没有说错。后宫女子对丽贵人之死都是幸灾乐祸，只不过是换着不同的话语说出来罢了。次日，锦言无意间听到锦瑟殿的次等宫女议论，丽贵人的尸体还在兰若轩，脸上的脂粉未净，实在骇人。太后亲下懿旨，让人将丽贵人的尸首丢去乱葬岗，并且不准任何人敛尸安葬。后宫女子命如蝼蚁，即便是贵人又如何？在死亡面前，丽贵人的命与被她杀死的人的命运是相同的，一样逃不了化成腐尸被野狗啃噬的命运。

锦言听到丽贵人的下场时有些骇然，可是她好奇的是，皇上对顶替燕瑾名字死去的莺歌的态度。那些宫女嬉笑间，便有一人说道："听说皇上寻着了浣衣房的那个女子，可是她恰好牵涉进丽贵人的丑事中，死了，真是可怜，皇上还不知会如何伤心呢。"

另一个宫女冷笑道："你可真是天真，咱们皇上为谁伤心过？那个女子不知施了什么媚术才让皇上着迷的，可即便她现在还活着，被封了贵人之位，也不过是三五日的恩宠，这般死了倒叫皇上落个念想，值。"

一个宫女听后笑了起来，轻狂而肆意："皇上会念着她？她做鬼也不要痴心妄想了，否则皇上怎么会连她尸首都不曾看过一眼？只是吩咐卷上草席埋在后山，也算是有一分情意了。照我说，那些太监最会阳奉阴违，到底有没有埋起来都很难说，估计和丽贵人的尸体一样，都被野狗吃了。"

其余两个宫女惊叫道："不要再说了，真是吓死人了，晚上会做噩梦呢。"

那个声音尖细的宫女不屑地说道："你们两个就是胆小！真正杀人的才会做噩梦呢。即便是这样，在后宫杀人时谁曾手软过？"

锦瑟殿里，春风吹绿枝芽，吹得鲜花烂漫，一派生机盎然，仿佛这些花、叶从未听到过后宫厮杀的暴虐，或许它们也学会了忽略，忽略是种本领。锦言听不下去了，径自离去。后宫，自己从未企及的后宫，原来就是这般模样。

锦言回到房间里，端茶思量，后宫已有一人知道自己的身份，难保不会有第二个人知道自己的身份。自己处于危险的境地，那么素语不也是很危险？想到这里，锦言背上冒出丝丝冷汗，坐立不安，她想去找素语，给她提个醒，叫她小心为上。

素语现在定对自己恨之入骨，锦言想到这里便有些忐忑，自己的一举一动，素语定会看得严严实实的，那么自己的假死，她也一定会知道。

锦言回想自己这几日从闻府到了澄瑞宫，又被澄瑞宫的兰舟送进了浣衣房，接着被丽贵人留在了兰若轩，如今又到了锦瑟殿。几番经历，牵涉几人惨死，锦言不禁有些惊惧。可是她想要活下去，就要在这血色迷雾中为自己寻出一条道路来。

锦瑟殿内悬挂的锦缎又换了颜色，这次是红色，果真如血一般，锦言看得有些压抑，她觉得自己的心没来由地跳得快了，呼吸也急促了些。

"听晚晴说，你找我有事？莺歌，且叫你莺歌吧，你要记得，不管你到底是谁，在我这锦瑟殿里，也没有奴婢想见主子便能见到的道理，这次且算了，以后你还是要顾及自己的身份。"赵荣华不复昨日的慵懒姿态，穿着也极为华贵齐整，似是准备去见什么人。

锦言在心里冷笑，是谁昨夜与自己同饮，是谁昨夜与自己言欢？一夜间的转变，也不过是因为皇上对待"燕瑾"尸首的方式吧？

"我要见温昭仪。"

赵荣华脸上的讥笑更深了："莺歌，我劝你不要不知天高地厚，你以为温昭仪让我布局带你出兰若轩，从此一切就任由你驱使吗？想见温昭仪不是不行，且等着吧。"赵荣华说完，看锦言并不接话，就颐指气使地带着晚晴离去。

锦言站在空空的大殿里，在一片血色起舞的红色锦缎中，血液也似慢慢涌上了头脑。她觉得好热，周身似有烈火炙烤，她在等赵荣华归来，却意外等到了有关素语的消息。

赵荣华自从回到锦瑟殿，便一直在放声狂笑，比起昨夜的愤恨，她现在更多的是畅快淋漓："痛快，痛快！澄瑞宫里的那一位，我倒要看你能猖狂多久，别人凭显赫门第、唯唯诺诺也不过三载，而你这等家世出身，还敢出言顶撞太后，看来后宫荣华已是享够了。"

锦言心里一惊，却不知该不该出口询问，还好晚晴在一旁接话道："娘娘，今儿个里面到底是什么情形？晚晴等在外面都快被吓死了。"

说幸灾乐祸也不过如此吧。赵荣华的声音夸张而煽情，将事情慢慢地描述了一遍。

原来，后宫连日死人，又传出丽贵人对太后行厌胜法之事，太后大动肝火，召集后宫妃嫔前来永宁宫训话。皇后自然也在其列。她久未出澄瑞宫，这番出宫，引人注目，那些妃嫔不消说，即便是跟在她们身后的宫女，也丝毫没有顾忌地上下打量着她。

永宁宫内，太后端坐正位，稍次便是皇后。

温昭仪在这后宫只是新近得宠，所以在人前依旧谨言慎行。赵荣华挨着温昭仪坐下，两个人神色淡淡的，似乎并不熟识，只是眉眼间的交流还是会让明白人看出端倪来。只是此刻大家都把注意力放在皇后身上，没有人注意到她们罢了。

只有瑶仙殿的瑶妃恣意张扬。后宫中唯一的公主便是她所出，太后对这个公主向来疼爱有加，封其为修贤公主。瑶妃自恃高人一等，向来在后宫飞扬跋扈。即便有人在太后面前哭诉瑶妃的不是，也敌不过修贤公主承欢膝下。

瑶妃珠圆玉润，只是声音略有嘶哑，她在后宫也是异类。其父岳中天是朝中重臣，为人极为和善，从不与人争锋，只是晚年得女，宠爱有加。瑶妃进宫时便出尽风头，这些年来也不知收敛，诞下公主后，更是不知进退，无法无天。可是，太后就是护她，谁拿她也没有办法。

此时，太后一手握着佛珠，一手搭在修贤公主的肩上，慈爱而温和，气势却未减："这后宫最近不知为何接二连三地发生祸事，那丽贵人本是个懦弱蠢笨之人，怎敢对哀家行厌胜法？难道她是魔怔了不成？"

瑶妃亲自给太后斟了一杯茶，捧在手上："太后，臣妾也觉得此事蹊跷，丽贵人与臣妾虽一直没有来往，不过臣妾看得出丽贵人不是个有胆子敢做下此事的人。再说，太后福泽后宫，她丽贵人也没有理由来对抗太后您啊。"

太后笑着接过茶道："哀家真有你说的那么好吗？你的话哀家暂且信了，可其他人呢？保不齐还不知怎么恨哀家呢。现在厌胜之事已出，接着会不会就有人来刺杀哀家呢？"

众妃嫔大气也不敢喘，齐齐跪下，惊慌失措。只有皇后仍端坐在位子上，不曾惶恐，看着跪在地上的妃嫔们，嘴角露出丝丝讥笑。太后不悦，眼睛里的笑意却更浓了："皇后，她们都惶恐不安，你却是安稳得很呢。"

皇后浅笑道："那是因为臣妾心里坦然，所以才会如此安稳。"

瑶妃在一旁张狂地笑道："皇后娘娘，且不说您如何坦然、如何安稳。宫里可都在盛传，自从您进宫后，才发生这么多不祥之事，您说这意味着什么呢？"

皇后目光深邃，眼神清冷，把手里的帕子用力捏了捏，说道："你是不是想说，这意味着本宫是不祥之人，所以才引来这些祸事？"

瑶妃掩着帕子偷笑道："臣妾可没有这样说，不过皇后娘娘可真是有自知之明，这点大家都是有目共睹的。"

"本宫进宫之前，这后宫死的人还少吗？瑶妃，你少在这里危言耸听，小心本宫治你一个以下犯上之罪。"

瑶妃没有料到皇后竟敢说出此话，她看了太后一眼，见太后闭目养神，一点儿也没有插话的意思，就壮了胆子，说道："瞧皇后娘娘说的，这后宫有太后在，哪里会死什么人？还不是您进宫后才有的事？"

"那三任皇后之死也在本宫进宫之后才发生的吗？"皇后悠然问道，似是质问，又似是叙说。

永宁宫霎时静寂下来，这本是宫中大忌，即便是心中掂量多次也无人敢当众说出，而皇后就这般轻巧地说了出来，令太后颜面尽失——因为皇后觉得，这是她的后宫、她的天下，容不得别人放肆、侵犯。

太后淡淡地一笑，目光犀利，缓缓地说道："这后宫几十载，还是第一次有人在哀家面前放肆。皇后，你胆量可嘉，哀家还真有些欣赏呢。"

皇后站起身来，福身行礼："太后过誉了，臣妾只是不想背上这不祥之名而已。至于冒犯太后，也实属无心。"

太后审视着皇后，半晌才说道："来人，皇后累了，送她回宫休息去吧。"

皇后神色突变，随后慢慢地恢复平静道："臣妾是乏了，谢太后慈爱。臣妾这就回去，终日为太后念佛吃斋，盼太后万寿无疆。"

这话也平常，可是在这节骨眼儿上听来，一切就都变了味。太后的脸色阴晴不定，最终笑道："皇后，你可真是有心人啊，现在想来，哀家信手册封的皇后，倒是个人物，差点儿让哀家没有放在眼里。你既然这么孝顺，以后就多来永宁宫走动走动，咱们也好亲近亲近。"

皇后再次福身行礼，显得恭敬而有进退："太后金安，臣妾先退下了。"说罢，不待太后说话她便转身离开，尽显一番干练与决绝。

皇后虽是化着淡妆，但也是极美的，只是这美总让人觉得少了些什么。许久之后，人们在后宫看到这对姐妹花时，在看到锦言站在皇后的面前时，才发现，皇后少的是明媚。如果一个人的心思太过晦暗，试问她如何还会明媚？

皇后走了以后，永宁宫的氛围依然压抑，太后手里的佛珠突然断了线，珠粒一颗颗滚落在地上，滚落到各妃嫔的脚下，众人慌忙俯身拾捡，太后身边的宫女端来一个瓷盘，想把众人拾起的佛珠接过来。太后无力地挥挥手，说道："看来哀家是老了，这后宫几十载的沧桑，也敌不住岁月无情的变迁，哀家不服不行。"

瑶妃本来想要说些什么，可是却没敢出声，这会儿再怎么讨喜的话也落不到太后的心里去吧？

"你们且退下吧，哀家乏了，想歇着了。这佛珠是历经几朝的古物，传言先皇的三十六位妃子，个个貌比花娇，先皇为留住妃颜，便让工匠将各位妃子的画像雕在佛珠上，成了宫中珍品。哀家被册封为皇后之时，先皇便将它赐给了哀家，是哀家这些年来一直珍爱之物，本想等新皇后册封后便传给她的，可是连着三位皇后都与此珠无缘，新册封的皇后又……"太后说到此处，话语停顿，语气中似有不屑，又紧接着说道，"罢了，罢了，看来这佛珠与澄瑞宫的主人无缘，众位将各自捡到的珠子珍藏起来，算是个念想吧。"

众位妃嫔紧紧握住了手里的佛珠，珠子晶润透亮，是难得的上好佳玉。

此刻锦瑟殿内，赵荣华将佛珠拿了出来，放在手心里仔细摩挲着，冷冷地道："你或许不以为意，但是也不要忘记，这佛珠后宫有品阶的妃子都有，可是独独澄瑞宫的那一位没有，这意味着什么，意味着太后认定她三年之内必死无疑。"

锦言转过头，看着锦瑟殿悬挂的红色锦缎正被人撤下，换上了黑色锦缎。黑缎如墨，饱满润泽，包容沉静。夜色之下，锦缎在烛光的照耀下，焕发出迷人的色彩，或幽暗，或耀眼，让锦言陷入了深思。

锦言心想，素语是个心思细腻之人，在闻府多年的历练让她懂得隐忍，她怎么可能做出这般愚蠢之事？除非，素语对自己处境甚为乐观，难道她有了什么凭仗？

"都说澄瑞宫里的那位深居简出，内里却是个厉害人物，今日一见也不过尔尔，简直是愚蠢至极。凭她想在宫里活下三年，我瞧是难了。你们且看着吧，澄瑞宫换新主子的日子不远了。"赵荣华眼神轻佻，把手里的佛珠紧紧地握了握，又小心地放进了妆盒里。

锦言听得皱起了眉头，可是眼下自己连说话的立场也没有，只好神色黯淡地将手里的帕子捏了又捏，好好的锦帕此刻皱成了一团，上面绣制的一枝寒梅也瞧不出落英缤纷来了。

"对了，今日温昭仪跟我提起了你，我跟她说你想见她，她倒是一口答应了。看来，我是小瞧了你，你可真是有些手段呢。温昭仪对你很是上心，这是你的福分。"赵荣华跷起手指，看看指甲，让晚晴拿来小银剪子为她修剪指甲。晚晴拿来一方帕子，垫在膝盖上，又将赵荣华的手指轻轻握住，小心地为她修剪，落下的指甲碎屑齐齐地落在帕子上。等修剪完后，晚晴又用帕子将那些指甲包起来，交给另一个宫女，更低声嘱咐她："将这包东西埋起来，别叫人瞧见。"

赵荣华用帕子抹净了手，说道："你们都回去歇着吧，今日都累了。"晚晴拉着锦言欲走，赵荣华又对锦言道，"别忘记，明日有人要与你相见。还有，别再做出这副苦脸来，不知道的，还以为我锦瑟殿的人虐待了你。"

锦言点点头，与晚晴并肩离开。这漫天的黑缎，如漆黑的乌鸦栖息，赵荣华，难道你忘记了吗？黑色虽如墨儒雅，可也代表了禁锢，代表了罪恶，黑色，往往是不吉之色。

锦言回到房间，看到晚晴脸色苍白，似是劳累不堪，她给晚晴绞了一块帕子。晚晴接过来，有气无力地谢过她。晚晴清楚，锦言不过是寄居锦瑟殿而已，赵荣华的嘲讽不过是因为她不能拿锦言怎么样，所以只能在言语上占占便宜而已。

"你为什么将荣华娘娘的指甲包起来，还专门叫人拿出去埋了？不过是些碎指甲而已，有那么重要吗？"锦言脱下外面的宫装，小心地挂起，又慢慢抚平衣服上的皱褶，她喜欢整洁。

"这指甲与头发，宫里的人都看重得紧，怕人拿了去用巫术作祟呢。"晚晴答道。

原来真有人会拿这些东西来做些见不得光的事情，所以丽贵人的事情一出，宫里的人都深信不疑。

夜露已重，皎月依旧，或许这不是锦言的第一个不眠之夜，她已不记得自己度过多少个这样的夜晚，似乎已经很多次了……

第五章

若为平生

再醒来时，锦瑟殿内黑色锦缎已换去，又是当日初见时的紫色，神秘而幽暗。锦缎飘荡间，闪现出一个人影，纤巧灵秀。锦言慢慢地走过去，赫然看到赵荣华拿着一把银剪子，将这些紫色锦缎剪成了丝丝缕缕，她的脚下已被紫色锦缎的碎片缠绕，她未曾回头地道："温昭仪将你要走，这称了你的心吧？也罢，留你一日，迟早会是我的另一个劫数。"

锦言摘掉落在身上的碎片，缓缓说道："这锦缎本无错，错只错在不合你的心情。"

赵荣华手持银剪子，转过头来，眼神毒辣，脸上却无半点儿血色，似从地府里爬出来的女鬼一般："世人皆以为后宫女子多寂寞。错，我并不寂寞，我每日都在争斗，与他人斗，与自己斗，我很累，可是我不会放弃，如果要我选择一种死法，我宁愿自己是累死的。"

锦言退了一步，她看着赵荣华的脸色，想了半晌还是开口道："你不该服毒。"

赵荣华笑了起来，开始不过是在狂笑，到最后声音微弱起来："我不该吗？为什么不说当初我不该去兰若轩？为什么不说当初我不该带你回锦瑟殿？我不悔，只是我不甘心，这一切都太快了，我所想到的与人争斗的计谋都没有用上呢，叫我这么死去，我真的不甘心。"

"有人逼你？记得你曾说，这是温昭仪拿婕妤之位许诺给你的，她也算是你的凭仗，今日你服毒自杀，她怎会袖手旁观？"锦言心存疑惑道。

赵荣华体力不支，摇摇欲坠，锦言将她扶到椅榻上。只听赵荣华冷笑一声，嘴角已溢出鲜血："不知是谁向太后吹了风，太后懿旨，要彻查丽贵人之死，矛头直指向我。此时我父亦因牵涉本朝大案而下狱。昨夜有人来对我说，如果我自尽身亡，就算是畏罪自杀，太后也会赦免我的父亲，并给我存几分颜面，准许以婕妤之位下葬。"说到这里，赵荣华用手背擦了擦嘴角的血，自嘲道，"去兰若轩之前，我也想过后果，只是没有想到，要死了才能得到那婕妤之位，你说可笑不可笑？"

锦言用帕子给赵荣华擦拭了嘴角："昨夜是谁来对你说此事的？"

赵荣华摇摇头，呼吸开始有些困难："我不能说。"

"既然你死也不能说，看来此人在宫内地位非常。也罢，你有什么心愿未了，如果我将来有机会，定将尽力为你实现。"锦言拿起一条锦缎绸被，盖在赵荣华身上，赵荣华看起来极冷，她浑身颤抖着，嘴唇已经由发白逐渐转为发紫。

赵荣华拉起锦言的手，塞给她一样东西，但不准她现在看，说道："我不会看走眼，你注定要在后宫争斗一生。拿着这个，这里面的秘密早晚会被揭穿的，还有，不要让任何人知道我将这个交给了你，连晚晴也不能说。"

未等锦言说话，晚晴从外面跑了进来，在赵荣华面前恭恭敬敬地磕了三个响头，说道："主子，您交代给晚晴的事，晚晴都已经办妥了。您走得安心一些吧，晚晴没有辜负您，那人说了，即便太后变卦，那人也会出手救您父亲一命。"

赵荣华凄惨一笑，只是那笑容无力而悲怆，那双眼睛缓缓地闭上，她费尽全身的力气说道："你带她去找温昭仪，她会护你们周全。不过千万要记得，如果太后是吃人的老虎，那她就是抓人的狸猫，这后宫谁也不要相信，对人交了心就等同于交了命。"

赵荣华说完这话，便没了气息，晚晴又朝她磕了三个响头，拉起锦言就从锦瑟殿的侧门离开，一路迂回曲折，终于到了另一处宫殿——惊鸿殿。

锦言拉住晚晴，有些犹豫，但还是问了出来："这后宫凶险，你我从锦瑟殿到了惊鸿殿，自会有人发现，难道就不怕有人追究吗？而且你是赵荣华的近身宫女，旁人难道不会说你……"

"说我不忠心侍主？"晚晴尖着嗓子说道，"这后宫规矩之多，也难免有疏漏之处，赵荣华在宫里只是个不起眼儿的妃子，不会有人注意这些的。"说罢，她看到锦言面无表情，也知道自己的话并不能让人信服，她只好压低了嗓子，一字一板地说道，"我只是想活下去。"

或许当真从晚晴嘴里听到此话，锦言也有些难以接受，"活下去"，自己忍受了这么多，不也是为了活下去吗？

惊鸿殿在御花园南侧，靠近一座假山，从一旁看还以为是隐在山石之间的宫殿。惊鸿殿内多种植海棠，宫殿并不显得富丽堂皇，而是淡雅细致，只是宫殿内放置的上好物事显示出主人的胸怀来。晚晴拉着锦言奔入惊鸿殿，"扑通"一跪便说道："娘娘，我家主子已经西去了，临终嘱咐奴婢们来投奔您，主子说她与您相交一场，您定会看在她的薄面上护奴婢们周全。"

锦言只是在锦瑟殿见过温昭仪一面，那时她着宫纱白裙，显得出尘脱俗，如今她一身红衣，眉眼已不是淡韵，而是浓烈的艳妆，看起来朝气蓬勃。她轻笑，吩咐身边宫女去安顿晚晴，并留住锦言，与她交谈。

"我本想过些时日再把你要进惊鸿殿，只是没有想到天算不如人算，这一切来得竟是这般快。"

锦言也有些感慨："自从进宫以来，我每到一处，必引起纷争杀戮，我有些怕了。"

"怕？这才是开始，后宫征途漫漫，何处是尽头？只有当自己埋身地下，或许才是真正平息的那一天吧。"

"难道不累吗？"锦言有些茫然。温昭仪似是听到了什么可笑之言："累？后宫女子多的是寂寞，怎么会累呢？"说完她也有些失落，打起精神来说道，"锦言，你无须再有顾虑，如果你认为是自己引来了杀戮，那么便这般想，你本应是澄瑞宫的正主，你与这后宫有解不开的缘，无论是当宫女还是皇后，你都注定要进宫，无论以何种形式，不是吗？"锦言再次道出心中疑虑："你已是昭仪，慢慢度日，也会登上妃子之位，何必要用计谋？"

温昭仪冷笑一声，说道："皇后三年必死，而后宫也是三年一选秀。上次选秀已是三年前，这次册封皇后，太后不过是认为皇后出身低微，所以才免了后宫选秀。三年后，便一定会再次选秀，那时我已是容颜衰老，而后宫美女如云，我怎么可能再有机会做贵妃？"

"做贵妃也不一定会有表面的那般荣光啊。"锦言不知道自己到底为何而劝慰温昭仪。

"你说得自然不错，可是不做贵妃，却是连那般表面的风光也不会有。再说，我要的不是荣华富贵、光鲜亮丽，我只是不甘心。连闻家都能出个皇后，何况我温家？我父昔日也曾征战沙场号令三军，只不过先帝忌惮他功高盖主，所以才免了他的爵位，令其与一般大臣无二，否则我怎么可能只是一个从二品的昭仪？"

锦言看着温昭仪脸上的不甘，想起晚晴说的那句"我只是想活下去"，心里泛起一股酸涩。后宫的女人，无论地位卑微，还是尊贵，谁又曾真正得到过一丝快乐？

锦言自此在惊鸿殿里安顿了下来，温昭仪并没有安排她做些具体的活计，为了掩人耳目，也只是让她在自己的房间里刺绣。而晚晴虽然在惊鸿殿里没有性命之忧，但也没有受到温昭仪的赏识，只是做了惊鸿殿的粗使宫女。每晚回到房间时，她总会对锦言抱怨几句，锦言也只能安抚她几句，久而久之，晚晴对锦言的态度也不如从前那般友善了。

五天下来，锦言终日在房中刺绣，不出房门一步，温昭仪也并未再与她相见。一日，晚晴带着疲惫而回，对她道："在锦瑟殿，还可以唤你声莺歌，来到这惊鸿殿，倒不知该如何称呼你了。"锦言将手里的帕子绣好最后一针，咬断线头，端详了一下，看着上面的两行字微微一笑。

晚晴看她笑得奇怪，便夺过帕子来看，低声念着："鸿雁不来，之子远行。所思不远，若为平生。"

晚晴看锦言有些神情紧张，便揶揄道："诗意朦胧，难道有心上人了不成？"

锦言不禁红了脸，说道："不过是无心的一句，无关紧要的。"

"既然无关紧要，这帕子就送给我吧。"晚晴把帕子往自己怀里一塞，锦言不知道该如何从她手里要回，只好惋惜着沉默了，心里劝慰自己，不过是方帕子而已。

惊鸿殿内，温昭仪屏退了众人，与锦言闲话起来。

"澄瑞宫的那一位有动作了，她今天在家宴上竟然参与朝政之事。"温昭仪看了锦言一眼，徐徐说来，"本朝第一要案，牵涉众多，赵荣华的父亲也在其内。他是当朝丞相，却收受贿赂，卖官鬻爵，并与邻国朝勾结，将本朝边疆设防情况全部卖于敌国。这下边疆告急，需要有重臣去坐镇边关。"

锦言试探地问道："她可是举荐人去边关？"

温昭仪带着几分诧异说道："她举荐的是谁，想必你也能猜出来。"

"锦亲王南宫君悦。"

温昭仪拍手称赞，笑道："不愧为姐妹，果然有点儿心有灵犀的意思。"

锦言心想，这原本就不难猜，只是她许久未提起的南宫君悦，此刻这般轻描淡写地就说了出来，不知费了多少心力。他，之于她，原本就是一段孽债，债未清，情难断。

"只是太后对她严加斥责，要她安守本分，不得干预朝政，在众人面前让她颜面尽失。皇上虽未说什么，但脸上也是不悦，拂袖而去，后宫女子无不落寞而归。"温昭仪说完，自己脸上也带了些淡淡的失落。锦言这才仔细打量了她几眼，只见她今日妆容精致秀丽，比起素妆来更是多了一分风流韵味，想必也是为讨皇上欢心让他多看几眼吧。此番皇上不悦离开，后宫女子肯定恨透了搅局的皇后，如此一来，素语的日子岂不是更加难过？

"她为何会举荐锦亲王出征，想必你知道缘由。"温昭仪想从锦言口中探知素语的心事。只是锦言怎会轻易说出她们姐妹与锦亲王的爱恨痴缠？那不过只是一场浮梦罢了，现在尘烟四起，该是拂去浮尘的时机："我并不清楚，我只猜得出人选，却想不出缘由。"

是夜，又是难眠之夜。锦言想，素语今日会举荐南宫君悦，说明他们一直有来往，而为什么素语一定要出头为南宫君悦去争，倒是难以思量。此去边关路途遥远，凶险至极，锦言想不出此事对南宫君悦有何利益可图，如果非要说有什么利益，那便是南宫君悦可以手握重兵、坐镇一方的权力。

那黄沙漠漠，飞沙走石间，一面军旗迎风飘扬，穿着盔甲的男人骑在马上，尽显男儿本色。这就是锦言想象那时在黄沙大漠中的南宫君悦……这一切值得吗？他又是为了谁？为了自己？那为何许久都不曾有音信？为了素语？可她已是皇后之尊，两人不能不顾忌天下万民之口。如果，非要说一个理由，那只能是为了他自己。

锦言的心有些揪痛。这本是她的暗伤，如今揭开了伤疤，血又淋淋而下，叫她无法面对自己。那梅花下的情意缱绻，仿佛还在眼前，锦言从怀里掏出那块贴身的暖玉，这曾经是她唯一的念想，也是她掩在胸口极力想要回避的定情之物。

因为皇后干预朝政，太后与皇上采取了冷落皇后的措施，澄瑞宫上下都受到不同程度的责罚。后宫众人都冷眼旁观，只觉得皇后那是咎由自取，所以并不以为意。而锦亲王南宫君悦照样出入朝堂，并没有受到任何牵连。出征的人选还在商议中，一直未有定论。

可是，令所有人都惊讶的是，边疆告急，三军待发，出征人选还是落在了锦亲王南宫君悦的身上。皇上偕皇后素语在朝元殿为锦亲王摆酒送行，有些宫女偷偷跟过去瞧，晚晴也在其中，回来时给锦言眉飞色舞地描述着当时的情景："锦亲王真是英俊不凡，一身盔甲，威风凛凛，咱们皇上也很好看，只是比起锦亲王来少了三分英气。看锦亲王举手投足，信心十足的模样，这次出征一定能荣光而归。"

锦言只是淡淡地听着，内心却波涛暗涌。许久未看到他的模样了，他曾经痴情的语气，让她狠下心来让素语代替自己进宫，如今一切却已物是人非。素语成了澄瑞宫的皇后，自己做了惊鸿殿的宫女，而他却成了威风凛凛的大元帅。

晚晴道："这锦亲王至今未立正妃，天下多少女儿家都在梦想着能入主锦亲王府啊。不过那锦亲王府也不比后宫差多少，侧妃多了，争宠的事也少不了，照我说，这女人啊就是要拿住男人的心，否则什么品阶都是虚的。"

锦言在心里冷笑着，看来这殇末朝的女人们，要想出人头地，除了进皇宫，也只有进锦亲王府这条路了。正在这时，晚晴突然惊道："啊？掉到哪里去了？"

锦言看到晚晴着急的模样，也慌忙问道："你掉了什么东西？"

晚晴看锦言出言相问，忙掩饰道："没有，没有什么，不过就是一个香囊，我出去寻寻，寻不到也就罢了。"

晚晴并不是稀罕这方帕子，只是后宫复杂，若是让奸佞小人捡了去，栽赃陷害，便有些麻烦了，所以晚晴还是执意循着原路找回去。从朝元殿回来的路上，她一直独行，只是路过御花园的时候，看见亭阁旁的几丛春花争妍，便停了下来，想来路上也只是耽搁了那一会儿。

晚晴低着头一路寻过去，直到碰上了一个人的胸膛，才惊慌地停了下来。是那个面如冠玉的男人，星眸闪亮，晚晴自然认得，这便是圣上，她当即跪下请安："奴婢莽撞，请皇上恕罪。"

皇上站在晚晴面前，不怒自威："这么慌张做什么？"

晚晴跪在地上，早晨时落了些雨，此时地面未干，她感到膝下的衣物都湿了："回禀皇上，晚晴丢了贴身的帕子，想出来看是否还能寻到。"只听皇上"哦"了一声，说道："你要找的是不是这方帕子？"皇上把手中的帕子亮了出来。

晚晴并不敢抬头去瞧，只是用眼角余光看到，正是锦言所绣的那方帕子，便叩头说道："启禀皇上，正是奴婢丢失的，不想竟被皇上捡到了。"

许久，晚晴都没有听到皇上的回应，只是伏在地上的她隐约感觉到龙体颤动，有些压抑的情绪以无可抵挡的势头蔓延开来，晚晴的手触到地上，感觉好凉好凉，凉得心里直发颤。

"这帕子上的字是你绣的吗？"看似随意的一问，不知隐含了多少心事。

也不知怎的，晚晴便脱口而出："回皇上，是奴婢所绣。"

皇上的第二个"哦"便多了些疑问，沉声说道："抬起头来，让朕瞧瞧。"

晚晴战战兢兢，抬起头来便迎上了一双深沉的眸子，看见自己时，一脸掩饰不住的失望。晚晴只当是因为自己容貌平平，才让皇上失望，哪里能想到其中缘由，她忙不迭地伏身跪下："奴婢陋姿，不堪入皇上眼帘。"

皇上俯身折了一枝花，举手投足间潇洒风流，让晚晴偷偷瞧去已是痴了："与这枝花相比，确实平庸了些。"

晚晴的心七上八下的，她只是一个小小宫女，虽也曾幻想过被皇上看中，抬举成后宫之主，不过那也是想想而已，而今竟然与皇上有了独处的机遇，可她曾预想的万种风情，都被这湿裙乱发给打没了。没有骄人之姿，没有几分才情，她能倚仗什么？不过此刻看来，皇上对手中的锦帕很有些兴趣，一直摩挲着上面所绣之字，低声吟诵。

"你且平身，待朕来问你，你是哪个宫里的？"

晚晴站起身来，知道自己膝下衣裙俱湿，来不及掩盖，思量着该如何回答："回皇上，晚晴是惊鸿殿的。"

"惊鸿殿？你主子可是温昭仪？"皇上眉头紧蹙。

晚晴低低福身："正是温昭仪。"

"真料不到，静容如今胆子也大了，竟然敢藏人了。"皇上意味深长地说道。晚晴只当皇上说的是自己，不禁面上一红，心里却更加忐忑不安。

"既然你说这帕子是你绣的，可愿再为朕绣一个香囊？这绣工，朕瞧着喜欢，比江南制造还要精致，难得，难得。"

晚晴忙不迭地答应："这是奴婢的荣幸。"

"好，明日这时，朕在这里等你。"皇上说罢便转身走了，谁都未瞧见他脸上的那抹淡笑看似轻松，却多了一丝诡异与阴森。

晚晴带着万分喜悦归来，她乞求锦言替她绣一个香囊，明日午时之前必须完工。锦言虽有疑惑，但是架不住晚晴百般央求，便答应了下来。又是一夜未眠，不过与昨夜不同的是，这次有晚晴陪在身边，举盏奉茶，只有一个目的，便是为了这个香囊，可以让她平步青云的香囊。

一夜加上半日的工夫，锦言果然绣完了。晚晴拿在手上止不住地欢喜，锦言见到她这般，便问道："你要我绣这个香囊到底为何？别怪我没有把话说到前头，此物除了你，再不能让第二个人看见，否则后果不堪设想。"

只怕再多的良言，也不能让晚晴刹住攀高之心。不是所有的人都能看破红尘，只因她们没有这般机遇，当遇到这般机遇时，谁都会迷失了聪慧之眼。

晚晴支支吾吾的，随后她好好梳洗了一番，轻施脂粉，面带浅笑。锦言在她身后说道："瞧你这神情，似是去见情郎一般，这可是在后宫，赵荣华刚死，这惊鸿殿还不知是否为你我容身之处，后势不知如何，你不能乱来。"

晚晴笑道："是，这后宫确实难以生存，可是一旦有了恩宠，就不是这般任人驱遣的奴婢了，你说，我会选择哪一个？"

锦言这会儿明白了过来，沉下脸来说道："这个香囊是不是为皇上所绣？"

晚晴看事情已经被点破，也就没了那层顾忌，说道："先前赵荣华也有心抬举我，只是她人微言轻，我又姿色中庸，有心无力。现在与皇上偶遇也只是因缘际会，皇上对我有意，我必须要抓住这个机会。"晚晴抓着锦言的手道："我不比你，你长得那么美，一定会被皇上看上的，这后宫荣华迟早会有你的一份，而我若错过了，便什么也没有了。"

晚晴已经梳妆整齐，紧握着手里的香囊欲出门，临走前对锦言说道："我不知道你的真实身份，但凡我做了主子，一定会多扶持你一把的，不会忘记你今日的大恩。"锦言在后面道："你难道真的以为皇上不知道这不是出自你之手么？如若明日他再让你绣件绣品，你拿不出，又该如何讨得圣上欢心？"

"今朝有酒今朝醉，我只要今日，至于明日如何我顾不得，这一世的荣华与我无缘，难道乞求一日也是那般遥不可及吗？"晚晴转过身来，眼睛里已有星星点点的泪光。

锦言知她，识她，算了，一切都是命数。可是当想起澄瑞宫里的素语，还有闻府内的双亲，锦言的心又揪了起来。

就在开门的那一刻，晚晴倒在了地上，目光中满是难以置信，她就这么盯着锦言，有怨毒，有仇恨。而锦言握在手里的花瓶也随之滑落在地，几声脆响，瓷片弹起，划破了锦言的手背。锦言抚了抚晚晴的发丝，颤声说道："别怨我，我并不是为了自己，那么多人的性命，不能这么毁在你的手上。"

她手背上的鲜血滴落在晚晴的脸上，看起来诡异而恐怖，让她不由得瑟缩起来。情急之下的举动，阻止了晚晴赴圣上之约，可是后续如何筹划，锦言陷入了沉思中。

午时已过。南宫君尚还等在亭阁之中，久久不见晚晴来，他不禁忧心如焚。他急，并不是为了昨日遇见的那个资质平庸的女子，而是那个承诺所绣的香囊。他断定晚晴昨日说的都是假话，那帕子的绣工，除了那个她——浣衣房的燕瑾，后宫再无人能出其右。既然晚晴敢承诺绣香囊与他，那个燕瑾一定藏身在惊鸿殿。只是晚晴迟迟不来，倒是出乎他所料。

他目光灼灼，看着惊鸿殿的方向，多了几分坚决："惊鸿殿，你且等着。"

惊鸿殿内，锦言在房间内徘徊着。晚晴还处在昏迷中，头上不见血痕，可是却也没有清醒。锦言砸下那一个花瓶其实并没有用狠劲，只是情急之下的本能反应，维护素语、维护闻家的本能。素语的娘亲周氏被杀，锦言对素语有愧疚之感，因为素语本没有错，因为自己的一己私情、南宫君悦的温言软语，她就放任双亲把素语推进了这高墙深院之中，受天下人耻笑，枉受三年荣华。锦言心寒，她从不觉得自己薄情寡义，如今才认清了自己竟是如此薄情之人。如果今日自己得偿所愿，与南宫君悦花前月下你侬我侬之时，不知道是否还会忆起素语今日之苦，不知道当素语死后，自己又会在她的坟前洒落几滴清泪？

为了闻家，她可以阻挡晚晴去寻找幸福，去寻找那一日之欢。为了素语，她可以手执花瓶砸向无辜女子。原来她闻锦言，也是一个狠毒冷漠之辈。这番想来，锦言颇感沮丧。

来不及思量，锦言便奔去惊鸿殿内想要找温昭仪商讨，未及殿门，便听到远处惊雷一般传来一声："皇上驾到。"锦言只好躲在殿门的花丛中，看着皇上从花径中走过，眉眼间都是玩味，仿佛来惊鸿殿就是来寻乐子的。

温昭仪出门迎接，行礼说道："不知圣上驾到，臣妾有失远迎，还请恕罪。"

皇上虚扶温昭仪平身："朕这些日子忙于公务，实在有些冷落于你，今日看到惊鸿殿紫气冉冉，就特地过来瞧瞧。"

温昭仪娇艳如花，脸上的神情似让清风依恋。依附在皇帝身上生存的女子，无不以此神色侍君，因为她们都想活得更好，活得更久："瞧皇上说的，臣妾这惊鸿殿平时鲜有人来，哪来的紫气冉冉？如若有，那便是皇上您的驾临了。"

"静容说话总是这般合朕心意，可是你这惊鸿殿倒真是藏了一个贵人，难道你不知？"皇上言笑晏晏，却见温昭仪脸色突变，忽地失去了血色。温昭仪犹自强颜欢笑，说道："皇上说什么，臣妾怎么听不懂？"

皇上捏起温昭仪的下巴，不需用力，已让温昭仪吓得魂飞魄散："听说你这里有个刺绣很好的人，是吗？"

"皇上说的是……"温昭仪发出的声音已经变了调。

"晚晴，晚晴，对吗？你这里可有一个叫晚晴的宫女？"皇上问道。

温昭仪似是松了口气，可是脸上却疑惑不减，连忙应声道："有，有，既然皇上想见晚晴，臣妾亲自去把晚晴请来。"

"区区一个宫女，也要劳驾朕的爱妃前去请吗？派个人知会一声就好了。"

温昭仪这时已经恢复了镇定，说道："既然她是皇上看重的贵人，便值得臣妾走这一遭了。再则，她小小一名宫女，觐见皇上恐有失礼仪，臣妾在路上也好教导一番不是？"皇上端起茶杯，抿了一口，说道："也罢，既然你执意要去，便去吧，只是要给朕一个满意的结果才好。"

锦言隐在花丛里的身子一震，她慢慢往后退去，等离众人远了，才奔回自己的房间。推开门，她赫然看到晚晴已经从昏迷中醒来，呆呆地坐在床榻上，她惊慌说道："晚晴，对不起，我不是故意的……"

只是晚晴并不理睬她，锦言仔细看去，发现晚晴目光呆滞，似是傻了一般。锦言伸手去摇她，可是怎么也摇不醒她，她的目光依旧直勾勾地看着地上的碎片，那是锦言来不及打扫的花瓶碎片。这时，温昭仪进来了，看到这番景象后，又是一惊，锦言一时之间也说不清情况，只是看着晚晴痴痴傻傻的模样悔恨不已："晚晴，都是我害了你……"

温昭仪在她身后说道："现在说什么都晚了，皇上要晚晴是假，要你才是真，现在除了你亲自去惊鸿殿，已经没有别的办法了。"

"你知道我不能去。"锦言惊慌之下脱口而出。

"你信不信，皇上见不到你，会血洗惊鸿殿，挖地三尺来寻你？"温昭仪咄咄逼人。

"他不是血腥之人。"锦言的肯定只不过是心里的疑惑。

"如果这是其他事，我可以与你打赌，可是现在，我不想拿我惊鸿殿上下一众的性命，来与你做这场豪赌。"温昭仪的话如重锤，即便是轻轻地落在锦言的心上，也让她无力承受。

突然，绝望之际的锦言冒出了一个想法，让她欣喜不已："有办法了，我有办法了，我为什么早没有想到呢？"

温昭仪有些不信，这不是小事，哪里轻易就能想到解决之法？除非，除非……想到这里，温昭仪惊异地看着欣喜的锦言，不由得感到异常绝望："除非你死？"

对，锦言相信，只要自己死了，皇上不再寻找自己，也就不会泄露闻家的秘密，而自己的死也会让素语消了怒气，为母亲赎罪，这是一举两得的事情，不是吗？

温昭仪不住地摇头，脸色惨白："来不及了，一切都来不及了，走到这一步，就没有回头路了，即便死也阻不住了。皇上已经来到惊鸿殿，如若看到的是你的尸体，他只会恨不得将我碎尸万段。对不起，闻锦言，我不能让你死，你没有死的权利，你身上背负着别人的性命。"说完，不待锦言有所回应，温昭仪拿起地上的瓷片就往自己脖颈间划了一道，当即出现一道血痕，看起来触目惊心，接着，她撕心裂肺般地大喊起来，"快来人啊，有人要刺杀本宫，快来人啊！"

锦言掩嘴，惊恐之余，也明白了温昭仪此举的目的。只不过是片刻间，便有人闯进来了，皇上也跟着走了进来，看到的是痴傻的晚晴、带着血痕的温昭仪，还有满地的碎片和斑斑血迹，以及倚在角落里的锦言。温昭仪看到皇上进来，便扑到了他的怀里，娇声哭泣道："皇上，有人要刺杀臣妾，臣妾差点儿就见不到您了。"

皇上好言安抚着她，转身喝道："狗奴才，还不快传太医！"

温昭仪还赖在皇上怀里不放："皇上，您要为臣妾做主啊。这朗朗乾坤之下，竟然在圣上跟前刺杀臣妾，她是吃了熊心豹子胆了！"温昭仪指着锦言说道。

"她是谁？"皇上将怀里的温昭仪推开，坐在备好的椅子上，并不多看晚晴几眼，指着角落里的锦言缓缓问道。温昭仪急忙回道："赵荣华死前，曾将贴身宫女送到臣妾这惊鸿殿来，臣妾也知道这不合体制，不过念着姐妹一场，臣妾愿意承担罪责。只不过她二人进了惊鸿殿，臣妾一直好生对待她们，可是刚才臣妾进门之时，便看到晚晴已经傻了，而她拿起地上的碎片就向我刺了过来，幸亏臣妾躲得快，否则皇上只怕看到的就是臣妾的一具尸体了。"说罢，温昭仪又哭了起来。

皇上听着温昭仪的哭声不断，似有些心烦，让人将晚晴带了出去，又命太医和太监将温昭仪送回寝殿歇息。温昭仪临走时看了锦言一眼，神情复杂而无奈。锦言知道，她不过是为了自保。

皇上的目光凝聚在了锦言身上，说道："是你，你为什么要这么做？"

锦言已经从角落里走了出来，她极力掩饰住内心的恐慌，高声说道："想这样做，便这样做了，并不为什么。"

皇上走近了锦言，那目光中带着思索与探究，眉头微微蹙着，嘴唇轻抿，忽闪的睫毛黑而浓密，闭上眼睛的那一刻在脸上留下完美的投影："你究竟是谁？"

"墨韵堂里我便说了我是谁。"

"那时，你说你是西楼，可是当朕册封了西楼，却发现那只是个陌生的女子……"皇上仿佛不愿提及当日之事，便停住了话语。锦言却接过他的话头，说了下去："所以您赐死了她，因为您认为她得不到您的庇佑，会遭别人毒害，您竟然连让她苟活于世的权利也没有了。她之于您，是陌生人，我之于您，又何尝不是？"

皇上似是有些惊异，但是很快那抹惊异便消失了："那日你果然在墨韵堂。鸿雁不来，之子远行。所思不远，若为平生。后两句便是你添上去的，对吗？你或许不知道，朕从看见你第一眼开始，就觉得你与朕并不陌生，仿佛是前世便已熟知了的人，所以朕才会对你念念不忘，朕是喜欢你。"

锦言转过身子，轻轻摇头："错了，您根本不是因为喜欢我才去寻我，您只是因为没有得到，堂堂九五至尊竟然被女人所拒，怎么可能忍受得了？即便是得到我的那一天，您也会如赐死西楼一般赐死我，因为女人在您眼里低贱如尘土。"

"不，朕原本是有些寡情，可是对你不一样……"

"怎么不一样？当初顶替我名字死去的莺歌，不也是一卷草席埋在后山了事了吗？那时谁都知道，皇上所寻女子毙命后，皇上连尸体也未看一眼便转身离开了。"锦言现在想起兰若轩的那一幕，还有些惊悚。

"你怎么知道朕没有看？后宫传言听之一二即可，人云亦云的东西，都是些多嘴多舌之人在乱嚼舌根。"皇上有些恼恨，可就算他是皇上，也禁不住众人之口，"朕亲自去看的，不是为了看兰贵人，而只是为了去看你，可是当看到那具尸体的两只粗陋不堪的手时，朕便转身离开了。朕记得你抚摩珍妃的七彩流星屏风时的纤纤玉手，所以朕断定那人不是你，既然不是你，朕何必厚葬于她，送她一卷草席，也不过是因为她有幸顶了你的名。"

锦言不知皇上所说是真是假，看着皇上诚恳的模样，锦言很想相信是真，可是她马上警醒过来。她面前的男人，不是闲人文客，不是世家子弟，不是官宦臣子，甚至不是那个情缘模糊的王爷，他是君主，他是殇末朝的天子。所以自己要做的事情，只有远离他。

皇上看锦言不出声，又说道："朕知道你心里有疑虑，你想知道为什么朕明知道你没有死，却没有继续寻你，对吗？"

锦言脸上一红，说道："我不想知道，也不需要知道。"

"朕知道你没有死，可是兰若轩一事，虽然名义上是丽贵人对太后行厌胜之术，被赵荣华拿住了把柄，所以畏罪自杀，其实并没有这么简单。只是后宫牵扯复杂，追究起来怕又是伤筋动骨，支离破碎。再者朕担心，如果朕继续寻你，势必会让后宫里知道你还存活于世的人嫉恨于你，非要置你于死地。所以，朕宁愿慢慢发现你，只要不危及你的性命，朕不妨等你些时日。"

锦言仔细听着皇上的话，听到这里，已有五六分信了。

"你知道，朕捡到那条帕子的时候有多么欣喜吗？可是朕又怕没有人来寻，所以朕站在那里一个时辰动也没动，就是为了等人来寻，现在想起来，倒是有点儿孩子气了。"皇上失笑道，"可是，朕等来的那个不是你，是晚晴，她说这帕子是她的，朕不信。朕不忙着拆穿她，朕要她为朕绣一个香囊，只要她翌日拿来香囊，朕就确定了你就在惊鸿殿的事实。谁知，朕怎么也等不来晚晴，朕深恐你出了意外，所以急忙来瞧瞧。"

果然与锦言料想的一样，但是此刻她只有悲怆地冷笑："您既然来了，现在如意了吗？您瞧见的是晚晴的痴傻和您爱妃的伤痕，这一切都是我做的，要如何处置我都随您。"

皇上的眉头舒展后再度紧蹙，他每走近一步，锦言便不自觉地后退一步，只听他说道："朕当初听闻你的死讯，起初只不过是不忍，谈不上心痛，后来发现不是你后，那种释放的心情令朕震惊。朕慢慢地寻找你，脑海里时时刻刻都在想着你。那时朕对你只不过是薄意，现在却是深情。"

"不要再说了，我担不起皇上的告白，我只是这宫里卑微的宫女，我承受不起。您有您的后宫粉黛，您有您的佳人妃嫔，而我什么也不是。"锦言大步后退，如果这扇房门便是宫门，她宁愿破门而出，走出这如牢笼般的后宫。

第六章

一日青云

　　房间里，因锦言的抵触，两人陷入了缄默之中。那一地的碎片都昭示了后宫的血腥与嗜杀。锦言俯身去清扫碎片，因心不在焉，被尖利的瓷片划破了手指。只不过是片刻，她就被皇上拉起了身子。皇上握着她的手，将她受伤的手指含在了嘴里，锦言如同痴傻了一般。

　　"你这手只能碰锦缎与绣品，碰杂物已是玷污，朕看了不忍。"

　　锦言抽回手，不能，她不能相信，这么款款深情的男子，他之于她，仍是殇末朝的天子，不是要寻找的良人。皇上有些不悦，他从未受到过这般冷遇，后宫里哪一个女子不是欢颜笑语地讨他欢心，哪一个敢甩脸色给他看："你这般对待朕，难道就不怕朕将你……"

　　锦言笑了起来。这是皇上第一次看见她笑，她本就是绝色佳人，笑起来更是媚眼含波，眉毛弯弯："您是说我难道不怕您一怒之下将我杀了？"锦言笑得开怀，这是她进宫以后第一次笑得这么放松而淡然。果然，置之死地而后生，当真正面对死亡时，锦言倒觉得不似之前那般恐怖了，"我说过，在这个后宫，谁也杀不了我，因为我会先杀死自己。与其让别人结束自己的生命，还不如自己来得痛快。"

　　皇上没有料到，在他面前看起来这般柔弱的女子，身体里竟蕴含着强大的韧劲，说出这等豪言来，不简单，他看着她的眼神更加复杂了。

但他是君王，怎么能忍受一个女人凌驾于自己之上？他想要拿回主动权，便使用了男人最原始的办法。只不过是几番纠缠，锦言胸前的衣服已经滑落，但她并不用手去掩盖，只是淡淡地说道："皇上，我瞧您没有兴致与一具尸体交欢吧？"

皇上停下手中的动作，恼恨无比地握住双拳，从空中滑落在锦言身上时，却变成了给她拉好胸前的衣物的动作："你……朕不信拿你没有办法。"说罢，他便恨恨地走出房门。

"从今日开始，谁都不能进出此屋，违者立斩不赦。"皇上口气不善，众人听令纷纷应和。

锦言松了口气，也罢，被关在这里比在他的身边强。

到了傍晚，有宫女来为锦言送饭，那宫女神色有些慌张，虽然极力控制，可是还能看出些端倪。锦言存了疑，却仍不动声色，直到那宫女不小心将碗里的酒菜洒落在地上，她才出声道："你无须紧张，晚些时候皇上会与我一同用膳，你将这些酒菜摆好下去便是。"

果然，那宫女手里的食盒一下就滑落在地上，一片狼藉："这些酒菜已经不洁净，奴婢这就去换。"

锦言站起身来，冷冷地看着她："怎么不洁净？不就是掺了点儿毒药吗？"

那宫女来不及收拾那些洒落在地上的酒菜，欲夺门而出，开门之际，便看到温昭仪姗姗而来。她笑意盈盈，一甩手就将那名宫女打翻在地，低声喝道："没用的奴才，还不快滚回惊鸿殿领死？"

那宫女含泪离去，看得出是惊恐至极，不过这会儿锦言也没空去同情她。锦言想起赵荣华临死时所说的话，她说温昭仪就是抓人的狸猫。锦言仔细打量着温昭仪，她还在笑，眼神也很温柔，这让锦言感到心惊，这个女子有多深的心机才历练出这样的脾性来？

"人算不如天算，皇上最终还是找到了你，闻家的祸事也即将来临。你不是说，你会选择自己死吗？如今，可是怕了？"温昭仪的眼睛里精光一闪，转瞬即逝。

“为了闻家，让我死去不是不可以，只是这般死法，我接受不了。”锦言不愿意让人毒死，因为这不是自己走向奈何桥的那种情愿。

“都是一死，我怕你下不了决心，来帮你一把，你应该感谢我才是。”温昭仪将手里的银簪往酒菜里戳了一下，银簪就变成了乌色。

“何必说得这么好听，你只不过是为了你自己，你没有料到，我这么快就失去利用价值了吧？”锦言并不想在言语上输给她。温昭仪掩嘴笑出声来：“现在说这些已经没有用了，既然你不肯吃这些酒菜，那么我再给你指一条路，皇上来时，你拿着这把匕首，死在他的面前，让他亲眼看到你的死。否则，后果我不说你也应该明白。”

“丽贵人之死，是你一手操纵的，赵荣华的死你也脱不了干系，你以为自己能置身事外吗？”

“宫里死两个人并不打紧，可是连澄瑞宫之主都能偷龙转凤，你说这不是惊天动地的事情吗？相比较起来，谁轻谁重，你不觉得该好好衡量一下吗？”温昭仪的笑容慢慢地隐去，她从怀里掏出一把匕首来，就这么递到了锦言的胸前。

那泛着杀气的匕首在灯光下熠熠生辉，触手冰凉，寒意直达心底，但锦言最终还是接过了那把匕首。或许只有当她握住匕首时，温昭仪才能给予她时间思考后路。任人宰割从来都不是闻家女的作风，素语的主动出击与她的坚守原则，都只不过是不同的方式、共同的信念。

手里的匕首冷意沁人，却比不上温昭仪眼睛里的冰凉刺骨。这个世界上有一种人，可以杀人于无形，那便是温昭仪眼睛里的杀气。可是温昭仪忘记了面前站着的是闻锦言，一个不服输的女子。

“你快些走吧，被皇上发现了你在这里，你难道会落得了好？”锦言转身道。

温昭仪轻声笑道：“这个无须你操心，皇上但凡宠我一分，就不会拿我怎么样。你即便是皇上的新欢，死在了他的面前，他伤心之余还少不了我这旧爱的抚慰之情呢。”她话音刚落，便听到门外传来一阵细碎的脚步声，门被推开，竟是澄瑞宫的兰舟：“皇后娘娘懿旨，温昭仪飞扬跋扈，轻狂骄躁，自今日起闭门一个月不得出宫门，罚俸半年，以示惩戒。"

温昭仪脸色突变，可是皇后之命她又不敢不从，只好恨恨地应道："谢皇后娘娘懿旨。"

温昭仪从地上起来，兰舟并不出手相扶，这叫温昭仪更加愤恨，出言不逊道："皇后娘娘何时管起惊鸿殿的事情了？我定当禀明太后，让太后定夺。"

兰舟并不看她，神情略显傲慢："昭仪娘娘尽管去，皇后娘娘管理后宫本就是无可非议的事情，即便是到了太后跟前，只怕也占理。所以，昭仪娘娘还是不要去自讨没趣的好。"

这话兰舟算是说得相当重了，温昭仪果然脸色涨红，她自恃被皇上宠爱了几分，在宫里也算是个体面的人，如今却被一个宫女奚落，当然咽不下这口气："有趣也罢，无趣也罢，这个情理我都会去争一争，你一个宫女哪有身份对这件事情加以品评，你既然做了主子交办奴才的事情，便请回吧。这惊鸿殿还不稀罕招待一个奴才。"

兰舟眯起眼睛，倒也不以为意，把脸又往上抬了抬，刻薄地说道："昭仪娘娘这样身份的人，何苦跟奴婢怄气呢。兰舟虽然是个奴婢，可是也要看在哪个宫里当差，在澄瑞宫那是奴婢的福气，在这惊鸿殿嘛，那就是低贱了。"一席话将温昭仪气得七窍生烟。

未等温昭仪缓过一口气来，兰舟又走近了锦言，说道："你是好命，皇后娘娘召你进澄瑞宫当差，这就跟我走吧！"

锦言仿佛有些不知所措，她虽然见到兰舟时便已料到，兰舟之行与素语有关，可是亲口听她说要带自己去澄瑞宫，还是有些犹豫。自己该怎么面对素语？

温昭仪是了解其中隐情的，现下也只是淡淡一笑，说她是抓人的狸猫，也没有错。温昭仪拂了一下乱发，强自镇定道："兰舟，我与你素日无冤无仇，原本也不至于在言语上有所冲突，今日之事我也不与你计较，听我一句话，澄瑞宫当差也不过是三年而已，每三年必有一任皇后死于非命，澄瑞宫上下无一不跟着陪葬，你难道愿意三年后如她们一般被活埋吗？"

她看兰舟神色一动，便继续说了下去："兰舟，我瞧你是个聪明人，别一时被澄瑞宫那位的甜言蜜语所蒙蔽，得罪了这后宫众妃，到被拖去陪葬的时候，连一个出面为你求情的人也没有。"

兰舟神色一怔，仿佛有些感动，她走到温昭仪面前，低下头去微微福身行礼："谢昭仪娘娘关爱，可是在这后宫，兰舟根本不知道可以倚仗谁。"

温昭仪面上得意，感觉自己已经笼络了兰舟，不禁笑道："兰舟，这个你无须担心，我自会为你做主的。"兰舟行完礼站起身，抬起头来，面上却都是嘲弄之色："昭仪娘娘，兰舟劝您以后还是不要把话说得太满了，就凭您一个昭仪，自顾都无暇，还能护谁周全？等您熬上了贵妃之位，兰舟再来求您吧。"

说罢，兰舟便拉起锦言往外走去，锦言看到温昭仪早已气得上气不接下气，只觉得痛快极了。她一方面为兰舟对素语的忠心高兴，一方面又感到有些悲凉，怪不得温昭仪欲登上贵妃之位，在这后宫无身份，连一个宫女的尖酸刻薄也是招架不住的。可是自己这番随着兰舟去澄瑞宫，又不知道将会面对什么。素语早已不是在闻家唯唯诺诺的庶女，她是殇末朝的皇后，澄瑞宫之主。而自己，是那个杀死她娘亲的人的女儿，虽是姐妹，却情何以堪？

澄瑞宫果然不同于其他宫，带着一种瑰丽与幽静，也带着一股热血与落寞，让锦言环视几圈后便失了神。素语在这里或许只能生活三年，三年后，素语也将会是一堆凄凄白骨、一地热血残骸吗？锦言打了个冷战，这春风吹在身上，怎么还叫人这般寒冷？

锦言终于见到了素语，此刻的她华衣锦服、珠光宝气，举手投足间已是皇后的风范，坐在澄瑞宫主位上，自是一种威严。素语屏退了众人，朱唇轻启，款款道来："没有想到，我们姐妹竟能以这种方式相见。"

"素语，你今日荣宠一时，我自然是为你高兴的。"锦言说的是心里话。

素语却一脸不屑，那眼神里的冷漠让她不由得心寒："你也说只不过是一时，这一时有多久？三载而已。"

锦言知道自己失言了，便不再接话。或许是她脸上的回避之色让素语更加恼怒，素语站起身来，衣裙拖曳，姗姗而至锦言身旁，在她耳边低语道："但是你不要窃喜，这荣华虽然我只能享三年，我却能让你连三年也活不到，而且还是受尽折磨而死。"

素语的眼睛里充满愤恨。她恨锦言，恨这个面对自己这个皇后还能无一丝惊惧的女人，如果这个世上，还有一个对自己丝毫不恐惧的女人，那便是锦言。素语感觉，自己在锦言的眼中永远都只是庶女，那个唯唯诺诺、与娘亲悲悲切切的庶女。素语想彻底推翻这一切，她要践踏锦言的尊严，让锦言在自己的膝下求饶，彻底放弃那副嫡女高贵的神情。

锦言不忍看素语眼中痛恨至极的眼泪，于是说道："我知道你恨我，可是我们毕竟是姐妹……"

"你与锦亲王在梅花树下两情相悦时，何曾想过我一分？"素语逼问。

锦言感慨道："素语，这不公平，我有想过你，只是我那时以为他爱我，所以我也自私地没有放手，因为感情是不能勉强的，如今看来是我自作多情了，不是吗？"

素语无法抑制地大笑起来，笑声不无轻狂："闻锦言，从小到大，这是我唯一胜你的事情，南宫君悦喜欢的人是我，是我闻素语！"

亲耳从素语口中得知此事，还是让锦言有些接受不了，落寞与悲痛还是以无可抵挡的架势袭击了她。可是她不想示弱，她把头低下，任眼中迅速涌出的泪滴滴落在地上，她仰起头时，妆容仍然素洁，满目含笑："果然，果然如我料想的那般。他喜欢你，却又来接近我，不知是为何？"

素语眼中有一丝邪恶闪过，她不怀好意地说道："是我叫他那么做的，我故意叫他接近你，故意让你喜欢上他，然后让你尝一尝生不如死的滋味，你难道以为他真的会喜欢你吗？闻锦言，你太骄傲了，你也该好好认清一下自己。你容貌姣好，我又何曾输给你一分？"

锦言的心如同跌入谷底冰窖，强颜欢笑也掩饰不了那种悲伤，原来都是设计好的，难道南宫君悦眼中的情意也是伪装，难道那次雪夜的守候也是虚情？锦言不想再继续想下去，心里好痛，痛得呼吸都困难了，只觉得要窒息了一般。素语还在笑，她笑得那么开怀，笑得眼泪都出来了："闻锦言，你是不是觉得很讽刺？你为了那个人放弃了进宫，而那一切只不过是我刻意设计的，如今这殇未朝的后宫属于我闻素语了！"

锦言咬住了嘴唇，可是唇角还是不可抑制地抽动着，她的情绪现在高涨到了极点，可是却寻不到一个发泄的出路。唇角有血溢出，她却丝毫感觉不到一点儿痛。终于，素语停止了笑，因为她已笑得无力，脸上又恢复了那种冷漠之色，在锦言耳边问道："你后悔了吗？"

锦言不语，身体颤抖间，已有无限的情绪泄露。素语冷哼一声："你怎么可能不会后悔？赔了夫人又折兵的买卖向来不是你闻锦言甘愿做的，我现在为一国之后，而你却只是一个小宫女，在这复杂的后宫争斗中，还不知哪一刻便成了牺牲品。"素语的话越来越恶毒，她的眼神似乎能将锦言杀死。

"你既然这么恨我，何不将我一刀杀了，岂不痛快？"

素语做惊呼状，脸上含笑，说道："你是我的亲妹妹啊，我怎么可能一刀将你杀了呢？"素语绕到锦言的另一侧，低吼着，"杀了你最容易不过了，可是那怎能解我心头之恨？我要将你留在身边，慢慢地折磨你，直到你将这高贵的淑女面具丢到一边，让你觉得自己低贱无比，这才是我的目的。"

或许是素语的话太过于残酷，或许是这春日里的寒意未减，锦言禁不住浑身发冷。她抬起头来望着素语，这个昔日在闻府里默默嫉恨自己的姐姐，此刻只让她觉得这十几年的朝夕相处，一夜间就变成了陌路。

"素语，你现在好可怕。"

素语一声长笑，这澄瑞宫是她的天下，自然笑得畅快狂傲，这是锦言在闻府从未听到过的笑声："闻锦言，不要再装得这么天真。我如果不未雨绸缪，或许早已死在这皇宫里了。你以为我身为皇后能有多少权势？你以为我闻家能有多少凭仗？"她缓缓移步，那一地拖曳的长裙绮丽无比，可当她转过脸来，脸上却如白纸般毫无血色，"我凭仗的便是我自己，告诉你，这皇宫里的人都有秘密，太后有，皇上有，连同每一个妃子都有，只有你掌握了这些人的秘密，你才能挟制他们，才能在后宫存活下去。"

锦言有些不忿，她厌恶素语的自以为是，她何尝没有为素语担心过，她何尝不为娘亲的过失愧疚过？所以她说道："当你掌握了别人的秘密，别人不仅会忌惮你，而且会恨你入骨，恨不得将你千刀万剐，那时是福是祸还说不定呢。"

说完，锦言便后悔了。可是令锦言吃惊的是，素语并不以为意，她把兰舟叫了进来，说道："兰舟，本宫将燕瑾就交给你了，你可要好生待她，别忘了，她可是本宫的家生奴才，要好好调教她，让本宫也看看你兰舟的手段。"

兰舟福了一福，抬起头来是一脸的得意："娘娘放心吧，兰舟一定不会辜负您的栽培。"

兰舟站起身来，看着旁边木然的锦言，有些得意，家生的丫鬟又能怎么样？还能比得上我这个澄瑞宫的大宫女吗？兰舟上前抓住锦言的头发，便要往外拖着锦言离开，锦言面朝着素语，就那么看着素语，她没有反抗，也没有说话，即便她的头皮让兰舟抓得很痛，她也始终没有发出一声。她眼睛里的神采依旧，只是少了些什么，让人捉摸不透。而坐在椅榻上的素语，脸色顿时晦暗下来，起身时椅榻扶手上落下的抓痕触目惊心。

锦言被兰舟拉进了房间，便迅速松了手，脸上那种跋扈的表情也敛了去，扔给锦言一把木梳，便不再理她，自顾自绞了帕子，洗脸睡下了。锦言在另一张床榻上也歇了下来，好累，浑身筋骨欲断。此番来到澄瑞宫，并不比在皇上跟前轻松。素语对她的恨未减，这番只是让兰舟折磨自己，将来会再玩出什么花样来也不可知。

次日，兰舟命锦言将澄瑞宫的庭院都打扫一遍，否则不予吃饭。

锦言拿起扫帚打扫，在闻家未曾吃过苦的她，不一会儿手心便被磨出血泡来。打扫至澄瑞宫的花园时，锦言看见两棵大树之间架起了秋千，想起在家里时，娘亲也曾给她设过秋千，她还曾坐在上面迎风含笑过。锦言情不自禁地坐了上去，手里的血泡有些刺痛，可心里还是安宁的，只要爹娘安好，她所受的这些苦便值得。

也不知过了多久，锦言身后传来一声断喝："蠢材，这是你能坐的地方吗？"

锦言吃惊之余，回头看去，冷不防就被人从秋千上拉了下来，跌坐在地，摔得生痛。有一双锦履出现在了她的手前，她抬头看去，正是素语。素语慢慢地蹲下来，在她耳边低语道："你还记得吗？在闻家的后花园里，也有这么一个秋千，我总会躲在树后面偷偷看你，那时你穿的是粉红色的纱裙，被风一吹，好看极了。可是我不敢坐在那个秋千上，你玩过的东西，大娘即便是将它扔了，也不肯给我玩。有一天，我看花园里没人，便悄悄坐了上去，秋千果然好玩，一荡一荡的，可以看见好远的地方。不过不幸的是，我被大娘看见了，她很生气，让人用柳条抽我的腿。我娘要护我，也被抽得浑身是伤。爹看见了，也只是将大娘拉走，并没有关心我们母女的伤势，你知道吗？我好恨，我恨这个家，我恨家里的每一个人！"

素语越说越激动，她眼睛里因为恨而目光灼灼，因为恨而生动起来："所以，那晚，我忍着痛，从厨房里拿了一把刀，到后院将秋千上的绳索慢慢割断了些……"

锦言忆起来，确实有一次当自己坐上秋千时，没荡多久绳子就断了，便从秋千上摔了下来，头正碰到地上的尖石，顿时昏了过去。想来自己幼年的几次受伤，都与素语有关。锦言想从地上爬起来，可是被兰舟一把按在地上，喝道："就这么趴着，娘娘还蹲着身子，你哪里有越过娘娘的理？"

素语站起身来，走到秋千旁，坐了上去，懒洋洋地靠在一旁的绳索上，兰舟正要去推她，素语说道："你让开，叫她来。"

锦言咬牙从地上爬起，站在秋千旁，素语带着高高在上的表情看着她。锦言出手缓缓推起秋千来，她根本没有发觉，自己手里的力道越来越大，素语也荡得越来越高。锦言用尽了气力，倚在树干上喘息着，素语慢慢从秋千上下来，说道："竟然有你为我推秋千的一天，我做梦都会笑出声来。"

锦言羞愤不已，她也曾是个骄傲的女子："如果此生都得如此这般，我宁愿死！"

素语迅速回道："你尽管死，今日你死，明日我就赐闻步青和沈蕊洁鸩酒。"

锦言落下泪来，她知道素语做得出。素语从她身边经过，脸上不无嘲讽之色，今时今日，在这澄瑞宫内，她不过是素语的玩偶。

兰舟推了锦言一把，说道："给我继续打扫澄瑞宫，扫不干净，今晚休想入睡。"

锦言重新拿起扫帚，手上的血泡早已被秋千上的绳索磨破，让她痛得麻木。澄瑞宫里的宫女并不理会锦言，或许在她们眼中，锦言只不过是今日在明日无的人，谁会多费一分心思去理会她？一日过去，锦言终于将澄瑞宫打扫干净，虽然分到她手里的吃食不过是两块干饼，但她实在是饿极了，便艰难地咀嚼起来。

三更时分，兰舟从素语那边回来，拉着锦言就走。锦言也不问是去哪里，跟在她的后面急匆匆地去了。她哪里想到，竟是皇上驾临澄瑞宫，他一个月里也不过是来一两次，今日不是初一，也不是十五，谁也未料到他会来。

"皇后，朕要的人呢？"

锦言刚踏进大殿之时，听到的便是这句中气十足的话，她知道皇上又是为寻自己而来。

素语不言，他的唇角始终挂着一丝笑，那丝笑拒人于千里之外："臣妾未明白皇上所要的是何人。"

皇上不悦，面上的那丝温和顿时化为乌有："别用对付母后的法子来对付朕，告诉你，朕可以册封你，照样也可以废了你。"

澄瑞宫上下齐齐伏地，吓得心惊胆战。素语倒是镇定，端着的茶盏未洒出一滴水，她轻描淡写地道："皇上若果真能废了臣妾，那就请下旨吧。"

皇上果然吃不住劲儿，喝道："哼，别说你这种出身，即便是将军王侯之女又能怎么样？母后下懿旨册封你，倒是真看走了眼，没有想到你是这么个刁钻的女子。"

素语将手中茶盏一放，冷笑道："刁钻又怎么样？总比不上恶毒凶残、杀人不眨眼吧？"

皇上气结，将素语身边的茶盏抓起扔在地上，喝道："贱人，你少在朕面前狂妄，别忘了朕是九五至尊，朕就算不废了你，也能让你在这后宫寸步难行。"

皇上的愤怒不是没有缘由的，想那之前的三任皇后，谁不是对他诚惶诚恐？这个出身平平的皇后凭着什么可以这么张狂？难道是因为锦亲王？想到此处，皇上脸上的阴霾又多了几分。就在这时，锦言来到了大殿，皇上看见她安然无恙时，眼睛闪亮了起来。而素语却是眯着眼睛，让锦言不由得心寒。

"你安好便足矣。"仿佛有许多话要说，可是皇上掂量许久，也只不过是说出这一句话而已。锦言跪拜皇上，只是淡淡说了句"皇上金安"，便不再说话。

素语重新端坐在凤椅上，兰舟早已换上了热茶，素语只不过抿了一口，便将茶盏扔在了地上，骂道："蠢奴才，这么热的茶，想烫死本宫吗？奴才便是奴才，永远成不了器，连这点儿小事都做不好。"

兰舟并不申辩，那茶她试过水温，恰恰合口，并不过热。她去收拾地上的碎片，被素语一脚踢开："这大殿之上也不是只有你这一个奴才，抢着去做什么？难道你以为捡个碎片就能立功？"

锦言深深叹了口气，这话里的意思便是要自己去收拾那一地的碎片。她却无可奈何，她只不过是一个宫女，理当她去做的。锦言蹲下身子，去捡地上的瓷片，素语冷不防地走了过来，一脚就踩在她落在瓷片的手上，顿时便有血流出，染红了白色的瓷片。皇上喝骂一声，立刻去扶起锦言，握着她受伤的手，呵护道："朕说过，你这手只可触胭脂抚锦缎，这些俗物，怎能让你去做？"

锦言未来得及抽回手，便听到素语冷笑道："想不到我们薄情寡义的皇上，也有深情的一面，今日可真叫臣妾大开眼界了。臣妾更想不到，臣妾这澄瑞宫里的一个区区宫女，会有这样的殊遇。"

皇上回过身，捏起素语的下巴，用凛冽的目光逼视着她："如果朕的皇后连这一点也想不到，那么往后倒真是会让你更大开眼界了。"

锦言仔细看去，素语虽然强装出大无畏的神情，可还是有些惧色，她不自觉地将手搭上皇上的手腕，试图挣脱，可是皇上却越来越用力，直到锦言唤了声："皇上。"皇上松开素语时，锦言看到素语下巴处已是一片红，他果然用了力道。

素语抚着下巴，呼吸不匀，看起来也似受到了惊吓。皇上不屑地看了她一眼，不再理会她。他走到锦言身边，挽起她那只受伤的手，轻轻地说道："跟朕走吧。"

素语这会儿再次冷笑出声："她不会跟你走的，因为她是臣妾的奴才。她生是臣妾的奴才，死了也是只配做奴才的鬼。"

锦言闭上眼睛，她无须看素语，也知道素语的眼神，定是那欲吃人般的恨意。皇上瞪了素语一眼，看着锦言，放下了帝王的身段，好言相劝道："跟朕走，朕定不会负你。"

素语走到皇上身后，声音尖厉，又幸灾乐祸地说道："臣妾已经说过了，她不会跟你走的，你不要再痴心妄想了。"

皇上回手便朝着素语打了一巴掌，只不过是瞬间，她的嘴角已经有血丝流出，可是令锦言奇怪的是，素语脸上原本的那抹怯懦与惧色皆已不在，她就是这样一个人，越是受到挫折越是毫无惧色，她在闻府顶撞沈蕊洁时，何尝不是这般神色？

皇上打了素语后，又回转身，双手拉住锦言的手，似是用尽所有耐心再次问道："朕问你，你要不要跟朕离开澄瑞宫？"

锦言轻轻摇头，她没有选择，她不能离开，否则她无法预料明日闻府会出什么事情。她甚至想，如果皇上一怒之下斩了她，这未尝不是一件好事，既绝了自己的求生之念，也不会让素语因自己的死迁怒闻家。

可是再看皇上，他何曾受过这般冷遇，在自尊受辱、盛怒之下，他将锦言一把推开。猝不及防之下，锦言重重地摔倒在地，浑身都痛极了，可她还是咬着牙爬了起来，站在皇上面前，面色平静地说道："燕瑾谢皇上错爱。如若皇上执意相逼，燕瑾愿一死以谢皇上。"

皇上恼怒道："死，死，死！你动不动就拿死来威胁朕，那就死给朕看吧！"说罢，他拂袖而去，踏过门槛之时，盛怒之下的他竟然出脚就将门槛踢断了。门槛的碎片溅到宫人身上，痛却不能惊呼出声，强忍着跟在皇上后面小步离开了。

锦言松了口气，皇上虽含怒离开，却总算没有将自己逼上绝路。素语走近她的身边，嘲讽地说道："滋味怎么样？皇上的宠爱就在身边，可是你却不能伸手取之，我告诉你，这就是报应。你注定只能是澄瑞宫里的一个奴才，像一条狗一样任人驱使。"

锦言没有说话，此刻说再多都已经没有意义。她与素语之间，除了自己的隐忍与退让，似乎再也不能找到平衡点。素语瞪了兰舟一眼，喝道："蠢材，还不快去给本宫拿冰来敷脸？"

兰舟马上依言而去，步履匆匆而又踉跄。

是夜，锦言在房间里用帕子将受伤的手流出的血渍略为清理，兰舟递过来一瓶药膏，说道："我们这些做奴才的，少不了受主子责罚，这药虽不是疗伤圣药，不过对这些皮肉之伤还是可以应付的。"

锦言接过来，用竹扦子挑了些许，抹在伤口上，又将药膏递还兰舟，说道："谢谢你，这药不会是主子们赏的吧？"

兰舟苦笑道："主子们哪会管奴才们的死活？打不死便继续做活，打死了拖出宫去便不了了之了。这药不过是太医院里的太医偶尔看不过去主子们的做法，偷偷将药送给奴才们的。"

锦言茫然点头："这些太医还是好的，最起码这宫里也是有温情存在的。"

兰舟嗤之以鼻道："他们好心？他们不过是用这些来笼络奴才们，将来好便宜他们行事罢了。"

　　"便宜行事？什么便宜行事？"锦言疑惑地问道。兰舟自知失言，忙住嘴不肯再说下去，而锦言也识趣地不再追问下去。有时说得越多，错得越多，但是也有听得越多，错得越多的道理，所以不说不该说的，不听不该听的，都是自保之策。

　　次日，锦言跟着兰舟一起上大殿伺候。素语虽然昨日冰敷过，可还是能看到脸上的掌印与下巴处的指印。她虽然多施了些粉，却仍掩不住眼角的红肿，看起来，素语昨夜并未安睡。

　　早膳用过，已有宫人来报："娘娘，皇上昨夜歇在了惊鸿殿，好像温昭仪娘娘受了些惊吓，派人去请的皇上。"

第七章

锦言素语

　　昨晚皇上歇在了惊鸿殿，因为温昭仪遣人请的皇上，说自己受了惊吓，看到了赵荣华的鬼魂。素语听到此话，不屑地冷笑道："惊吓？都是些争宠的把戏而已。温昭仪也不算是个笨人，怎么此刻还在这节骨眼儿上惹火？"

　　兰舟为素语端来清茶，疑惑地问道："娘娘，您这话是什么意思？"

　　"赵荣华的死本来就藏着许多猫腻，可是谁也没敢去戳破，这个温昭仪却拿这个做幌子接近皇上，不过是在自寻死路。"素语说完这话有意无意瞥了锦言一眼，便不再作声。

　　过了没多久，太监小秦子前来禀报："皇后娘娘，太后懿旨，已经派人请闻夫人进宫与您叙话。"

　　此话一出，锦言与素语俱惊，锦言紧紧地握着衣角，而素语却从眼底泛出一股寒意，让她打了个寒战。小秦子或许感觉到气氛不对，抬头瞄了眼，看到锦言站在素语旁边时便是一怔，在宫内见惯风云的他不动声色地说道："启禀皇后娘娘，闻夫人午后便到，如果皇后娘娘还有什么吩咐……"

　　"你先下去吧，本宫自会料理。"

　　小秦子松口气，忙应了声退了下去。

兰舟说道："恭喜娘娘，可以得见家人，这在宫里可是殊荣呢。"

素语嘴角一抿，冷冷地笑道："来得好，该来的始终会来。"

锦言这会儿如坐针毡，她希望见到娘亲，可是又怕娘亲见到自己这般处境会伤心，如此难以抉择，锦言的额头上竟冒出了冷汗。兰舟见她这般模样，忙说道："燕瑾，你身子是否不适？娘娘，要不让燕瑾下去休息，兰舟在这里伺候便可以了。"

素语看了锦言一眼，说道："无妨，就叫她在这里伺候着，一步也不许离开。"

兰舟疑惑地看了锦言一眼，却不敢出声，而锦言似是料到了素语的话，并没有多少惊讶。

午时已过，已有宫人带着沈蕊洁进了澄瑞宫。锦言看见沈蕊洁后眼里直泛酸，当即低下头不忍再看。沈蕊洁此时已是双鬓皆白，徒添许多年岁一般，她低着头跪下来，颤抖着声音说："皇后娘娘金安。"

素语并不急着让沈蕊洁起来，她懒洋洋地端起身边的茶盏尝了一口，说道："今年的雨前茶，果然不错。"

许久，素语也未叫沈蕊洁起身，锦言看着娘亲费力的身形，恨不得上前将她扶起。就在锦言再也压抑不住内心的激动之时，素语声音轻飘飘地叫沈蕊洁平身，并且还让人赐了座。

沈蕊洁抬起头来，当看见素语身边的锦言时，似是马上就要落下泪来，她掩着嘴不敢发出声音。素语沉下脸来问道："怎么？难道娘亲看到本宫今日的荣华富贵，有些不是滋味了啊？"

沈蕊洁一怔，随即黯然回道："皇后娘娘这话差矣，哪个娘亲不希望自己的子女能够一生荣华？"

锦言明白，这是娘亲对自己说的话，她在感慨自己的女儿如今竟入宫为婢。素语也是一怔，黯然说道："可惜，她看不到了……"

三人俱是明白，素语说的"她"是谁，锦言却因这句话，心紧紧揪了起来。她害怕素语一怒之下做出对娘亲不利的事情来，已经想好要誓死护着娘亲。正在这时，小秦子又传来太后懿旨："太后体恤皇后娘娘，特别赐给闻夫人上好的点心，让闻夫人品尝。"

小秦子吩咐宫人将点心摆好后，并不离开，反而站在大殿上眼观鼻，鼻观心，不出一声。素语皱起眉头，不悦地问道："秦公公还有何事？"

小秦子正色道："太后吩咐，皇后娘娘久未与闻夫人相见，此番相见定有许多贴心话要说，特别叫奴才学了去给她听听，让她也感受一下天伦之乐。"

锦言知道，太后这是明目张胆地监听素语与娘亲的对话。素语沉下脸来，冷笑几声道："本宫可真要感谢太后的慈爱了，你回去告诉太后，就说本宫会亲自去给她回话的。"

"太后吩咐过奴才，要奴才亲自将闻夫人送出宫。"

素语一拍桌子，猛地起身，又缓缓地坐了下去，似是强忍着愤怒，笑着说道："那就劳烦秦公公，这就将她送出宫去。"

此话一出，大殿之上的人都是惊诧，唯有锦言与沈蕊洁相望一眼，泪水盈盈。小秦子依言将沈蕊洁送出宫外，只是沈蕊洁那三步一回首的模样，叫锦言的心碎了一地。

"见到你的娘亲，是否高兴？"素语屏退了众人，独留下了锦言。锦言不语，紧紧咬着嘴唇。素语又道："我告诉你，越是看到你们母女这副模样，我越是高兴，她杀了我的娘亲，我不会这么放过她的……"她笑了起来，她眼中的寒意让锦言觉得，站在自己身前的这个女人，犹如一座冰山，难以用温情去化解。

第二天，从宫外传来消息，闻夫人从宫里回府后就病倒了。锦言更加沉默了，几乎不和人多说一句话，不在大殿上伺候的时候，便在房里刺绣。她尽量减少在素语面前出现的次数，怕引起素语的不快，让素语做出不利于闻家的事。

任锦言再怎么封闭自己，也听说了锦亲王南宫君悦在前方驻守时整肃军纪，奖罚分明，威震八方，颇有大将之风范。锦言用手里细细的丝线开始缠绕着手指，有密密麻麻的痛始于指尖，终于心口。

五月初一，是后宫众妃前去向太后请安的日子。素语点了兰舟跟着自己去了，锦言便回到房间刺绣。不多时，便有人来找，是小秦子，他和颜悦色地道："燕瑾姑娘，太后有请。"

锦言一惊，想不出太后为什么会找自己，而且选在素语离开了澄瑞宫后。一路上，锦言都在旁敲侧击地问小秦子，可小秦子是在宫里混的老人了，怎么会把不住口风？

永宁宫内，小秦子将锦言带到了侧殿。太后正靠在椅榻上，旁边有稍大些年纪的命妇给她端来燕窝，喝完，太后才抬眼看了看锦言，说道："果真是天生丽质。"

锦言俯首请安，太后给她赐了座，只是她不敢坐下，依旧站着回话。

"哀家听说你有一双巧手，刺绣功夫出神入化。"

宫里知道自己手艺的人并不多，太后是从何人那里得知的呢？她思量着，模糊地回答："回太后，奴婢手脚笨拙，太后谬奖了。"

"听温昭仪说，她曾经想送给哀家一幅刺绣，便是出自你之手，可是你后来却被皇后讨了过去，有这回事吗？"

锦言大惊失色，要知道当日想呈献绣品给太后的人正是丽贵人，可是她已惨死，温昭仪怎么知道这件事？而且还借着这件事来做文章呢？锦言听到太后的话后，已经明白是温昭仪的伎俩，也听出温昭仪还没有向太后吐露自己的真实身份。太后哪里会知道，眼前这个寡言的女子正是她当初替皇上选中的第四任皇后呢？

"回禀太后，燕瑾手艺拙笨，不过是宫里娘娘们的一片错爱，燕瑾知道自己是为太后刺绣，所以无论身在惊鸿殿，还是在澄瑞宫，燕瑾都一定会竭尽全力，用心去做。"

太后满意地点点头，头上的步摇是通翠的玉，莹润而有光泽，衬得她肤色白皙："回答得很得体，哀家就喜欢你这种聪明的孩子。来人，赏，将哀家的那串玉佛珠拿出来。"

太后身边的命妇是服侍她多年的苏姑姑，听见太后的话后，眼里略显惊异，不过也只是瞬间的事，便进入内室找出了那串玉佛珠。

"太后，燕瑾愚钝，受不起太后的恩赐。"

"哀家瞧着你这孩子极为喜欢，这宫里的女子虽多，但哀家看上眼的还没有几个。你，就是一个。"太后招手示意锦言走近她的身边。锦言还在迟疑，便听苏姑姑不咸不淡地催促道："太后赏给你的，还不快谢恩？这串玉佛珠还是先皇在太后入宫时赏的，太后一直舍不得拿出来把玩，只在先皇驾崩时，才拿出来过。"

锦言跪了下来，不敢抬头："燕瑾惶恐。"

太后似是对苏姑姑埋怨道："别吓着这孩子。"

苏姑姑马上低头称是，又走过去将锦言扶起，把玉佛珠递给了锦言。锦言不得不接过玉佛珠，又跪下去行礼谢过太后才作罢。

苏姑姑在一旁提醒道："太后，这会儿各宫娘娘们都等在大殿上了，您看……"

太后在苏姑姑的搀扶下起身，说道："哀家这就过去瞧瞧，几天不见，见了怕又要争个你死我活的。"

锦言未来得及松口气，便听到太后说道："你也跟着来吧。"

果然，该来的总是要来。一进大殿，众位娘娘给太后行礼请安后，就发现了站在太后身边的锦言，最关键的是，她手里还握着太后的玉佛珠。锦言一下子就成了目光的焦点，谁也没有开口说话，空气仿佛一下子凝结了起来。锦言看到素语正冷冷地看着自己，目光对视间，素语眼里的凌厉令她不寒而栗。这宫里，锦言认识的人寥寥无几，温昭仪就是其中一个，不过今日她并未出现。

太后好整以暇地看着众位妃嫔，她自然清楚其中里，只是并不说破："平日里都说要向哀家尽孝道，陪着哀家说话解闷，怎么今儿个凑在一起都成闷葫芦了？连瑶妃这么能说会道的人，今儿个都这么安静。"

瑶妃看太后将话题指向了自己，忙赔着笑顺势说出了自己心里的疑问："太后，您从哪里收了个这么好姿色的宫女？将臣妾这些姐妹们都给比下去了呢。"瑶妃说完又看了眼锦言手里的玉佛珠，毫不掩饰自己的嫉妒。

"这个，还要问皇后了。这个宫女便是从她宫里出来的，今儿个过来要给哀家绣幅富贵流云图，哀家一高兴便将先皇所赐的玉佛珠赏给她了。"太后说完，深深看了锦言一眼。锦言知道，太后料定自己不会说破此事，她只得将头垂得更低。她这会儿才肯定了先前的猜测，太后这是拿她当枪使呢。

太后又问道："皇后，哀家也疑惑，你这澄瑞宫里怎么会藏着一个资质这么好的丫头呢？都不见你带她出来。你身边的兰舟虽然够伶俐，却少了一股通透劲儿。"

素语原本有些忐忑，这会儿又恼恨太后的逼问，可还是满脸春风地说道："太后，她是臣妾府里的家生丫头，初来宫里，臣妾怕带她出来失了规矩，闹出笑话来，所以不曾带她出来。"

瑶妃冷哼一声，声音嘶哑地道："皇后娘娘，她恐怕不是你府里的丫头吧？"

此言一出，锦言、素语俱是一惊，难道消息早已走漏？素语从兰舟手里接过杏仁茶喝了一口，虽然强装镇定，声音却略带颤抖："瑶妃这话怎么说？本宫怎么听不懂？"

瑶妃不屑地撇嘴，又换上一脸的谄媚，笑着对太后说道："太后，臣妾从前倒是听说，不得宠的妃嫔会将有姿色的宫女揽在身边，借以留住皇上的目光，自己也能分享些恩宠。只不过未曾听说有人从宫外将人带进来侍君的。太后，这怕是不合规矩吧？"

锦言听见瑶妃如此说，不禁松了口气。果然，素语并不惧怕，笑道："瑶妃，你多虑了，本宫的恩宠足矣，不需再借着一个宫女来争宠。本宫身为皇后，这便是最大的荣宠。"

瑶妃咬牙切齿，却不敢发作，只好噘着嘴在太后跟前撒娇道"太后……"

太后今日却一反常态，并不护着瑶妃，只是挥挥手说道："好了，这事以后再说吧。只要不是用手段来狐媚皇上，哀家还是可以容忍的。"接着，太后扫了眼众人，皱起眉头，问道，"琴贵妃的身子还未好吗？她上次来给哀家请安，好像还是半年前的事吧，这么久不来，难道是等着哀家去给她请安吗？"

大殿上一时沉寂下来，没有谁出声答话。苏姑姑看太后不悦，忙赔着笑说道："太后，都怪奴婢脑子糊涂，忘记向您禀报了。琴贵妃前些日子遣人来过永宁宫，您那会儿正在午睡，奴婢便打发她回去了。太后如果想知道琴贵妃娘娘的消息，奴婢叫个人去问问。"

太后脸上的怒容略减，突然不耐烦地喝道："哀家乏了，都跪安吧。"

各宫妃嫔互看一眼，谁也不敢多说话触霉头，便跪安离开了。锦言也跟着行礼，跟在素语身后回了澄瑞宫。素语才进了澄瑞宫，便眯着眼睛，气恼不已："你果真独自去了永宁宫？"

锦言不以为意，看起来素语是气极了，所以才没有将里面的事情想透，她道："我怎么可能主动去那里？如果可以的话，我宁愿藏起来。"

素语慢慢平息了愤怒，也仔细揣摩着刚才的那一幕，知道锦言所言不假。她又突然记起太后话里有话，问道："太后说你为她刺绣，又是怎么一回事？"

锦言眉头轻蹙，说道："原本丽贵人想让我刺绣献给太后，丽贵人一死，我又去了锦瑟殿，这事便没有人知道了。但是……有一人，她却知晓我的身份。"

素语大惊失色，问道："是谁？"

"温昭仪。"

锦言看到素语沉默不语，突然忍不住嘲讽道："怎么？此刻，你是不是很想杀了我，来保住你的皇后之位？"

素语抬起头来，眼露精光，含笑道："我就算是杀了温昭仪，也不会杀你，杀你不能证明我的手段。"

锦言紧紧握着那串玉佛珠回了房间，兰舟跟在她的后面，若有若无地轻声叹息道："燕瑾，只怕，你后面的日子更难挨了。"

锦言当然明白，太后不会毫无缘由地赏给自己这么贵重的东西，肯定另有原因。兰舟将身上的蓝色宫装脱下来，说道："太后对琴贵妃娘娘都未曾这么好过，今日却赏给你这么……"

锦言一怔，问道："琴贵妃娘娘？"

兰舟沉吟一下，还是说道："琴贵妃娘娘是太后的亲侄女。"

锦言愕然，今日在永宁宫看太后恼怒的样子，锦言如何也想不到太后当众呵斥的对象竟然是她的亲侄女，正想再问兰舟，看到兰舟闪躲的目光便识趣地闭了嘴。在这宫里知道得越多，危险便越多，自己已然卷入了这无尽的旋涡中，何必又要知道那些无谓的事情来增加自己的困扰呢？

锦言将玉佛珠收好，这是太后赏的，锦言倒是不怕，只是赵荣华临死前交给她的那颗佛珠粒让她至今迷惑不解。她仍然记得赵荣华的话，说这里面藏着一个秘密。两者相较之下，玉佛珠倒似一点儿也不输于历经几朝的古物。灯光昏暗，锦言也看不清那颗佛珠粒上的妃子容颜，只好作罢。

就这样匆匆过了数日，因为太后在众人面前的一句话，锦言便一直忙着给太后刺绣，要赶在太后寿诞之日绣出这幅富贵流云图来。兰舟每日回房时皆是疲惫不堪，有时她也会吐露只言片语，而锦言就从她的只言片语中揣摩素语今日是喜是忧。可是今日不同，兰舟回到房间便开始不停地叹息，锦言出言询问，兰舟思量再三才对她悄悄说了一句："边关来信了。"

如果让她看到锦言的大惊失色，或许兰舟就不会泄露此事了。只听"啊"的一声轻呼，原来是绣针刺破了锦言的手指。她将手指含在嘴里，淡淡的腥甜滋味，让她脑海里的锦亲王隐了下去，慢慢浮现出一张面如冠玉的脸，竟是皇上。只是皇上临走时那挫败与恼怒的脸，在她的心里也仿佛落下了一枚绣针，时而会怕着，时而会痛着。

南宫君悦不顾男女之忌，从边关给素语写来信，定不会只写风花雪月之事，到底发生了何事，锦言想了许久也没有眉目。清晨醒来，兰舟已匆匆出去了。锦言去庭院里转了一圈，想要探听消息，果然不出所料，女人聚集之处便是是非之处。

"青姐姐，我昨儿个听说太后亲自去探望琴贵妃娘娘了，你说会不会是真的？"一个稚嫩的声音响起。那个叫青姐姐的宫女似是年龄稍长，不以为然地说道："你懂什么？琴贵妃娘娘是她的亲侄女，两个人即便不和，也是打断了骨头连着筋。再说了，太后不过是做给那个人看的……"

"青姐姐，你说的那个人是谁？太后做给谁看的啊？我怎么听不懂呢？"

"你啊，不需要听得懂，只要知道这宫里并不是我们想象中的那么好便可以了。"叫青姐姐的宫女用手点了一下小宫女的脑门儿，便端起盆走了。

锦言正要回房间，却看见兰舟站在门外左顾右盼，看见她回来后急忙上前低声埋怨道："你去哪里了？娘娘在里面等你许久了。"

锦言惊诧，素语怎么会来这里找自己呢？她推门进去，素语正在看她未绣完的富贵流云图，啧啧有声道："果真好手艺，记得那个女人的手也是如此巧。你们母女真是好命，素来干活不过是接触绣针，而我和娘亲却还要做些粗活，甚至吃剩饭也是常有的事。"素语转过身，将那幅富贵流云图扔在地上，愤恨地说道，"你叫我怎么不恨？如今我做了皇后，你却仍然不死心……"

锦言走过去将那幅富贵流云图捡起来，伸手掸去尘土，说道："我自认一直将你当作亲姐姐，只是那时年幼，不懂得呵护亲情，如果重新来过，我定不会让你吃那么多苦。"

"你给我闭嘴，少在我这里卖乖！"锦言的话却更让素语恼怒，"重新来过？重新来过便能让我们母女俩少受那些罪，便可以让我娘亲起死回生吗？闻锦言，我告诉你，一切都是不可能的了，我对你们的恨永远不会减少一分！"

锦言再也忍耐不住，自进宫来一直压抑的情绪爆发了："那你要怎么样？这一切都是我的错吗？难道我出生之时便带来了罪孽吗？如果你非要将二娘的死怪在我娘亲的头上，那不如就怪在我头上好了！我愿意替我娘去给二娘抵命，你现在就可以杀了我！"

锦言说话间便往素语身边逼近，嘴里不断地喊着："你杀了我，你杀了我啊。"

丽贵人的死、莺歌的死，还有赵荣华的死，都出现在锦言的脑海里，让她失去了理智，她的眼睛越瞪越大，脸色也慢慢涨红，只觉得浑身的血液都冲进脑子里去了。

"啪"地响了一声，锦言的左脸挨了一巴掌，让她只觉得痛到了极点，天旋地转间，就听到素语用冷冰冰的语气说道："闻锦言，你没有资格在我面前抱怨，该发狂、该发疯的人是我！是我！"素语的声音低缓，一字一板地道，"我虽然很想杀了你，可是你现在却不能死，因为太后要将你从我这澄瑞宫要过去，你死了我可如何交代？"

锦言怔住了，顾不得脸上的疼痛，说道："果然，太后不会这样轻易放过我的，只怕……只怕温昭仪还会向太后吐露那个秘密。"

素语看着锦言，目光坚定而又冷漠："那她必须死！"

已是午时，艳阳高照，澄瑞宫内的大殿被照得影影绰绰，晃得锦言的眼睛有些睁不开，或许她根本不想睁开。她最终还是去了太后的永宁宫，小秦子在一旁引着路，喜道："燕瑾姑娘，你的日子算是熬出头了，在太后身边当差，总归会有个好去处的。"

"到时候还要秦公公多加提点，燕瑾初来宫里，不懂宫里的规矩。"锦言寒暄几句，两人便来到了永宁宫。小秦子将她带到了永宁宫的前殿，对一个纤瘦身材的宫女说道："焕丽姑娘，这是太后要的人。"

焕丽的脸着实不讨人喜欢，她板着脸，面无表情地说道："人交给我就行了，你回去吧。"

小秦子也不多答话，只是应了一声，和锦言眨眨眼使了个眼色便匆忙离开了。锦言还在诧异小秦子的意图，便听见那叫焕丽的宫女不耐烦地说："太后还在午睡，谁也不敢去打搅，等她醒了，我再给你通报吧。"

锦言正要说声谢谢，就看到焕丽已经转身离开了，让她有些摸不着头脑。她站在烈日下，却不敢找阴凉处待着，不多时额上已有细密的汗珠。锦言虽然觉得身子极热，额上也在冒汗，可是心里却没有急躁，她知道这是在故意刁难，却不能说破。她用帕子轻轻拭去汗珠，再往永宁宫大殿望去，仍旧没有人出来。已经过了一个时辰，按理说太后午歇也该醒来了。还在思量着时，焕丽从里间出来，说道："你跟我来吧，太后要见你。"

焕丽带着锦言从前殿穿过，却不往大殿走去，而是绕过了走廊进了寝殿，原来太后并未起身，苏姑姑还在忙着伺候太后穿衣，有小宫女端来了浓茶给太后漱口。太后漱完口，锦言马上上前去接过茶盏，太后轻笑，夸赞了锦言几句，无非是有眼力见儿云云。

"燕瑾，你是皇后的家生丫鬟，与皇后的感情自是不一般，哀家没有问你的意愿，就将你要来这永宁宫当差，你可会怪哀家？"太后温和地笑着，那眼睛里的慈爱让锦言一下子就想到了娘亲沈蕊洁，不禁心头一热，差点儿落下泪来。

"太后言重了，能到永宁宫来当差，是燕瑾上辈子修来的福气。"可是无论怎样的慈爱，锦言都知道，面前的人是太后，一个掌握后宫甚至天下生杀大权的女人。

"哀家这宫里人多，其实也不缺人来伺候，只是哀家看见你这孩子着实喜欢。这永宁宫也安静，哀家让苏辣子给你安排住处，也好让你早日给哀家绣好富贵流云图。哀家已经在后宫妃嫔面前夸下海口，你可不要让哀家失望。"太后说着，已经起了身，众人都跟着太后走出寝宫，来到了大殿之上。

"太后，奴婢瞧您对燕瑾这丫头当真上心，永宁宫进进出出这么多宫女，也不见您多瞧几眼的。不过燕瑾这丫头长得是要好看一些，模样好，身段也好，打扮起来估计不比那些娘娘们差。"说话的人是苏姑姑，她被太后称为"苏辣子"，看来是脾气直，说话也没遮拦，不过她既然能在太后身边一直混到现在，肯定有过人之处。太后大笑起来，又板下脸来指着苏姑姑佯怒道："你这个苏辣子，年纪也不小了，说话还是这么冒失。来人，给我掌嘴。"

苏姑姑倒似并不惧怕，知道太后不过是说着玩罢了，她嬉笑着求饶道："太后饶了奴婢吧，不如今天就罚奴婢给您下厨烧几样小菜？"

"嗯，说到下厨，哀家倒真是想念你的手艺了。去吧，今儿个就饶了你，记着，给哀家做你最拿手的翡翠汤，哀家吃着清口。"

"奴婢这就去了。"得到太后应允后，苏姑姑笑着对锦言说道，"你也跟着来吧，我带你在永宁宫走走，省得以后迷了路。"

锦言看向太后，只见太后闭上眼睛假寐着并不出声，知道已得她默许，便跟着苏姑姑出了大殿。穿过几道回廊，苏姑姑指了指靠着假湖的一个房间说道："以后，你就在那儿住吧。你是太后喜欢的人，我自然不敢让你与旁人合住，省得她们嘴杂，乱说话扰了你的清听。"

锦言做惶恐状，说道："苏姑姑，万万不敢当，燕瑾只不过是一介宫女，身份低微，不值得太后和苏姑姑这般看重，以后还是将奴婢看作与其他宫女无异才好。"

苏姑姑审视地看了锦言一眼，笑道："不骄不躁，甚好。这后宫有时由不得自己，太后怎么说，你照着做就没错，你只要记得，这后宫唯一的主子是太后就行了。"

"燕瑾谨记苏姑姑的教诲。"

"教诲不敢当，我只不过是比你年长，看多了这后宫的是是非非……"或许察觉自己失言了，苏姑姑马上岔开了话题，"你瞧，你刚来这永宁宫，我便与你说这些，真是老糊涂了。我还要马上赶着去小厨房做几样小菜，否则耽误了太后用膳的时辰又是一项罪过。"苏姑姑说着便离开了。

锦言看着她的背影远去了，才走向她指给自己的那个房间。锦言明白，太后不让自己与别的宫女同住，何尝不是怕别的宫女说话间泄露什么，太后这是在防着自己。

推开门，房间虽小，却简洁明亮，特别是推开临湖的窗，便能看到优美的风景，这让锦言的心一下子雀跃起来。也罢，活在这个世上的每一日都是如此艰难，连看点儿风景都成了奢侈的心思。

锦言突然发现了绣架，上面绷好的锦缎，竟是自己未绣完的富贵流云图，旁边还摆放了许多上好的丝线。锦言心惊，看来太后是笃定自己会来永宁宫，到底是什么原因才让素语甘心将自己送来永宁宫呢？不过她现在顾不得多想，太后的寿辰已近，这幅绣品怕是拖不得了，当即坐下来飞针走线。

她的手嫩如葱，手指纤长，拿起绣针在红缎上起针，神情专注，手势行若流云，让站在窗外的人都看得痴了。等到锦言察觉有些异样，抬头朝窗外看去的时候，就看到一个陌生的男子站在了窗前，惊呼出声："谁？"

那男子英气十足，不似轻浮之人，说道："姑娘莫慌，钟离不是有意唐突姑娘……"

锦言突然记起，当初进宫时，一入宫门便遭到盘查，掀开自己轿帘之人，便是这位钟离将军。他竟然可以自如出入太后的永宁宫，看来他当初无视皇后的手谕倒是不无凭仗。

锦言略点点头，起身欲关窗，就听见钟离将军问道："如果钟离没有猜错的话，姑娘不是皇后的家生丫鬟吗？怎么会到永宁宫来？"

锦言看了他一眼，倒不似知情的模样，遂淡然地说道："燕瑾不过一介女流，当然只能随波逐流。"说完她便关死了窗户，倚在窗棂边，听见脚步声渐渐消失，才放下心来。宫里人多眼杂，只怕这一幕已经叫人看了去，要大做文章了。她正思量间，有人猛地推开了门，吓得她心怦怦直跳，原来是那个瘦高身材的宫女——焕丽。焕丽仍旧板着脸，给锦言端来些吃食，放在桌上转身就走，锦言在她身后谢道："谢谢焕丽姐姐。"

焕丽只是稍停了下，并未回头，说道："不用谢我，如果不是太后的命令，我根本不会来。以后也不要叫我姐姐，我担不起。"说罢，她重重甩上门便走了。

锦言看得出这个焕丽并不喜欢自己，可是却不知道缘由。桌上的吃食还算精致，是她进宫以后吃得最好的食物了，她将菜夹起轻轻送进嘴里，却食不下咽。锦言将经历的事情抽丝剥茧，知道自己已经进了一个局，这个局到底是为谁而设却不知。可是锦言知道，太后将会把自己慢慢推上风口浪尖，从赏赐玉佛珠到将自己从澄瑞宫要至永宁宫，都是已经设计好的。

当夜，锦言还在苦熬着刺绣。距离太后的寿诞还有半个月，只有日夜赶工，才能在太后寿诞之日呈上绣品。已是亥时，锦言觉得有些头昏脑涨，便推开窗子，这夜幕下的永宁宫别有一番景色，那深蓝的湖水映着月光，显得异常静谧。在寂寥的后宫中，她不过是一枚居中的棋子，究竟要将自己落在棋盘的何处，她并不知晓。

正要关窗之际，她忽然看到一个魁梧的身影从湖泊旁的假山处经过，他停下脚步往她这边看来。略微思索，锦言慌忙去关窗户，她已经看出，那人便是钟离将军。她稍稍一算，钟离将军竟然已在永宁宫逗留了两个时辰，这永宁宫虽然是太后的寝宫，但也会有很多人的耳目安插其中，难道他不需要避讳？难道太后与他有所密谋？

已过三更，针线落脚处正好在锦缎的边缘。锦言不敢贪睡，远处鱼白刚起，她就起了床，因屋里光线昏暗，她只好打开临湖的窗户，临窗而绣。

有人送来早膳，是个瘦弱的小宫女，她仿佛有些惧怕，敲开门后迟疑着不敢迈入房门，锦言并不出声，只是看着她。那个小宫女目光有些闪躲，终于闭上眼睛视死如归般进了房间，却脚步不稳，差点儿要撞到桌角的时候，锦言出手扶了她一把，那小宫女惊恐地睁开眼睛，将吃食放在桌上后拔腿便跑，可能是腿脚软了，未出房门便摔了个跟头。

"你叫什么名字？"锦言试图消除她的惧意。

"我叫流苏。"她的声音很低，颤抖着声音回答。

锦言更加疑惑，心里也有些恼怒，问道："我又不是鬼，你这么害怕做什么？"

那小宫女一听到"鬼"这个字，便捂着耳朵惊叫起来，口里念念有词："不要过来，不要过来，流苏好怕……"

锦言不知如何是好，正要低下身子去拉流苏的时候，忽然被人推了一把，差点儿跌倒在地。她稳住身子抬起头看时，那人却是焕丽。焕丽板着脸将门关上，回过身子对着还在尖叫的流苏便是一巴掌，流苏吃痛之下仿佛醒了过来，一看是焕丽，便一把将她抱住哭了起来："焕丽姐姐，流苏刚才好怕……"

焕丽拍拍她的背，板着的脸慢慢地缓和下来，语气也略缓地问道："流苏，这到底是怎么回事？"

流苏哽咽着，看了锦言一眼，仿佛还有惊惧。锦言只得退了几步，坐在椅子上用起膳来。

"焕丽姐姐，今天早上苏姑姑来找你，让你给她……"流苏指了指锦言，又慌忙将手缩了回去，"给她送些吃食，可是到处都找不到你，便打发我来送。你也是知道的，我从来不敢自己来这里，所以刚才吓得……焕丽姐姐，你去哪里了？"

焕丽站起身来，在这个屋子里四处观察着，锦言看她仿佛很熟悉这个房间的样子，许久，才听她回道："你忘记了吗？今天是她的忌日，我去给她烧了些纸钱。"

流苏更加惊惧，拉着焕丽便要往外走："姐姐，这话可不要再说了，传到太后耳朵里，只怕我们都要活不成了。我们快些走吧，流苏觉得这里到处都阴森森的，好瘆人啊。"

焕丽不作声，脸又板起来，跟个死人一样表情僵硬，两人出门时未将门关严，一阵风吹来，将门猛地吹开，倒是吓了锦言一跳。锦言强作镇定，拍拍胸口，看着这个屋子里的一切，突然觉得诡异起来，只好将门窗全部打开。锦言坐在绣架前，心却一时半刻都静不下来。

午膳是焕丽送来的，照例是放下便走。锦言挡在她的身前，问道："慢着，燕瑾有事相询。"焕丽板着脸，不动声色道："我只是来给你送饭，其余的事，你大可以亲自去问太后。"她话里的敌意不言而喻，锦言与她不过是初识，自问并未得罪过她，她何苦要处处敌视自己？

"燕瑾可曾哪里得罪过姐姐？"

焕丽瞪了锦言一眼，深吸一口气，终于还是说道："你我素昧平生，何来得罪之说？如果非要一个理由，你住在这里就是一个错误。"焕丽说完这话，便欲离开，锦言不肯移开身形，问道："这屋子先前可曾住过别人？而且是你要紧的人？"

焕丽的眼睛里闪过一丝精光，她死死地盯着锦言，那模样吓人极了。锦言心里害怕，往后退了一步，便听见身后有脚步声传来，转身去看却是苏姑姑，她身后还跟着一个畏畏缩缩的小宫女，正是流苏。

锦言将身子让开，苏姑姑走了进来，说道："燕瑾姑娘，太后得知你为了刺绣起早贪黑，特别辛苦，心里不忍，所以让我安排个人来伺候你。我知道姑娘性子恬静，便挑了个不太爱说话的过来。流苏虽然年龄小，倒也有眼力见儿。如果不是她年龄太小，太后倒想叫她在跟前伺候呢。"

苏姑姑满面笑容地在屋子里转了一圈，看着还站在屋子里的焕丽，说道："这房间虽小，不过倒是跟从前一样，焕丽，你打扫这房间也算用心了。"

焕丽板着脸，还是锦言初见她时的模样，并不多话，只是福了一福，算是应答了。流苏还站在门外，不敢进来，苏姑姑看见她的模样心里就来气，喝道："流苏，你还站在那里做什么？还不快进来？以后要好好伺候燕瑾姑娘，知道吗？"

流苏抓着门框，求救似的望着焕丽，眼泪都要流出来了。锦言心里不忍，她不知道这个房间里到底发生过什么，让这个瘦小的宫女惊惧至此，于是说道："苏姑姑，燕瑾谢太后的美意，只是燕瑾身份低微，不过是一名宫女，哪里能让人来伺候奴婢呢？折煞燕瑾了。"

苏姑姑大大咧咧地笑道："燕瑾，太后器重你，这是你的造化。难道你想推辞吗？"她的脸色暗沉了一下，马上又换上笑颜道，"燕瑾，可不要让我在太后面前难以交差啊。"

锦言急道："苏姑姑，燕瑾……"

苏姑姑嘴角一抿，皮笑肉不笑道："燕瑾姑娘再推辞下去，会让人以为姑娘这是在故意为难我呢。"

流苏见锦言有了妥协之意，急得哭了起来，却不敢大声哭，只是伏在门上轻声抽噎着。苏姑姑喝骂道："小丫头净触霉头！来的时候我是怎么交代你的？"

焕丽板着的脸终于有些松动，语气也不再那么坚硬，说道："苏姑姑，不如让焕丽替流苏来服侍燕瑾姑娘吧，焕丽一定竭尽全力去做，让燕瑾姑娘满意。"

锦言有点儿诧异，她看得出焕丽的敌意，能让焕丽心甘情愿地来伺候自己，只为了一个瘦弱的小宫女？苏姑姑眯起眼睛，嘴角浮起一丝冷笑，对焕丽不以为然地说道："焕丽，别怪苏姑姑没有提醒你，这永宁宫的事别总是想着一脚掺和进来，为这么个小丫头不值得。也不要以为太后不理会你，就不知道你素日里所做之事。平日里你在这个房间中所待的时间，自会有人向我禀报。如果不是我刻意瞒下去，你以为你还能活到今日吗？"

焕丽面如死灰，看她的神情似乎有所触动，却咬着牙不再开口了。苏姑姑看见自己的话让焕丽退却，满意地笑了，转身看着抽噎不止的流苏又怒骂道："流苏，马上给我进来，别让我重复第二次。"

流苏的大眼睛泪流不止，因为压抑哭声，所以肩膀一直不停地抽动着，她看着只不过是十一二岁的年纪，着实令人不忍。锦言只好含笑走过去，拉着流苏，微微捏了捏她的肩膀，示意她不要再哭，又转过身子对苏姑姑说道："苏姑姑，燕瑾却之不恭，只好留下流苏，等回头一定会亲谢太后厚爱。"

苏姑姑点了点头，与锦言寒暄了几句，便带着焕丽离开了。

第八章

春意且迟

等苏姑姑和焕丽走远后，锦言让流苏进屋，流苏依旧站在那里不动，锦言沉下脸来说道："你不进来，难道想在这里站一辈子？刚才已经惹恼了苏姑姑，她回头知道你还是这个模样，会轻饶了你？"

锦言拉着她进了屋，就不再理会她。刚才与苏姑姑交涉时，因为紧张，只觉得口干舌燥，锦言就给自己斟了一杯茶。看流苏还缩着肩膀抽噎着，她摇摇头，深深叹了口气，又去绞了块帕子递给流苏。流苏毕竟年纪小，虽然畏惧进这个房间，可是看到锦言这般随和的模样，也心生依靠，怯怯地说道："姑娘，这个房间这么阴森森的，你难道一点儿也不怕吗？"

锦言已经坐在绣架前开始刺绣，随口答道："朗朗乾坤，皇恩浩荡，有什么好怕的？"说完，她自己都觉得有些假，便不再作声。当流苏看到锦言绣架上的富贵流云图时，惊喜地问道："燕瑾姐姐，这真的是你绣的吗？你的手好巧，等你得空能不能也教教流苏呢？"

"自然可以，"锦言计上心头，慢慢地套着流苏的话，"不过你能不能告诉我，你为什么害怕进这个房间？"

流苏一听锦言的话，又慌成一团，抓着她的衣袖不放："姐姐，流苏不能说。焕丽姐姐不让流苏说，连苏姑姑也不让流苏说。其实流苏自己也是不敢说的，太可怕了。"

锦言也不逼她，她有法子叫她说出来的，只是这会儿还不是时候。

　　流苏挨着锦言待着，一直过了晌午，才想起要去给她端些点心来。原本她以为流苏仍旧不敢进这个房间，可是流苏这次却好像忘记了一般，端着点心就进来了。流苏将点心放在桌上，擦了擦额头上的汗，说道："太后的寿诞快到了，御膳房里忙得很，都在加紧准备食材呢。流苏过去给姐姐寻点心，有御厨本来不耐烦，可听说是给太后吩咐要特意照顾的燕瑾姐姐，马上就给备好了。"

　　流苏还在为自己的小聪明沾沾自喜，锦言却皱起了眉头。流苏看出她的不高兴，于是怯懦地问道："姐姐，你生气了吗？"

　　锦言轻轻摇头，流苏年纪尚小，有些事情是与她说不明白的，锦言只好拉她一同坐下吃，开始她还推辞，但架不住锦言的几句劝说，就满心欢喜地坐了下来。锦言给她夹了一块玫瑰酥，说道："流苏，苏姑姑让你来姐姐这里做伴，姐姐很开心，可是以后你出去一定要记住，不要拿姐姐出来说事，这样对你对我对大家都不好。"

　　流苏听见这话停下了筷子，战战兢兢地问道："姐姐，是不是流苏做错了什么？"

　　锦言轻柔地说道："流苏没有做错，姐姐只是嘱咐你一句罢了，快些吃吧。太后的寿诞快到了，姐姐还要去给太后刺绣。你如果想跟着姐姐学，便在一旁看着吧。"

　　流苏笑着答应了，嘴里还嘟囔着："原来只有焕丽姐姐对流苏好，现在燕瑾姐姐也对流苏好。"

　　用过膳后，锦言又坐在绣架前开始刺绣，流苏也会时不时地说几句话来逗乐锦言。锦言看流苏稚嫩的面孔，因为瘦小而显得大大的眼睛，无辜而纯真。等天色黑了，锦言让流苏端过一盏灯来，只是灯光闪烁，不停地变幻着光影角度。锦言仔细看去，原来是流苏的手在颤抖，锦言将灯接过去放在一旁，握着流苏的手，发现她的手心里全是汗，脸色也是苍白得很。

　　"流苏，你怎么了？"

"姐姐，这屋里有鬼……流苏好怕。"流苏猛地抓住锦言的胳膊，力气之大让她都有些吃不消。

"好端端的，怎么会有鬼呢？流苏不要瞎说，既然你这么害怕，今晚我就不熬夜刺绣了，我们早些歇着，明日再早起做事。"锦言拉起流苏，看流苏还木木讷讷的，只好自己去铺好被褥，拉着流苏睡下了。

半夜里，锦言被一些窸窸窣窣的声音惊醒，睁开眼睛却发现流苏坐在床榻边，眼睛直勾勾地瞪着自己，诡异而惊恐。她正要伸手去拉流苏，却发现流苏快速地闪开了，嘴里边嚷嚷道："语聆姐姐，你不要过来，不要过来，不是我害死你的，不是流苏……"

流苏躲闪着，声音也跟着尖厉起来，只见她一不小心，就将屋子里的家具推翻在地。锦言去追她，想要安抚她，却被她推了一把，撞在桌角上吃痛不已。

慢慢地，庭院里已有被惊动的人披着衣服出来查看，却都不敢靠近这个房间，在屋外指手画脚地议论着什么。流苏的声音依旧不减："语聆姐姐，不要过来，不是我害死你的……"

门被人一脚踢开，苏姑姑冷着脸喝道："流苏，大半夜的，你不睡觉，在这里鬼号什么？"

流苏看见苏姑姑，指着锦言阴森森地笑了笑，说道："看，语聆姐姐回来了……"

苏姑姑的脸马上就变了颜色，看了锦言一眼，又冲着流苏喝道："好你个贱婢！太后怜悯你年纪小，有心要栽培你，你却在这里装神弄鬼，你对得起太后的苦心吗？"

流苏的眼睛眨了下，又想嚷嚷，可在听到苏姑姑说了句要将她拖到宫外杖毙时，眼睛里的恐慌再也掩饰不住，身子不禁有些颤抖。锦言忙上前揽住她的身子，对苏姑姑笑道："燕瑾真是该死，这么晚还劳驾苏姑姑。流苏年纪还小，不懂事，燕瑾求苏姑姑饶过她吧，她以后再也不敢了。"

苏姑姑看了看锦言与流苏，眼神深不可测，说道："没想到不过一日，燕瑾姑娘就护着这贱婢，真是出乎我的意料啊。"

锦言低头说道："流苏是太后赏赐的，如果她有什么过错，燕瑾难辞其咎，所以还望苏姑姑保其周全。"

苏姑姑冷笑一声："也罢，今日就看在你的面上饶了她。"说罢，她又指着流苏的额头喝道，"贱婢，你再敢胡言乱语，丢了小命，别怪苏姑姑没有警告过你。"

流苏瑟缩了一下，不再出声。

锦言将苏姑姑送出门的时候，发现远处有个高挑的身影，那张板着的脸在夜色下显得诡异而吓人。锦言将门关上，望着流苏冷冷地笑着，心里骤然清醒过来。这个流苏年纪虽小，可是却很会装疯卖傻，她以为自己当真好骗？锦言将外衣披上，看到流苏身上依旧是单薄衣物，便将罩衣扔给她，斟了一杯茶，说道："说吧，你受什么人指使？"

流苏眼睛里一闪而过的恐慌还是让锦言捕捉到了："姐姐，发生了什么事？是不是流苏刚才说错什么话了？"

"不要再跟我玩这些小聪明，什么鬼神之说，什么语聆姐姐，这都是你的预谋。你如果当真害怕，就不可能与我同榻而眠，苏姑姑并未交代你在我房间里睡，你大可以回自己的房间……"

"姐姐，流苏自己一个人不敢回去，流苏怕……"

"怕？有多怕？怕会在这间闹鬼的屋子里睡觉？"

流苏支支吾吾还要说些什么，锦言紧跟着说道："你到底受何人指使？"

"姐姐，你相信流苏，流苏其实对你没有恶意，流苏只是……"流苏竭力想让锦言相信她，可那份迫切在锦言眼里却成了一根刺。

"我不管你到底是受何人指使，但是你们为什么选择在我的身上做文章？"这才是锦言最疑惑的事情。流苏眨眨眼睛，无辜地说道："只是，只是因为你住在这个房间里，住在这个房间里的人都会有不同的遭遇，别人重视了你，自然也会重视语聆姐姐的冤死。"

锦言无语，这算是什么道理？她抿抿嘴角，而后长舒一口气，说道：

"我并不清楚内情，我也不想清楚内情，明日我便叫苏姑姑遣你回去，我这里容不下你的计较。"

流苏猛地跪下，抓着锦言的裙摆惊恐地道："燕瑾姐姐，流苏知道自己错了，但如果你送我回去，苏姑姑一定会打死我的。"

锦言并未拉她起来，只是冷冷地说道："难道这对我就是公平的吗？我没有必要为你们分担，去告诉指使你的人，住过这个房间的人死了便是死了，还去争那些是非，只不过是再搭上几条人命罢了，不值得。活着才是重要的，活人才是最重要的。"这些事情对年纪尚小的流苏是说不明白的，锦言只好不再说。流苏还想说什么，锦言早已挣脱了她的手走开了。

次日，锦言故意忽略流苏的惴惴不安，梳洗好了，便走出了房间。她找到苏姑姑，福身行礼道："苏姑姑，燕瑾为赶绣富贵流云图，夜以继日，虽不敢说辛苦，却也有些吃不消。只是燕瑾不习惯与人同住一屋，所以燕瑾斗胆请苏姑姑将流苏带回去。"

苏姑姑是个明白人，宫里几十年的历练，让她早已对人心洞若观火："也罢，你也算是个明白人。也只有这样，你才能把这些事情撇清，苏姑姑就帮你一把。"

"燕瑾不会忘记苏姑姑的好。"锦言微微颔首。

锦言回到自己的房间时，远远看见流苏被人拖出了房间，她嘴里还在嚷着："我没有不守规矩，我没有……"

锦言松了口气，和在后宫装神弄鬼的罪名比起来，不守宫规已是轻罪，流苏的命算是保住了。她回到房间，打开临湖的窗户，默默地坐在绣架前，拿起手中的绣针，微叹了一口气。临到中午，有人送饭过来，是宫女焕丽，她板着脸没有言语，可是手上青筋暴起，看似十分愤怒。

锦言坐在那里没有起身，她并不是个淡然的女子，她也喜欢去争去夺，只不过不是用命去争。看到焕丽转身要离开，她才道："焕丽，流苏已经受到惩罚，这是你的前车之鉴，如果你再执意妄为，你要承担的罪过就不是这么简单了。我不知道这个房间里曾经住过什么人，也不知道这里曾经发生过什么事，我劝你还是算了吧。"

"你不懂，有些事、有些人，一辈子也难以忘却，我活着的唯一希望就是为她申冤。"焕丽的声音还算是平静。

"那流苏的命就一文不值吗？她的命差点儿就葬送在你的手里。"锦言有些动怒。虽然锦言进宫后已经见过了太多的悲剧，可流苏还那么小，还不知道自己所做之事要付出的代价，她无辜而纯真。

"我只是想做好这件事，我没有要害她的意思。"焕丽转过身来，板着的脸也有了一丝松动，看得出她对流苏也是极为关心的，不过她当真没有想到流苏会有丢命的可能吗？

"这世间有诸多不足，谁也无法强求，无法逆势而为，想与天相争，也要看你有没有这个命数来夺了。"锦言看了焕丽一眼，"我言尽于此，你自己看着办吧。"

焕丽身子一颤，欲言又止，终还是转身离开了。

昨夜一直未曾安睡，锦言有些乏了，却又不想因歇息耽搁了刺绣，可终是顶不住困意，便倚在绣架上睡着了。睡梦中的锦言很是安然，睫毛长而浓密。绣架、绣品、锦言，白皙的皮肤、精致的五官，临窗看来是多么美丽的风景。锦言丝毫没有发觉，有人正在欣赏风景，享受着这风景。

锦言醒来的时候，眼睛扑闪间便看见了站在窗前的男人，他面如冠玉，朗目星眸，正温柔而深情地看着自己。她慌忙起身，正想行礼，却发现隔窗行礼也是不尊，便一时局促地站在那里不知如何是好。

"你别怕，朕知道你在母后这里很是放心，只不过怕别人多心，所以一直未来看你。"皇上淡淡地笑道，"朕来了好一会儿了，看你睡得安好，就没扰你。"

锦言脸色微红，这个男人总是带着让人无法抵抗的气势而来，却做些心细如发、温暖人心之事。她正想开口应话，却发现皇上已离开了窗前。可未等她松口气，皇上已走进了屋内。他身形伟岸，今日一身紫袍，额前一抹青翠的碧玉更显风流倜傥："几日不见，你又清减了，让朕看了心疼。"

锦言见皇上真进了屋，反而平静了下来，她又坐回了绣架前："皇上说笑了，燕瑾在太后这里安然得意，怎会清减？"

皇上微微叹息，说道："你总是这样疏远朕，朕是真的想要疼爱你，朕也没有料到自己会被你这般吸引。所谓一山一水，我是那顶天的山，你却是那环绕山脚的水……"

"哎哟，皇上，什么山山水水啊，奴婢可听不懂。"门外进来一人，是苏姑姑，她笑着进来，给皇上请了安，又说道，"太后听说您过来了，久等不着，就让奴婢来寻您了。"

皇上站在那里依旧不动，他看着锦言，仿佛有千言万语要说。锦言自苏姑姑进屋便起身站在绣架旁，看皇上默默无言地只盯着自己看，不禁红了脸，说道："皇上，太后还等着您去请安呢。皇上还是快些过去吧，恐迟了太后会怪罪下来……"

皇上深深地叹了口气。自从进屋就开始叹气，这会儿还是叹气，皇上觉得自己对待锦言总是毫无办法，看苏姑姑还等着，便深深看了眼锦言后转身而去。

那擦着衣角而过的男人气息，让锦言有些恍惚，耳边还响着他留下的一句低不可闻的话："朕也是看着你一时情难自禁。"

皇上带着情难自禁而去，锦言却当真是难以自禁，不是为情，而是为命。也不过是一盏茶的工夫，太后跟前的宫女便来唤她，说太后要召见。锦言心惊，皇上才过去，太后这会儿就要召见自己？难道是因为皇上与她的事？难道是因为皇上的那句情难自禁？

试问，谁没有过情难自禁的时候？可转过身来，谁又会承载着情难自禁度过漫漫人生？不过是一时的激情罢了，不过是一时的爱慕罢了，走过了、错过了，也就算过去了，它只是一段记忆的点缀，一枝用来装饰房间的梅花。

锦言是不消说的，她有她的苦衷，曾经也爱过，只是那段爱的火花熄得太快了，快到让她难以接受。九五至尊、天命之子，她不能去爱，也爱不起。逃避是策略，却不是最终的良策。

永宁宫内，太后坐在主位，皇上坐在稍侧的位置，桌上整整齐齐地摆满了时令水果。皇上看见锦言进来不禁有些诧异，不过还是掩饰了下来，他对太后说道："儿臣刚才经过宁泊湖，从窗户那里正好看到她给母后绣的绣品，当真是一流的女红。母后，您寿诞那日，可得拿给儿臣好好欣赏一番。"

苏姑姑说道："太后，奴婢刚才去请皇上的时候，还听皇上在说什么山山水水，没准儿就是在说宁泊湖的假山活水。"

苏姑姑话刚说完，太后假寐的眼睛突然睁开，精光一闪，转瞬又藏了起来，只是淡淡地说道："是吗？皇帝，怎么以前从未听你说起过宁泊湖的山水？今儿个怎么会有这么好的兴致？"

皇上偷偷瞪了苏姑姑一眼："苏姑姑年纪大了，说话也是颠三倒四的。母后，不消说这些不相干的了，儿臣这次来，便是欲征求母后的意见，大寿要如何操办？"

太后听到这里，心里一喜，看见儿子这般孝敬自己，觉得很欣慰。

锦言站在一旁，将手里的帕子绞来绞去，颇有些紧张，就怕他们将话引到自己的身上，虽听见皇上将话题岔开了，但她心里还是忐忑不安。真是想什么来什么，太后慢条斯理地问她道："燕瑾，你来哀家的永宁宫已有几日了，一直未曾好好叙话，皇上既然来问哀家，你也是个聪明伶俐的丫头，哀家来问你，你觉得这寿宴该如何操办呢？"

锦言看太后的表情放松自然，倒不似想刁难自己，而皇上却似期待自己的回话，她只好硬着头皮说道："燕瑾以为这寿宴不能太过张扬……"

只是这一句话，太后的脸上已是变了颜色。皇上也皱眉看着锦言，隐隐为她担忧，惹怒了太后，即使自己能护她周全，可也难保她会吃暗亏。

锦言自顾自地说了下去："现在边关告急，锦亲王还在边关镇守，如果太后大肆操办寿宴，说不定反倒让百姓抓住了把柄，说太后罔顾民情，奢侈挥霍。"她说到这里时，苏姑姑已经站出来呵斥道："住嘴，贱婢，别以为太后给你几分好颜面，你就可以说出这等大逆不道的话来……"

"让她说下去。"太后阴沉着脸，已是有了怒气，不过是隐忍着罢了。

锦言并不惧怕，她的话还未完，谁也不知道这是不是就是她想要的效果。她接着道："但是，燕瑾以为太后的寿宴不但要办，还要好好地办，既要节省银两，又要别出心裁。一来让百姓知道我殇未国国库充盈，二来体现皇上对太后的孝心，做天下儿女的表率，让百姓争相效仿。"

太后的脸色顿时转阴为晴，缓和了下来，心情看似大好。而皇上的神色也是极为得意，他看着锦言，眼中俱是奕奕神采，他对太后热切地说道："母后，儿臣也是这个意思，今日来就是想听听您的意见。"

太后笑着对皇上说道："皇帝，这丫头倒是有些聪明劲儿，不过这个别出心裁，怎么才能别出心裁？司务署的人每年都来跟我说会别出心裁，可是每年还不是那些老套的过场？"太后从苏姑姑手里接过一颗剥了皮的荔枝，放在嘴边轻轻地吮吸着汁液，"皇帝，你可有良策？"

皇上一笑，他刚才也只不过是顺着锦言的话往下说，哪里想到什么良策？他看向锦言的时候，锦言却转过脸去不理会他，他心里就有了计较，说道："母后，儿臣当真是有主意，只是现在时机未到，不方便说出来，等明日儿臣再来向母后禀报。"

太后装作嗔怒地看着儿子，笑道："皇帝，哀家看你是越大越顽皮，与母后还玩这些欲擒故纵的把戏，也罢，哀家就等你明日的别出心裁，可别叫哀家失望啊。"苏姑姑扶太后起身，太后又说道，"哀家乏了，皇帝也回去歇着吧。燕瑾，你且回去忙你的刺绣，流苏的事情哀家已经听说了，你不用放在心上。你是聪明人，哀家相信你不会掺和到这种事情里来。"

说罢，太后又让宫女将桌上的时令水果赏给了她。锦言谢恩，自有宫女送到她房中去。锦言出了永宁宫的大殿，却发现皇上跟在自己的后面，不过三丈的距离。她不禁加快了步伐，经过回廊时还是被他追上了，并被握住了手臂。她涨红了脸，虽然知晓他的随从并没有跟来，可是难保暗处有人，她努力挣脱也未挣开他，只好板下脸来说道："皇上，请自重。"

皇上闻言失笑，轻声说道："我哪里不自重了？"

这本也不过是一句随意的话，这会儿听起来却是暧昧不已，锦言的脸再次涨红，她趁着皇上笑的工夫，挣开他的手，嗔怒着跑开了。待她回到自己的房间，未等掩上门，皇上又跟了进来。她慌忙去关门，只见他用手抵住门说："朕只是想跟你好好说会儿话，朕这般抛下身份、自尊，难道你就没有一丝动容？"

房间里，锦言还是坐在绣架前，皇上坐在桌前，面前是太后赏赐的时令水果，皇上拿起一颗荔枝又慢慢放下，说道："只要你做了朕的女人，这些东西应有尽有，哪里还需要别人赏赐才能吃到？"锦言不忿，反讥道："皇上此言差矣。即便燕瑾做了皇上的女人，想要什么东西还不是要皇上赏赐吗？赏赐的人虽然不同了，可是道理却是一样的。等到哪一天，妃子失宠了，还能求来什么赏赐？"

皇上眉头微蹙，有些伤感道："为什么不管朕说什么，你都要提出反驳意见？你是在反驳朕，还是在反驳你自己？"

"燕瑾只是想说明一个道理，别无他意。"锦言拈起绣针，却捏在指间许久落不下针。

皇上起身走到锦言身边，蹲下身子，她不禁挺直了脊背，她有些戒备而抵触，这是她在宫中的本能，因为她不能出错，出错即死。

梦里花落凋零，醒来已是诸多风雨。后宫有梦才能存活，无梦即为灭亡。那些埋葬在深井里的骸骨，是为逐梦而付出的代价；那些荒山野岭中的呜咽，是为角逐名利而毁灭的魂魄的哭泣。

锦言不惧，她心中自有信仰，这种信仰在闻家并未自知。在闻家的那种安逸与自得，来到殇末朝的后宫时，早已转换成强大的自制与筹谋。她从未想过，养尊处优的自己竟还有另一面：戒备、自律、细致，以及察言观色。

眼前的皇上，独自在她面前露出了些许悲伤："后宫有诸多女子，爱也罢，不爱也罢，朕都要为平衡朝中势力而去周旋，不得已而为之，你说朕是不是这后宫里最可怜之人？朕拥有天下，却得不到自己喜欢的人。"他伸出手臂，抱住锦言的腿，将头伏在她的腿上，忧伤而沉静地闭上了眼睛，"朕觉得自己只是个傀儡，是天下人的傀儡，朕拥有他们羡慕的一切，却没有真爱。没有真爱的人是寂寞的，朕才是这个后宫里最寂寞的人。"

锦言想去推开他，看见他微蹙的眉头却有些不忍，但还是将话说了出来："您不爱后宫里的这些妃嫔，这些妃嫔自然也是得不到真爱的人，您寂寞，她们也寂寞，您可怜，她们也可怜。"她说完便有些后悔，因为她看见了皇上强自压抑的面容。许久，她才听到皇上深深地叹了口气，无奈地问道："什么时候朕说完一句话，你可以不反驳，那该多好！"

锦言正要反驳，看到皇上目不转睛地看着自己，便欲言又止。两人相望无言，许久，却是大笑起来。这一笑，两人的关系似是增进了一步。锦言看着皇上，似不再有初见时的抵触，只是她知道，有些事情是死也不能泄露的，所以，她还是隔着一层纱，心里的纱。

"朕刚才在母后那里听你侃侃而谈，料定你已经有了别出心裁的主意。"

锦言笑道："那么您就是来向我讨教别出心裁的主意了？"

"讨教，也罢，就算是讨教。"皇上失笑道。

锦言俏皮地说道："既然您承认是讨教，那么我的主意便需要彩头来换。"

皇上喜笑颜开道："难得你有想要的东西，朕只怕你不开口要，你只要开口，朕必应。"

"我暂时还没有想出来，等到时候再说与您听。您既然应了，就不能反悔。"

如此商讨了一番，皇上与锦言终于约定了彩头，便是皇上允诺她一事，不管那件事如何，都会答应她。她看皇上应诺得认真，这才娓娓道来："太后的寿诞不能大肆操办，只是说不能让国库出太多银两，并不是说如何简朴。皇上，您想，太后寿诞，天下臣子谁不争相送礼以表忠心，那就让他们送。任其是金银珠宝还是古玩字画，值钱的统统送来，让太后拣出几件喜欢的，其余的也不要填充国库，只需将它们一件件拿出来，谁喜欢便拿钱出来买去，朝中这些人平时贪赃枉法，这会儿是让他们吐出来的时候。"

皇上微微颔首，心里如明镜般亮堂起来，说道："如此一来，那些人便是出了两份钱，既送了东西，又要花钱买另一件东西，甚好，甚好。"

锦言并未说完，接着道："得来的那些钱，可以去接济贫苦百姓，做更多的善事，谁会不念太后和皇上的大恩大德？一举三得：一是造福百姓，二是让贪官吐出钱财，三是成全皇上的孝心。"

皇上称赞道："朕没有想到，你的别出心裁让朕这般大开眼界，朕说与母后听，想必她也是高兴的。你给了朕一个惊喜，真的。"他说得恳切。

锦言大声说道："皇上的主意自然是绝妙的，燕瑾只不过是多嘴说出来罢了。"

皇上微怔，瞬间便明白了她的心思，说道："一定要如此吗？朕希望天下人都知道你的好。"

锦言别过身子，低着头说道："后宫怎可容忍身份低微之人的锋芒毕露？"

皇上的脸色也黯淡下来，说道："你说得对，朕虽是皇上，却也不能保证心爱的女人毫发无损地度过一生，朕很没用，朕不能做到只宠幸一个女人。"

锦言转回身子，看着皇上坚定而决绝地说道："您不要说了，我不需要您的宠幸，您不懂我，您也不懂我想要的。有些事情我解释不清，可是有一天您会明白的。"

皇上离开了，带着帝王的豪气与孤寂，那身影伟岸而又悲苦，锦言觉得，即便自己念一生的《大悲咒》，也无法救赎他内心的苦。

次日，临窗而立，看见那抹明黄过去，没有丝毫为她驻足的意思，锦言心里苦笑，所谓的绕指柔，也不过是片刻罢了。昨日的他悲伤无助地诉说自己的寂寞，今日的他却豪气冲天、收放自如，还有谁能看到昨日他伏在她膝上的那种沉静与哀切？

绣品快要收针了，一幅富贵流云图夺目耀眼，锦言是得意的。对于刺绣，她有天赋，那纤长的手指带有得天独厚的韵味，一针一线都似在作画。到了傍晚，最后一针完成。锦言松了口气，远远望着绣品，心里五味杂陈。

　　当初来到永宁宫，是太后以刺绣的名义留住她的。这会儿绣品已然完工，自己是不是又要回到素语那里？搬过来多日并未听见有关她的消息，不知道她近况如何了，也不知道皇上自那日后去过澄瑞宫没有。心烦意乱间，锦言想出去随意走走散散心。

　　永宁宫果然很大。天色已黑，锦言寻不到回去的路，也看不到任何人，心里焦急起来，走路时步子不由得快了起来，却冷不防踩在碎石上跌倒了。她试图站起来，却无力做到。这些日子起早贪黑地赶工，加上进食不多，身子早已虚弱，她想开口求救，又怕招人怀疑，一时倒真不知道该怎么办才好。突然，有人伸过来一只手，她循着手的方向抬头望去，那人却是钟离将军。

　　锦言有些局促地看着他，并未将手递给他，钟离将军不以为意，低下头去查看她的伤势，握着她的脚踝捏了捏，说道："无妨，筋骨未伤。疼痛是有些的，还能走路吗？"

　　锦言羞得面红耳赤，将脚收回，被他握住的地方还有火热的感觉："还好，我能自己走路。"她努力站起来却又跌倒了，只不过这一次没有跌倒在地，而是跌倒在了钟离将军的怀中。

　　钟离将军将她抱起，说道："我送你回去。"

　　锦言想挣脱，挣扎间却被他抱得更紧了，他喝道："老实点儿，不要动了，这里离你的房间还很远，难不成你要爬回去？"

　　锦言自然不想爬回去，她还想说什么，钟离将军已经抱着她大步流星地往回走了。

　　好像路真的很长，一路无言，临到房间门口时，锦言试探地问道："我该怎么谢你？"

　　钟离将军黑着脸不作声，看她一直盯着自己，才涨红着脸吼道："谢？

你拿什么谢？难不成以身相许？"他就这么吼着抱着锦言进了房间，才发现皇上竟然在里面，脸色不善。钟离将军与锦言同时一怔。皇上喝道："钟离将军，你还不把人给朕放下来？愣在这里做什么？"

钟离将军本想将锦言抱到床榻上，哪里想到皇上直接大步跨来夺了过去。钟离将军行礼后发现皇上依旧瞪圆了眼睛看着自己，只好赶紧退下。

屋子里的灯光并不亮，可锦言还是看到皇上那双眼睛亮闪闪的，透着光，似是极其愤怒。他握住她的手腕，用难以置信的口气道："你回绝朕，回避朕，却甘愿让他抱着，还要对他以身相许？"

锦言失笑，知道皇上误会了自己与钟离将军，那钟离将军虽然面似暴怒，其实也不过是在掩饰内心的羞赧罢了。所谓以身相许不过是一句玩笑话，可是在皇上听来，却变了一种滋味。

看到锦言笑了，皇上更加气恼，抬手就将身边的桌子拍碎，桌子上的水果滚落在地上。锦言敛了笑容，冷冷地看着他，也彻底激怒了皇上，他在她耳边喝道："你信不信朕明日就让那钟离身首异处？"未等锦言开口辩解，门已被人推开，是钟离将军，看来他并未离去，他进门后一本正经地说道："皇上，臣有本要奏。"

皇上喝道："等明日上朝，朕斩落你脑袋前再禀报吧。"

"皇上，那未免不妥吧？臣不过是英雄救美一次，并未一亲芳泽，让臣就这么身首异处，也未免太过残忍了。"钟离将军自顾自地说着，皇上脸色已变，可是钟离将军仿佛没有瞧见一般，兀自说道，"想当年，皇上与臣出宫偶遇秦御史之女，皇上明知臣对那女子有些许好感，还不是将其召进宫里诸多宠幸？臣可未曾有过一句怨言。"

皇上的脸已经黑了，吼道："钟离，朕明日在朝堂上必将你斩首示众！"

钟离将军一溜烟地离开，远远地喊道："皇上，臣明日抱病在家，就不来上朝了。"

皇上低喝："该死！"说罢他又将视线转回到了锦言身上，锦言只是低着头，不理会他。

薄情深意

　　"你还欠朕一个解释。"皇上面无表情地看着锦言，眼神却是急切而热烈的。

　　锦言试图站起来，身子一软却差点儿跌倒在地上，她用没有受伤的脚跳到床榻上坐着，皇上这才发现她的脚有异常："你受伤了？让朕看看，伤势如何？"

　　锦言冷冷回了一句："无须皇上费心，还未到身首异处的局面。"

　　皇上被她刺了一句，有些不悦："朕不容许自己的女人与别的男子有任何纠葛，这难道有错吗？"

　　锦言回过头来，语气冰冷至极："皇上，燕瑾不是您的女人，如果您一定要燕瑾是，那么燕瑾的尸体就算是吧。燕瑾与别的男子并未有任何纠葛，即便有，皇上也不可能揽尽天下女人。"

　　皇上为之气结，正想发作，看见锦言低垂的眼帘和闪动的睫毛时，又心软了下来："迟早有一天，朕会被你气得发疯。朕的言行举止哪里还有半分皇帝的样子？朕为你发了疯成了魔，或许都换不来你的些许慈悲，你这个丫头太过残忍……"

　　锦言咬牙切齿地说道："夜已深，皇上还在燕瑾房中恐不妥。皇上，还是请回吧。"

皇上深深地看了她几眼，问道："你一定要这么对朕？不给朕留一丝余地？"

锦言不语，不语是种态度，骄傲而执拗的态度。皇上忽然走近绣架，将绣架上的绣品抽走了，扬扬手，对她说道："朕将这幅绣品拿走，如果你还想跟母后交差，就来求朕还给你。如果让朕等得不耐烦了，朕可不敢保证这绣品还能不能完好无损地回到你手中。"说罢，他便拿着绣品离开了，任凭锦言在他身后敢怒不敢言。

锦言的脚休息了一夜就好了，看到绣架上空空荡荡，才记起那幅富贵流云图还在皇上的手里，皇上是打定了主意要为难她。

仍旧是焕丽来送的早膳，看她瘦削的脸庞似是烦恼无尽。她将食盒放在桌上，临出门的时候，欲言又止，几番挣扎才问道："是不是有些事需要彻底忘掉才能得到救赎？"

锦言一怔，还是说道："无须忘，只需记得事不可为便足矣。"

焕丽若有所思，出门前看了锦言一眼，只是那一眼，是锦言此生看到的她最后的面容。到了午间，她才听到消息，说焕丽投湖自尽了。她失魂落魄地坐在床榻上，回想起早上与焕丽的对话，她只是说事情不可为，并没有暗示焕丽去自尽，这究竟是怎么一回事？

也是后来，锦言才知道，宫女在后宫自尽是莫大的罪过，可株连九族。太后命人去查焕丽的家，才知道焕丽父母双亡，有一姐姐入宫多年，名为语聆。焕丽正是为语聆报仇而来，只是语聆到底犯了什么罪，锦言并不知道。

锦言等了一上午，并未听说皇上来永宁宫。她也不清楚他会在哪里，怕人起疑自然也不方便去打听，只好出了永宁宫，想在半路上等皇上。日未落西山，已有烟霞满天，那丝丝缕缕的云彩载不走人的忧愁。锦言站在树下，远远地看着路的那头，皇上每日都要来永宁宫请安，此刻已是要到用晚膳的时候，怕也是快来了吧？正思索间，有人在背后拍了拍她的肩膀，锦言猛地回头，才发现面前的人竟是云姑。

"云姑，您怎么在这里？"

云姑一脸冰霜，她将锦言拉到一处隐蔽之地，说道："燕瑾，云姑来这里就是为了找你。"看到锦言脸上的疑惑，云姑又说，"你我虽然交情浅，但云姑自认对你不薄。你能从浣衣房走出来，我并不觉得意外，只是你现在竟然到了太后跟前当差，却是出乎了我的意料。"

"托姑姑的福，燕瑾不过是运气好罢了。"锦言小心翼翼地回答，挑些不打紧的说。

"燕瑾，云姑今日找你是为了……"未等云姑说完，远处已有宫人鱼贯而来。锦言抬头看去，再回过头却发现云姑已经顺着宫墙而去。她不禁感到疑惑，心里却有了不好的预感，看到云姑那神秘的表情和吞吞吐吐的态度，她知道事情一定不会简单。时间容不得她多想，皇上已经走近了，再不把握机会，只怕很难再见到他了。可是，正当锦言要出来向他请安之时，才发现他身边有一个女人，是温昭仪。温昭仪娇笑嫣然，美目盼兮，对皇上温婉无限。

锦言忙将身子掩在树后，看他们走远了，才深深地吸了一口气。她用力绞着手里的帕子，又从树上揪了几朵花，握在手里，却忍不住用力地扔在了地上。她往永宁宫走去，姗姗而行，慢而无力。心里似乎有什么伤口被撕裂开来，锦言有些后怕，她才发现自己内心的占有欲竟这么强。她告诫自己，那是皇上，是高高在上的君主，不是她寻求的良人。在后宫，她只是个身份尴尬的宫女，随时都有家破人亡的可能。

回到房间里，锦言局促而不安，那种隐隐的痛慢慢浮上心头。不久，永宁宫里有宫女来传话，让锦言前去见太后。锦言心头一惊，却不敢推辞。她跟着宫女进了永宁宫，看见皇上仍在，温昭仪伴在太后跟前，锦言一一请安后，便站在那里不再言语。皇上倚在靠榻上，看着她时目光灼灼，见她向自己请安，本想出声阻止，却又忍了下来。

温昭仪娇笑一声，说道："太后，听说燕瑾为您绣了一幅绝妙的绣品，这虽然离太后的寿诞还有些日子，可是臣妾心痒得紧……"

太后也知道温昭仪不过是在讨自己的欢心，但她也想看看那福绣品，就随口对锦言说道："燕瑾，既然温丫头开了口，哀家也就顺了她的意，你去拿那幅绣品来，哀家也想瞧瞧到底是什么手艺。"

锦言抬头迅速地看了皇上一眼，目露不悦，而皇上却一脸茫然，仿佛不清楚她目光所指，反而又跟太后说笑起来。锦言怕人看出端倪，只好隐忍着走出永宁宫大殿，心里却憋屈得要命。她回到房间，在房间里走了几圈也想不出除了挑明事实的办法，可是挑明了事实，到底会引来什么祸事，她是没有办法预测的。

忽然，有声音从身后传来，低沉而戏谑："你是在想我吗？"

锦言猛地转身，却撞到了他的怀中，看到皇上的眼睛亮晶晶的，满是笑意。她面红耳赤，从他怀里挣脱开，戒备地看着他，眼神冷酷而理智："皇上就这么出来，不怕招来闲言碎语吗？"

皇上朗笑一声："朕乃天子，九五至尊，会怕那些飞短流长？"

"皇上固然是不怕的，可是有人会怕。皇上既然这么不顾惜那个人的处境，又何必跟她说什么薄情深意呢？"锦言顿了顿，还是说了出来。皇上一怔，随即敛起笑意，说道："朕知道你在顾虑什么，那些人确实吃人不吐骨头。朕每每宠幸一个妃子，都会仔细掂量到底会给她引来多少祸事，越是喜欢倒是越不敢接近，真是可悲。"

锦言听他这般说，一时倒是无法应对，他这算不算是敞开心扉？

"皇上，燕瑾的绣品，还请皇上归还，否则燕瑾难以交代。"锦言低头说道。

皇上看着锦言微低的头，那白皙的发线直而清晰，她虽然低着头，却不是因为惧怕，只是做出谦恭的态度来让他止步。皇上叹息，拿出那幅绣品，交还给她，说道："也罢，朕本想拿来吓吓你，没想到却吓到了自己，朕怕你真拿不出这绣品来，会被太后责罚。"

锦言依礼谢过皇上，在礼节上滴水不漏，让他那满溢的情怀无法袒露。

等皇上先行回到了永宁宫，锦言才带着绣品进了大殿，听见温昭仪问皇上这么久去了哪里，皇上附在她耳边低声说了几句，让她娇笑不已。

苏姑姑将那幅绣品呈上，霎时满室生辉。那绣品色彩绚丽，做工精细，巧夺天工，太后赞叹不已："哀家原以为你这女红就算是好，也只是比

123

御制的好那么一点点罢了，哪里想到你有这般能耐，竟能跟前朝的珍妃争辉。"

"太后过奖了，燕瑾有自知之明。"锦言淡淡地说着，抬头间却看见温昭仪盯着自己，目光里的嫉妒肆无忌惮，她脖间的划痕仍在，淡淡的、细细的划痕却昭示了她的毒辣与决绝——利用不成，便反践踏之。

太后赏了锦言许多东西，锦言谢了恩，便被苏姑姑带了下去。转过身来时，她感觉到了身后炙热的目光，刺得后背竟有些生痛。

临到太后寿诞，永宁宫前夜便忙个不停。寿宴摆在了御花园，四处张灯结彩，锦缎裹树，彰显了皇家的华贵和尊崇。锦言待在自己的房间里，这样的场合她是不能参加的，而且她也不想去。她需要的是无人关注。想必素语这会儿也在那儿，自己去了也只不过是让她添堵罢了。

苏姑姑忽然兴冲冲地推开房门，喊道："燕瑾，快些跟我去御花园。大家对你的绣品都是赞不绝口，吵着要看看是出自何人之手。太后也颇为得意，让我唤你过去，也算是露露脸。"

锦言苦不堪言，只好跟着苏姑姑去了御花园。盛况出乎她的意料，后宫妃嫔，还有三品以上的官员都到场。皇上与太后坐在主位，素语稍侧。大家看见锦言姗姗而来，神情各异。

"回禀太后，燕瑾来了。"苏姑姑扯了锦言一把，"燕瑾，还傻愣着做什么？快些给太后谢恩，说些吉祥话，兴许太后高兴了，还会多赏你一些呢。"

锦言正要向太后行礼，突然看见官员里坐着父亲闻步青，她不禁眼睛一酸，差点儿落泪。而闻步青也有些难以抑制悲痛，张张嘴，却什么也说不出来。锦言向太后行了礼，却支支吾吾说不出什么吉祥话来。太后觉得索然无味，也就挥挥手叫她站在一旁没有再理会。她抬眼看见皇上正略带思索地看着自己，而素语却是冷眼旁观，一副了然于胸的模样。

果然，这别出心裁的寿诞是依锦言的主意所办。各位官员呈上来的寿礼，太后只挑了一尊喜欢的玉观音，又挑了几件精致的赏给了妃嫔，便把其余的放在条桌上，让各官员竞价买走。皇上在太后耳边低声说了几句后，太后笑吟吟地吩咐苏姑姑去传话，将这些银两拿去建善堂做善事。那些大臣是哑巴吃黄连——有苦说不出，明知是掏了两遍银子，却还要恭维太后慈悲心肠。

素语冷笑一声，说道："太后，您这寿诞真是别出心裁，高明，臣妾佩服。"

太后一听，脸上顿时变了颜色，喝道："皇后，你这话什么意思？是在嘲讽哀家吗？"

"臣妾不敢，臣妾不过是由衷之言。"素语不卑不亢，这态度却更加激怒了太后，只是碍于妃嫔和大臣们在场，她才勉强忍了下来。

正在这时，有宫人禀报，说有边疆急报，锦言闻之一震。众人都安静了下来，生怕边疆突发急变。太后看有书信一封，便命苏姑姑读信。苏姑姑略略扫了几眼，脸色有些不安，还是露出笑颜说道："太后，锦亲王从边疆派人给您送来一棵千年灵芝，恭祝您福如东海，寿比南山。并且还说，太后寿诞之时，他不能承欢膝下，实属不孝。"说罢，她看了看太后的脸色，又说道，"太后，锦亲王那么大老远派人送来千年灵芝，也是难为他了。"

太后阴沉着脸，点点头道："告诉锦亲王，他的心意哀家领了，让他无须惦记哀家。边关那么僻远的地方，也让人好好地照看他的身子。"

谁都能听出这是多么敷衍的话，可是谁都不能去说破。素语冷冷地笑着，不再言语。她知道，那只母狐狸偶尔刺刺她是可以，如果当真惹恼了她，自己还是难以招架的。

锦言看着父亲，他苍老了许多，此刻更是不停地一杯杯地饮着酒，无奈而悲伤。她知道父亲挂念自己，想必能亲眼看见自己，他也欣慰了不少。不知道他是否后悔，如果同是进宫，还不如当初让她做了皇后。如今，落到这个不能言明身份的尴尬处境，可如何是好？锦言很想劝父亲不要再喝了，饮酒伤身，可是她却不敢靠近。

"闻大人，今儿个看起来可是满脸愁云啊，太后寿诞之日，您又是皇后的父亲、皇上的岳丈，实属不该啊。"群臣里有声音响起。闻步青微怔，强颜欢笑，嘴唇抖动间已是老泪纵横。锦言看了心酸。可是在素语看来，却是犹如针刺般难受，她知道父亲的一切表现都不是为了自己，只是为了闻锦言，叫她如何不怒？

寿宴结束，众人一一散去，或神情阴霾，或脚步踉跄。一切都如浮云掠过，或许寿宴年年如此，即便是今年有不一样的地方，那也已经成了过去式。

锦言因为在太后的寿宴上并未出彩，甚至言行举止显得有些木讷，所以这几日太后并没有理会她，仿佛忘了永宁宫里还有她这么一个人。她倒有些庆幸，不过内心深处也藏着些许寂寞。每日给她送膳的换成了一个年纪略大的姑姑，像闷葫芦一样不出一声。锦言也懒得理会她，每日都闲散地坐在窗前看着宁泊湖发呆。

这一日，有宫人传话，要锦言前去永宁宫大殿。进了永宁宫大殿，锦言发现太后并不在，只有皇上一个人靠在椅榻上，手里还握着一本经书，看见锦言进来便是淡淡一笑。

锦言眉头微蹙，皇上仿佛明白她所想之事，说道："朕来给母后请安时，路上却被树枝划破了衣服，宫里那些绣工手艺粗糙，母后便让你来给朕缝补，你可愿意？"

"燕瑾遵从太后的吩咐。"锦言的声音并无波澜，又说道，"皇上，燕瑾这就回去拿针线盒，请皇上稍待。"

"不用了，这里早就给你准备好了。朕的袍子上需要用的金线，你那里怕是没有。"皇上或许是感觉到了锦言的疏远，所以心中不悦。

"请皇上将袍子脱下来，锦言好……"

皇上冷冷地打断她："不必了，就这样缝吧。"

看到他的脸阴沉下来，锦言不敢再出言顶撞，只好拿起针线盒来，挑出与皇上的衣服颜色相近的丝线，穿针引线后，靠近了他。她一看龙袍上的破损之处，就知道是人为损坏。那破洞在肩头的位置，她站在他的身边，开始缝补，因为怕伤及龙体，所以动作慢了些。

皇上的目光一直没有离开过手中的经书，只是许久也未翻过一页。锦言缝下最后一针，低下头去咬断丝线，两人靠得极近，感受到了彼此的气息。她咬断线头站起身来，似是故意忽略掉他的叹息，没有发现皇上握着经书的手紧了紧，说道："皇上，龙袍已经缝补好了，如果没有别的吩咐，容燕瑾先行退下。"

皇上无奈，他压抑的感情仿佛随时可以倾泻出来："你在朕面前不必拘束，朕还是喜欢你轻灵傲气的样子。"

就在这时，太后从寝殿里了走出来，锦言忙给太后请了安。太后仿佛没有感觉到皇上与锦言之间异样的气氛，简单地与锦言说了几句，便让她退下了。锦言离开时，看见苏姑姑慌张地从外面进来，嘴里嚷嚷着："太后，大事不妙，澄瑞宫出事了。"锦言却不敢停留，只是那句"澄瑞宫出事了"让她乱了分寸，难道素语出事了？

宫里人多嘴杂，锦言还是知道了素语中毒生死未卜的消息。她的心一下子揪了起来，所谓三年之期，难道这就是素语的浩劫吗？素语进宫不过数月，怎么可能这么快？

澄瑞宫内，皇上亲临，喝问兰舟："皇后为什么会中毒？"

兰舟跪在地上，啼哭不已："皇上，奴婢也不知道是怎么回事，娘娘这几日礼佛吃斋，菜式清淡，奴婢都尝过的，没有问题。如果有问题，奴婢也会中毒的。"

"这几日澄瑞宫可有人来过？"

兰舟欲言又止，看着皇上脸上挂霜般的神情，结结巴巴地说道："娘娘吃斋念佛，一向少与人往来，只是今儿个温昭仪来了，说是知道娘娘吃斋，特地亲手做了香菊素鸡粥给娘娘，娘娘也不过是当着温昭仪的面尝了几口，温昭仪走后，娘娘就昏了过去。"

皇上听到温昭仪的名字，脸上更是不悦，这后宫之争向来是永无止境的，他不禁喝道："兰舟，朕如果从你嘴里听出一句不实之词，朕先斩了你。"

兰舟瑟缩地伏在地上，声音颤抖："皇上，奴婢不敢……"

“她一个小小的昭仪，怎敢做出这般大逆不道的事情？朕要彻查此事，你好好侍候皇后，她醒了，马上让人来禀报。”皇上说完，拂袖而去。他刚才去看过皇后了，他还是第一次看见她睡着的模样，沉静而安详，没有了眼睛里的精明和算计，她看起来倒似温柔了许多。但是为什么看见她，心里又会浮现另一个女人的影子呢？皇上想不明白，那明明只是一个宫女，自己却如情窦初开的少年般对她魂牵梦萦。

两天过去，素语依旧未醒，太医们束手无策，配不出良方。连皇上也发怒了，说养了一群废物，将宫里人的性命交付给他们，还不如交付给江湖郎中来得痛快。锦言终于按捺不住，便去求太后道：“恳请太后让燕瑾回澄瑞宫，燕瑾是皇后的家生丫鬟，去伺候着也熟练些。”

太后颔首道：“是这个道理，家生的丫鬟贴心些，你去吧，好生伺候着。不能委屈了她。”

锦言路过惊鸿殿时，发现那里已被侍卫围了个水泄不通。她暗自诧异，不知道温昭仪那里出了什么事，难道温昭仪与赵荣华合谋谋害丽贵人之事事发了？

锦言又回到了澄瑞宫，此时她已经是太后遣过来的人，身份已不同当日，所以众人对她都存了三分客气。连兰舟见到她也先出声打了招呼，又接着绞帕子给素语净面。素语已经昏迷了两天，滴水未进，面白如纸，那微弱的呼吸似是随时会停止。

锦言从兰舟手里接过帕子，给素语净手，握住素语的手时，她心潮澎湃。她与素语自幼一起长大，两人却从未拉过手，连言语都是淡淡的。锦言心里难过，泪珠滚落下来，她偷偷拭去，问道：“皇后娘娘为什么会中毒？”看兰舟不回答，便道，“难道这事跟温昭仪有关？”

兰舟噘噘嘴，恨恨地道：“那个女人当真是蛇蝎心肠，把娘娘毒死，她就能坐上皇后的位置了吗？她做梦都别想。皇上如果真宠她，也不至于只让她做一个小小的昭仪了。”

“那赶快让太医为皇后娘娘医治啊，难道真的是群医无策吗？”锦言急道。

兰舟叉起腰，指着外面的大殿说道："你去瞧瞧，那些太医商量了两天都没有定论，等他们商量出对策来，只怕娘娘早已……"说着她便哽咽起来。

锦言沉不住气，便走到大殿里，环顾四周，众位太医都是叹气摇头，偶尔有几个在一起商讨的也是满面愁容。唯独在窗前坐着一个年轻的太医，他手握一卷医书，心平气和，伸手去端起茶盏，发觉茶凉了后，便吩咐大殿里的宫女换盏热茶来。锦言看得出，这太医与别的太医不同，因为他有一种胸有成竹的自信，皇后娘娘中毒将死，他凭什么还这么自信？

锦言未来得及多想，澄瑞宫外就熙熙攘攘地来了人，只听见有人说道："瑶妃娘娘、婕妤娘娘，皇上吩咐过，皇后娘娘未醒之前，任何人不得入内。"

"混账东西，皇上拦的是那些居心叵测之人，本宫与惠婕妤是那种人吗？再敢啰唆，小心撕烂你的嘴。"开口的是有些嘶哑的声音，正是瑶妃。惠婕妤声音低柔，说道："算了，皇上既然说了不让人进，那咱们便等皇后娘娘醒了再来探望吧。"

瑶妃阴阳怪气地说道："惠婕妤此话差矣。皇后娘娘此番中了毒，能不能救活还是两说呢，现在不来探望，难道非要等她死了再来吗？"

此话一出，众人皆惊。惠婕妤不再坚持，便跟着瑶妃走了进来。大殿上的太医纷纷向两人请安，瑶妃颐指气使地问道："听说皇后娘娘中的毒，你们都解不了了？"

"臣等无能……"

"是够无能的。"

这些太医都已在后宫多年，哪里受得了瑶妃这抢白？老脸挂不住，胡子都跟着颤抖起来。

瑶妃看了一眼那名年轻的太医，笑道："苏太医，他们解不了毒，本宫暂且相信，可是你若说解不了，本宫是无论如何也不信的。妙手神医的长孙，如果连你都解不了，那么天下还有谁能解皇后娘娘的毒？她岂不是必死无疑了？"

苏太医不卑不亢地说道："娘娘此言差矣，这毒微臣虽然解不了，可是皇后娘娘洪福齐天，想必吉人自有天相，自己就能醒过来。"

瑶妃冷哼一声，不再理会他，径直进了寝宫，惠婕妤也跟着走了进去。当瑶妃看见锦言站在床前守着素语时，不禁有些惊讶，冷嘲热讽地说道："这不是太后身前的红人吗？眼下怎么回了澄瑞宫？是不是想伺候旧主子，留个忠心的名声，再去媚惑皇上啊？"

锦言深呼一口气，说道："燕瑾从来没有那种想法。燕瑾回澄瑞宫也是太后的旨意，请瑶妃娘娘不要妄自揣测太后的懿旨。"

瑶妃狠狠地瞪了她一眼，碍于太后的面子，便不再去计较。瑶妃和惠婕妤走近素语的床榻，两人皆是叹息。只是瑶妃的听起来幸灾乐祸更多一些，惠婕妤的却似有几分真情。

瑶妃在一旁盘问兰舟，无非素语能否醒来，是否还有救云云。惠婕妤则给素语掖了掖被角。瑶妃甚觉无趣，或许是以为素语必死无疑，所以也就不将这些放在心上了，她拉着惠婕妤便要离开，惠婕妤并不情愿，看似想要多留一会儿。

兰舟拍着胸口松了口气："终于走了，尽是些假惺惺之人。"

锦言有些不解："我瞧惠婕妤的神情不像是假的……"

兰舟不屑地说："你懂什么？她对谁不是这样，可又对谁真正好过？只是能迷惑一下你这种没有见识的女人吧。"

锦言被她抢白了一句，倒也不怒。兰舟的话未必假，惠婕妤的神情未必真。现下猜测这些并没有什么用处，还是先为素语解毒要紧。不知道为什么，锦言脑海里总浮现出一个人来，就是那名年轻的太医，他有些怪异，但怪在哪里，锦言也说不清。

"兰舟，皇后娘娘的病就这么拖着也不是办法，还是快些催太医为她医治才好。"

兰舟皱眉道："你道我不想吗？可是那些太医犹如酒囊饭袋，足足两日都无良策，皇上早已下旨，皇后娘娘如果有闪失，他们就一起陪葬。"

锦言顿了顿，说道："不管怎么说，我们还是尽最大的努力。皇后娘娘上次把脉是什么时辰，眼下应该再把脉察看下病情吧？"

兰舟点头称是，转身去了前殿，锦言远远地跟在她的后面。

"林太医，您先别急着进去，您虽然是太医院里最有威望的太医，可是皇后娘娘先前吩咐过，只让苏太医一个人为她把脉，这是从前的旧例。娘娘虽然昏迷着，她的懿旨兰舟仍是不敢违抗。"

听到这里，锦言了然于胸，本来只是三分猜测，现在倒是有七分把握了，锦言长长地舒了口气，心里轻松了不少。

惊鸿殿内，温昭仪心中的怒火无处发泄。皇上命侍卫将惊鸿殿围了个水泄不通，任何人不得进出，却偏偏不肯见她，这分明是认定皇后中毒与她有关。

当日，皇后命宫女来传话，说"皇后娘娘请温昭仪去澄瑞宫叙叙话"，温昭仪不禁感到疑惑，皇后为什么突然要她去澄瑞宫？她想不明白，可也不敢明目张胆地抗旨。

那宫女清清嗓子又说道："皇后娘娘听说温昭仪有御赐的小厨房，善做斋菜，所以请温昭仪带几样小菜过去尝尝。"

温昭仪应了旨，吩咐小厨房做了香菊素鸡粥，让宫女提着食盒，便一起去了澄瑞宫。

皇后尝了几口，夸赞了几句。两人又闲谈了几句，皇后便说有些乏想要歇息，她也就回了惊鸿殿。不过两个时辰过去，惊鸿殿便遭此巨变，这叫她如何不恼火？自己的香菊素鸡粥怎么可能有毒？除非是有人陷害自己。

她唤来小厨房的御厨，那人早已吓得战战兢兢，不住地磕头说冤枉。温昭仪看着心烦，也知道他没有这个胆子下毒，叫人把他先关了起来好生看着。又多次通过侍卫传话给皇上身边的大太监李朝海，恳求他在皇上面前求情，让她见皇上一面。

两日过去了，惊鸿殿不知外界消息，只是隐约知道皇后至今未醒，群医束手无策。温昭仪心急火燎，皇后如果醒来，还能解释个清楚，可如果皇后死了，只怕自己谋害后宫主位的罪名就要坐实了。温昭仪心里虽然恼恨皇后，可眼下还是盼着她能早日醒过来，以洗脱罪名。

温昭仪本想皇上念着三分旧情，会来听她一言，可哪里想到皇上竟把自己冷藏起来，连见一次的机会都不给，如果就这么给她定下罪名来，她不甘心。想到这里，她便吩咐了宫女几句，接着便摔碎了桌上的茶盏，捡起碎片就往手腕上抹去。如果都是死，她想搏一搏，拿性命来赌性命。

宫女大声哭喊着跑了出去："来人啊！来人啊！不好了，昭仪娘娘自尽了，快来人啊！"

自然有人去禀告了皇上，那些侍卫只是奉命把守，却不能不顾温昭仪的死活。等到皇上驾临，早已有太医为温昭仪包扎好了手腕。温昭仪看见皇上进来，便哭泣不止，寻死觅活。皇上知晓这些把戏，不禁心中生厌，捺着性子说道："你这样做不过是想见朕一面，既然朕来了，有什么话你就快说。"

温昭仪本想得到皇上的怜爱，可是听见他冰冷的声音后，心中不禁一颤，她顾不得再使性子，急忙道："皇上，皇后娘娘中毒与臣妾无关，臣妾是冤枉的啊！"

皇上皱起眉头，问道："现在皇后生死未卜，朕要彻查此事。既然你说自己冤枉，那日你去澄瑞宫又是为何？朕记得，自从皇后进宫，你就从未去过，怎么就想起给她去送什么香菊素鸡粥？"

温昭仪脸上泪水未干，花容失色道："那是皇后娘娘派人来叫臣妾去的，她还说臣妾的小厨房做的斋菜好吃，让臣妾做了菜带过去让她尝一尝。"看皇上露出怀疑的神色，她跪在地上道，"皇上，您要相信臣妾，臣妾是冤枉的啊！那个传旨的宫女耳根下长了好大一块胎记，臣妾记得很清楚。"

"来人，将传话的宫女带来，朕要问个清楚。"

半个时辰过去了，李朝海气喘吁吁地跑来回禀："皇上，老奴找遍了澄瑞宫，也找不到昭仪娘娘说的那个宫女。澄瑞宫的奴才原本有十六个人，现在只剩下十五个人，有一个七天前就病死了。老奴问过御监司的人，确实有这么回事，当时他们负责登记备案后就将人抬了出去，那尸首耳根下倒似有一块红色的胎记，不知道是不是昭仪娘娘所说的那个宫女。"

温昭仪大惊失色道："这怎么可能？怎么可能？明明就是她……"

"不要说这些没用的。朕来告诉你，你今日若死了，连以昭仪规格下葬的可能都没有，只能给你定个畏罪自杀！"皇上站起身来，欲往外走。温昭仪膝行而至，抱着他的腿哭泣道："皇上，皇上，臣妾冤枉，冤枉啊……"

李朝海上前扯开她的手，紧随着皇上离开了。皇上吩咐道："此事未查清之前，惊鸿殿不要让任何人进出，再找两个力气大的姑姑来，防止她再闹，朕现在没有闲心去管她。"

李朝海应了一声，马上着人去办，又小心翼翼地问道："皇上，要不要去澄瑞宫看看？老奴刚才去澄瑞宫查找宫女的时候，听说皇后娘娘的病情又加重了，好像是又中了另一种毒。"

皇上暗暗心惊："她们也太过猖狂了！别让朕查出来，否则朕决不姑息！"

澄瑞宫内，兰舟去请苏太医给素语把脉之时，锦言就发现素语情形不对。先前她只是昏迷，别无他症，眼下却开始出汗，脸色也微微发红，等到苏太医走进内室，素语早已浑身发红。锦言握住她的手，发现她烧得滚烫。素语似是极为痛苦，眉头紧蹙，即便是在昏迷中，也不停地呻吟着。苏太医和兰舟明显大惊失色。苏太医赶紧为皇后把脉，脸色却越来越阴沉，愤愤地起身，埋怨兰舟道："你是如何照看皇后娘娘的？不是对你说过要寸步不离吗？"

兰舟急得欲哭："苏太医，娘娘如何了？"

苏太医忧心忡忡地道："皇后娘娘又中了一种毒，与先前的毒相克相冲，两种都是剧毒，别说眼下没有解药，即便是有，只怕也回天乏力了。"

锦言紧紧地咬着嘴唇，兰舟一脸的急切和苏太医的愁容不似作假，先前她以为素语是假装中毒来陷害温昭仪，可眼下素语确有性命之忧，这可如何是好？锦言试探着道："不如，先解了第一种毒，也好减轻皇后娘娘的痛苦。"

兰舟与苏太医俱是一怔，两人相望一眼又迅速挪开了视线。锦言继续说道："皇后娘娘再次中毒，说明有人真的想置她于死地，现在不救醒她，如何迎敌？就凭你们两个吗？"

兰舟惊恐而疑惑，问道："你到底知道多少？"

"猜得出八九分。我劝你们不要再冒险了，宫里心思缜密的人太多，让人看出破绽来，就再也无法挽救了。"

兰舟看了皇后一眼，仿佛怕她听见一样，小声说道："可是，可是娘娘本来打算……"

"本来打算等皇上处死温昭仪以后，再让苏太医拿出解药来救醒她，对不对？"

兰舟惊讶得瞪大眼睛，仿佛不相信锦言竟会知道这一切。而苏太医也是满脸惊诧，出声询问："你到底是什么人？怎么会知道这一切？"

锦言迟疑道："我是娘娘身边的丫鬟，跟她时间久了，对她的心思也就能猜得出一二来。"素语的呻吟声再次传来，她急道，"不要再说那么多了，还是救人要紧，她如果先死了，那温昭仪死不死对她还有什么意义？"

兰舟催促苏太医道："快拿解药来，我给娘娘服下去，解得了一种算一种，另一种毒再想办法。我不能眼看着皇后娘娘就这么死了，不值。"

苏太医将手伸入怀中，掏出一个小玉瓶来："此事不妥，还需想个法子。试想，两日都没有想出对策，此时我便拿出解药来，岂不是引人生疑？"

锦言微微颔首，此话不假，贸然拿出解药来，只怕会让人识破素语的布局。她转念一想，便有了主意，凑到兰舟耳边低声说着。

兰舟皱眉道："可是如今惊鸿殿已被侍卫包围，恐怕兰舟进不去。"

锦言摇摇头道："总有办法进去的，只要你诚心，皇上会准你进去的。"

兰舟将苏太医的玉瓶接过来，倒了一半出来，问他余下的药是否够解皇后娘娘的毒。苏太医点头说足矣。兰舟将小玉瓶藏在怀中，再三确定是否藏好后，便奔出了澄瑞宫。

　　锦言后来从他人口中得知，当日兰舟从澄瑞宫膝行，三跪九叩至惊鸿殿。这路程，别说是膝行，即便是走着过去，也有小半个时辰。所以当皇上从惊鸿殿出来时，看见膝下早已是血肉模糊的兰舟，着实震撼。

　　"皇上，兰舟乞求皇上开恩，准许兰舟进惊鸿殿求温昭仪娘娘拿出解药，救皇后娘娘！皇后娘娘危在旦夕，兰舟只求能救她性命，如若皇上能够应允，兰舟愿以死相报！"兰舟不住地在地上磕头，额上也血流不止。皇上皱眉，急道："这毒到底是不是她下的还是两说，即便你去求她，她就肯将解药给你吗？那岂非证明毒是她下的？"

　　"无论如何，兰舟愿意一试。否则兰舟愿死在惊鸿殿前，以谢君恩！"兰舟说得斩钉截铁。皇上不忍，挥挥手对李朝海说道："就放她进去，找个人跟着她，别出了什么岔子。"又对兰舟说，"朕念你忠心，特许你进去，但朕只给你一炷香的时间。"

　　兰舟暗喜，心道，一炷香时间足矣。兰舟站起身来，要随侍卫走进去，却发现双腿早已痛得失去知觉，不得已恳求侍卫将自己背进去。那侍卫心善，看兰舟伤成这个模样，心里也不忍，便不顾男女之嫌，将其背到了温昭仪跟前。

　　温昭仪看见兰舟的模样大骇。兰舟凄然一笑，那神情令人心里发冷，可是转瞬间她就哀求道："昭仪娘娘，请您将解药拿出来吧！皇后娘娘心地慈善，与您一直无冤无仇，您何苦要下毒手呢？兰舟求您了！"

　　温昭仪愤恨不已："贱婢，你这是诬陷！"

　　兰舟摇摇晃晃地站在那里，随时都有可能倒下，可是霎时她便扑了上去，撕扯起温昭仪的衣服来。温昭仪哪里见过这个架势，还未来得及反抗，身边的宫女早已拉开了兰舟。那个背兰舟进来的侍卫却看得真真切切：兰舟从温昭仪的怀中掏出了一个小玉瓶来。

　　宫女们将兰舟摁在地上，兰舟举着手将玉瓶递给侍卫，喊道："这可能就是能救皇后娘娘的解药！你快送去澄瑞宫，无须管我！"只是未等侍卫拿过解药，那些宫女已经揪着兰舟的头发开始掌嘴。

温昭仪实在恨得咬牙切齿，这不是诬陷是什么？！

侍卫也知道兹事体大，拿起解药就迅速离开，送到了澄瑞宫去。

惊鸿殿里，温昭仪甩手就给了兰舟一巴掌，喝道："贱婢，你找死！"随即就命人将兰舟绑了起来，拿了藤条抽打，兰舟身上顿时血迹斑斑，最后吃不住痛晕了过去。

闻声而来的李朝海看见了这一幕，随即就命人将兰舟带走。温昭仪不忿，正要发怒，李朝海慢条斯理地说道："昭仪娘娘，这节骨眼儿上还是不要再生事为好。皇上在澄瑞宫大动肝火，昭仪娘娘的处境只怕……"

温昭仪有些失去理智，脱口而出道："明明就是那个贱婢故意栽赃我！那解药是她带进惊鸿殿的，我身上哪里有那东西？我是冤枉的！"

李朝海原本欲走，又转过身劝道："昭仪娘娘，您向来知道皇上的脾气。"

温昭仪顿时又气又怒，心头不适，歪倒在地上晕了过去。

第十章

谁曾对己慈悲

澄瑞宫的昏迷与惊鸿殿的血腥，都不过是后宫惊变的前奏。真正嗜杀、历经数十载的人并未出场，她乐得看这场好戏。此刻，她执着棋子迟迟不肯落盘，心知早已是输了几目。

苏姑姑合手抹乱棋子，叹道："太后，您的心乱了。"

太后将棋子紧紧地握在手心里。不过就是一枚棋子而已，她怎么有心神紊乱的感觉？她闭上眼睛，假寐着，缓缓道："你说，她会听哀家的话吗？"

"太后，人都有软肋，只要拿了她的短，不怕她不听您的。"苏姑姑应道。

"哀家看她不卑不亢，进退有度，倒似看不出什么弱处来，这种深藏不露的人才着实可怕。哀家在这后宫几十年，倒也遇到过几个对手，可她们最终还不是都死在了哀家的手上？"太后冷笑着，突然睁开眼睛，精光一闪，又敛了去，故作轻松地对苏姑姑说道，"苏辣子，你去给哀家传旨，将锦亲王献上来的千年灵芝给澄瑞宫送去。"

"太后，这千年灵芝实属珍贵之物，不如给您留着……"

"哀家自有分寸。"太后索性闭上眼睛，默默地在心里筹划着。

苏姑姑只好从命，拿了灵芝便去了澄瑞宫。可澄瑞宫此刻早已陷入了无序的混乱中，太医们意见不一，争执不休。皇后一毒未解，再添一毒，让原本棘手的病情更加复杂。苏太医原本的自信也不复存在，执笔而起，默默地在纸上书写着什么。

兰舟已被李朝海安置妥当，所幸她受的只是皮外伤，自有太医为其诊治包扎。她醒来时，得知解药已经送到苏太医手上，并已给皇后娘娘服下后，就长舒了一口气。但记起皇后娘娘新近中的毒，她又突然焦躁起来，在床上怎么也躺不住，被别的宫女硬是按在床上歇着。

此刻，皇上正在澄瑞宫的寝殿。锦言伴着素语，不停地拿帕子给她拭去汗水。而素语躺在床上昏迷着，因为痛苦不停地呻吟挣扎着，几近虚脱。皇上目光冷厉，握着茶盏的手青筋暴起，锦言知道他不是担心皇后的病情，他是觉得有失颜面。

李朝海试探地问道："皇上，侍卫说亲眼看见兰舟从温昭仪身上掏出了解药……"

"传兰舟！"

"皇上，兰舟被温昭仪打得伤痕累累。"

就在这时，兰舟扶着门艰难地走了进来，跪在地上道："皇上，兰舟自知冒犯了昭仪娘娘，愿意以死谢罪！"

兰舟身上皆是伤痕，血迹斑斑，任谁看了都会动容三分。皇上低声喝道："静容她太肆意妄为了，休要怪朕不念情分。来人，将温昭仪打入冷宫，等皇后醒来后由她发落！兰舟以下犯上本该处死，但念其一片忠心，情有可原，先关起来再另行审问吧。"

锦言心里冷笑，皇上这明摆着是要救温昭仪的性命，素语如果一直不醒，温昭仪岂不是一直不用死？她瞥了皇上一眼，恰巧皇上也正向她看过来，两人只是瞬间对视，她的心又怦怦地跳了起来。皇上走近素语床前，脸上阴霾未散，喝道："苏太医，皇后现在怎么样了？"

苏太医回道："回禀皇上，微臣给皇后娘娘服下了解药，皇后娘娘先前所中之毒算是解了，只是中毒时日已久，所以毒性不能很快祛除。微臣此刻担心的是皇后娘娘身上的第二种毒，此毒至阴，即便是尽快服下解药，也可能伤身。"

皇上拍案道："皇后如何会再次中毒？你们这些太医就没有一个能查得出来？"

苏太医略加思索道："皇后娘娘今日一直未曾进食，所以毒应该不是内服，极有可能是外因。臣察看这间屋子，并未嗅到任何异味，否则臣等也会中此气毒，那么原因只有一个，便是在皇后娘娘身上……"

皇上喝道："马上察看皇后的身子。"

苏太医闻言立即避嫌退了下去，房间里只剩下锦言、皇上，还有昏迷中的素语。锦言掀开素语的被褥，本欲为其解衣，看到皇上未出去，不禁有些羞赧，让她如何在一个男子面前解开姐姐的衣裙？皇上看穿她所想之事，说道："她是朕的皇后。"

"那还是请皇上为皇后娘娘察看身子吧。"锦言马上接嘴道。皇上一怔："你……"终是叹息而出，喊道，"太后宫里送来的灵芝，让太医酌量入药同煎，尽快给皇后服下。"

锦言解开素语的衣衫，只见素语的肌肤因为中毒而烧得泛红，触手生热，令她暗自心惊。她不敢拖延时间，连忙仔细察看，终于从素语腋下找到一根极细的针。她怕生万一，不敢用手去拔，只好出门告知皇上。皇上眉头微蹙，沉吟不语。

锦言知道，他是不悦皇后被其他男子窥见身子，劝道："皇上，自古医者如父母，皇后娘娘的性命要紧，那些繁文缛节不如先放一放吧。"

皇上深深地看了她几眼，眼睛里喜怒未明，嘴角勾起了耐人寻味的弧度，说道："好，朕就依你之言。"

苏太医片刻便为素语拔下毒针，面不改色地走出寝宫，与众太医商议解毒良方。锦言为素语穿戴好衣衫，皇上靠近过来，许久才说道："朕不知你对皇后竟是如此好。"

锦言苦笑，心道，她是我的姐姐啊。

"朕想不通，皇后为什么会再次中毒？朕走了以后，可曾有人靠近过皇后？"

锦言慢慢回忆着，皇后的寝殿……只有皇上和苏太医两位进来过，兰舟嫌那些粗使宫女手拙，也并未让她们进来伺候，兰舟是不可能的，凭她一番忠心，没理由做这样的事。突然锦言记起了什么："皇上，瑶妃娘娘和惠婕妤曾经来过，待了不过片刻就走了。"

"朕一再下令澄瑞宫不得让人随意进出，她们还敢进来？你可记得她们都说了些什么，做了些什么？"皇上有些恼怒，这后宫之人没有一个能让自己省心的。

"惠婕妤倒是温善，只不过瑶妃娘娘说话间便……"锦言没有继续往下说。

"你不说朕也知道，她说话一向尖酸刻薄。不过要说她有胆子做这样的事情，朕却不信，她见识浅薄，又仗着母后偏宠，早已目中无人，她做这样的事情，对她能有什么好处呢？即便是皇后死了，朕也不可能封她为后。"

锦言不语，如果不是瑶妃做的，难道会是惠婕妤？锦言看着不像，惠婕妤沉静温善，看起来极是真诚。就在这时，大殿里传来惊天动地的哭闹声，来人嚷嚷着要见皇上，原来竟是瑶妃："皇上，臣妾今日来探望皇后娘娘，是说了些不该说的话，臣妾该死，可是臣妾怎敢做出谋害皇后娘娘之事，请皇上明察！"

皇上看着哭闹不已的瑶妃，心生厌烦，挥挥手便让人将其扶回宫里歇着："瑶妃，望你能汲取教训，修身养性。"瑶妃倒也不傻，看到皇上并未怀疑她所为，忙点头应声离开，可是临走时却狠狠瞪了锦言一眼。锦言无奈，看来瑶妃根本不可能从此事中醒悟，她还是会陷入后宫复杂的斗争中。

锦言先回到了素语身边，皇上一怔，随即也跟着她进去了，低声关切地询问道："你可感到劳累？朕叫人来替你，你大可放心皇后。"

"放心？燕瑾在这里亲眼看着都出了事，就更别说不在这里了。原本燕瑾总听人说皇上英明神武，没想到皇上是有过之而无不及。"锦言脸上的嘲讽之色不言而喻。

"你可是怨朕刚才没有惩戒瑶妃？"

锦言冷笑道："燕瑾不敢做此想，毕竟那是皇上的家事。"

"燕瑾，朕也是为难，朕笃定瑶妃不敢做出这样的事。"皇上说完又略为泄气，"即便是做了，朕也不能杀她，修贤公主还小……"

锦言握住素语的手，那手心的炙热让她感到自己的血液都运行加速了，浑身也跟着热了起来。素语，素语，她不能看着她就这么死去。锦言握紧了双拳，指甲陷进了掌心里，痛感让她的神志清明了起来。

"皇上，只要能令皇后娘娘醒来，其他人怎么处置都无所谓。"

皇上有些疑惑，问道："你怎会如此关心她？"

"她死，我随她死。"锦言坚定地说道。皇上一怔，随即大步流星地走出去，喝道："苏渔阳，朕命你今日务必解了皇后所中之毒，她如果有事，你们一个都逃不掉！"

锦言有些乏，可是不敢闭眼，怕睡过去。不一会儿，兰舟进来了，她歇了一阵儿，看起来精神好多了。她道："兰舟实在担心皇后娘娘，一再请命前来，皇上不允，刚才不知怎么了，李公公传旨，准了兰舟。"

锦言知道，皇上是想让兰舟替下自己，让自己能歇一会儿。澄瑞宫的人，自己也就信得过兰舟了，只怕兰舟的那一举算是震撼了殇未朝的后宫了。待锦言走出大殿时，发现苏太医坐在青石上思索着。看见锦言走过来，他露出一丝无奈的苦笑。

"还没有想出解毒之法？"锦言问完也自觉是一句废话。

"或许我不该答应她如此荒唐的请求。"苏太医脸色沉痛，仿佛忆起了那日他与素语的密谈。

"她过于自信了些，因为她总是在按照自己的思维去设想别人的举动。"

"她说，一切都在她的掌控之中，只要按照她说的做，一切都会滴水不漏。她错了，从一开始就错得离谱。而我也疯了，跟着她一起发了疯。"苏太医压抑地怒吼，声音显得沙哑无比。

"真的没救了吗？"锦言不甘心，她半是询问半是乞求。苏太医抬头看着她，眼里泛起几缕血丝："这种毒至阴，皇后娘娘如果不是先前服下了千年灵芝护体，只怕这会儿早已……"他叹息道，"枉我身为妙手神医的传人，生平解毒无数，可是却从未遇见过这样棘手的毒！除非找到现成的解药，否则即便我能够配制出解药，也是半年以后的事了，皇后娘娘只怕等不到那个时候就……"

解药，解药，锦言不知不觉念叨着走出了澄瑞宫，或许是皇上特意吩咐过，所以把守的侍卫并未阻拦她。她顺着澄瑞宫往南走，不过片刻便到了御花园，她坐在凉亭里思绪万千，脑海里突然浮现出惠婕妤的面庞，为什么就不会是她呢？

"我知道你想要解药救你家主子，只需答应我一件事，我便将解药给你。"

锦言猛然转身，果然是惠婕妤。

"瑶妃那蠢材，禁不住我的三言两语，就拉着我去澄瑞宫耍威风了，正中下怀。是我将毒针刺进皇后娘娘腋下的。"惠婕妤姿色平庸，只是清秀之貌，她脸上的神情，即便是说出这种尖酸刻薄的话来，也是温和的，这种人最为可怕。

"你为什么要谋害皇后？据我所知，皇后与你无冤无仇，平日里也没有来往，而皇后死了，你也不会……"

"你是说即便皇后死了，我也不会有夺宠的机会，对吗？"惠婕妤笑了起来，"谁说我是为了夺宠？皇上的宠爱，我不稀罕。"

锦言眉头微蹙，似有不解，但眼下不能再耽搁时间，还是拿到解药要紧。

"如果我告诉你，是太后指使我做的，你相信吗？"惠婕妤目光灼灼，看着锦言眼里的诧异，笑出声来，"只是将来对簿公堂，今日说过的话我是不会认的。"

锦言疑惑，惠婕妤的出现太过突然，她的话又令人匪夷所思。

"你信与不信，不是我所在意的事，关键是解药在我手里。我算过，即便她服下千年灵芝，也活不过三个时辰，此毒名为'阴阳夺命'，毒性至阴，却会令人全身发热，最终五脏六腑衰竭而亡。"惠婕妤说着，语气平和，仿佛不是在说一种毒药，而是一种补品。

锦言不寒而栗："到底谁是主谋暂且不提，我现在只想拿到解药救皇后娘娘。既然你说是太后指使，那么太后可会应允你把解药拿出来？"

"你问得好，太后自然不允，但是她也不能阻止妙手神医的传人想出解毒对策吧？"惠婕妤说道。

"你要我答应你什么事？"

惠婕妤转过身去，许久才开口说话，声音轻柔却含着一股残酷之意："我要你杀死太后。"

锦言大惊，却强行按下疑惑，说道："惠婕妤，你未免太过于自信，你凭什么以为我会为救皇后娘娘而冒天下之大不韪？"

惠婕妤略微迟疑，也有些被问住了，是啊，凭什么呢？锦言看到她如此神情，倒是松了口气，最起码她不知道自己的身份，不会像温昭仪一样借此来要挟自己。想起温昭仪，锦言心里跟扎了根刺一样难受。温昭仪不除，迟早是祸害。

锦言想起素语，急切地道："解药你先拿来，苏太医为防人耳目，配药也需要时间。再拖下去，只怕皇后娘娘等不了那么久了。你的事，我会仔细考虑，我以性命担保，不会耍诈。"

惠婕妤迟疑了一会儿，最终还是将解药递给了她，说道："其实，我没有想杀死她，即便这解药不给你，我还是会通过别的方式送到澄瑞宫。皇后娘娘也是个可怜人。"说罢，她似是听见了什么动静，匆匆离去。锦言环顾四周，并没有发现什么异样，将解药揣入怀中后，她也赶紧往回走去。不过没走出几步，就被人拦下了，是钟离将军。

"钟离将军好雅兴，来御花园闲逛。燕瑾有事要回澄瑞宫，就不与钟离将军闲谈了。"锦言侧身欲走。钟离将军侧步一挡，锦言差点儿撞进他的怀中，不禁羞得面颊绯红，"钟离将军这是何意？"

"钟离看见姑娘与惠婕妤密谋许久，惠婕妤又塞给你一样东西匆匆离去，钟离好奇那到底是样什么东西。"不知道他在一旁看了多久，不过锦言料定他并未看仔细。

"钟离将军此言差矣，什么密谋？你没有听清话语，便给惠婕妤和燕瑾定这样的罪名，是否不妥？"锦言咄咄逼人。

钟离将军一怔，又说道："可是，钟离看见她塞给姑娘一样东西，这总不会有假吧？"

锦言靠近钟离将军几步，低声说道："钟离将军，那是后宫女子媚惑皇上、促进情欲的药。怎么，钟离将军也要试一试？"

他没有料到锦言会说出此话，还在诧异间，锦言"哎哟"一声便撞在了他身上，喊道："钟离将军，请自重。"钟离将军不禁目瞪口呆，还没回过神来，便听见身后有人大喝："钟离，朕开恩留着你这条命，你倒是活够了，是吗？"

钟离将军回头便看见龙颜大怒，他是有口难辩，欲去找始作俑者，那女子回头望着他狡黠一笑，姗姗而去。

锦言并不是仗着皇上对自己有几分情意，便有恃无恐，来捉弄钟离，而是她已看出皇上跟钟离交情非同寻常，所以并不担心皇上当真会处置他。锦言将解药带回了澄瑞宫，并偷偷交给了苏太医。苏太医先是惊喜道："皇后娘娘性命无忧，臣之幸事。"后又敛起笑容道，"想我堂堂妙手神医的传人，要做这等伎俩，实在有负先人教导。"

"大丈夫有所为而有所不为，今日之事虽非光明磊落，却也是情非得已。况且略施伎俩只为救人，不该心存犹豫。"锦言劝导他道。对于这个苏太医，她并不清楚其来历，心里却委实将他看成了自己人。苏太医问道："上次解毒，虽说是从温昭仪那里取得解药，可是难保无人生疑，眼下又迅速拿出解药，岂不是更令人……"

"皇后娘娘性命堪忧，顾不得谋划周全了，先解了毒再想办法弥补吧。"

苏太医与锦言欲为皇后娘娘解毒，兰舟心存疑惑道："既然你拿回了解药，想必知道是谁下的毒了？"

锦言说道："多一事不如少一事，不知道这件事反而算是自保。"

兰舟冷笑，不屑地说道："你不说，我也猜得到，定是那惠婕妤。"

锦言一惊，却面不改色地"哦"了一声："怎么断定便是她呢？"

兰舟正欲说话，就听到素语呻吟了几声，便叫道："皇后娘娘醒了，终于醒了！这可太好了！"

素语果真醒了过来，她身上泛起的不正常红色正慢慢褪去，神志也渐渐清醒，瞥见锦言站在跟前她并不诧异，看到兰舟满身伤痕时，她问道："你怎么弄成了这番模样？"

兰舟支支吾吾，禁不住素语的喝问，便将经过详细地对她说了。素语越听越怒，气血翻腾，嘴角溢出了血。锦言大惊，拿了帕子欲为她拭去，犹豫一下又将帕子递给了兰舟。锦言用眼神询问苏太医，他答道："皇后娘娘以身试毒，已是伤身之举，后又中第二种奇毒，身子怎会吃得消？"

素语并不将苏太医的话放在心上，喃喃地道："皇上并未除掉温昭仪？那是谁趁机下毒害我？"

兰舟拿眼去瞧锦言，素语也将视线落在了锦言身上。锦言无奈，说道："兰舟，你与苏太医先去给皇后娘娘熬些汤药，只是皇后娘娘醒来之事，不能透露给任何一个人知道，拖得一时便是一时。"

待两人出了寝宫，素语欲起身下床，却体力不支，差点儿摔在地上，锦言扶着她坐到梳妆台前。素语看着自己在镜中憔悴的面容，深深地叹了口气，恨恨道："没有除掉温昭仪，有人却趁机欲除掉我，到底是谁有这般手段？"

锦言思虑再三，决定说出详情："惠婕妤。"

素语惊诧道："如果说是瑶妃，我也就信了，怎么可能会是惠婕妤？她资质平庸，与我又无深仇大恨，怎会来要我的性命？"

"她直言是受太后指使，并且要我答应她一个条件，才肯拿出解药。"看素语定睛看着自己，她长舒一口气，说道，"要我杀死太后。"

素语眉头深锁，面白如纸，锦言拿起玉梳，为她轻轻地梳理头发："我也想不明白，她既然受太后指使，又怎会要我去杀死太后？除非她根本不是受太后指使，而是另有图谋。"

"除了苏姑姑，眼下也只有你能接近太后，她当然会来要求你。如果她并不清楚你我之间的关系，那么她也只是赌一赌你对我的忠心罢了。"

锦言笑道："可惜我不是第二个兰舟。"

素语抬头，若有所思："兰舟对我实在是忠心，先前我对她有些苛刻了。"

"是忠心……难道你不觉得她忠心得过了吗？"

素语问道："你这话是什么意思？难道你认为兰舟只不过是做戏？她与惠婕妤不过是串通起来故弄玄虚？"

"既然说出来了，难道你不是这么认为的吗？"

素语半晌才说道："我不能杀了她，在宫里，我需要一个心腹。"

"别再自欺欺人了，她不是。你今儿个保住她的性命，只会让她越陷越深，搅得你永无宁日。这几日看来，兰舟确实有些手段，把她留在你身边我不放心。"

这是进宫以后两人首次心平气和地交谈，锦言的那句"我不放心"确实也触动了素语。两人相视一眼，仿佛隔阂与不快都随风远去。

素语醒来的消息并未传出去，锦言控制着兰舟的进出，苏太医熬药为素语补身子。谁也不清楚锦言与素语又精心布了一个局，只是不知道走进局中的人到底会是谁。

皇上过来探视的时候，见素语仍旧躺在床上，红晕褪去，肌肤胜雪，娇柔动人。皇上坐在素语的床前，沉声说道："怎么说你都是朕的皇后，朕先前不该那么对你。朕已经死了三位皇后，表面上看朕似无所谓，其实心里也不是个滋味。如今，你也要……"

锦言靠在门口，听见这话，心弦颤动，对啊，怎么说素语都是他的皇后，自己又算得了什么呢？素语睫毛颤动，不过皇上未曾注意，他缓缓地说道："后宫人心复杂，朕只想寻个心思明净的女子，伴朕一生。朕先前看你趾高气扬入主中宫，所以存心疏远你，想要挫挫你的锐气，是朕疏忽了你，才让你遭此厄运，朕好生后悔。"

锦言不禁冷笑。皇上抬眼看见她面无悦色地走过来，也沉下脸来，虽不忍呵斥她，言语却也犀利无情："朕与皇后说几句心里话，你就这般不屑？"

"皇上，锦言只是笑皇后娘娘可悲。生前并未得到半句温情，临死也只得到几句敷衍之语。皇上扪心自问，难道说这些话不是为了减少你的愧疚吗？"

皇上拂袖起身："朕有何愧疚可言？天下人的性命尽在朕的手中，何况皇后若死，又与朕何关？"

"温昭仪谋害皇后娘娘，罪名已实。皇后娘娘危在旦夕，你却纵容温昭仪活在世上，岂不是对皇后娘娘最大的嘲讽？"锦言咄咄逼人。她不惧，温昭仪不除，她与素语皆性命堪忧，所以她愿意孤注一掷，即便惹怒皇上也在所不惜。

皇上恨极道："你又来逼朕？"

锦言转身道："皇上大可不必理会燕瑾之语。"

"好，好，好！朕今日血洗后宫，你可满意？"皇上气极，咬着牙冷笑，大声喝道，"李朝海！"李朝海从外间走进来，皇上便吩咐道，"温昭仪谋害皇后，其罪当诛！念她父亲乃朝廷功臣，暂不追究其教女不善之责。你传朕的旨意……"

李朝海大惊失色，疾步往前："皇上，老奴刚刚得到消息，为温昭仪把脉的太医说，昭仪娘娘有喜了！"

皇上眉梢微动，惊喜道："此言可真？"

"太医说喜脉明显，怕是怀了龙种已经两个多月了。"

卧在床上的素语身子明显颤抖了一下，锦言赶紧走过去挡在她的身前。也难怪，皇上子嗣无多，乍闻温昭仪有喜，自是喜形于色。

李朝海试探着问道："皇上，那是否将惊鸿殿外的侍卫撤去，传太医为昭仪娘娘把脉安胎？"

"这个自然，传朕旨意，让御膳房专门给静容做清淡的菜式，还有，再给惊鸿殿遣几个伶俐的宫女。"皇上兴冲冲地说道。

素语伸手扯了下锦言，锦言当即明白她的意思，转过身来，面朝着素语，凄然道："皇上，今日一别奈何生死，等你从惊鸿殿回来，恐怕就只能看到燕瑾与皇后娘娘的尸体了。"

皇上微怒，心中挣扎着说道："你是不是非要朕处死温昭仪才甘心？"

"燕瑾只想为皇后娘娘讨回一个公道，温昭仪犯下滔天罪孽，难道怀了龙种就能将一切抹消吗？皇上子嗣未出，皇后娘娘已然香消玉殒，这难道就是殇未朝的惊天喜讯吗？"锦言悲切地说道。皇上并不是没有丝毫动摇，可是骨血之情难以割舍："朕难道要处死怀着自己骨血的女人？虎毒尚且不食子，朕难道要做被天下人指摘的恶人？"

锦言本不是绝情之人，也不忍加害温昭仪腹中的骨血，她思索再三道："皇后娘娘不是无情之人，自然也不会逼迫皇上做无情之事。燕瑾认为温昭仪居心叵测，如若一味抬举，只会害了她，难保她不会再去害别人。所以，她应当入冷宫——从此惊鸿殿应如冷宫。"

皇上眼里的温情渐渐散去，他冷冷地说道："朕没有想到你是如此狠心的女子。"

锦言知道，皇上对自己的情意覆水难收，强自说道："燕瑾只希望皇上以此惩戒后宫。"她的本意，不过是将温昭仪困在惊鸿殿内，封锁一切消息，如此也算是一个对策了。

皇上深深地看了她几眼，冷哼一声，拂袖而出。那背影冷漠而又孤寂，那种决然刺痛了锦言，她知道自己错过了，就永远地错过了。但她不悔，她没有理由后悔。

素语起身，说道："想不到那贱人竟怀了身孕，棋差一着。我失了先机，再下手只怕难了。太后和皇上肯定会对她多加看护。"

锦言劝道："她怀了皇上的骨血，我们杀了她，只会损了阴德。只要她不出惊鸿殿，与人无来往，还是先饶了她吧。眼下兰舟和惠婕妤的事，才是燃眉之急。"

"兰舟知晓我与苏太医的交易，留她不得。"素语眼睛里精光一闪。

"此刻不能杀她，一旦杀了她，惠婕妤那边一定会有妄动，我们不清楚此事是否当真与太后无关，若牵扯到永宁宫会十分棘手。"锦言仔细分析道。素语微微颔首，觉得十分有理。

澄瑞宫至今封锁消息，众人只知皇后一直未醒。果然，有按捺不住的人来澄瑞宫附近刺探，被素语派出去的人抓了个正着。绕过大殿拖到寝宫里一看，只不过是个小太监。小太监看见皇后苍白而严峻的脸后，便瑟缩着请安。素语慢条斯理地问道："说吧，你是哪个宫的？"

　　那小太监本想装作无辜，可是禁不住皇后的几句吓唬，便什么都交代了。出乎锦言的意料，他竟是瑶仙殿的太监。素语与锦言相望一眼，各自思索着。

　　锦言喝问："说，瑶妃要你来澄瑞宫打探什么？"

　　那小太监吓得嘴唇都白了，说道："瑶妃娘娘让奴才来打探下皇后娘娘是否醒过来了，别的什么都没说。"

　　素语问道："真是奇怪了，你家主子今儿个怎么关心起本宫来了？"

　　那小太监想了想，道："今儿个惠婕妤娘娘来找瑶妃娘娘，两个人在屋里闲聊了好半天，瑶妃娘娘便派奴才来澄瑞宫刺探消息。"

　　原来瑶妃又被人当矛用了。素语一字一板地对那小太监说道："本宫也不为难你，你回去就说本宫并未醒来，澄瑞宫里传来宫女的哭声。你如果不听本宫的话，本宫定会让你生不如死。"

　　那小太监被吓得一个劲儿地承诺不会吐露实情。

　　锦言疑惑，还是有些不确定："她会来吗？"

　　素语信心满满，脸上的神情傲慢且不屑："你且等着吧，她会来，她一定会来！不能确定我的生死，只怕她比我们还要着急。"

　　两个时辰过去了，已是傍晚。有人持了太后的手谕，进了澄瑞宫，正是惠婕妤。她代太后前来探望中毒的皇后，无人敢阻拦，她直至皇后的寝宫。兰舟听见来人是惠婕妤，神色变得异常，不停地绞着手里的帕子，似焦灼不安。

　　素语说道："既然有人来了，本宫还是躺下装死比较好些。"

　　惠婕妤进到寝宫，看见素语仍旧躺在床上毫无声息，兰舟靠在床榻前神情惶然，而锦言却直愣愣地盯着她。

　　惠婕妤走近锦言，急切地道："我给你的解药呢？为什么不给皇后娘娘服下？"

锦言轻描淡写地说道："你下毒不就是为了要她的性命吗？"

惠婕妤支支吾吾，看了兰舟一眼，低声答道："不是，我不是想要皇后娘娘的性命，我有我的苦衷……"

兰舟轻声咳了一下，惠婕妤便住了嘴，不再说话。素语从床上坐起来，眯着眼睛看着兰舟，意味深长地说道："兰舟，想不到你倒是有几分手段，先前是本宫小瞧你了。"

仿佛看到了鬼魂一般，惠婕妤失声叫了出来："原来皇后娘娘早就醒过来了！"

素语冷笑道："这有什么可大惊小怪的？本宫如果死了，澄瑞宫上下能瞒得了多久？"

惠婕妤有些惊恐道："我就知道我是惹火自焚，也罢，这终究是命，我命里该有的劫数。您可以处死我，但是我请求您不要再牵连任何人。"

兰舟跪在地上，抱着素语的腿哀求道："不，皇后娘娘，都是兰舟的错！兰舟愿意以死谢罪！惠婕妤心地纯良，一切都与她毫无关系。"

素语一脚踢开兰舟，喝道："你们两个这是在本宫面前演戏吗？就算要演戏，那也不能搭上本宫的性命吧？"

惠婕妤也跪在地，神情坦然。她长舒一口气，说道："皇后娘娘，我们姐妹俩与您无冤无仇，与太后却有仇。本想借此机会陷害太后，可是却被您轻易识破了。"

锦言惊道："你们是亲姐妹？"

兰舟凄然答道："不错，当年姐姐进宫，一直不得圣宠，兰舟担心姐姐在宫内活得不如意，便私瞒身份做了宫女。哪里想到，太后知晓了此事，要姐姐做一个选择：要么处死我，要么绝生育，一生不得子嗣。"说到这里，兰舟的泪水禁不住滑落下来，"姐姐为了保住兰舟的命，喝了太后送来的汤药……"突然，她咬牙切齿地说，"兰舟心里怎能不恨？姐姐劝兰舟放弃报仇，可是兰舟做不到！"

说罢，姐妹俩抱头痛哭。

锦言与素语相视，心底都有触动，惠婕妤和兰舟姊妹情深，而她们却漠然相对，谁能相信这里此刻有两对姐妹？锦言默默思量，与素语相视，两人又迅速将视线分开，只不过那一瞬间便都明白了对方的心思。

　　素语恢复了往日的神情，冷漠而高傲："惠婕妤，你与兰舟串通谋害本宫之事，本宫暂且不追究，回你的绛紫阁自我反省去吧。"

　　惠婕妤讶然，兰舟也是一怔，没有想到皇后会这么轻易放过她们。惠婕妤跪安之时，素语突然问道："你既然是请了太后的手谕而来，回去自然要如实回禀，你可知道怎么回答？"

　　惠婕妤不假思索地答道："臣妾会如实回禀太后，皇后娘娘吉人天相，虽仍处于生死攸关之际，可定会转危为安。"

　　素语嘴角抿起一丝笑，在锦言看来却带着几分冷意。惠婕妤看了兰舟一眼，那眼神热络而担忧，随即转身而出。素语紧接着打发兰舟去瞧瞧苏太医熬的汤药好了没有，兰舟应声而出。

　　"你难道真以为惠婕妤会这么对太后说？"

　　素语不屑道："我没有那么傻。"突然，她又看着锦言问，"你觉得她们俩真是姐妹吗？"

　　"你心里不是已经有结论了吗？"锦言淡淡地答道。素语不以为意，走到梳妆台前将头发绾起，镜中人面容苍白，眼神却坚定不移："我就是想听听你的想法。"

　　"她们俩若真是姐妹，以太后的性子还会容她们活到今天吗？即便太后一时发了善心，允惠婕妤自绝生育以保全性命，那兰舟也万万讨不了好去，如今她却好端端地出现在澄瑞宫，不就说明一切？"锦言坐在椅子上，自斟了一杯茶，"只是，兰舟是不能留了……"

　　素语毫无惧色道："多么拙劣的演技！她不足为虑，我自有法子对付她。"

　　她脸上犹如凝霜，眼睛里的冷冽之气却更甚。

　　永宁宫内，太后正手抄经卷，那墨汁里兑了金粉，笔触有力，熠熠生辉。

惠婕妤将手谕交回，跪在太后跟前道："太后，臣妾该死，没有将您交付的差事办好。"

"起来吧，哀家不怪你，皇后到底有几分精明，你们瞒不过她也在我的意料之中。"

惠婕妤站起身来，有些不甘地说道："臣妾自认为没有出任何纰漏，皇后怎么会疑心呢？"

"怎么没有纰漏？这里面的纰漏何其之多！她如果分辨不出，倒叫哀家失望了。"

惠婕妤惊道："难道这是太后故意为之？"

"你现在才揣摩透哀家的意思？"太后不屑地道。

"臣妾愚钝，臣妾自知没有能力为太后分忧。"

太后笑了，和颜悦色地道："你先跪安吧，回去好生歇着，哀家有事再召见你。"

"太后，那臣妾妹妹之事……"

"哀家自会记在心中。"太后猛地瞪了惠婕妤一眼。惠婕妤只觉得浑身如浸冰水，不寒而栗，随即便跪安离开。苏姑姑从一旁走出来，不解地道："太后，惠婕妤在后宫妃嫔中算不上出众，且资质平平，太后怎么唯独选了她？"

太后笑意更深，面有得意之色："哀家要的就是她的愚蠢，这种人即便成不了大事，也酿不成大祸，哀家绝不允许再有语聆那个贱婢的类似事件发生。"

苏姑姑也感叹道："语聆算起来也是个人才，只可惜食古不化，性子烈了些，又知晓了永宁宫那么多事，不除去她实在是大患。如果她能为我们所用的话，倒也算是太后的得意帮手了，只可惜……"苏姑姑感慨完，又突然忆起什么来似的，"太后，奴婢瞧燕瑾的心智不输于语聆，也是个可以培养的人才。"

提起锦言，太后停了笔，笔停留在空中，刚刚蘸满的墨汁随即滴落，太后并不自知，反而沉吟许久才说道："哀家一生阅人无数，可是一时却还摸不透她的路数，哀家倒是极喜欢她的性子，沉静自敛，进退有度。只不过她一个皇后的家生丫鬟，估计会有些麻烦在里面。"

"太后，不如奴婢遣人去查查她的底细，如果她还有爹娘在世，咱们接过来安置好，也能让她有几分忌惮。"苏姑姑献计道。

太后颇有赞赏之意："苏辣子，你跟了哀家这些年，倒也有些手段了。"

"太后过奖，奴婢连太后的皮毛都学不来。"

"那哀家来问你，皇后为什么要不惜以身试毒来陷害温昭仪？温昭仪虽说平日里不懂得收敛，却也并未明目张胆地与她作对。如果她要铲除异己，首当其冲的也该是瑶妃吧？"太后说出这番话来时面容安详，仿佛只是在说些家常话，谁能想到就是这些貌似毫无波澜的话，往往便决定了后宫女子的生死呢？

"奴婢也想过这个问题，百思不得其解。"苏姑姑皱眉道，她的脸有些扁平，看似稀松平常的人，竟能在太后身边待几十年，必有其过人之处，果然她说道，"奴婢听说，燕瑾是从惊鸿殿出来的，被皇后娘娘要回了澄瑞宫。当时宫里议论纷纷，说什么的都有。"

"三更时分，哀家要见温昭仪，你去安排。"太后低头看到宣纸已被墨水浸染，随即毫不在乎地将纸揉成团又撕碎了。

"可是，惊鸿殿现在守卫重重，太后想悄无声息地见温昭仪只怕有些困难。"苏姑姑面有难色。太后怒瞪着眼睛，大喝道："苏辣子，你年纪越大越不知事理！这后宫是我赫连氏的后宫，什么时候由别人说了算了？"

苏姑姑马上跪在地上："奴婢失言，奴婢知罪，奴婢马上去办。"

太后阴沉着脸，挥挥手让她出去了。满地的碎纸伴着漆黑的墨汁，显得诡异而又凛冽，永宁宫里传来若有若无的哭声，宫女惊吓不已，躲在门后发着抖。太后手握经卷，指甲抓破了扉页也不知。她似怒似惊，让人辨不清神色。

是夜，素语端坐在椅榻上品着茶。大殿里的太医已经退下，个个都如经历了九死一生般，仿佛自己历经的风险甚于皇后。

苏太医又开了两张药方，临走时让宫女传话，请求见皇后一面。素语看了锦言一眼，面不改色地对宫女说道："你去告诉苏太医，就说本宫现在不想见他，等明日来请平安脉时再说吧。"

等那宫女走了许久，锦言才说道："我劝你不要把他牵扯进来，他不过是个太医，你难道要他为你出生入死？"

未等素语多说，皇上便驾临了澄瑞宫，皇上看到已经安然无恙的素语并无惊喜，只是淡淡地道："醒了就好。"

素语不悦，随即冷笑道："怎么，皇上看到臣妾醒来是不是很失望？如果臣妾死了，皇上正好可以擢升温昭仪做皇后了。"

皇上微怔，喝道："你不要不识好歹，朕是好心来看你。"

素语转身，背对着皇上，冷笑不已。锦言不禁皱眉，看来不管多聪慧的女子，争风吃醋时也会说出愚蠢不堪的话来。皇上将视线落在她的身上，只是眼神不复热烈，有几许失望，欲言又止，最终他拂袖而起，说道："看来你不需要朕。朕心里也苦，可是谁又知道呢？"说完他便急匆匆地走出去了。

皇上的话似是对锦言说的，又似是对素语说的，两人在心里默默念及，都不是个滋味。

第十一章

局

当夜竟是狂风骤雨，横打嫩枝。已是四月天，寒意不减冬日，锦言一时之间只觉得寒冷刺骨，看到素语也是微微打着寒战，她就去衣箱里拿了一件镶金边的红色披肩递给了素语。素语只是扫了一眼，道："箱子里还有一件绛紫色的，你拿出来披上吧。"

锦言一怔，忆起那件披风是御赐之物，自己拿来披上不是僭越吗？素语斜了她一眼，便了然于胸，眉头微蹙，面带不屑之色，说道："皇上赏赐的又如何？本宫就不能拿来赏给你吗？"

锦言微微一笑，语带调侃道："也罢，锦言就领了皇后娘娘的赏。"

素语脸色一沉，声音尖厉地道："怎么？今时今日，你难道还觉得我没有资格赏你吗？"

锦言深叹了一口气，苦笑道："惠婕妤和兰舟的姐妹情深乃是做戏，你我却连做戏都做不了。"她想起这两日与素语相处时的平和，一时就有些感触，悲从中来。

素语无言，紧紧握着红色的披肩，手指纤长而骨节突出，她原是在闻府做过粗活的，也难怪会如此。许久，素语说道："我劝你，不要去喜欢皇上。"

锦言心中一颤，只觉得嗓子眼儿似干得冒火，她忙走到桌前，斟了一杯茶，竟是连凉了也不自知，辩道："我怎么会喜欢皇上？你说笑了。"

素语松开披肩，她的身子遭此变故，已是羸弱不堪，若不是苏太医医术出众，只怕她早已香消玉殒。她问道："难道你还记挂着他？"

锦言一怔，随即才想明白素语说的他是谁，当然是指锦亲王。锦言心弦拨动，只不过是一瞬间，锦亲王的脸就变得模糊不清了，她在心底斥骂自己，原来情分不过是一场戏，曲终人散空愁暮。她淡淡地答道："久了，已经记不清模样了，更谈不上记挂。"

素语轻轻"哦"了一声，也不再应声，脸上的神色看不出悲喜，沉静而神往。

两姐妹陷入了缄默中，大殿外的雨声急而响，似是激进的乐章，敲打着后宫每颗跃跃欲试的心，谁不想人前荣华，谁不想宠冠后宫？锦言便是想逃脱，就真的能独善其身吗？宫中阴谋似是毒箭，当万箭穿心时，谁还有能力自保或者救人？不过就是一条命罢了，看得重了反而是累赘，看得轻了反而超然。

就在这时，澄瑞宫的太监福全在门外说有急事求见。这福全，锦言原是见过的，听兰舟私下说，素语曾将福全从留痕室救出。那留痕室是后宫之人谈之色变的地方，进去的人大多都熬不过酷刑，轻则残废，重则毙命。当日素语路过留痕室，机缘巧合之下救下了受刑的福全，所以福全对素语可谓死忠。

福全进门后，看见锦言也在，略有些迟疑，素语挥手不耐烦地道："有话但说无妨。"

"娘娘，奴才奉命监视惊鸿殿，今晚听到消息说，太后要连夜召见温昭仪。"福全还是压低了声音，只不过房间里过于静寂，锦言还是听清楚了。

锦言、素语俱是一惊，如果让太后见到温昭仪，难保不从温昭仪口中得知实情。

素语默声，突然又问道："福全，澄瑞宫里的宫女你都熟知，可还有哪个对本宫忠心不贰且聪明伶俐的？"

156

福全一怔，未料到皇后有此一问，随即答道："回禀娘娘，奴才也曾留心过，粗使宫女里有一个叫寄灵的，平日行事很规矩，娘娘不妨一用。"

"那好，你去叫她过来。"福全应声正要出门，素语又叮嘱道，"但凡有旁人问起，你就说兰舟身子不适，本宫身边缺了人手，才抬举她。"

锦言问道："澄瑞宫内外还不知安插了多少眼线，你随意安排人近身，岂不危险？再者，这个寄灵到底是何来历，该查过后再行定夺。"

素语嘴角勾起一抹笑意，偏又冷哼一声："澄瑞宫里的人，有几个不是眼线？我怎么会不晓得？这个寄灵，我且试上一试，毕竟福全是我信得过的人，他既然敢给我推荐，肯定是有缘由的。"

正说着，就见福全带着那宫女从门外进来。那宫女磕头行礼，素语端坐在主位，正色道："本宫素来赏罚分明，你在下面肯定也知道，对于那些有功的，本宫从来不会缺了他的赏；对于那些吃里爬外的狗东西，本宫也不会轻饶。你既然来了我跟前，应该怎么做知道了吧？"

寄灵不敢抬头，始终伏在地上，小声地回道："不瞒娘娘说，奴婢进宫两年，从未想过能够有贴身侍候主子的机会，奴婢一定誓死效忠娘娘，永无二心。"

"好，本宫姑且相信你的忠心，你平身吧。"素语走近了看她，寄灵才十五六岁的年纪，端的是灵秀，嘴唇细薄，时而就会抿成一条线。都说薄唇苦命，这寄灵算是个苦命的人吗？

寄灵身材纤弱，倒看不出是做粗使的宫女，随即锦言看似无意地问道："你进宫两年，就一直在澄瑞宫做粗使宫女吗？"

寄灵落落大方，脆生生地答道："奴婢进宫时父母双亡，没有钱打点分配差使的公公，便被分配到澄瑞宫做了粗使宫女。"

锦言瞬间明了，后宫之中澄瑞宫并不因是皇后的寝宫而令人向往，恰恰是令人生畏之地，三任皇后都死在了这里，谁敢保证一个宫女的命运？

素语坐到了梳妆台前，问寄灵："会梳头吧？"

寄灵称是，伶俐地上前为素语梳了个飞天髻，不过就是片刻间的事。

素语在雕花铜镜中看着寄灵，语气冰冷道："你一个粗使宫女，怎么会有这般技艺，这个发式倒是精致。"

寄灵不禁有些羞赧，答道："原本与寄灵同住一个屋子的就是澄瑞宫的梳头宫女，寄灵曾跟她学过，只不过手艺不精，让娘娘见笑了。"

"那个梳头的宫女呢？现在在哪里？"锦言问道。

寄灵脸色一变，面露惊惧之色，牙齿都咯咯作响："她死了。"

"怎么死的？"

寄灵似是不想回答，可是看到素语逼视的目光，她终究说了出来："上任皇后死去时，太后令澄瑞宫上下陪葬，太后还说，说……说皇后到了地府也要有人伺候。"

素语眼睛里精光一闪，与锦言相视一眼，随即冷笑。

寄灵倒也不惊慌，也察觉出素语的怀疑，说道："皇后定是想问，太后令澄瑞宫上下为上任皇后陪葬，怎么寄灵就没死？其实，当日寄灵本也存了必死之心，可是李公公念奴婢年纪尚小，便向太后求情，这才饶过了寄灵一命。"

锦言心道，这个寄灵倒是有几分伶俐，会察言观色，谈吐不俗。素语似是释疑了，随即不再追究此事，吩咐寄灵给自己拿御赐的皇后服饰。锦言看到上面绣有龙云及八宝平水等纹样，端的是贵气逼人。寄灵不知素语穿上正装要去哪里，更不敢开口询问，随即朝锦言看来，锦言只是微微一笑，并不作答。果然，素语大声喊道："福全，替本宫摆驾惊鸿殿。"

风雨未停，只是比先前略小了些，花径铺满落红，与泥水混在一起，或许不久便也"落红成泥"，只是人心叵测，难以碾作尘。素语坐在凤辇之上，神色傲然，如今她有了傲气的资本，不是吗？寄灵与福全跟在凤辇左右，锦言远远地在后面跟着，风太大，让她拿伞的手不稳，雨水横打过来渐渐湿了她全身，她索性扔了伞，疾步奔上前，紧紧跟在凤辇之后。

未等靠近惊鸿殿，就听见侍卫喝道："来者何人？"

福全回道："嚷什么？小心惊了皇后娘娘的凤驾。"

侍卫通通下跪请安，有侍卫首领举伞靠前，风雨之中灯火昏暗，一张俊脸威严而英气，竟是钟离将军。他朗声道："钟离见过皇后娘娘，不知皇后娘娘深夜造访，可请了皇上的手谕？"

　　素语冷哼一声，寄灵扶着她从凤辇上下来："难道没有皇上的手谕，本宫就进不得这惊鸿殿了？别忘了本宫是皇后，执掌后宫。"

　　钟离将军并无不恭之态，语气却毫不退步："皇上有令，无皇上的手谕，任何人不得进入惊鸿殿。"说话间，他就看到浑身已经湿透依旧在淋雨的锦言，随即将手中的伞递了过去，语气淡然道："你难道不怕身子受凉生病？"不等锦言答话，他便退了回去。

　　素语的嘴角勾起一抹冷笑，冷眼看着钟离将军，说道："钟离将军原是惜香之人，本宫倒未料到。如此的话，你去回禀皇上，就说本宫要见一见谋害自己的人。"

　　钟离并不推托，唤来一名侍卫低语几句，便遣往皇上所住的朝晖殿。素语只是冷笑，并未多说话，她似是胸有成竹。没多久，侍卫就从朝晖殿回来了，钟离将军低声问了他几句，不禁皱起了眉头。素语道："本宫料定皇上一定会恩准，怎么，钟离将军觉得不妥？"

　　钟离将军苦笑道："钟离不敢，皇后娘娘料事如神，皇上已恩准皇后娘娘进惊鸿殿。"

　　素语趾高气扬地欲进惊鸿殿，临近钟离将军身边时，他低声说了一句："皇上还说，希望皇后娘娘从惊鸿殿出来时，温昭仪娘娘毫发无损。"

　　素语一怔，僵硬着背进了大殿，只带了寄灵与福全，她回头时看见了锦言，略犹豫，还是将锦言一同带了进去。锦言知道皇上的话是告诉素语，见人可以，却不能伤她，但凡温昭仪有恙，他一定不会善罢甘休。但令锦言惊讶的是，惊鸿殿上值班的宫女中竟然有晚晴，她看见锦言后依旧面无表情，似是波澜不惊。行过礼后，晚晴又道："昭仪娘娘身子不适，还在床上歇着呢。不如等娘娘身子好些了，再去澄瑞宫给皇后娘娘请安？"

　　素语喝道："贱婢，你主子的事什么时候轮到你做主了？再者，本宫既然来了，却见不到人，让本宫的面子往哪儿搁？"随即，她朝寄灵使了个眼色，"给本宫掌嘴，教训下这个没规矩的蠢材！"

寄灵没有片刻犹豫，上前就毫不留情地扇了晚晴两个耳光。素语调侃道："寄灵，这就完了吗？打耳光的声音就是好听，本宫还没过足耳瘾呢。"

锦言蹙眉，她知道素语动不得温昭仪，只好先拿她的宫女示威。寄灵又用了晚晴几个巴掌，那晚晴也是倔强得很，硬是不发一声，嘴角已是鲜血直流。

温昭仪从寝宫出来，并不向素语请安，只是对挨打的晚晴平淡地道："晚晴，你今日受的苦，本宫将来定会百倍补偿于你。等诞下龙嗣，本宫倒要看看谁还敢来惊鸿殿撒野？！"

素语走近了温昭仪，上下打量着她，用手挑起了她几缕发丝，挑衅地道："温昭仪，你还没有认清局势啊？就凭你还妄想生下皇上的子嗣？别痴人说梦了！"

温昭仪反讥道："本来臣妾也不信，可是皇后娘娘猜，皇上今儿个对臣妾说了些什么话？"不等素语开口问，她接着说道，"皇上对臣妾说，这后宫女子中，他最爱的便是臣妾，也只希望臣妾给他生下子嗣。臣妾到现在也难以置信，皇后娘娘，你说，臣妾这是不是在做梦呢？"

素语脸色微变，眼睛眯起，闪烁着摄人的光芒，一瞬间似是要摄去满屋之人的魂魄，她压低声音却更显诡异："你怕是真的在做梦吧？如果不是你突然传出有子嗣的消息，只怕皇上早赐了你白绫一条、鸩酒一杯。温静容，你真的怀上身孕了吗？本宫怎么觉得太过于巧合了呢？"

温昭仪目光闪烁，讪讪一笑："皇后娘娘对臣妾开的玩笑太多、太大了吧？先是说臣妾给您下毒，后又说臣妾腹中龙嗣是假的，哪一条都可以让臣妾死无葬身之地。不知皇后娘娘非要将臣妾置于死地意欲何为？"

素语迅速扫了锦言一眼，走近温昭仪身边，低声喝道："贱婢，本宫这次可以饶你一命。但凡你管不住自己的嘴，犯在本宫手里，那就只能怪你自己找死了。"

温昭仪笑了，笑得肆无忌惮，她随即坐在椅榻上，懒洋洋地问道："皇后娘娘的话，臣妾怎么听不懂？臣妾最大的罪过，就是知道了鱼目混珠的故事，可是皇后娘娘怎么可能是鱼目呢？这未免太可笑了。"

素语脸色一沉，露出一丝狰狞，看得出她杀机毕现。锦言心中一紧，只觉得有话不吐不快："昭仪娘娘，您话太多了。皇后娘娘怜悯您，饶您一命，也是看在您怀有龙嗣的分上。"

温昭仪用手抚了抚小腹，得意扬扬地道："如今，她自是动我不得。"

锦言无奈地摇头，叹道："昭仪娘娘原是极伶俐的人，难道怀了身子便愚钝了？后宫妃嫔如云，怎么只有瑶妃能生下子嗣？您也知道瑶妃的性情，性躁无知，成不了气候。而您聪慧过人，新近又颇能争宠，早已成为后宫众矢之的。昭仪娘娘，这话就不需我再挑明了吧？"

温昭仪露出一丝惊慌，慌忙接过晚晴手里的茶盏，猛地喝了一大口，却不小心呛到了自己，用力地咳着。就在此时，惊鸿殿外传来皇上驾到的消息。只见皇上快步走了进来，走到温昭仪跟前，给她抚了抚背。温昭仪见到皇上，马上换上娇弱面容，偎在他怀里直说害怕。

皇上好言劝慰道："有朕在这里，谁也动不了你分毫。"说话间皇上便看向素语，目光冷冽而漠然，随即落在锦言身上时，却是眉心深蹙，目光深邃，看不清喜怒，他吩咐晚晴道，"带燕瑾进去换身干净的衣服，吩咐小厨房熬碗姜汤让她喝下去。"

霎时间，大殿上的目光齐刷刷地落在了锦言身上，让她脸色绯红，低下头不再与他对视。大殿上的气氛极为微妙，皇上对锦言余怒未消，可是仍旧顾及她的身子。温昭仪眼睛里的嫉恨如刀子般狠狠地划在锦言的身上。素语从始至终都只是冷笑着，看着偎在皇上怀中撒娇的温昭仪默不作声。锦言悄悄抬头看了皇上一眼，却不想正碰上他的视线，他脸上的神色阴晴不定，眼里闪烁着伤痛与失望。她心弦一动，只觉得一口郁气闷在胸前，但最终还是忍住了，跟着晚晴去了内室。

内室中，晚晴找来一套温昭仪的衣服，还是簇新的，道："既是皇

161

上的旨意，晚晴不敢拿自个儿的衣服给你换上，只能拿昭仪娘娘的衣服给你。"

"不必，尊卑有别。晚晴，你拿自己的衣服给我就好。"

晚晴也不再劝，转身给锦言拿了一套自己的宫装，她脸上并无不善，甚至还有淡淡的笑意。锦言走到屏风后换衣，隔着屏风晚晴递过来一条毛巾，说道："还是先擦了身子再换衣，否则还是会着凉的。"

锦言应了，那毛巾浅绿色，还带着一股奇异的幽香。锦言擦净身子换上衣服，晚晴在屏风的外面不再出声，锦言试探着问道："晚晴，你还恨我吗？"

晚晴诧异地问道："你我素昧平生，初次相见，恨从何说起？"

锦言从屏风后走出来，将毛巾还给晚晴。晚晴看了一眼，并不去接，随手指着一旁的铜盆说道："就放进盆里好了。"

锦言看着晚晴的神情不似撒谎，遂问道："难道你不记得我了？"

晚晴端来一碗姜汤，轻尝了一口，说道："毕竟是在惊鸿殿，还是让妹妹给姐姐尝一尝吧。"

锦言知道她这是在告诉自己，姜汤无毒，心中不禁苦笑。有皇上的恩旨在，她就算万分憎恨自己，也断不会做出如此冒失之事。锦言毫不犹豫地喝下了姜汤，顿时浑身暖意融融。

"没有想到，你我竟陌生如路人。"

晚晴扯着锦言的衣袖往外走去："晚晴真的不认识姐姐，姐姐好歹是澄瑞宫的人，晚晴巴结还来不及呢，怎么会拒不相认？"

"你何时回的惊鸿殿？"

晚晴不解地看着锦言，说道："姐姐问得好生奇怪，晚晴自进宫便在惊鸿殿当差了。姐姐还是快些跟我回去吧，别让皇上和主子们等急了。"

锦言心中生疑，难道晚晴被自己砸昏以后失忆了？她来不及释去心中疑问，便被晚晴拉着回了大殿，众人的目光又齐刷刷地落在了她的身上。或许是姜汤暖身的作用，她的脸与脖颈之间都是淡粉色的，显得妩媚至极，皇上看过来的目光都有些痴了。

只听见温昭仪说："皇上，您听过鱼目混珠的故事吗？"话音一落，她看见锦言、素语突变的脸色，便"咯咯"地笑了起来。未等皇上开口，素语质问道："皇上，这温昭仪谋害臣妾在前，即便她现在怀有身孕，也不能任由她如此猖狂，不还臣妾一个公道吧？"

温昭仪恼怒，指着素语喊道："分明就是你指使兰舟那个贱婢来陷害我……"

"你给本宫住嘴，那兰舟是谁的人还指不定呢！本宫哪里有只手遮天的本事？"素语喝道。温昭仪并不买账，正要媚笑着对皇上说些什么，就听见殿外有脚步声传来，原来是苏姑姑来了。她向皇上和皇后请了安，笑着说道："听说昭仪娘娘怀了身孕，太后一直惦记着，想连夜召昭仪娘娘见上一见，也好心安。"

温昭仪紧张地看着皇上，皇上略皱眉，但也只能应下："既然母后开了口，你就去一趟吧，要不朕陪你走一趟？"

苏姑姑紧接着说道："太后吩咐过，温昭仪是初次怀孕，要交代一些宫闱之事，恐皇上去了不便。"

皇上笑道："既如此，你便去吧。"

温昭仪紧紧地抓着他的衣袖："皇上，臣妾……"

苏姑姑环顾众人一眼，皮笑肉不笑地说道："昭仪娘娘，太后还等着呢。"

温昭仪无奈，只好站起身来随着苏姑姑走出去，临近素语身边，就听素语低喝道："贱人，你如果不想死在她的手上，势必也不会想死在我的手上！该怎么做，你最好掂量一下。"

温昭仪挺直了背，手抚在小腹上，默然地走了出去，只是僵硬的脊背泄露了她的紧张与不安。

"皇后，人既然去了太后那里，你此行算是无功而返，不如让朕送你回宫？"皇上语带调侃道。素语不以为意，答道："臣妾谢过皇上。后宫妃嫔众多，皇上要雨露均沾才好。温昭仪既然已经有了喜，皇上也应该尽快让别的妃嫔有喜，那样臣妾的命才能没得快一些。否则，没有身孕傍身，看臣妾怎么饶得了她们。"说完，素语便吩咐起驾回宫。

锦言跟在素语的身后欲转身离开，她身上的粉色渐浓，触到皇上的目光之时，更兼灼热。她无暇顾及异样，仓皇而逃。雨歇了，漫天乌云犹在，凤辇走得极快，锦言跟在后面呼吸不匀，有些吃力，皇宫内的乌鸦鸣叫，诡异而隐晦。

永宁宫内，太后歪在榻上，看了看有些局促不安的温昭仪，吩咐苏姑姑道："传太医来给温昭仪把个平安脉。"

温昭仪马上就慌了，说道："太后，臣妾一向是由赵太医负责把脉，不如还是请他来吧。"

太后闭着眼睛说道："准，就传赵太医。"

赵太医来了之后，看了看太后，便诚惶诚恐地为温昭仪把脉。温昭仪说道："赵太医，你上次说本宫已有两个多月的身孕，如今如何了？"

赵太医还未答话，便听见太后威严而冷厉地说道："前朝启元三年，妙手神医苏凌山……"话音未落，便见赵太医已伏在地上向太后求饶："太后，微臣实属被逼无奈，才做出这等大逆不道之事！温昭仪娘娘手里捏着微臣妻儿的性命，微臣不敢不从啊！"

温昭仪气急败坏地指着赵太医道："赵太医，你竟敢诬陷我？"

太后不理会她，径自说道："赵太医，哀家暂且饶了你的性命，你先下去吧，记住，今晚之事不可外传，否则……"赵太医连滚带爬地离开了。

温昭仪惶恐不安，低声喊道："太后，臣妾……"

太后冷冷一笑，似是有十足的把握："哀家已料定你没有那么简单！如果你还想活命，就将皇后要置你于死地的原因说清楚，否则哀家会马上将你赐死！"

温昭仪霎时思绪起伏，一时拿不定主意是否要说出。如果不说出，那还可以借此要挟皇后；如果说了出来，那么想杀死自己的就不止皇后一个人了。温昭仪还在迟疑，她紧紧地握着帕子，手背上暴出青筋，跪在地上不敢起身。

太后拍案喝道："贱人！哀家给你指条生路，别不识抬举。"突然她压低了声音，"哀家料定此事与那燕瑾有关，你给哀家说实话。"

温昭仪做无奈状，毕恭毕敬地回道："太后圣明，此事确与那燕瑾有关。臣妾听说皇后娘娘原本有心要抬举她，好留住皇上的心，偏巧臣妾又曾向太后进言，说她刺绣功夫了得，太后就将她要来了永宁宫，那皇后娘娘自是没有办法再利用她了，所以她对臣妾怀恨在心。"

太后皱眉，长久未出声，眼神犀利地盯着温昭仪，似是要找出她话里的破绽，只是这些话在温昭仪心里盘算已久，太后一时之间哪里料得到？突然，太后眼中精光闪烁，恶毒而鄙夷地说："哀家与你做场交易，事成，哀家不但保你性命，还擢升你为妃，如何？"

温昭仪顿时欣喜不已，只是低头谢恩时，眼中的阴险无人看见。

等回到澄瑞宫后，素语也发现了锦言的不对劲。她周身粉色，连眼睛也变得血红。素语吩咐福全去请苏渔阳来。福全尚未出殿门便看到皇上带着苏渔阳迎面而来，行了礼后便引着苏太医进了内室，给锦言把脉。

锦言身子已经渐感灼热，额上布满细密汗珠。苏太医说道："此毒名为'鸩佳人'，乃慢性毒药，中此毒者，多则五个月，少则百日才有可能毒发。看燕瑾姑娘犯病来势汹汹，实属奇怪。"

"苏爱卿，此毒可有解？"皇上在惊鸿殿里已看出了锦言的异样，初时以为她不过是风寒受凉，遂传了苏渔阳过来瞧瞧，哪里想到她竟是中了毒。

"启禀皇上，此毒并不难解，只是她必然又进了热辣之物，催发了毒性，如今倒是有点儿棘手。"苏渔阳皱眉思索道，"不知进食的为何物？"

锦言记起皇上赏的姜汤，但她怎好开口提及？他毕竟是一番好意。她正想着要怎么说才能搪塞过去，寄灵却在一旁接话道："在惊鸿殿时，燕瑾姐姐淋了雨，皇上赐了碗热姜汤。"

皇上大怒，龙眉挑高："难道是晚晴那个贱婢在姜汤里下了毒？"

锦言慢慢摇头道："不会，这姜汤她曾先尝过。"

苏渔阳为锦言施针封穴，说道："此毒乃是外侵入毒，微臣察看过姑娘的外衣，并无毒药，姑娘想想可曾碰过别的物事？"

锦言忆起晚晴递给自己的毛巾，毛巾泛着淡绿色，想来定是此物上附着"鸩佳人"之毒。可是她一直觉得自己亏欠了晚晴，晚晴恨自己也是必然，她此刻实在下不了狠心来揭穿晚晴。她想了想，还是说道："燕瑾记不得了。"

素语让寄灵给锦言绞了帕子拭汗，偏又冷笑道："一个宫女而已，这般劳师动众为她解毒，也算是新鲜。"她转身看着皇上道，"皇上难道就不想将害她的人绳之以法吗？"

皇上眼神锐利，逼视着素语，缓缓地道："如果害她的人是皇后你，难道你也希望朕将你绳之以法吗？"

素语一怔，随即反问："皇上此话何意？难道怀疑是臣妾害的她？"

皇上伸手勾起素语的下巴，用不容置疑的口气说道："朕警告过你，不要挑衅朕的权威！如果不是看你初愈，朕会允你在惊鸿殿胡闹？温昭仪怀的是朕的骨血，朕不会容你动她分毫。"

素语咬牙不语，皇上松开手，她站立不稳，差点儿跌倒。她再抬起头看着他时，眼睛里都是愤怒和不甘。

苏太医开了药方，本想拿给寄灵熬药，却听见皇上吩咐道："苏爱卿，朕要你亲自煎药，不能再有分毫差池。"

苏太医答应而去，素语也带着寄灵愤恨地离开了，房间里只剩下了皇上和锦言两人。锦言微闭着眼睛，闪动的睫毛泄露了她微妙的心事。皇上执起她的手，握在手心里，叹道："朕本是好意，怎知又累你受苦。"她仍旧不说话，皇上也不逼她，只是淡淡地继续说道，"朕不知你竟对皇后这般赤诚相待，先前见她践踏于你，朕以为你会恨她，却没有想到你会为了她中毒的事恨静容。如果是先前，朕也就依了你，绝不轻饶她，可是她有了朕的骨血，朕怎么下得去手？"

他慢慢地摩挲着锦言的手，锦言只觉得身子比之前还要热了。他又说道："她父亲曾是朝中重臣，因坊间传言他功高盖主，令先皇有所忌讳，才令其解甲归田。如今他的余党得知静容怀了龙嗣，齐齐联名上书，要朕恩准她父亲回朝，让朕好生为难。要知道她父亲若结党营私，朝廷将难以把控，朕少不了要擢升静容的位分，才好堵住那些人的嘴。"

锦言倏地睁开眼睛，暗自心惊。温昭仪知晓的秘密太多了，如果让她在后宫得势，势必会抖出闻家秘事，她温氏荣华之时，必是闻家满门抄斩之日。锦言下定决心，无论如何，也要封住温昭仪的嘴。

"皇上，皇后娘娘乃是六宫之主，她被温昭仪下毒谋害之事，人尽皆知，如今皇上不还皇后娘娘公道，反要抬举温昭仪，这要如何封住众人之口？"锦言急道。

皇上眼神犀利，陌生而失望地看着她："朕一向喜你沉静明理，温婉贤淑，如今你却跟变了个人似的，一心要跟静容过不去。即便她怀着朕的骨血，你也绝不手软。难道是朕看错了你？你本就是个善妒之人？"

锦言倏地抽回自己的手，只觉得心口闷痛，冷声道："皇上此言差矣。燕瑾对皇上谈不上半点儿爱，又怎会嫉妒他人？"

皇上猛然起身，额上青筋暴跳，似是怒不可遏，却怒极反笑，拊掌道："好，说得好，朕堂堂九五至尊，竟只是自作多情，既然你无心，朕又何必再对你有意？"他转身大喝道，"李朝海，朕命你即刻传旨，朕要抬温昭仪的位分，她一向善良温柔，就封为温妃吧。惊鸿殿内再加宫女八名、太监八名，御制物事全部换新，朕要叫天下人都看看，朕要宠的妃子就是风光！"说罢他冷哼一声，拂袖而去。

锦言闭上眼睛，胸口闷痛、气血翻腾之下，竟吐出了一口血来。苏渔阳闻声进来，端来药给她服下，她虚脱地说了声"谢谢"，便昏了过去。夜里，锦言梦见闻家被灭门，梦见素语死期到来，梦见自己站在锦亲王身前哭泣，还梦见皇上身边嫔妃如云、醉生梦死……

锦言醒过来的时候已是傍晚，房间里空无一人，她正要起身，却发现手腕上还扎着银针，顺着银针，慢慢有鲜血流出。苏渔阳走进来，察看了银针，随即拔出，说道："你中毒太深，汤药不能根治其毒，渔阳只好施针导出毒液，前几日流出的一直是黑血，现下血色鲜红，毒液净除，已无大碍。"

"燕瑾谢过苏太医。"锦言起身，身子却软弱无力，她扶着窗棂喘息着，看看外面的天色，问道，"苏太医，我睡了可有一整日了？"

苏渔阳轻笑道："姑娘哪里只是睡了一整日？已有七日了。"

锦言道："果真那么久？"

"渔阳骗你作甚？"他递过来一碗药，让锦言慢慢喝下，"你的身子已经好得差不多了，渔阳也该功成身退了。"

正说着话，寄灵端来一些食物，放在了桌上。她送走了苏渔阳，又转身回来，笑道："姐姐这一觉可真长，寄灵羡慕得紧呢！别说让寄灵睡七日，便是一日，寄灵也高兴得很呢。"

锦言本没觉得饿，看到食物才觉得早已饥肠辘辘，忙坐下来进食。一碗鸡蓉苋菜粥、几碟精致小菜，她吃到兴头上却被寄灵拦住："苏太医临走时嘱咐寄灵，姐姐许久未曾进食，初次进食要清淡、要少，否则对身子无益。"

锦言笑道："也罢，是我馋嘴，竟忘了这一说。"

寄灵将碗碟收拾起来，正要出去的时候，锦言叫住她，忸怩地问道："澄瑞宫这几日可曾有人来过？"

寄灵心思转得快，问道："姐姐问的是皇上？"随后，她长叹一口气，"寄灵那日看皇上对姐姐的神情，本以为姐姐定能得皇上的宠爱，哪里知道皇上从这里出去后，便封了温昭仪为温妃，这七日竟夜夜下榻至温妃处，都没来看过姐姐一眼。"说着，她似是十分遗憾地走了出去，但没多久，寄灵又转了回来，劝道，"姐姐也别难过了，那晚晴伺候你不当，皇上已将她发配留痕室，也算是给姐姐出气了。"

锦言闻之大骇，竟连寄灵是什么时候离去的也不知道。

虽是晚间，但还未到宫门戒严之时，锦言便决定去澄瑞宫外散散心。穿过一片竹林，绕过假山时，听见假山后面有人窃窃私语。锦言知道后宫复杂，本想躲开，却听到"澄瑞宫"的字眼，随即停下来伏在假山旁细听。

只听到一个太监道："回去告诉你家主子，老奴姑念着她父亲温大人之恩，帮她找来赵太医作假，救了她一命，从此咱们就两清了。可是她想扳倒澄瑞宫的那位，老奴却无能为力，也不愿意插手此事。"

"公公，我家主子早已料到公公不会答应。"这个宫女声音极其耳熟，可是锦言却一时想不起她是谁，她声音并不清脆，略带沙哑，"公公不肯答应，难道要我家主子去找苏姑姑议论此事吗？"

"哼，你们在要挟老奴？"那太监冷哼了一声。

"不敢，主子请公公三思。"

"回去告诉你家主子，老奴可以帮她完成此事，只是澄瑞宫的那位也不是好惹的，能不能善后还得看你们主子的了。不要再拖老奴下水，否则老奴翻脸不认人，定将此事撇得干干净净！"

"奴婢代主子谢过公公了。只是主子说了，此事非同小可，请公公妥善为之。"

两人随即又压低了声音说了几句话，锦言怕两人出来碰见自己，正抬脚要离开，冷不防脚下一滑，踩在了石块上，发出了声响。大骇之下，又突然被人捂嘴抱起，几个起落，就离开了假山。

锦言挣脱不开，狠狠地在那人手上咬了一口，那人吃痛，猛吸一口气，松开了她，低声喝道："不识好人心，如果不是我带你离开，只怕你这会儿就做了一缕冤魂了。"

锦言强作镇定，笑道："原来是钟离将军，这么晚了你在后宫做什么呢？"

他从衣角处撕下一块布来，将手裹住，说道："我才从永宁宫出来，路经此地，发现有人偷听他人谈话，只好过来瞧个究竟。"

"既然这样，燕瑾就不耽搁钟离将军出宫了。"锦言转身欲走。

钟离将军低笑道："燕瑾姑娘是怕人看见与在下在一起吧？"

锦言微微颔首，疾步离开。她肯定钟离将军在撒谎，永宁宫到宫门的路并不经过此地，他绕到这里究竟是为何？此处离惊鸿殿不远，锦言看着那灯火通明的宫殿，知道今夜皇上又宿在温妃处了。她心里酸涩，就这般痴痴地看着，却也解不了半分痛苦。

锦言回到澄瑞宫时，寄灵正在外面等她，看见她回来，忙拽着她往回走去："娘娘等着你呢，快随我过去。"

素语看见锦言过来，挥挥手对寄灵说道："寄灵，本宫乏了，这儿有燕瑾伺候就可以了，你先下去吧。"

寄灵顿了顿，随即乖巧地应声出去了。锦言正犹豫着要不要将刚才听到的告诉素语，便听到素语喝道："闻锦言！我警告你，别到处乱跑给我生事。我要杀你，此刻还是易如反掌。你如果还要保住小命，就乖乖听我的指令。"

锦言心里难过，咬着唇不肯说话。

"温静容那个贱人得宠七日，现在连太后也遣苏姑姑过去探视了，只怕她的身孕是假不了了。等她生下皇子，封了贵妃，便有了与我分庭抗礼的权势。我绝不允许她活到那一天！"素语的眼神恶毒，似有深怨，"你为什么不说话？你以为她会放过你吗？难道你想死在她的手上？"

锦言叹息道："姐姐，我好累，好想歇上一歇，如果我今日不醒来，一直睡下去该有多好。"

素语冷笑道："我的好妹妹，这可难为姐姐了，我怎么会让你这么安逸呢？我的痛苦只有靠折磨你才能化解。"

锦言闭上眼睛，眼角有泪滑落，终于不肯再说话了。

惊鸿殿内，红烛纱帐，微光摇曳。温妃扭动着身子，靠在皇上身边，低声说道："皇上，这七日胜过臣妾这一生，臣妾就是死了也值了。"

皇上端坐不动，似笑非笑地说道："静容，今天朕上朝，又有大臣联名上书，要朕恢复你父亲的官职，这已是七日来的第三次了，朕想听听你的意见。"

"皇上，臣妾只是后宫妇人，怎可议论朝政？"

温妃软玉温香，皇上却不为所动，说道："但说无妨，朕赦你无罪。"

温妃眼中现出一丝精明，朗声笑道："臣妾之父为国鞠躬尽瘁，整日忧心国事，虽不在其位，但仍不敢忘君恩。此番大臣们联名上书，也是希望能为朝廷召回一位栋梁之材，举贤不避亲，臣妾希望皇上能慎重考虑，予以恩准。"

皇上眯起眼睛，眼神清冽，似有寒光闪烁："你觉得朕真的还会让温氏一族卷土重来吗？静容，朕一直觉得你聪慧，如今怎么这么急切了？你怀了朕的子嗣，还是先顾着身子吧。"说罢，他起身欲离开。温妃大惊，随即抱住他的腿，急道："皇上，臣妾知错了！臣妾不该干预朝政，更不该为臣妾之父求情！"

皇上命李朝海拉开她，并在她耳边说道："皇后之父官职并不高，可是她从未对朕提出过加官晋爵的要求，在这一点上，她比你明理。"

温妃情急之下说道："皇后娘娘不为父亲着想，那是因为……"说着，她就住了嘴。皇上瞪着她，看她支支吾吾也说不出个所以然来，便不满地离去。温妃瘫坐在地上，连身边的宫女来扶也置之不理。那宫女说道："娘娘，照奴婢说，娘娘这次太急切了。想必皇上已知此次大臣们联名上书之事与娘娘有关。"

温妃站起身来，接过宫女奉过来的茶盏，缓缓地道："不愧为云姑调教出来的人，果然心思伶俐，你也算是旁观者清吧。晚晴走了，你留在本宫身边好得很。"

宫女绿屏盈盈一笑，说道："那晚晴入了留痕室，怕是活不了几日了。可笑太后娘娘还想利用她来监视娘娘，却不知道晚晴与燕瑾的过节，这下子反而弄巧成拙，白白丢了一枚棋子。"

第十二章

花落但凭时令

　　锦言一夜辗转反侧，未曾安睡，忽闻素语的红纱帐内有异动，她顿感诧异，疾步上前掀开了红纱帐，发现素语正握着一纸红笺，暗自垂泪。

　　素语用手抹了抹泪，喝道："你走开！看到我哭是不是心里很得意？"

　　锦言坐在她身前，无奈地说道："你我一定要如此吗？如今宫内外局势不明，我们该齐心保住闻家、保住自身才对。"

　　素语冷笑，那抹冷意在暗夜中仍是令人心惊："保住闻家不是我所愿，保住自身嘛，我自然做得到！"

　　"你就这么自信？"锦言不禁感到奇怪。

　　素语站起身来，手里的红笺握得更紧了些，说道："你我处境不同。我虽身居皇后之位，可是，一来，这位置人人忌惮；二来，我不受皇上宠爱，自然不会有人将我视为眼中钉。而你，区区一个宫女，能让皇上三番五次地向你示好，已是莫大的恩宠，你早已成了后宫妃嫔们的肉中刺，非除去不可了！所以，你想要保住自己的小命，就非得倚仗我这个皇后不可。"

　　锦言有些挫败道："你说得对，我本不想入宫，既入了宫就该藏锋。"

　　"藏锋就不必了，怕是该藏拙了吧？"素语讥讽道，"闻锦言，你竟是这般水性杨花，入了宫见到了天子，就把那个人忘得干干净净了吗？"

锦言有些羞恼，再也顾不得其他，喝道："他心里既然恋的是你，我又想来做什么？倒是你，身为皇后，却心存他念，不知羞耻！"

出乎锦言的意料，素语并未勃然大怒，她仿佛失了神一般，低低念道："他说边关疾苦，民不聊生，边疆大漠到处都是黄沙白骨，热时血脉偾张，冷时如身处冰窖，将士们早已抵不住思乡之情，再无斗志。"

锦言听后，急忙道："听说，大燕国早已退兵，锦亲王为何还不班师回朝，或者请朝廷另派他人前往？"

素语冷冷地看了她一眼，说道："皇上既然想留他在边疆驻守，自然会有说辞。"说罢她站起身来，脸上泪水未尽，低声说道，"可是他想回来了，他说他想我。"

锦言不作声，转身去给她绞了个帕子，让她拭去泪水。素语擦净了脸，素净天然，不施粉黛。她疑惑地看着锦言，问道："你心里真的不气？"

锦言叹息，知道不回话，她不会作罢，艰难地说道："你已是皇后，与他即便相爱，也难以相守。不如……不如淡忘了吧。"

素语只是冷笑："君悦与我心心相印，我实在难以舍弃。他既想回朝，我定要助他一臂之力。"

"太后一直不曾和他亲近，诸事对他多加防范，怕是极难。"

"难，我知道难！不难怎么能证明我对他的真情呢？"素语狂笑，带着几许痴狂与落寞。

"那你打算如何？"

"要闻步青引群臣联名上书，求皇上恩准锦亲王回朝。"素语说道。

锦言大惊，指着素语说不出话来，良久才喝道："你这是要将父亲逼上绝路！我不准你这么做！温妃之事已是满朝皆知，她父亲被群臣联名上书三次，皇上龙颜大怒，如今你却想将火引到父亲头上去，岂不是帮了温妃？"

素语笑道："原来你也不傻！"

锦言大骇，心里却琢磨出了味道："难道说，你已经与温妃有了交涉？"

素语径自起身，不理会锦言。锦言拦在她身前，不可置信地问道："他也是你的父亲，你怎么忍心置他于死地？"

素语听见此话，沉下脸来大怒道："闻锦言，我警告过你，不要在我的面前狂妄！他不能保住我娘的性命，还算是我的父亲吗？在我心里，自我娘亲死的那一天，我跟闻家就再无任何瓜葛！"

锦言心存侥幸道："父亲一定不会答应你做如此之事，他无意过问朝政，但并不是说他糊涂。"

素语拍手称赞道："真是父女情深啊，闻锦言，有你在我手里，你说他会不乖乖地听我的话吗？"

锦言恍然，素语说得没错，为了保住自己的性命，父亲定会听从素语的话，联络大臣联名上书，只是这正犯了皇上的忌讳。锦言转身欲走，被素语一把扯住："你去哪里？"

"我去皇上的朝元殿，我去太后的永宁宫，我去温妃的惊鸿殿，我去宫外的闻家！总之我要阻止你伤害父亲！"素语听后，一掌朝她打来，她本能地一偏头，却没有躲过素语尖利的指甲。那指甲在她的脸上划出了几道血痕，素语一怔。锦言摸着自己的脸苦笑道："也罢，毁了这张脸，会少了多少烦恼。"

说罢，她转身离开，素语没有再拦。锦言听到寝室内传来瓷器破碎的声音，清脆刺耳，带着愤怒和压抑，令人喘不过气来。她绕过竹林，坐在湖旁边的青石上，慢慢梳理着思绪。温妃的父亲想回朝任职，原本并不会有这么多的牵制，但正因为大臣们联名上书，皇上才怕他会结党营私，不好掌控。如今素语让父亲联合群臣上书，要锦亲王回朝，皇上定会迁怒于父亲。温父之事反而会得以淡化，等温父回朝任职，把控朝局后，那么再让南宫君悦班师回朝便轻而易举了。素语定是趁昨夜自己离开澄瑞宫的时候，与温妃有所密谋，而温妃的侍女却与太监在那儿商议着怎么谋害素语。

锦言觉得可笑，也觉得可悲，口中不觉念出了声："一朝梦醒，满地凄凉……"

有人迎面走来，轻轻"咦"了一声，却是兰舟。她看见锦言脸上的伤，说道："被皇后娘娘打的吧？"

锦言不作声。兰舟身子已是大好，只是素语忌惮她为太后做事，所以并不常常留她在身边。兰舟惆怅地道："如今你我都讨不了好了，寄灵那小丫头鬼机灵，正得宠呢。"

"寄灵确实很伶俐，命也好，躲过了一场大劫。"

兰舟问道："什么大劫？"

"她说上任皇后过世后，澄瑞宫上下俱已陪葬，只是李公公念她年纪小，向太后求情才饶过了她一命。"

"真是可笑，这么蹩脚的谎话，竟然就瞒过了皇后娘娘？那寄灵原本就是温妃的远房表妹，当年进宫之时尚年幼，温妃又想借她监视上一任皇后，待到皇后故去，澄瑞宫上下要殉葬之时，温妃去跟太后求情，我们才晓得了其中端倪。温妃让寄灵留在澄瑞宫，不过也是留了枚棋子罢了。"

锦言听来，只觉得宫里杂事使人焦头烂额，果然人心似海。心思一动，她突然问道："那寄灵的事，皇上知晓吗？"

兰舟冷笑道："皇上自然知道。当年温妃向太后求情时，曾想将寄灵献给皇上，随便讨个位分就行。可是皇上念及她年幼，宫里又面临册封新后，这事便耽搁了下来。那寄灵在澄瑞宫一直做粗使宫女，怎么就突然蹿出来了呢？真是奇怪。"

锦言听来只觉得心里有气，原来皇上一直知道寄灵是温妃的人，他却听之任之。锦言听完，扫了兰舟一眼。或许感觉到她的疑惑，兰舟急道："我说的都是实话。"

锦言心想，这兰舟与惠婕妤同是太后的人，应该坐视澄瑞宫与惊鸿殿相斗才对，兰舟又为何会对自己道出事实呢？正思量着，兰舟忽然朝她跪下，急切地说道："姐姐，救我！"

锦言倏地从青石上起身，转身欲走："你的姐姐是惠婕妤，不是我，有什么事你应该去找她才对。"

兰舟扯着锦言的衣裙，说道："姐姐，兰舟与惠婕妤根本不是……

何况惠婕妤此刻已是性命不保，哪里还顾得上兰舟？"

锦言本不想在此事上纠缠太深，毕竟她心里还在盘算着怎么救父亲，可是兰舟没有放开她的意思，两人正在拉扯间，便听到有冷笑声传来。来人正是温妃。她一身白衣，飘逸出尘，正如锦言初次见到她时的样子，宫女绿屏随侍左右。锦言看到绿屏时难掩心中诧异，绿屏却像是丝毫不认识她一般，眉眼一挑便看向了别处。

"燕瑾，见了本宫怎么不请安？"温妃眉眼如画，或许是这几日的恩宠让她春风满面，别有一番风流态度。锦言与兰舟忙向她请安，温妃倒也没为难两人，慢悠悠地说："平身吧，本宫只是出来走走，见你们两人在此争执，倒是觉得有点儿乐子了。"

锦言低声道："燕瑾与兰舟在此嬉闹，让娘娘见笑了。"

温妃看着锦言脸上的抓痕，有些幸灾乐祸地道："难不成是被皇后娘娘抓的？她对你可真是心狠手辣啊。"

锦言心里不快，却不能表现出来，淡淡地道："是燕瑾做事不力，怪不得皇后娘娘。"

温妃转身对绿屏说道："绿屏，兰舟进宫已有些年头了，还是如此不知规矩，她虽是澄瑞宫的宫女，但本宫也要出头教训一番，你引她去教导一番吧。"

绿屏笑道："娘娘仁慈。兰舟姐姐，请跟绿屏来吧。教导不敢说，彼此叙叙话总是可以的。"说着她就要引着兰舟去往别处。临走时，温妃突然叫住兰舟道："兰舟，本宫一向恩怨分明，先前你受人指使陷害于我，害得我差点儿性命不保，你可知我今日为何没有为难你吗？"

兰舟的脸蓦地红起来，她迅速看了锦言一眼，而后局促地摇了摇头。温妃的嘴角勾起轻笑，挥手道："去吧，来日方长，以后你自会明白的。"

等到两人独处时，温妃的眼神才倏地凌厉起来，在锦言耳边低喝道："是你与澄瑞宫的那个贱人一起合谋来害我的吧？我温静容进宫数年，虽不得势，可也从未遇此险境。你们就不怕我向太后说出这惊天的秘密来？"

锦言怎会不怕，可是她知道温妃此刻断不会向太后告发："如果娘娘向太后告发了此事，还怎么可能再有机会与皇后娘娘合作？"

"原来你什么都知道了。"

锦言冷笑不语，突然记起绿屏，又反问道："那个绿屏怎么到了你的跟前？我记得她不过是浣衣房的宫女，从前胆小得要命，这会儿见了倒有些变化了。"

"云姑送来的人，一向是外表笨拙，内在精明，深谙藏锋之道——这也是云姑的手段。"

锦言问道："那个云姑竟是这般厉害的人物？可是……"说着她欲言又止。

"你是想问，太后怎么容得下宫里有如此厉害的人物出现？"温妃似乎也有些不解，沉吟了许久才继续说道，"记得家父曾经提起过，说后宫有位奇女子，曾拒先皇抬爱，甘做宫女十余载，说的应该就是云姑吧。她在宫里能生存下来，自有她的手段。"

锦言轻轻"哦"了一声，微蹙黛眉："如此说来，你与云姑是有过约定了？"

温妃的脸色却陡然黯淡了下来，她缓缓摇头，没有再继续说下去。锦言没有追问这个话题，转而道："温妃，你与皇后娘娘达成的约定，我定会竭力阻止。再者，即便你父亲归朝手握大权，你以为皇上和太后便能听之任之吗？他们定会使出手段来，到时候连你也会有池鱼之灾。"

"这些我早已想过了，我就是想搏一搏，我没几年好光阴了，不是吗？"温妃看着锦言，她是在叹息韶华老去吗？二人说话间，绿屏带着兰舟回来了。绿屏脸上带着一抹淡淡的笑意，而兰舟脸上却是一片惨白。温妃带着绿屏款款而去，兰舟望着那个方向，眼神恶毒而不甘。

"是不是她们要拉拢你？"

兰舟显出一丝慌乱，辩道："不是，你不要瞎猜！回头让皇后娘娘知道了，又是麻烦。"

两人回到澄瑞宫，寄灵早已候在殿外，看见锦言回来，便迎了上去。

看到锦言脸上的抓痕后，她啧啧了两声，深感惋惜，又从怀里掏出一个玉瓶来，递给锦言，说："这是皇后娘娘赐的。"

锦言心里一动，素语对自己还是好的。正要伸手去接，便听到远处传来一声冷笑："这药里有毒，只要抹了便会留下疤痕，本宫看你到底敢不敢用。"正是素语，她嘴角勾起的冷笑，深深刺痛了锦言。锦言又气又怒，接过药，当即用指甲挑起药膏，便往抓痕上抹去，瞬间就不那么疼了。

"你给本宫进来。"素语当即转身而去。

寝宫里，素语胡乱地将罩在外衣上的紫色禅衣扯下来，扔在地上，喝道："闻锦言，你给我听好了！我既进了宫，就由不得你来坏我的大事。你再继续执迷不悟，就休怪我手下无情。要知道我早该杀了你，留你性命到今天已是我的仁慈，你以为你在宫内有什么凭仗？如果太后不是嗅出了什么味道，她会对你一个宫女另眼相看？你不要做梦了！"

锦言未及答话，便听见殿外有人通报，永宁宫的苏姑姑来了。

苏姑姑向皇后行礼请安，笑道："皇后娘娘吉人天相，祸去福来，太后那几日也时刻惦记着呢，如今见皇后娘娘身子已好，特地让奴婢过来向皇后娘娘问安。"

"太后她老人家惦记着本宫的身子，这点本宫在病中也早已料到了。这宫里，不惦记本宫的人怕是没几个吧？"素语话音一落，苏姑姑的脸色就已变了。

锦言看素语将话挑得那么明白，再无补救之余地，只好上前给苏姑姑行礼，岔开话题道："也有些日子不见太后了，太后身子可好？"

苏姑姑气得嘴唇哆嗦，声音颤抖："太后她老人家身子骨颇为硬朗呢，有些人就是想气也气不着她。"

锦言不动声色地将地上的禅衣捡起，径自走过去，放进素语的箱柜里，却听见苏姑姑说道："奴婢来澄瑞宫前，太后还交代了一事。临近端午节了，太后想热闹热闹，永宁宫那边伶俐的人没有几个，也没有个解闷说话的，所以太后想让奴婢将燕瑾姑娘带回去。"

"带回去？她可是本宫身边的人，她陪太后解闷说话，怎么就不能陪本宫解闷说话呢？苏姑姑，你也是宫里的老人了，见过谁将自己的家生丫鬟往外送的？"

苏姑姑的脸色又青又白，她在宫里一向被人礼让，何时被人这么抢白过？

"这么说，皇后娘娘是不肯将燕瑾姑娘送到永宁宫了？"

素语接过寄灵递来的茶，喝了一口，笑道："苏姑姑，本宫这里也有一个好的人选，你看这个怎么样？"她指了指寄灵。寄灵的脸色顿时变得煞是难看，不敢发出一声。

苏姑姑扫了寄灵一眼，说道："既然皇后娘娘觉得贴心，就留着自个儿用吧。奴婢这就回禀太后去。"

锦言看苏姑姑气恼而去，暗叹素语锋芒太露，以此与太后相争，必然不会讨好。素语不是没有心机，只是心机还不够深沉。

就这样过了几天，太后的永宁宫一直没有传来消息，宫里面似乎很平静，平静得吓人。各宫都在准备着过端午节，御监司给各宫送来了粽叶，让宫女们包粽子图个乐呵。澄瑞宫内，素语靠在椅榻上假寐，锦言、兰舟与寄灵都围着桌子包着粽子。锦言显然是不会包的，只是看着兰舟和寄灵熟练的手法慢慢地学着。

兰舟见左右无人说话，也不敢作声，那寄灵却非要说些什么："寄灵听别的宫里有人在传，说皇上新近宠幸了一位美人，封为了庆美人。那庆美人跳舞可好看了，皇上一下朝就去庆美人的行云阁看她跳舞。"

锦言乍闻之下有些吃不住劲儿，抬头看了一眼素语，只见她闭着眼睛，不知道在想什么。兰舟将包好的粽子端出去，回来时对素语说道："娘娘，福全在外面候着呢，说有急事要向娘娘禀报。"

素语睁开眼睛，挥挥手示意让福全进来。福全进来后并没有直接说话，素语明白他是何心思，说道："寄灵，你随兰舟去小厨房，将燕窝菊花糕拿来，本宫要用些点心。"

福全这才疾步上前，低声说："奴才从朝元殿侍奉茶水的太监那里打听到，大燕国卷土重来，大兵压境，边疆又要起战事了。"

素语猛地坐直了身子，问道："皇上可曾派遣良将前去坐镇？难道还是由锦亲王任统率，抵挡大燕国？"

"奴才不知，不过奴才并未听说皇上要重新考虑人选，或许是锦亲王坐镇边关已久，熟悉地形、气候，没有比他更合适的人选了。"福全答道。

"你先下去吧，有消息即刻来报。"素语的语气有些无力。

锦言听在心里却是暗喜，嘴角便掩饰不住地流露出一丝笑意。素语喝道："你为何发笑？难道是希望他战死沙场吗？"

锦言心情舒畅，侃侃而谈："锦亲王也算是骁勇善战之人，有勇有谋，否则即便太后和皇上不待见他，有意让他远赴边疆，群臣也不会答应。谁也不会视江山如儿戏，所以你且放心吧。"

素语狠狠瞪了她一眼，讥讽道："这下你可是得意了？既然锦亲王短时间内不能回来，我也就不需要闻步青联合群臣上书皇上，自然也就不必再与温妃合作。闻家无虞，你这下放心了？"

锦言笑而不答，多日压抑在心头的阴霾一扫而去，整个人都焕发出光彩来，让送燕窝菊花糕进来的兰舟和寄灵诧异万分。

明日就是端午节了，各宫都挂了钟馗像，宫门外也放了许多艾草。各宫宫女里里外外地忙碌着。因是节日，主子们少不了要打赏，所以谁也不敢懈怠。澄瑞宫也不例外，素语吩咐兰舟和寄灵将前些日子准备好的物品，一件件打赏给了宫人，再加上用言语敲击震慑，众人也都服服帖帖的，并无异态。

李朝海公公从朝元殿气喘吁吁地赶过来，见了素语便匆匆跪下，说道："皇后娘娘，皇上才下了朝，就歇在了瑞宣阁里，到现在都没起身，还说着胡话，奴才瞧着皇上龙体微恙，想传太医给皇上请平安脉，可是皇上硬是不准。奴才一时拿不了主意，特来回禀皇后娘娘，请皇后娘娘尽快拿个主意才是。"

听说皇上龙体不适，各人俱是一惊。锦言心里也有些着急，可是却不能露在面上，只好低下头不作声，暗暗盼着素语快些应下来，好赶去瑞宣阁瞧瞧。素语有些迟疑，问道："李朝海，这件事你怎么不先去永宁宫禀报？"

李朝海仿佛早已料到她会有此一问，随即回答："回禀皇后娘娘，老奴先前就去过永宁宫了，可是太后在佛前清修，奴才没敢惊扰，生怕太后也急出个好歹来，奴才的罪过可就大了。所以，奴才只好来皇后娘娘这里讨个主意，皇后娘娘，快些随奴才去吧。"

"也罢，本宫就跟你走一趟，皇上无事，大家伙儿才都能安心。"她立即带着寄灵与兰舟出了澄瑞宫，锦言再三思量后也远远地跟在了后面。出了澄瑞宫，锦言才发现，李朝海早已备好了软轿，抬起素语就往瑞宣阁的方向去了。锦言觉得有些不对劲，可是又说不上来，只得快步跟上。

从澄瑞宫到瑞宣阁，途经惠婕妤的绛紫阁，绛紫阁里种满了竹子，风吹过时，窸窸窣窣的声音让人不禁有另一番感受。有几名宫女正用花锄在竹林中锄草，其中有名宫女见锦言过来，就匆匆塞给她一张字条，随后对另外两名宫女使个眼色，便一起回了绛紫阁，再也没出来。锦言知道事出机密，定是惠婕妤有话相告，遂做无意状用手拂袖，却早将上面的字看得清清楚楚："花落但凭时令。"

锦言大惊，忙将字条撕碎，见竹林前面有一口深井，就投了进去。她三步并作两步奔上前去，拦住了素语的轿子，李朝海听见异响，见是锦言，只装作不识，命人把她绑了起来。素语掀起轿帘，喝道："李朝海，你好大的胆子，连本宫的人你也敢抓！"

李朝海倒也不惧，说道："皇后娘娘，前面不远就是瑞宣阁，奴才怕这宫女如此莽撞会惊了圣驾，想叫人将她带下去，再等发落。"

趁着侍卫有些发怔，锦言便挣脱开，跑到素语身边，跪下说道："娘娘，您不能去瑞宣阁！"

素语皱眉，未等发问，便听见李朝海大喝："大胆贱婢，皇上龙体有恙，你竟敢阻拦皇后娘娘进去探视，你意图何在？"

锦言抬眼看着李朝海，李朝海只觉得那眼神甚是清冷，她虽是跪着却仍旧气势凌人，他心中不禁有些瑟缩。可他是后宫的老人了，什么阵势没见过？这会儿，他仍理直气壮地说道："来人，拖下去杖毙！皇后娘娘，奴才是后宫总管，太后曾有令，奴才可以将作乱的宫女、太监先斩后奏。等奴才处置了这个贱婢，就会去太后那里禀明，那时自会去澄瑞宫负荆请罪。"

素语本是要去瑞宣阁探望皇上，但锦言这一闹倒也让她有所警觉。锦言绝对不会无缘无故这么唐突，而李朝海竟然小题大做，要将锦言处死，更出乎她的意料。

"慢着，李朝海，本宫宫里的人还轮不到你来处置！她犯了错自有本宫担着，且听听她的话再作定论。"素语沉稳地道。

李朝海暗惊，心中惧怕，忙朝侍卫递眼色。那些侍卫跟李朝海混了多年，知道他的手段，也不迟疑，上前就要拖走锦言，更有心狠手辣的一掌就要往锦言头上按去。素语惊呼，无奈身边无人能施救，眼看锦言就要惨死在侍卫之手。突然之间，有一身影奔来，飞起一脚便将那侍卫踢飞，再看是钟离将军。锦言惊魂未定，身子一软便倒在了地上，手却伸过来扯住素语的裙角，虚弱却不容置疑地说道："不要去瑞宣阁，信我。"

素语命兰舟和寄灵将锦言扶到一边歇着，瞪视着李朝海："李朝海，如若不是钟离将军施救，只怕本宫的人就要死在你的手上了！你等着，本宫少不了找你算账，还不快滚！"

素语知道她并不能将李朝海怎么样，只能喝退他，回去再慢慢询问锦言。李朝海讪讪一笑，说了几句场面话，无非是"奴才该死，奴才也是秉公办理"云云，便带着那几个侍卫仓皇而去。

"钟离将军，真是巧，本宫的人遭暗算之际，你便出现了。"素语的话外之意，钟离将军自然听得懂，不过素语当真是误会了他。他是前去找皇上商议边疆之事，听见这边喧哗，他又是朝廷侍卫总领，就过来瞧瞧，谁知正赶上锦言危险之时。

他苦笑道："皇后娘娘说得极是，巧得很。先前皇上传旨要见钟离，钟离不能耽搁久了，钟离告退。"

素语喝住他："皇上先前传旨？皇上龙体是否不适？"

钟离笑道："皇后娘娘可真能说笑，今儿个早朝时，皇上还好好的。再说皇上自幼习武，身强体健，平日里也常注意养生之道，那帮奴才们伺候得也很尽心，哪能轻易就染恙？"说罢，他朝锦言这边看了看，颔首示意后就离开了。

素语让兰舟将锦言扶进软轿，锦言却死也不肯进，道："你不怕落人口实，招人生疑吗？"

素语无奈，只好进了软轿，又令兰舟和寄灵好生扶着锦言。待进了澄瑞宫，素语便屏退了众人，单独和锦言在寝宫里说话。

"你且说今日是怎么一回事？我如今还被蒙在鼓里不清楚呢。"

锦言拍拍胸口，长舒一口气，将惠婕妤的宫女塞给自己纸条的事说了。素语念着"花落但凭时令"，不禁出了神。锦言说道："她这是告诉我，花开花落但凭时令，而你皇后进朝元殿瑞宣阁也需有手谕才是，那李朝海嘴上说是请你去瞧瞧，到时候反口说是你胁迫他去的也未可知，没有手谕，后宫之人擅闯朝元殿，便是犯了宫里的忌讳，一个字，便是死。"

素语不禁有些后怕，说道："那李朝海是吃了熊心豹子胆了？我与他并无过节，他今日却要来害我！"

锦言这会儿已经明白了过来，那日在假山后与惊鸿殿的宫女密谋的太监便是李朝海，究竟那宫女为什么要用苏姑姑来要挟李朝海却是不得而知了。可是这话，她还不能和素语说，一来，她看不透素语是否还会与温妃来往；二来，她不想将掣肘李朝海的手段太早露出来，逼急了李朝海，也是一件很麻烦的事。

"后宫严令，兰舟和寄灵不会不知，可是她们竟看着我走入绝路而不加以提醒，真是可恶！看来我不好好给她们点儿颜色瞧瞧，她们倒不知道我的手段了。"素语怒道。倒是锦言看开了："何必生气，她们各有各的心思，如果让她们的幕后主子知道了是她们提的醒，说不定明天她们就是个死。"

正说着，兰舟从小厨房端来了参茶，侍奉素语喝完，说道："永宁宫的人传话过来，说明日是端午节，太后想热闹热闹，让各宫的主子们都打扮齐整了去御花园候着。"

素语不理会这一茬，脸上仍是怒容未消，却强自忍耐，吩咐兰舟道："这参茶本宫尝着好，也赏给你们几个每人一碗。"兰舟谢了恩就出去了，素语看兰舟走远了，才问锦言："那惠婕妤是太后的人，怎么这次肯暗中帮我？"

锦言迟迟不作声，这次却不是知而不语了。

素语说道："入了夜，你去绛紫阁见一见惠婕妤，就说是我的意思，她该明白的。到了那里，她说什么你也不要应，搪塞回来，我自有主意。"

锦言刚出了寝宫，兰舟正好端着参茶过来，看见她后，忙叫住了她，塞给了她一碗，看着她喝了，便说道："这次我和寄灵是沾了你的光，谁都知道这是皇后娘娘对你的恩赐呢。我先前只道家生的丫鬟不受宠，还不如普通的宫女，我真是错了，皇后娘娘可疼你了呢。"

锦言有些不自然地一笑，与兰舟说笑了几句，就回去歇着了。入夜，锦言从澄瑞宫的侧门出去，福全早在那里悄无声息地开了门候着，嘱咐她回来时只需轻轻敲三声门即可。

锦言按着白天的记忆，顺着路往绛紫阁而去。如果走对了倒也罢了，却偏巧走错了路，往行云阁的方向去了。锦言被侍卫捉住了，送到了李朝海的面前。李朝海见是她，便又起了杀心，眼中凶光一露，就要命手下人动手。锦言被人捂住嘴巴叫不出声，苦不堪言，哀叹自己命将休矣，心一横便往捂住自己嘴的手上咬了下去。那侍卫吃不住痛，当即叫出声来。

这下，却惊动了皇上，只听见他慵懒的声音传了过来："李朝海，三更半夜，是谁在外面鬼叫？"

李朝海着了慌，反手对着那侍卫便是一巴掌，说道："回禀皇上，不知是哪个宫的宫女夜闯行云阁，已叫奴才拿下了，奴才觉得她居心叵测，有谋害皇上的嫌疑，不如就地杖毙了吧？"

"哦？"皇上惊叹道，"竟有这种事？那朕当真要好好会一会，看到底是何人有这个胆量。"说着，便听屋里传来窸窸窣窣的声音，接着人便出来了。

李朝海看皇上出来，忙迎上去笑道："区区一个宫女，就让老奴处置了吧，也省得皇上费心。"

皇上不理会他，径直走近锦言，并令侍卫松开她。而李朝海却在一旁对侍卫使了个眼色，只要锦言吐出一句不利于他的话，就让侍卫一掌拍死她。皇上身边的侍从早已将灯盏亮起，锦言还伏在地上，只听到那充满磁性而又悦耳的声音再度响起："抬起头来，叫朕瞧瞧，是谁有这么大的胆子，会来行云阁行刺朕？"

锦言慢慢地抬起头。这一日，她经历了两番生死，此时惊魂未定、胆战心惊，看见龙颜却恍若隔世，眼里一酸，差点儿流下泪来。皇上看见是她跪在那里，忙扶着她起来，疑惑道："怎么是你？"

锦言苦笑道："怎么？皇上当真以为燕瑾是来行刺的？"她边说着边看向了皇上的身后，那是一个相貌平平却气质出众的女子，细腰盈盈一握，走路如弱柳迎风，端的风流。

"燕瑾见过庆美人。这么晚惊扰了皇上和庆美人，燕瑾真是该死。"锦言上前给庆美人请安。庆美人丝毫没有被盛宠的倨傲，反而嫣然一笑，亲切和气，只是言语不多。

皇上喝问道："李朝海，这是怎么一回事？你给朕说清楚，这么个弱女子，怎么就叫你们当刺客拿了呢？如果朕晚出来一步，是不是就叫你们不分青红皂白地给杀了？朕瞧你是老糊涂了，办事越来越不得力，如果嫌在皇宫太劳累，朕就开恩准你回家安享天年。"

李朝海忙跪下去求饶道："皇上，四周漆黑，是奴才老眼昏花，没有认出是燕瑾姑娘来。借奴才一百个胆子，也万万不敢得罪燕瑾姑娘啊，求皇上开恩，饶过老奴吧！"

庆美人这时出来说话了："皇上，看在李公公伺候了您近二十年的分上，饶了他这一回吧。"说罢，她又走近了锦言，"燕瑾姑娘，你怎么来我这行云阁了？是不是皇后娘娘要召见我？我初来宫里，不懂规矩，每日忙于侍候陛下，一直没有去给皇后娘娘请安，说起来倒是我的不是了。"

　　锦言心中一凛，这个庆美人思维敏捷，既为李朝海求了情做了好人，又提及她夜闯行云阁之事。这个庆美人嘴上说自己不懂宫规，却暗指自己正当盛宠，可谓滴水不漏。果然，皇上阴下脸来，说道："是皇后让你来的？"

　　锦言不甘让素语背了黑锅，随即痛快地答道"是皇后娘娘让燕瑾来的。"她接着道，"白天，李公公说皇上精神不大好，皇后娘娘很是担心，就特意让燕瑾过来瞧瞧，这里如果一切安好，说明皇上身子自然是好的。可巧，就让李公公当刺客拿了。"

　　锦言的一席话，让李朝海汗流浃背，吓得魂都飞了。他本以为锦言会借着这个机会大肆渲染，却没有想到她竟这么轻描淡写地就将此事说过了。他偷偷看了锦言一眼，见她仍是镇定自若，就知道她不会将自己的事抖搂出去，刚要放下心来，便听见锦言问道："李公公，燕瑾说得对不对啊？"

　　李朝海嘴唇发抖，支支吾吾地应道："对，对，燕瑾姑娘说得都对。"

　　皇上大怒，喝道："李朝海，朕何时精神不好了？你竟敢诅咒朕？定是你打着朕的旗号，在各个宫里到处打秋风。好啊，李朝海，看来朕平时真是太宠你了，竟然无法无天了。来人，将这狗奴才拖出去打死算了！"

　　李朝海吓得瘫在地上，号哭不已，庆美人看皇上动了肝火，也不敢来劝。锦言只好站出来求情，此事因她而起，倒不是她好心要救李朝海，只因李朝海在后宫党羽众多，势力根深蒂固，他即便死了，平日里那些受他庇护的爪牙也会对自己恨之入骨，会想尽办法为他报仇。

　　"皇上，是燕瑾的罪过，饶了李公公吧。"锦言跪下求情道。

　　皇上却更加恼火，弯下身子在她耳边低喝道："这个狗奴才罪大恶极，你却肯替他求情。温妃娴静善良，与你并无怨仇，且怀着朕的骨血，你却不依不饶，非要让朕杀了她！你到底是个什么样的人，朕是越发看不懂了。"说罢，他连扶也不扶锦言，转身便回了行云阁。

庆美人对瘫在地上的李朝海说道："李公公，你先下去吧，皇上只不过是气话，不会就要了你的性命的，等明日趁皇上心情好认个错就好了。"她又打量了锦言几眼，眼神灵动，"姑娘请回吧，少不得我要去澄瑞宫，咱们还是有机会再见的。"说罢，她身姿婀娜地翩翩而去。锦言兀自跪在那里，失了魂一般，万般凄楚袭上心头，让她难受至极。

第十三章

妆 残

　　锦言顺着来路往回走，碰巧看见一个黑影闪过，许是今日受了太多的惊吓，她只觉得脚下一软，说话也有些发抖："是谁？"

　　身影蹿了过来，不等锦言惊呼，就低声喊道："是我，福全。"

　　锦言知道定是素语久不见自己回来，所以才命福全出来寻自己。锦言回到澄瑞宫，素语早已急得坐立不安，见到她便一脸不快："我叫你去绛紫阁，你怎么跑到行云阁去闹了？这下惹得宫里的人都以为是我不贤，容不下那庆美人呢。"

　　锦言不想解释，只是说自己累了，压根儿也不提自己又差点儿遭了毒手的事。素语瞪了她一眼，不再理会她，径自去歇着了。

　　一夜都是梦魇，惊得锦言冷汗淋漓。次日醒来，兰舟和寄灵正忙着给素语梳妆，素语一身红装，是谁也压不过的殊荣。兰舟和寄灵忙了一个时辰，才给素语装扮好。素语让寄灵留下，吩咐兰舟和锦言跟着她去御花园赴宴。锦言想了想，说道："燕瑾愚钝，去了怕给娘娘出丑，还是让寄灵跟着去吧。"

　　素语知道锦言的顾虑，便应了下来，带着兰舟和寄灵去了御花园。她又如何能料想到，那虽不是鸿门宴，却比鸿门宴更令人如坐针毡。

　　各宫的妃嫔们早已来齐，如御花园各角落的景致一般，浓妆庄重，淡妆写意。恰值春末夏初，繁花烂漫，亭台楼榭，假山湖泊，太后在苏姑姑的搀扶下入了主座。素语挨着次座坐了下来，各宫妃嫔也依品阶而坐。瑶妃的禁足令刚满，带着修贤公主去太后那里哭诉了一番，得了不少赏赐，也算是挣回了脸面来，少不得要到处炫耀一番。

"皇后娘娘，今儿个的衣着甚是艳丽呢。也是了，后宫能穿正红的，除了太后，也就您了。"瑶妃嗓子略有些沙哑，可是音调却高，生怕别人听不见似的。

素语虽不喜欢这个人，但也少不得要应酬一下，回道："本宫今儿个穿红，不过是节日里应个景而已，听说瑶妃在寝宫里的穿着一律都是红色衣衫，那才是风情呢。"素语的话刚说完，底下的妃嫔们都窃窃私语，想笑又不敢笑。

素语说得隐晦，旁人却都知道，瑶妃在寝宫里穿的都是红色肚兜纱裙。如今被素语一语道破，瑶妃不禁羞得面红耳赤，只是碍于素语的皇后身份没敢发作，心里却着实恨透了她。

太后装作没听见两人的对话，面目慈祥，眼神却是犀利，说道："宫里好久没这么热闹过了，哀家看着实在高兴。"她环顾一圈道，"怎么不见皇上来？难道皇上还没下朝？苏辣子，你传哀家的懿旨去了吗？"

苏辣子笑道："太后的懿旨，奴婢怎敢耽误？皇上一下朝就去了行云阁，奴婢看那新晋的庆美人也没来，许是侍奉着皇上一起过来吧。"

众妃嫔都是不悦，想那庆美人竟然独占圣恩数日，着实惹恼了众人。更令人吃惊的却是，她跟在皇上后面，竟然穿了一身大红色裙装，令满座妃嫔皆是花容失色。素语的脸色早已变得煞白，与众人行礼见过皇上。皇上竟在素语旁给那庆美人赐座，座次与瑶妃相同，这下连瑶妃脸上也难看至极。想她一个堂堂的妃子，竟然与一个美人同坐一席，这口气怎么咽得下去？瑶妃出言便讥讽道："庆美人，想来是近来盛宠之下，竟然辨不清颜色了。"

庆美人明白瑶妃所指，当下起身盈盈回道："臣妾知道自己穿的正红有违祖制，臣妾该死，臣妾愿意受罚。"

"这是朕的意思，你何罪之有？母后，朕瞧着庆兰穿红装好看，所以朕就允了，请母后不要降罪于她。"皇上一边示意庆美人坐下，一边对太后说道。

太后拿着一颗话梅闻了闻味道便放下了，说道："老祖宗的家法不能违背，念在今儿个是端午节，皇上又出言相护，哀家就不追究了。庆美人，听说你善舞，可是真的？"

一听这个，皇上就来了兴致，眉飞色舞道："母后，庆兰舞姿可谓一绝，朕的后宫多少舞姬都比不过她。"

听到这话，庆美人神色略有黯淡，众妃嫔也有些不屑。皇上竟将她与舞姬相提并论，看来此女在他心中也不过尔尔。皇上却没有发现这话伤了庆美人。庆美人蹙眉敛姿，回道："皇上过奖了，臣妾不敢当。"

"哀家也好久没欣赏过歌舞了，庆美人，既然皇上夸你，今儿个你也在众人面前露个脸，让大家好好乐呵一下。"太后的话平顺温和，那庆美人又怎敢推托？突然，从妃嫔中间走出一个身姿曼妙的女子。她一身白衣，虽与喜庆格格不入，此番站出来倒真有几分超凡脱俗的意味。她清脆地道："臣妾白选侍不才，愿以歌伴舞，给太后和皇上助兴。"

一时之间，众妃嫔纷纷将目光投向了瑶妃。原来这白选侍进宫已经两年，因出身不好（其父在她初进宫时便遭贬谪入狱），性子清冷，又不喜与人结交，所以素日默默无闻。当初安排她的住所时，御监司也颇费了心思。最后，还是瑶妃出面说可以将白选侍安排在自己的偏殿里。瑶仙殿在宫里也属于大的宫殿，即便不安置白选侍，也要安排别的妃嫔，与其让那些心思活络的人住进来，还不如让这个势单力薄的白选侍住呢。

瑶妃的这点儿心思，后宫的人都猜得透，只是谁也没有点破。白选侍在瑶仙殿内一向甚少出门，即便皇上驾临，瑶妃也谎称她身子不适，一直未让她去给皇上请安，所以皇上对她几乎没有什么印象。现在她突然冒出来，众人都以为是瑶妃在背后支使的——想利用她来争得皇上宠爱。瑶妃心中恼怒，又想与白选侍撇清干系，出声说道："白选侍，本宫与你同住瑶仙殿两年，怎么从未听过你的歌声？"

那白选侍倒是从容，说道："臣妾怕扰了瑶妃的清听。"

瑶妃脸上难看至极，先是与庆美人同座，后又让白选侍弄得自己颜面尽失，满腔怒火早已按捺不住，她喝道："大胆！怕扰了本宫的清听？难道就不怕扰了太后和皇上的清听吗？"

素语对这个白选侍倒有几分好感，也有心要拉拢她，出声说道："瑶妃，这白选侍与你同住瑶仙殿，你不多加包容，还这般斥责她，岂不是扫了太后和皇上的兴致？既然她愿意以歌助兴，也是她的一片诚心，不如就准了。您说呢，皇上？"

皇上看着亭台之上清若幽兰的白选侍，早已有了几分喜欢，当即恩准。

声乐丝竹早已准备就绪，那庆美人本欲在众妃嫔面前一展身姿，稳固盛宠的地位，哪里想到半路竟杀出个程咬金来，于是存心想要为难白选侍，说道："不知白选侍会唱什么曲子？来一曲《凤求凰》如何？"

"有一美人兮，见之不忘。一日不见兮，思之如狂。凤飞翱翔兮，四海求凰。无奈佳人兮，不在东墙。将琴代语兮，聊写衷肠。何日见许兮，慰我彷徨。愿言配德兮，携手相将。不得於飞兮，使我沦亡……"白选侍的歌声曼妙，宛如天籁，如黄莺出谷响遏行云，一时之间众人像失了魂一般，谁也不曾发出半点儿声响。而那庆美人暗藏较劲之心，时而行若流水，舞姿轻盈；时而婀娜款摆，风情万种。歌罢舞尽之时，众人犹未尽兴。皇上拍掌称赞道："妙哉妙哉！好一个庆美人！好一个白选侍！"

素语只是冷笑不语，瑶妃脸上的神情已是扭曲难看，只是碍于身份才没有发作。而庆美人仿佛也不尽是喜悦，她本来想拔了头筹，哪知却被这个白选侍巧得了机会。

太后也笑着说道："后宫已多年没有见过能歌善舞的人才了，皇上，哀家想赏她们，你说，赏点儿什么好呢？"

惠婕妤走过来，给太后添了酒，笑道："太后，臣妾就替两位妹妹说了吧。有了皇上的宠爱，赏赐还怕少了吗？可是两位妹妹的位分太低，不如就一块儿抬了吧？"

太后点了惠婕妤一指，笑道："哀家一向觉得你笨，没想到这么会做好人。美人、选侍，确实低了点儿，难得让皇上这么喜欢，不如都晋了嫔位吧，庆嫔、白嫔。"

众妃嫔哗然，那庆美人不过是从正六品升到了正五品，而那白选侍却是从七品升到了正五品，可谓一日千里。太后慢慢呷了一口酒，扫了素语一眼，问道："皇后，你觉得可好？"

素语心里早已盘算过了，当下不假思索地回答："太后圣明，臣妾也觉得再合适不过了。不过臣妾还有一个提议。"

"皇后尽管说，哀家倒想听听咱们皇后的治宫高见。"太后慢条斯理地道。

素语没有理会太后的暗讽，说道："臣妾以为白嫔不宜再住在瑶仙殿，一来，白嫔初沐皇恩，后宫姐妹少不了要前去祝贺，只怕人多繁杂，扰了瑶妃的清净；二来，行云阁旁边的曼音阁一直空着，不如就赐给白嫔，皇上如果有雅兴，欣赏今日这般歌舞，也方便一些。"

"皇后所虑极是，甚为周详，一并准了。"太后本以为她会说几句让众人难堪的话，没有想到她竟这般大度容人。素语朝下面的白嫔、庆嫔示意："怎么？今儿个太后给了你们天大的恩惠，你们还不赶快跪下谢恩？"

白嫔和庆嫔这才如梦初醒般，跪下谢了恩。其他的妃嫔少不了要恭喜皇上又得佳人云云，素语听得不耐烦，只瞧着白嫔，看她仍旧颇为清冷的样子，既是喜欢又是疑虑，不知这个白嫔是否能为己所用。

太后薄饮醇酒，已有三分醉意。苏姑姑从外面回来，附在她耳边低语了几句，太后脸上蓦然变色，推辞身子乏了便匆匆离去。皇上不禁有些扫兴，素语也随即告退而去。一众妃嫔都眼巴巴地望着皇上，期盼他能多看自己几眼。皇上抚慰了庆嫔几句，亲自将白嫔送回了曼音阁。一切都在素语的意料之中，看来皇上颇为中意白嫔。

素语回到澄瑞宫，锦言迎了上来。她看到素语眉梢上染着淡淡的笑意，问道："何事这么开心？"她转身就去给素语斟茶。听见素语笑着将赴宴的琐碎事情说了个清楚，锦言心中不禁有些慌乱，握着茶杯的手都不稳了，杯中的茶差点儿洒了出来。素语瞪了她一眼，说道："我就知道你心里不爽快，也罢，就让你瞧瞧这个白嫔是个什么样的人物。"素语吩咐寄灵将礼物准备好：一块通透的水绿玉佩、两柄灵芝吉祥纹玉如意、四支金镶玉点翠玉簪、八匹雨过天青丝绸。素语又从澄瑞宫拨了两个宫女，一并让锦言送去曼音阁贺喜。

锦言本不愿意，可是听到素语话里的几分欣赏，她终究对那位白嫔有了些好奇。

短短的时间内，荒废许久的曼音阁已经被打扫得干干净净，锦言过去的时候，皇上正陪白嫔在里间欣赏字画。他看了锦言一眼，眼神有些迷离。锦言故意无视，转头看向了别处，心里却是五味杂陈。白嫔命身边的宫女碧儿将赏赐之物——接了过去，却没有谢恩。锦言站在那里，一时之间也不知道是回还是候着，显然那白嫔并没有谢恩的意思，只是看着那画里的山水出神。

碧儿是懂得宫里的规矩的，小声提醒白嫔，白嫔却不在意地说道："皇后娘娘那里，我自然会去谢恩的，你回去就是了，等明日我会去见皇后娘娘。"

锦言心里冷笑，才做了嫔，眼里就看不起人了，不就是仗着有皇上撑腰吗？锦言存心要惹怒她，说道："难为白嫔记得这档子事，皇后娘娘可不敢当。白嫔凭歌侍君，一日便平步青云，往后皇后娘娘也要看白嫔您的眼色行事呢。"

白嫔不过是性子清冷了些，倒不是对素语有意不敬，此时听锦言讥讽，才皱眉打量着她。看锦言因愤怒而泛红的脸、眼睛里的敌视与不屑，白嫔虽有些疑惑不解，但出言亦是犀利："看来你并不赞同我升了嫔位，不如你来做如何？你来承浴皇恩盛宠如何？"

锦言被这话激得面红耳赤，偏偏皇上只是冷眼旁观，并不作声。她想拔腿离开却毫无气力，只得回敬道："白嫔娘娘真是折煞燕瑾了，您是皇上看中的人，谁能代替得了您今日的位置？就算是谁想登上这个位置，也不会有白嫔娘娘这么动听的嗓音啊。"

白嫔此时已动了肝火，她性子孤僻，身边的人一向摸不清她的脾气。但是碧儿见白嫔大喜之日竟遭一宫女奚落，实在气不过，上前就喝道："放肆！你竟敢在皇上面前奚落白嫔娘娘，是不是活腻了？"说着她便扬手朝锦言打去。

　　锦言如若要躲一定就躲不开，可是她存心要在皇上面前受这一巴掌，她闭上眼睛，眼角已经湿润，突然听到"砰"的一声，她睁开眼睛时却发现碧儿已经被皇上一脚踹得当场毙命。皇上转过身不再看锦言，语气冷清道："你去吧，朕不想再看到你。"

　　白嫔也吃惊不小，又重新将锦言打量了一遍，面上渐现阴霾之色。那一刻，锦言只觉得心肝要裂了一般，竟然哭着跑了出去。她进宫以来一直小心翼翼，与皇上保持着距离，哪里想到有朝一日会对他情根深种，难以自持。听了皇上这绝情的话，她只觉得要昏死过去了，回到了澄瑞宫也不向素语复命，只是伏在床榻上哭泣。

　　当夜，曼音阁灯火通明，歌声响彻后宫，人道万般风情不如一曲高歌。可是，锦言不知，当下宫里流传最盛的不是庆嫔失宠，也不是白嫔得宠，而是她。皇上为她踹死了一名宫女，可见皇上当时之盛怒，维护她之心。只是锦言没有想到这一层，她只顾着自己伤心，却不知后宫里一场浩大的阴谋因她而酝酿起来了。

　　永宁宫内，太后倚在靠榻上闭目养神，手里不规律地转动着佛珠，让她的心事有一丝泄露出来："苏辣子，你给哀家说说，她怎么样了？"

　　苏姑姑回道："听沈太医说，琴贵妃是因终日吃素，不沾油腥，身子极度虚弱，才晕了过去。"

　　太后脸色阴沉，倏地睁开眼睛，喝道："哀家不管沈太医如何去做，一定要将琴儿救活，把她的身子调养好，否则哀家让他一家老小全部上西天。"

　　苏姑姑赔着笑，努力使语气轻松："太后请放心，奴婢已经按照您的懿旨办了。那沈太医也说了，琴贵妃娘娘只是身子虚弱，性命是无虞的。"

太后的脸色这才缓和下来，说道："琴儿的身体不能有事，否则哀家怎么跟赫连家的列祖列宗交代？"

苏姑姑试探地道："太后这些年也委实冷落琴贵妃娘娘了，将她一个人安置在冷冷清清的凌波殿……"太后不待她说完，便呵斥道："你懂什么？琴儿心地纯良，不将她与那些虎狼妃嫔隔开，她终会惹上是非，那时要哀家怎么保她？"

"太后说的是，是奴婢愚钝，相信琴贵妃娘娘聪慧过人，也会明白太后的苦心的。"

太后长叹一声，惆怅不已："她怎么会明白？如果能明白，怎么这么久都不肯来见哀家？"

苏姑姑说道："奴婢还有一事不解，记得太后手里的佛珠串线断了，佛珠落了一地，那些佛珠粒牵涉重大，太后怎么会将那些佛珠粒分赐给各宫妃嫔了呢？"

太后的脸色又微沉，但也带着几分得意，说道："哀家那也算是明哲保身。那些佛珠粒，连皇上查到线索后都有些怀疑起来，哀家只好将它们分给众人，让皇上不再疑惑。反正，那些佛珠粒还在各妃嫔手里，出不了事的。"

苏姑姑接话道："太后，赵荣华死了以后，她手里的佛珠粒就不翼而飞了。"

太后勃然大怒道："这么重要的消息，怎么到今日才来禀报？苏辣子，你怎么当的差？你就是这么给哀家办事的吗？"

苏姑姑忙跪下来求饶道："当日，赵荣华服毒自尽时，只有晚晴、燕瑾那两个宫女在。那晚晴后来被皇上发往留痕室后，奴婢也搜过她的物品，并没有找到那颗佛珠粒。奴才猜想，它定是落在燕瑾手里了。"

太后睥睨着她："那你为什么没有搜她？"

苏姑姑惶恐道："奴婢看太后十分喜欢燕瑾，所以就没有动她。"

太后将手边的茶盏抄起来扔在地上，怒不可遏道："苏辣子，枉你在哀家身边待了这么多年！哀家辛苦筹划十年，是为了什么，你难道不知道？那燕瑾算个什么东西？能与哀家的计划相提并论吗？哀家早就跟你说过，有谁阻挡哀家的计划，谁就必须死！"

苏姑姑从地上爬起来，说道："奴婢这就带人去搜她。"

"慢着，"太后突然想起来什么似的，问道，"哀家让你调查她的来历，可有眉目？"

"回禀太后，奴婢让人去闻府查了，只是闻府的人口风甚严，问不出个端倪来。奴婢又从御监司那里知道，那日皇后娘娘确实派人回府带了人进宫，还说有太后的懿旨，看来这里面一定藏着什么猫腻，否则皇后娘娘为什么要假传太后懿旨？"

"继续查，给哀家查个水落石出，哀家看这个燕瑾不只是丫鬟这么简单。哀家就是要看看这里面藏着什么见不得人的猫腻！"

惊鸿殿内，温妃歪倒在床榻上，有气无力，容颜憔悴，她低低地唤了声绿屏，就说不出话来了。绿屏端来一碗参汤，说道："主子，再这么下去可如何是好？那赵太医有太后撑腰，又恼主子先前挟持他的家人，非要开一些名为安胎养神的虎狼之药，主子又偏偏不能推辞，再这么下去，身子可怎么受得了？看来，温大人不回朝为官，这朝里是无人给娘娘撑腰了。"

温妃虚弱地说道："绿屏，你找个可靠的人出宫，给我父带去一封信。他看了，自会明白怎么做的。"绿屏应了下来，接过她手里的信，就转身去了。

果然，次日早朝，皇上龙颜大怒，置百官于不顾，拂袖而去。原因是那些为温妃之父温时运联名上书的官员，不知中了什么邪，绝口不再提温时运之事，转而联名为锦亲王上书，请求皇上下旨恩准锦亲王班师回朝。

此时，有人向皇上进言："温时运一伙人，绝不是为他人作嫁衣这么简单，定是为了逼迫皇上答应温时运回朝。只要皇上恩准了，这次联名上书之事也会不了了之。"进言之人正是瑶妃之父岳中天，他已料到

196

温时运回朝之事势在必行，现在只不过是讨个顺水人情罢了。

皇上思虑不安，便去太后那里讨主意。太后阴沉着脸，说道："那就恩准温时运回朝，封个什么官还不是皇上说了算？朝廷里有你舅舅赫连长志，那是与你血脉相连的亲人。还有瑶妃之父岳中天，哀家也可以把控得了。外加侍卫总领钟离将军，他们那些人还敢翻了天不成？皇帝，你大胆去做，出了事有哀家给你撑着。"

皇上有了太后的懿旨，心里十分舒坦，就派李朝海立即去办，恩准温时运回朝为官，官职暂未明言。皇上又去惊鸿殿看了温妃，命人将宫里的燕窝、人参按照皇后的配给赏给了她，这既是赏赐又是安抚。随后，皇上又将准温时运回朝之事告诉了她。看见她窃喜的模样，皇上心里没来由地厌恶，闲聊了几句便离开了，当夜宿在了曼音阁。

入夜，澄瑞宫内。兰舟从御膳房给素语端来了参茶，笑道："皇后娘娘真是有先见之明，将那曼音阁赏给了白嫔，也幸亏曼音阁和行云阁离得近，否则可苦了我们的皇上了。"说完，她掩嘴轻笑。

素语瞪了她一眼："少没有规矩，快说什么事，如果是无关痛痒的，小心你的皮！"

兰舟笑道："娘娘，兰舟刚才听说，皇上刚在曼音阁宿下，那行云阁的人就来说庆嫔心口疼，求皇上过去看看。皇上有些放心不下，就去了行云阁，即便知道是庆嫔使性子，也答应宿在了行云阁。结果不多一会儿，曼音阁的人也来说，白嫔自皇上离开，就跪在院子里不肯起来，皇上听了那个心疼哟，又赶紧赶回了曼音阁。娘娘您看，如果行云阁和曼音阁离得远了，皇上光赶路也要花些时候呢。"

素语听了不禁失笑，觉得那个白嫔倒是个人才。换了别人不过是明日见了皇上后哭哭啼啼一番，换些赏赐也就罢了，她却用苦肉计将皇上拴得牢牢的。

次日，温时运回朝觐见皇上。皇上轻松地与其恳谈："如今国事繁杂，卿回来得正好，朕身边正缺得力之人，难得你有报效朝廷之心，朕就封你为文署房御笔大臣，你可愿意？"

文署房是殇未朝皇上和权相议事的地方，许多重要的机密文件都由这里签发，能进文署房是荣耀。只是那御笔大臣，说穿了也不过是个笔吏而已，为皇上抄阅奏折、起草文书，甚少能参与政事。可君命如山，推辞即死。温时运没有料到皇上藏了这么一手，有些吃惊，但老谋深算的他知道如今不是硬碰硬的时候，只能跪谢皇上隆恩。

后宫里，温妃却做了一件不太妥当的事情——她去永宁宫哭求太后，说父亲官职低微，让自己颜面尽失，这有失皇家体统。太后却呵斥道："放肆！你一个小小妃子竟然妄议朝政。你如今已是皇上的人了，当应尽心侍奉皇上，那温家说穿了已与你再无干系。如果不是念在你已怀有龙嗣，哀家这就将你打入冷宫，让你进去好好反省反省！"

温妃虽然闹得灰头土脸的，但看太后并没有将自己假怀孕之事张扬出来，也就放了心。刚回到惊鸿殿，太后那边就派了苏姑姑过来，赏了不少东西，也总算是挣回了些脸面来。等苏姑姑趾高气扬地离开后，绿屏方道："主子，你怎么能跑去永宁宫闹呢？白白让那些人看了笑话，自己也没落个好。"

温妃不屑地冷笑道："亏你还是云姑调教出来的人，这点也想不通？我表现得越愚蠢，太后就对我越放心！她这是想利用我呢，我也一定会给她利用的机会。"

次日，素语又派了兰舟去曼音阁，赏了白嫔好多物事。这次白嫔倒也识趣，跟着兰舟来到澄瑞宫向皇后请安谢恩。只是素语在寝宫里，一会儿想喝燕窝，一会儿想喝参茶，折腾了好一会儿，就是没有出去见白嫔。白嫔却既不着恼也不跪等，只从大殿一旁的书架上抽出一本《文心雕龙》，悠闲地读了起来。

锦言知道素语这是想给白嫔立规矩，便劝道："兵家常曰，因人而异。凡事不可一概论之，这白嫔不似惠婕妤之流……"

素语果然将这话听了进去，略一思索，起身整理了下妆容，再不耽搁，便去了前殿。白嫔见是皇后出来了，手握书卷，盈盈跪下，口齿清晰，声音悦耳。她仍是一身白衣，飘然若仙："臣妾谢皇后娘娘端午那日赐曼音阁之恩，今日特来谢恩。"

"白嫔不用放在心上，曼音阁已闲置许久，赏给你自是比在瑶仙殿要强一些。"素语不愿以恩示人。素语与白嫔闲聊了几句，彼此有话却对不上路数。素语在试探，白嫔却在推辞。一来一往，倒急煞了锦言，脸上不由得露出焦急之色。白嫔早已看见锦言也在场，她的视线总是往锦言身上瞟。这下乍见锦言神色异常，便不由得出口相讥："皇后娘娘身边的宫女果然了得，不过是几句话，就激得皇上出手踢死了臣妾的宫女。"

锦言听到话题落在了自己身上，那日的情景又仿佛历历在目，皇上绝情的话似在耳边回响，她不由得心中一酸，热泪流出，慌忙拿帕子擦拭。白嫔却不依不饶："怎么？皇上不在这里，你这副楚楚可怜的模样在做给谁看？难不成你要激得皇上也将我一脚踢死不成？"

白嫔这话说得有些重了，让素语也皱起了眉头，如果不是有心要拉拢她，当即就要呵斥她了。素语道："燕瑾，这几日你的身子不大好，先下去歇着吧。等过几日白嫔消了气，你再去曼音阁赔个不是。"

锦言转身就走，也忘了行礼，将白嫔气得眼睛充血。饶是她性子清冷，但也是后宫新宠，不由得气急道："臣妾总算没有白来这澄瑞宫，皇后娘娘的赏赐臣妾却之不恭，一并受了。"

素语知道，是锦言让她心里不舒服，于是好言安抚了几句，直接点明了正题："白嫔，听说你父为官一向廉明，两年前却获罪入狱，至今……"

这是白嫔的伤心事。她自幼与父亲白之镜相依为命，颇为凄苦。父亲从未结党营私、曲意逢迎。当年她入宫，父亲只希望她能洁身自爱，在宫里能有个落脚之地罢了。哪里想到她一进宫，父亲却因受贿入狱，她自己也多多少少受了牵连，在宫中被冷落了两年。

白之镜在大狱里熬过了两年，身体渐渐虚弱，通过好几层关系才给白嫔递进话来，要她善自珍重。白嫔牵挂老父，端午节那日，也是有心拼命要博君王一笑。今日已得圣宠，怎奈却一直不知如何向皇上说起，不禁心急如焚，如今听素语道来，已是清泪几行。

"皇后娘娘！如若家父果真有罪，臣妾愿意让皇上昭告天下。只怕那些小人，在大狱之中就想将家父活活熬死啊。只是臣妾人微言轻，救不出家父……"说罢，她已是低声啜泣。

素语沉吟，想要拉拢白嫔，救出她父亲是再好不过的恩赐了。但此事牵涉重大，没有把握，她也不敢说出口。不承想锦言从里间出来了，慢条斯理地道："哪里是救不出？我看你就是不想救。"

白嫔止住啜泣，怒视锦言，喝道："如果你父亲入狱，你会坐视不理、无动于衷吗？"

此话一出，锦言、素语俱是一惊，两人相视一眼，素语脸上已是埋怨之色。锦言忍住气，笑道："白嫔此言差矣。燕瑾非皇家之人，为救老父，自是舍命无悔。而白嫔你已是皇家之人，应该劝君斩罪父，为皇上分忧。"

白嫔初始怒，转而沉思，后狂喜，用帕子拭去泪水，喜道："谢燕瑾姑娘醍醐灌顶之言，待救出家父，定会来澄瑞宫相谢。"说罢她当即跪安告退，回了曼音阁。

素语心里疑虑，不知锦言的话怎么就打动了白嫔。锦言看着白嫔远去的婀娜身影，叹道："她也算是个聪明人，只不过性子耿直，将来得罪的人多了，会有她的好处吗？"

次日，宫里传闻，皇上夜宿曼音阁之时，白嫔跪下请皇上依律处置其生父白之镜。皇上震惊，许久才道："那是爱嫔的生父，怎可受牵连？"

次日五月十五，正是各宫妃嫔去永宁宫给太后请安的日子。素语欲带锦言和兰舟一同前去，锦言本想托词不去，素语喝道："反了你了！澄瑞宫是你主事吗？"旁人只道是素语对锦言太苛刻了，锦言却知道素语的心思，不过是为了激怒太后罢了。

路上碰上了惠婕妤，她给素语请过安后便垂手恭立。素语本来对她没有半分好感，因她前些日子的字条示警，如今对她也存了一分感激，言语间便亲切多了："听说你绛紫阁的用度被那些抬高踩低的太监给克扣了些？福全，回头你跟御监司说一声，就说是本宫的意思，要他们凡事对绛紫阁照应一点儿。这次的差缺补上了，本宫就不再追究，只是别再有下一次，否则本宫决不轻饶。"

惠婕妤跪下谢恩，被素语亲自扶了起来："该是本宫谢你才对。你救了本宫一命，本宫有恩必报，定会护你周全。"

惠婕妤一听，涕泪交加，忙说道："求皇后娘娘救臣妾一命，如今只有皇后娘娘才能救臣妾了！"

素语心惊，但见身边尽是兰舟、寄灵之流，她忙将惠婕妤扶起，轻声安抚，相携而去。锦言跟在她们身后。进了永宁宫，各宫妃嫔看见素语进来，齐齐向她请安。

不多一会儿，苏姑姑搀扶着太后出来了。今儿个太后穿的是绛紫色的衣衫，端的是雍容华贵，颇有精气神。众妃嫔向太后请安后，太后赐了座，还特别叫人将白嫔的位子安置在自己的身边，拉着白嫔的手不停地称赞道："这丫头对皇上可谓忠心，哀家喜欢得很，苏辣子，去把哀家用过的那件镶金丝裹边湖蓝底衫子赏给白嫔。"

瑶妃在一旁酸溜溜地说道："也难怪太后偏心，白嫔大义灭亲，可谓是惊天之举啊。"

太后笑道："哀家平日里赏给你的还少吗？还敢说嘴。要说白嫔求皇上处置她父亲的事，哀家倒要说道说道。你们呢，平日里总对哀家表忠心、对皇上表忠心，可是一旦娘家人犯了事，还不是哭着闹着来求哀家、求皇上宽恕？白白给皇上添了那么多的烦恼！要知道你们现在是皇家的人，娘家人只是个叫法罢了，你们的心还向着外边人，成何体统？"

太后越说越严厉，到最后已是声色俱厉，众妃嫔纷纷跪下听太后训示。其中温妃最是胆战心惊，额上布满细密的汗珠，身子摇摇欲坠。太后见大家惶恐，也随即缓和了语气："也不是哀家不近人情，你们看白嫔昨夜请求皇上处置罪父，皇上连夜就着人去查白之镜的案子，原来那白之镜不过是个受案子牵连之人，并无罪过，皇上当即赦免了他，并且封他为五品御史，专门弹劾贪官污吏，这不是皆大欢喜吗？哀家今儿个说这事，就是喜欢白嫔的忠心，这才是一心一意侍候皇上的人，哀家不赏她赏谁？"说罢，她环顾一圈，

"温妃，你说哀家的话对吗？"

温妃双腿一软，差点儿跌在地上，声音颤抖道："太后教训的是。"

白嫔往锦言这边看了一眼，眼中的感激之情不言而喻，锦言回她微微一笑。太后又要晋封白嫔为荣华，白嫔固辞，只道自身位居嫔位已是莫大的荣宠，不敢再有他想。太后听了更加欢喜，不停地夸奖白嫔，惹得一众妃嫔怨气冲天，怒视白嫔。

白嫔也深知众怒不可犯，其后几天都声称身子不适，不能侍驾。皇上又回了行云阁，这几日庆嫔又得了圣宠，每日里都缠着皇上，让他去不了别的宫殿。众妃嫔的怒气又转移到了庆嫔的身上，只是那庆嫔不知皇上的宠爱是福也是祸，她性子又骄躁，会入了别人的局也是自然的事。

那日，过了下朝的时辰，庆嫔见皇上迟迟未回行云阁用早膳，一时急不可待，便往朝元殿方向去迎接皇上。有个自称在朝元殿侍奉茶水的宫女对她说，皇上病倒在瑞宣阁，盼着她前去一看。庆嫔身边的宫女知道规矩，提醒她没有手谕不得擅入朝元殿。可是庆嫔自恃君宠，径自闯进了瑞宣阁，哪知进去后便撞到皇上正与岳中天议事。皇上当即冷脸将其斥回。庆嫔擅闯瑞宣阁的事情，最后传到了太后的耳朵里，这可不得了了。

太后一向恼恨后宫妃嫔干政，再加上瑶妃在耳边煽风点火，说庆嫔每晚媚惑主上云云。太后盛怒，当即命人处死庆嫔。庆嫔一口咬定，说是朝元殿侍奉茶水的宫女来知会自己的，可是太后让人去调查后发现，在朝元殿侍奉茶水的宫女中根本没有人出过大殿。庆嫔也知是有人想要整死自己，不禁大哭大闹起来，吵着要见皇上。太后更加恼怒，等皇上赶来的时候，也没能保住她的性命。庆嫔不过得宠月余，就香消玉殒，行云阁形同废居。初始几天皇上还会去坐坐，后来便再也没有去过。

而白嫔看了只感到心寒，也就冷了争宠之心，每日里总是推说身子不适。皇上起初还经常过去看看，后来就只派太医去请脉了。白嫔得了空便来澄瑞宫，她与素语不过是客气礼遇，与锦言却是交情甚笃。

皇上一下子失去歌、舞两名宠姬，也有些心灰意懒，绝少往惊鸿殿和瑶仙殿去，也甚少来澄瑞宫，所以锦言与他并未得以相见。

前方战事告急，八百里加急战报传来。锦亲王禀报，边疆将士士气低迷，粮草只能维持十几日，荒漠之中难以为继，恳请皇上派遣押粮官运足粮草以备战大燕国。为求稳妥，素语本欲保荐父亲闻步青担任押粮官。锦言却说不可："现在皇上和太后摆明是要锦亲王兵败回朝，好下一道降罪圣谕，以使其颜面尽失。押粮官只能由素日与锦亲王并无深交之人担任，温妃的父亲温时运倒是个上好人选。"

素语喝道："让那个老奸巨猾的老匹夫担任押粮官？谁敢保证他会如期如数将粮草送抵边疆？"

锦言自信地道："正因为如此，太后和皇上才会答应让他押送粮草。而我们可以用温妃来要挟他，让他不得不如期送抵粮草，以保证锦亲王之需。"

素语笑道："果然是好计策！一来，可以不招人生疑；二来，我也可以叫这父女俩吃吃苦头。"

素语对福全低声交代了几句，让他前去瑶仙殿密禀瑶妃。瑶妃一听说要除掉温妃，当即表示同意与其父岳中天商议。未过几日，因温时运急于求功，主动请命押送粮草，再加上岳中天从中周旋，这事便算成了。

行军两日后，温时运便在驿站接到密信，要他将粮草如期如数送达，否则其女温妃便会有性命之忧。温时运大惊，一时弄不清写信之人到底是谁。难道锦亲王竟与后宫妃嫔勾结密谋？他想起临行时，皇上曾单独召见他，并且对他态度和善亲热，说道："温爱卿，你是朕的岳丈，也是朕的臣子，因了这一层关系，朕也一直把你当成自己人看。如今，你愿意为朕分忧，承担这个苦差事，朕心甚慰。从京都到边疆，路途遥远，温卿家遇上风景优美之处，亦可散散心。至于锦亲王那里，哪个带兵打仗的不吆喝着一无军饷，二无粮草的？不需理会，有什么事，自有朕为你撑腰。"

温时运也曾想过，即便没有女儿温妃这事，想他温时运若延迟到达边疆，锦亲王也保不齐会用军法处置了他。至于皇上说会为他撑腰，温时运却不以为然——只不过是口头上的一句话，到时候他还能逼着皇上承认不成？

　　一边是君命，一边是爱女，两相权衡之下，温时运还是要顾及爱女性命的，当下日夜兼程赶往边疆，不敢称苦。

第
十
四
章

是为相思

　　给温时运写信之人，自然就是素语。她与锦言商议后，共写了五封信，命福全派了几个可靠的侍卫出宫，沿路给温时运送信，一封比一封言辞犀利，务必让他不敢掉以轻心。另一方面，令那几个侍卫每隔一日就派人回报，所以温时运的行程都在她的掌控之中。

　　温时运自得信之日起，便快马加鞭地赶往边疆，虽然舟车劳顿，却不敢停歇修整。素语得知后，只觉得心中的一块石头落了地。锦言却不以为然："那温时运的行程你能知道，皇上必然也会知道。他发现温时运的异常后，定会写信斥责温时运，到那时，你说温时运还敢明目张胆地日夜赶路吗？"

　　素语也陷入了久久的沉思之中，锦言说的自然有道理，她要另寻办法。她突然道："这个寄灵……在澄瑞宫里，终究是个祸害，要想法子除去才好。否则她跟惊鸿殿那边串通起来，也是一桩麻烦事。"

　　锦言却笑道："你难道没有瞧出来吗？寄灵跟温妃可不是一条心，寄灵想在你这儿另谋出路呢。"

　　素语不解，半晌才道："她还指望皇上看上她，好弄个主子当当不成？"

　　锦言只是微笑，并不接话。

永宁宫内，太后屏退了众多宫女、太监，只留下了苏姑姑一人："苏辣子，你说哀家让你摸清燕瑾的来历之事有眉目了？"

苏姑姑给太后端来一碗茯苓膏，一边侍奉她吃着一边说道："正是。奴婢查过了，那日去宣旨的人就是小秦子。他去闻府宣皇后懿旨，说要宣闻家庶女进宫。哪里知道人才刚进了宫，就被澄瑞宫发落到了浣衣房。奴婢听说，闻家嫡庶向来不和，保不齐是皇后进了宫，有了权势，叫那庶女进宫来作践呢。"

太后只吃了几口，就将碗推开了："小秦子的话可是真的？"

"回太后，小秦子不敢欺瞒太后，并且那日是闻步青的五十大寿，奴婢也差人问过当日前去祝贺的宾客，是有这么回事。而且就在那日，闻步青的小妾暴死在家中——外人都说是被其正妻沈蕊洁害死的。"

太后眯起眼睛，有些得意，说道："如此说来，那燕瑾既是闻家庶女，一定会对闻家嫡母和嫡女恨之入骨了？"

"理是这个理，可是那燕瑾对皇后还不是和颜悦色的？"苏姑姑说道。

太后却呵斥道："你懂什么？她在宫里势单力薄，又没个倚仗，皇后想要她的性命比捏死只蝼蚁都简单。她能不看皇后脸色行事吗？"

苏姑姑笑道："看来太后是想抬举她？那可真是她的福气了。"

"你倒是懂哀家的心思，哀家就是想抬举她。皇后日渐猖狂，难道欺哀家不知她用密信威吓温时运之事？宫里好些年没有过这么一个胆大妄为的人了，哀家倒想留着她的性命，跟她玩玩呢！"

"太后，温妃那边，假孕之事一直瞒着呢。久了，还不显怀，怕让人生疑。您看，该如何处置？"

"死。她不死，温时运又如何能死心塌地地为皇上当差呢？"太后眯起的眼睛，流露出旁人难以觉察的嗜杀之色，让苏姑姑不由得打了个寒战。

"太后，温时运如果知道是您的意思，会不会……"苏姑姑迟疑了。

"蠢材，谁说是哀家害死的？明明就是皇后害死的！"太后有些愠怒道。

苏姑姑笑着称赞太后高明，溜须拍马之词将太后哄得浑身舒坦。太后又交代了几句，这才让其他宫女进来服侍着休息了。

服侍温妃睡下后，绿屏从惊鸿殿内偷偷溜了出来，在假山旁焦急地走来走去，似是在等什么人。不多一会儿，远处走过来一个纤弱的身影，径自走到绿屏面前，不悦地道："绿屏，我已经将你送进了惊鸿殿，你想明哲保身或是卷入是非之中，都由你了。你可记得当日离开浣衣房的时候我所说的话？"

绿屏哀求道："绿屏记得云姑说过，一出浣衣房，从此再不相识。绿屏深夜劳烦云姑出来，是绿屏的不是，还请云姑看在往日的情分上，救绿屏一命！"

云姑冷哼一声："我就知道你会有这么一天！你急功近利，凡事又不能思前想后，早晚会出事。我本来想将你送到行事稳妥的妃嫔那里，你却看着温妃荣宠渐盛，非要进惊鸿殿，这下可知道宠妃落魄的苦楚了吧？"云姑说罢，看绿屏失魂落魄的模样，有些不忍，道，"你且说，当日假扮朝元殿的茶水宫女，蒙骗庆嫔入局的人，是不是你？"

绿屏有些惊诧，当即跪下哭求云姑救命："温妃娘娘说皇上仍然以为她怀有身孕，到时候即便事情败露了，皇上也不会拿她怎么样。"

"愚蠢！你以为温妃假孕之事能瞒得了多久？永宁宫那老妖婆肯定会利用这一件事来陷害她。你且等着吧，惊鸿殿的事情还不知要闹到多大呢。"

绿屏急了，拉着云姑的手道："云姑，那我该怎么办？"

云姑叹气，略一思索，对绿屏耳语了几句。绿屏终于展露笑颜，谢过云姑，匆匆而去。而云姑站在假山旁，目光渐渐阴郁，望着永宁宫的方向失了神。

或许是后宫经过几番惊变，各宫妃嫔都觉得自己的地位岌岌可危，一时只求自保，再没有出来生事。连瑶妃那样性子的人，每日除了带着修贤公主去给太后请安，别处也不再驻足。可并不是所有人都安于现状。穷则思变，位于高楼险台之上的人也要寻求一条出路。

澄瑞宫里，锦言无事，挑了一块上好的锦缎，绷在绣架上，想绣一幅山水。这山水图对丝线要求极为严格，即便是黑色，也要深浅不一，才能营造出泼墨写意的意境来。锦言手头丝线不多，便央求寄灵与自己一起去御监司那里拿一些丝线。

一路上，两人闲聊着，寄灵看着朝元殿的方向，幽幽地道："皇上已有多日不来澄瑞宫了，别人都是唯恐不得宠，皇后娘娘却一点儿也不急……"

锦言心里一紧，说道："或许皇后娘娘的心思，我们这些做宫女的都猜不到吧。"

寄灵却不以为然："什么皇后不皇后！别忘了，我们一样都是女人，哪里有女人猜不透女人心思的？"

锦言看了她一眼，觉得寄灵之言也无可非议，当下也不再接话，两人径直往御监司方向走去。前面是片竹林，平日里很少有人进去。寄灵为了抄近路，想从竹林里穿过去。锦言本不愿随行，可是架不住寄灵劝说，两人便往竹林深处走去。才踏进竹林不久，就听见有人喝问："来人是谁？竟敢惊扰圣驾！"

寄灵和锦言俱惊，当即不敢再踏步往前。已有侍卫将两人拿下，推至皇上面前。竹林清韵，风吹竹叶沙沙作响，皇上一身玄袍，抹额上镶着一枚紫玉，端的是俊朗非凡。他端坐在石凳上，石几上放了笔墨纸砚。他看见是锦言，仍旧面无表情。锦言捏着帕子，忐忑不安。李朝海在旁边侍候着，咬着牙说道："皇上，这两个宫女擅惊圣驾，理应杖毙。"

皇上没有理会他，只是在纸上写了几个字：鸿雁不来，之子远行。所思不远，若为平生。

皇上看了寄灵一眼，问道："识字吗？"

寄灵没有料到皇上竟会开口询问自己，她回过神来，连忙道："寄灵在家中时，曾跟家兄上过几日私塾，认得几个字。"

"来给朕讲讲，这句话是什么意思。"

寄灵有些胆战心惊，她并不是谦虚，她只是上过几日私塾便进了宫。皇上写的那几个字她都认不全，哪里知道是什么意思？可是皇上问了，她不敢不答，只得瑟缩地回道："皇上的字，寄灵不敢妄猜。"

"叫你说，你就说，说错了，朕也不降罪于你。"

寄灵便大着胆子说道："寄灵猜，这是情人之间的话，说的是相思。"

皇上一怔，默默思虑良久，半晌后开怀大笑："好一个相思！好一个相思！朕要好好赏你才是。"

那寄灵仍然有些发昏，自己不过是瞎说，哪知道竟让皇上这般高兴。而锦言在一旁却是羞红了脸，记起在墨韵堂内，皇上未完笔处，自己添上的话。寄灵说是情人，那岂不是说皇上和她是情人？想到这里，锦言更加面红耳赤，再也不敢抬头看他一眼。

竹林深处，绿草茵茵，野花妍丽，烟霞难辨，石径弯弯，不知伸向何方。顺着石径的方向望去，锦言只觉得前无去处，后无退路，心中不禁感到凄苦，不由得有了些感慨。未等将思绪梳理，便觉得有人靠近了自己，正是皇上。他轻轻挑起她的下巴，在她的耳边低语："相思？你可知什么是相思？朕一直觉得你不是凡俗女子，原来你还不及粗鄙宫女有见识。"

锦言倏地挣脱，冷冷地道："恭喜皇上又得新宠。"

皇上怒极反笑，用压抑的声音说道："好，好，你说得对，朕又得了一位知情达意的妃嫔。李朝海，马上找人拟旨，封寄灵为选侍，就叫灵选侍吧。"

寄灵惊喜不已，跪下谢恩。皇上睥睨了她一眼，说道："难得你能识得相思，这幅字就赏给你吧。"不等寄灵去拿石几上的字，他却发了狂一般喝道，"这字谁也不配得到，朕宁愿撕了它！"说完，他抄起石几上的纸便撕了个粉碎。

只这一句话，锦言的泪就要落下来一般，她转头看向别处，倔强而又心伤。皇上转身凝视了她好一会儿，见她还是没有反应，愤然而去。

等皇上走远了，寄灵还有些发愣，不敢置信地低声念道："这么快？皇上竟然封了我……"突然她又大笑起来，在锦言耳边喝道，"如今我也是个主子了，难道还要我跟你一起去拿丝线？真是个笑话！"说罢她狂喜而去。

仍旧是一缕清风、一缕竹香，满地繁华依旧，锦言的心境却似两重天。她呆呆地坐在石凳上，望着那一地纸片伤心。皇上的话语犹在耳边响起，那决然而不屑的语气，深深地刺痛了她。天色已晚，烟霞已慢慢消散，锦言将那一地的碎片细心地捡起，兜在衣裙里，循着原路而回。

等回到澄瑞宫，兰舟才恨恨地对她说，寄灵犹如小人得志，说皇上已经封了她为选侍，求皇后将那行云阁赏给她。锦言不置可否地说道："燕瑾只听说后宫妃嫔六品以上才可有自己的居所，她一个从七品选侍，皇后娘娘能应吗？"

说到这儿，兰舟才笑了，说道："皇后娘娘自然没有应，拿话搪塞了她，并将她安置了瑶仙殿。跟瑶妃娘娘住在一起，还能有她的出头之日吗？皇后娘娘这一招可真是高明呢。"

锦言也不禁失笑了，这下寄灵不知是福还是祸了，瑶妃虽然不够聪慧，但也能让寄灵吃些苦头了。果然，皇上虽然封了寄灵为选侍，当夜却没临幸她，几日过去，就跟忘了她一般，她一时成了后宫茶余饭后的谈资笑料。锦言却有些同情她，谁愿意甘为人下，谁愿意终日惶惶不安？她想出头，想邀君宠，也是可以理解的。不像自己，什么都不能去求、去争，即便有，也要拒绝。

这日午后，素语刚刚卸妆睡下，就有人从澄瑞宫侧门进来，要求见皇后娘娘。来人正是绿屏。见了锦言，绿屏有些尴尬，两人闲话了一番，索然无趣。素语醒来，就召见了绿屏，绿屏却言辞闪烁。锦言知道，绿屏是碍于自己在此，不敢明说，可她偏偏没有主动请离，就是故意要绿屏多受一会儿难为。素语向来不喜绿屏这种人，皱眉说道："绿屏，本宫没空跟你在这儿磨牙，燕瑾是本宫的心腹，有事但说无妨。"

绿屏看了锦言一眼，终于下定了决心，说道："皇后娘娘，绿屏想为您效力，即便是在这澄瑞宫做粗使丫头，也心甘情愿。"

锦言幽幽地道："你原本不就是在浣衣房做粗使丫头的吗？来澄瑞宫做粗使丫头，倒也不算委屈了你。"

绿屏怒视锦言，但终是不敢回嘴，转而不停地哀求素语。素语不置可否，可是锦言知道素语动了心——她想利用绿屏来对付温妃："你是温妃的人，本宫怎么知道你是否真心呢？"

绿屏回道："绿屏一片忠心，请皇后娘娘明鉴。"

锦言不冷不热地道："忠心？可是看得着摸得到的东西？"

绿屏按捺不住，反唇相讥道："燕瑾姐姐是怪绿屏在浣衣房时对姐姐诸多无礼，这才处处为难绿屏吗？"

锦言冷笑道："你也太小看我了！我虽不是男子汉大丈夫，也知道己所不欲，勿施于人。换言之，如果当日你我易位而处，我也一定不会热心对你，何来怨你之说？"看绿屏仍然不信，锦言慢慢走到她的身边，目光清冽，"我是恨你手段毒辣，助纣为虐，自称朝元殿的茶水宫女，害死庆嫔！"

绿屏大惊，跌坐在地上，喃喃地道："你怎么会知道？"

锦言不语，只是看着她冷笑，那目光鄙视而不屑。绿屏承受不住，辩道："绿屏只不过是为温妃办差，奉命而为……"

"你若有心，就该提前向庆嫔报信，你既然可以来澄瑞宫，当日为什么就不能提前去行云阁报信呢？"说罢，锦言又转回了素语身边，"我知道你心里还是不服气，后宫厮杀实为稀松平常的事，我为什么要咬住你不放？那是因为庆嫔初入宫，并未害过人，你们何苦要害她？"

绿屏不以为然，她自觉并没有做错，也就不再理会锦言的话，反而向素语磕头哀求："皇后娘娘，绿屏愿为您肝脑涂地，在所不惜！求皇后娘娘收下绿屏吧。"

素语故作沉吟，许久才应道："不是本宫信不过你，只是燕瑾的话也有几分道理。不如你留在惊鸿殿，为本宫办件差事，如若办得稳妥，本宫自然会将你要进澄瑞宫。"

绿屏得意地瞪了锦言一眼，又向素语磕头谢了恩，便出去了。素语没好气地说道："就为一个小小庆嫔，值得你如此无状？该不是为了皇上封了寄灵那贱人吧？"

锦言冷哼一声："皇上是你的皇上，与我何干？你是皇后，该气的人只能是你吧？"

素语拍案而起，喝道："闻锦言，你少在我面前猖狂！今儿个我把话撂在这里，别管宫里有多少是非争斗，我与你、与闻家都是势不两立、水火不容！"

锦言原本被绿屏激起了心火，现下却有些泄气。素语一向说得出做得到，她既然还忘不了亲娘被害之事，自然非要闻家给个交代不可。想起双亲，锦言思念甚苦，娘亲的身子也不知好些了没有。锦言的沉默不语却更令素语抓狂。如今自己要杀她易如反掌，但为什么……为什么迟迟看不到她向自己求饶？为什么她竟无一分卑微神色？难道就因为她是嫡女？

后宫暗流涌动，表面上的平静让人更加压抑，就在这风雨欲来的时刻，永宁宫如同布下了一张密密的网，罩在了殇未朝的后宫之上。入夜，太后命苏姑姑急召皇后。苏姑姑到了澄瑞宫时，素语已经睡下了。因是太后的懿旨，兰舟不敢不去通传。素语也不想在这节骨眼儿上与太后公然对抗，便跟着苏姑姑去了永宁宫。

素语进来的时候，太后刚刚用过了些点心，又命人撤了下去。太后看着素语，面容还算祥和。之后，太后命人给素语赐了座，二人闲聊了几句，太后便止住了话，开始闭目养神。素语暗骂，这个老妖婆不知道又要搞什么幺蛾子，不由得开口问道："不知太后这么急要见臣妾，所为何事？"

太后睁开眼睛，笑道："原就没有什么事，只不过永宁宫没个能陪哀家说话解闷的，哀家只好要你来陪哀家说会儿话了。"

素语顿时明白过来，太后还是为了锦言。她思虑再三，将局势掂量了一番，知道自己现在还不能激怒太后，锦亲王的粮草还需要自己去谋划催促，少了自己胁迫温妃，那温时运哪里还会顾及边疆的求援？她仍在思索，太后以为她还是执拗不肯将燕瑾送过来，当即说道："皇后，虽说你现在是富贵之身，也要行事厚道。燕瑾这个丫头，哀家瞧着喜欢，皇后难道就不能割爱吗？"

素语回道："既然太后都这般说了，臣妾怎敢不听呢？明日臣妾就叫燕瑾过来伺候太后。"

两人悠闲地又说了几句话，太后便让素语回去歇着了。苏姑姑一边忙着服侍太后睡下，一边疑惑地问道："皇后怎么答应得如此爽快？奴婢还以为太后少不得要费一番口舌呢。"

太后冷笑道："她现在要忙着为锦亲王筹划粮草之事，还顾得上别的？"

听到这里，苏姑姑顿了顿，试探地道："太后，奴婢有话，不知该不该说。"

"说吧，你在哀家面前，什么时候说话也开始吞吞吐吐的了？"

苏姑姑小声地道："太后，奴婢看锦亲王也实在可怜，如今皇上根基已稳……"

"放肆，混账话！你难道忘记了，哀家和皇上当年是怎么差点儿死在他亲娘那个贱人手里的吗？哀家留他一条性命，让他称哀家一声母后，又让皇上封了他为亲王，已是天大的恩赐了！你还想让哀家怎么做？"盛怒之下，她将苏姑姑放置在枕边做安神之用的香囊扫到了地上，那香囊落地后，却从边角里掉出一些药草来。

苏姑姑"咦"了一声，忙捡起那香囊，掏出其中的药草仔细查看，不由得大惊失色："太后，这香囊被人做了手脚！里面的药草，当日是奴婢亲手放进去的，如今却多了一味……"

太后猛地坐起身，喝道："来人，命赵太医即刻来见！"

赵太医赶了过来，给太后行了礼之后就去检查香囊。他观其色闻其味，又将药草拿出来看了一遍，然后沉声说道："太后，容微臣大胆猜测，这是有人要害太后您啊。"

太后的脸色如同寒冬一般冰冷："赵太医，你给哀家慢慢讲来，讲错了哀家也不会怪罪你。"

如若没有九成把握，赵太医怎敢这般轻易断言？他当下详细说来："据微臣推测，这香囊被人用药水浸泡过，晒干之后，或许觉得药力不足，便又塞了一些药草在里面。"

"赵太医，你可识得此药？"

赵太医当下跪在地上，面色惨白，似是惊恐不已："药水是鹤顶红，最是致命，香囊里的药草为夺情草，久闻必会令人头晕眼花，乱人心智。"

苏姑姑不禁大惊失色，忙道："赵太医，快给太后把把脉，看看太后是否已经中毒。"

赵太医当即上前，未悬丝把脉，也免了俗礼，敛眉静心，一会儿方道："万幸，太后中毒不深，仔细调理数日便可解毒，不过微臣医术泛泛，不敢保证能为太后根除。微臣推荐一人，此人乃医中圣手……"

苏姑姑接话道："赵太医说的，可是妙手神医的传人苏渔阳苏太医？"

"不错，正是此人。"

太后脸色顿如死灰般难看，最终还是忍了下去，说道："赵太医，今夜之事万不可向任何人提及。"

赵太医忙应了下来，却隐晦地问道："太后，微臣还有一事要禀明太后。微臣一直按太后的吩咐，往温妃娘娘的安胎药里加了些别的药。微臣只怕再加下去，温妃娘娘的身子会受不住。"

太后阴险地笑了一声，说道："加，继续加，而且要加量……"

赵太医得了令，胆战心惊地跪安，随后就起身出去了。待赵太医离开后，苏姑姑才跪在地上，哭求道："太后！那香囊是奴婢亲手做的，但绝对不是奴婢做的手脚，太后……"

太后不耐烦地挥挥手，说道："你起来吧，哀家还信不过你吗？这永宁宫里到底是谁这么有胆子来害哀家？苏辣子，最近你给哀家盯紧了，一个可疑的人也不要放过！"

两人又商议了许久，这才睡下。

素语回到澄瑞宫，也是莫名其妙地心烦，让兰舟将锦言叫到寝宫来，却又不跟她说话。锦言想起她白日的怒火，也没有作声，两人便僵持地坐在那里足有小半个时辰。许久，素语从枕头下拿出一封书信来，默默地念了几句，随后将书信护在心口，说道："他又来信了，说粮草已断，将士们都缺衣少粮，如此下去，必不战而败。那时，他有何颜面班师回朝？"说罢，素语热泪盈眶，"他好苦，可是从来没有人知道他的苦，我想帮他，只要是为他好，我什么都愿意做……"

锦言从未见过她哭泣。从前在闻府，不管沈氏如何呵斥她，她也只是傲然以对，从未落泪过，看来她对锦亲王可谓情深意切。

"当初，你进宫就是个错误。你这么爱他，应该跟他厮守一生的。而我当初对他的情愫，不过是闺阁女儿家的情怀罢了。若易位处之，我必不会对他这般用心良苦。"锦言将帕子浸在铜盆里，绞净了水，递给她，"如今，我心里亦有了一个模模糊糊的影子，亦悲亦痛亦难以成眠，亦终生不悔……"

素语苦笑道："可惜，这后位，我还不了你。"

锦言深深叹了口气："你好好安歇吧，我明日就会去永宁宫。你我姐妹一场，即便是有误会、有恩仇，也比别人亲。你是我的姐姐，今日是，明日是，永远都是……"

素语惊诧道："你怎么知道……"

锦言不再言语，转身时已泪流满面，纤弱背影，寂寞而去。

只是她未曾料到，这一入永宁宫便颠覆了她的命运，令她身陷巨大的旋涡之中，任她如何挣扎，也无济于事。

次日凌晨，锦言还在收拾自己的衣物，兰舟就敲门进来了，给她端来一碗长寿面，说道："这是皇后娘娘吩咐小厨房给你做的，她说今日是你的生辰……"

锦言心里一热，接过来吃了几口，却再也吃不下去，如鲠在喉。素语啊素语，你我情分已疏，现在这般举动又是为何呢？锦言苦笑，将那碗长寿面放在桌上，说道："你回去对皇后娘娘说，就说燕瑾谢她，要她好生珍重。"

兰舟见状，拉住她道："兰舟知道你要进永宁宫。太后一向用人疑人，她这么抬举你，怕是另有深意，你可要小心。"

锦言也回了她一句："兰舟，那你还要继续为太后效力吗？"

兰舟凄然一笑："你果然什么都知道，这自然也瞒不过皇后娘娘了，那她为什么还不除去我呢？"

"这也不难理解。她与太后势力悬殊，更不想锋芒毕露，等哪一日她羽翼丰满了，可以与太后分庭抗礼之时，你以为你能逃出生天？"

兰舟不禁面色苍白。锦言知道她也想明白了这个道理，说道："你是惠婕妤的妹妹……"

"你已经猜到了这一层，怎么会猜不出这个事实？就别来取笑我了！惠婕妤是有个妹妹在宫中，却不是我。"说罢，兰舟迅速转身离开了。

锦言拿着包裹进了永宁宫，苏姑姑引她去大殿里给太后请安。今时今日，太后见到锦言已是别有一番见解，她自认为将锦言从洪水猛兽般的素语身边救出，就已是锦言的恩人，而锦言对她感激不尽也应该是自然的。

"你终于回到哀家身边了。你的事情，哀家已经听说了。放心，一切由哀家给你做主。"太后慈祥地笑道，眉眼和蔼。

锦言不解，朝苏姑姑看了去。苏姑姑笑道："太后已经得知你根本不是闻府的丫鬟……"

锦言大惊，一时之间蒙了一般。苏姑姑兀自说道："你是闻家的庶女，对吗？肯定是皇后自恃嫡女身份，在闻家飞扬跋扈惯了，进了宫也忘不了要作践你呢。如今一切都过去了，太后她老人家打心眼儿里喜欢你，会给你做主的。燕瑾，你的好日子就要来了！"

锦言伏在地上，只觉得冷汗淋漓，后背已经湿透了，身子不停地打战，又暗自庆幸太后还未得知最终的真相。

正说着话，有宫人来报苏渔阳苏太医求见。太后准了苏渔阳进来。苏姑姑正要将事情一一道来，太后轻轻咳了一声，苏姑姑马上会意，便吩咐锦言先下去休息。

锦言再次住进了临湖的那间屋子。绣架仍在，锦言将自己的衣物放置妥当，太后赏的玉佛珠就放在箱底，而赵荣华临死前交给她的那颗佛珠粒，原本与太后的赏赐放在一起，但她思考再三，觉得不妥，可是一时又寻不着妥善安置之处，就顺手藏在了自己身上。她哪里料到，正是这个无意间的举动，恰好躲过了苏姑姑的搜查。

苏姑姑在锦言的房间里没有搜到那颗佛珠粒，不禁惊慌失措地回禀了太后。太后喝下了苏渔阳熬制的药，说道："不要声张，命人暗暗寻找那颗佛珠粒。"

"太后，您喝下这药，是不是好些了？奴婢瞧这苏渔阳谈吐有度，医术高明，如果太后能笼络住他，也不失是个得力的人才呢。"

太后却不以为然："苏辣子，谈起用人之道，你就差得远了。像苏渔阳这样的人自视甚高，一向信奉孔孟之道，又不贪钱财，让他们去给妃嫔下药流胎或者害人性命，一来，大材小用；二来，他们也不屑为之。对待这些人，就要以礼相待。"

"太后高明！所以太后明知赵太医是个小人，却也留了他一条性命，对吗？"

太后只笑不语，许久才说道："那温妃怕也是快了吧，就让哀家再送她一程吧……"

太后将锦言要到了永宁宫，两天了却并未传见她。都说太后身子不适，苏太医每日都会过来请脉用针。锦言闲来无事，便在绣架上绷好一块上好的白色锦缎，手头还余了些绿色的丝线，就用绿线绣了几株青竹，意境深远。锦言犹嫌不足，心思一动，便去包裹里找出了那日皇上撕碎的纸片来，黯然失神。

第三日晌午，锦言因为昨夜忙于刺绣，并未安睡，正要趁着晌午歇上一歇，便见苏姑姑过来找自己，说太后召见。锦言忙梳理了下头发，临走时，又想起什么似的，拿过一件衣服来盖在绣架上，这才跟着苏姑姑出了门。

太后今儿个未午睡，喝了药后，便靠在榻上闭目养神，看见锦言进来，她便笑道："今儿个让你来，也没有别的事，哀家听说温妃身子不适，她怀着龙嗣，哀家不放心，你代哀家去看看，果真是不好呢，就回来知会一声，如果只是她邀宠的借口，也就罢了。"

锦言心里疑惑，却不敢问。随后，她带着两名宫女，提了一个食盒，便往惊鸿殿去了。

因为是太后的懿旨，温妃不敢不从命，就选了几块点心吃下，也算是应景了。绿屏恼恨锦言在澄瑞宫的讥讽，竟连茶也不奉上。温妃却对锦言十分客气，冲绿屏喝道："贱婢，还不快些奉上茶？本宫还没死呢，你就这么吃里爬外，不把本宫放在眼里了？"

绿屏忙说不敢，随即狠狠瞪了锦言一眼，转身就去斟茶。温妃有些悲凉，笑道："谁能想到，我知晓了你的身世，将你从兰若轩丽贵人那里要出来，到最后还是这种局面？我成了妃，却活不过几日了。我也想开了，即便这样，我也要死得体面，绝不让别人有可乘之机。"

锦言一时摸不透她话里的意思，可是却没有放过另一层玄机，问道："温妃娘娘是怎么知晓我闻家秘密的？还请娘娘告知。"

温妃不置可否地笑道："休要提起这个人，即便你知道是谁了，你也没有办法的。"

锦言却不肯轻易放弃，追问道："难道此人与逼死赵荣华娘娘的人，竟是同一个？"

温妃未来得及回答，呼吸却不匀了，她抚着胸口喘不上气来，两眼一翻似要晕过去。锦言大惊，急忙叫人，并用手掐她的人中。温妃悠悠转醒过来，抓着锦言的手，说道："救我父亲性命！我枕下有书信，你快拿去……"

闻声赶来的绿屏把茶盏跌落在地，茶水、碎片满地皆是，她大声惊呼：

"来人啊，娘娘被人害死了，娘娘被人害死了……"

话音刚落，已有侍卫将锦言扣了起来。断气前，温妃用手指着锦言，吐了一口血，最终还是香消玉殒了。

第十五章

唯有相拘意

任锦言如何挣扎也无济于事，绿屏一口咬定是她害死了温妃，侍卫们不敢怠慢，早已有人将此事回禀了太后和皇上。皇上从朝元殿赶过来，看见温妃死不瞑目，眼睛犹睁着，嘴角溢出鲜血，便用手为她轻轻合上了眼睛，不忍再看。李朝海命人将温妃的尸身安置妥当。

皇上目光呆滞，失声说道："朕的骨肉……就这样没了？"

绿屏膝行向前，哭着说道："皇上，绿屏该死，绿屏转身去倒茶的工夫，娘娘就被她给害死了！"

锦言冷眼看着绿屏，说道："你如何知道温妃娘娘是被我害死的？"

"你来的时候，娘娘还是好好的，原本还说今儿个身子舒坦了些，要去御花园走走，不过就是吃了你带来的几块点心……"

锦言喝道："绿屏，你不要红口白牙乱说话！难道你是想说这点心有毒？你可知这点心是谁赏给温妃娘娘的？"

皇上瞪着锦言，目光冷厉而阴狠："朕不管是何人赏赐，只知道这里面你脱不了干系！你说，你为什么要害死静容？你为什么一而再，再而三地来挑衅朕的权威？难道真的以为朕不舍得杀你吗？"

锦言本已是惊魂未定，听了皇上冷酷无情之话，反而被激得满腔怒火，怒极反笑："好，好！您既然不肯信我，不如杀了我好了！"

皇上紧紧地盯着她，用手捏住她的下巴，力道之大让她差点儿惊呼出声："你拒绝朕，朕只当你不是媚俗女子，可是你却一再加害朕的爱妃，甚至连她怀着朕的骨血也不顾惜，整个后宫谁又及得上你的心狠手辣？留你一命也是祸害，罢了，罢了，只当朕错爱了你一场。"说罢，他似是下定了决心一般，低声喝道，"李朝海，将她就地处决，也算是安慰静容在天之灵。"

锦言悲痛欲绝，霎时间只觉得犹如万箭穿心，浑身颤抖，她强自笑道："谢皇上恩赐。"

李朝海对锦言早已暗藏杀心，只苦于没有机会，这下得了皇上旨意，忙吩咐侍卫上前。就在此时，只听有人急切地喝道："住手！"来人正是素语。她喝退了侍卫，不慌不忙地走进大殿，说道，"皇上，这案子还有诸多疑点，不查清楚就杀了她，岂不是又多了一个冤魂？温妃已经冤死，难道你忍心见她也冤死，还是死在陛下的手上？"

皇上有些动摇，转头去看锦言时，只见她咬牙含泪，倔强地抬头看着天花板，没有丝毫求饶之色。皇上怒火又起，吼道："如今人证、物证均在，哪里冤了她？"

素语冷哼一声："人证？不过是个贫嘴恶舌的丫头，怎么能信她一面之词？至于物证嘛，别说还没令太医查验，即便验出有毒，这些点心可都是太后赏赐的啊。"

皇上也渐迟疑，既痛惜温妃之死，又暗恨锦言不向自己服软。李朝海深知皇上的秉性，怕他心软松口，随即进言："皇上，事情未查清之前，不如将她先遣往留痕室，听候发落。等真相大白之时，再另作处置。"

皇上不耐烦，挥挥手算是应了，随即让众人都跪安，他要独自留在惊鸿殿静一静。

李朝海阴险地一笑，心道：只要你进了留痕室，我断不能让你活着出来！

而素语看眼下保住了锦言一命，若再与皇上争执，只怕前功尽弃，只好带着兰舟回了澄瑞宫，又命福全去留痕室打点，务必让锦言少吃些苦头。福全是从留痕室出来的，深知留痕室那些折磨人的手段，当下也不敢耽搁，带了好多银两便去了。

永宁宫内，苏姑姑急忙向太后回禀了此事，太后仿佛早已胸有成竹，说道："也罢，就让她在留痕室多吃些苦头，出来以后，方能好好忠心于哀家。你去跟留痕室的管事说，叫他千万不要下死手，也不要破了相。"

苏姑姑迟疑道："皇后正命苏渔阳调查太后赏赐给温妃的点心呢，看样子皇上也是准了的……"

"怕什么？谁告诉你那点心有毒了？就让他们查去吧，查不出来，哀家倒要看看他们如何给哀家一个交代。"太后不以为意，事情可都在她的掌控之中。

苏姑姑恭维道："太后这一石四鸟之计真是高明，奴婢就是想破了脑袋也想不出来。"

太后的眼神陡然变得凌厉，语气却仍然平和："你倒是给哀家说说，如何一石四鸟？"

苏姑姑侃侃说来，似有卖弄又似有讨好之意："其一，就是将燕瑾置于死地，等她心灰意懒之时，再将她救出，她自然会对太后感恩戴德；其二，是借刀杀人，除掉温妃，令皇后无法胁迫温时运，也就绝了锦亲王的粮草后援；其三，震慑后宫，令后宫妃嫔不敢再轻易生事，也令太后少一些烦恼；其四，就是离间皇后和燕瑾，令其姐妹反目成仇，势如水火，太后才好借助燕瑾之力除掉皇后。"

说完，苏姑姑扬扬得意，抬头去看太后。太后神色骤变，喝道："苏辣子，别怪哀家没有提醒你，哀家身边从来不留聪明之人，即便留着，也是当作棋子用的！哀家的棋局即为死局，不丢掉几颗棋子，何以取胜？你难道要做哀家的棋子？"

苏姑姑心惊胆战，只觉得魂飞魄散，跪在地上，哀求太后饶命。

留痕室内，锦言被侍卫推着进了一间破旧的屋子，里面很是漆黑，看不见人影。锦言跌倒在地，吃痛惊呼，咬着牙爬起来，却不敢走动，僵硬地站在了那里。也不知过了多久，她的腿脚都有些麻了，想找个地方靠靠身子，可是眼前一团漆黑，正想试探着挪步，突然听见有人说道："左走五步，上前三步，有一处席子。"

锦言大骇，没有料到这间屋子里竟然还有一个人，她心中疑惑，站在那里一动不动。那声音再度响起，仿佛自嘲般："你肯定是想，屋子里这么黑，我怎么就能看见东西，是吗？你如果在这间屋子里待久了，分不清年月，分不清昼夜，只怕也能看清东西了……"

锦言左走五步，上前三步，蹲下身子摸去，地上果然有一张席子，她顾不得许多，坐了上去，只觉得身心疲惫，万念俱灰。屋子漆黑，还有些难闻的味道，令人难以忍受。锦言对同屋子的人并不好奇，于是也不开口与其搭话，反而是那人千方百计地想从她口中得知外面的局势，间或问问各宫妃嫔的现状。也不知过了几个时辰，锦言感到饥肠辘辘，肚子咕咕作响，在这落针可闻的屋子里显得格外明显，她不禁有些不好意思起来，问那人："你不饿吗？"

那人轻描淡写地道："习惯了，这里每日只送一次饭。说是饭，就算是扔给宫里的狗，狗也不会吃的。"

未等锦言开口说什么，便听见屋门被猛地推开，有两个太监邪笑着将她架到了另一间屋子里。那间屋子光线略好，锦言看见在屋子正中的椅子上坐着的人正是李朝海。李朝海得意地笑了："贱婢，你躲过初一，躲不过十五，看咱家怎么收拾你！别怪咱家狠心，怪只怪当初你不长眼坏了咱家的好事。"

他手里拿着一条鞭子，就往锦言身边走来。锦言惊惧不已，慢慢往后退去，直靠到墙上才知已无退路。正在这时，一个看似留痕室管事的太监走了过来，轻声对李朝海说了几句，李朝海不以为意地冷哼道："你说有人要保她性命？不就是皇后吗？咱家还不把她放在眼里！"

那太监又在李朝海耳边低语了几句，李朝海脸色骤变，迟疑地问道："你说的可是真的？"

"小的不敢蒙骗公公。"

李朝海气得咬牙切齿，面目扭曲："算你今天走运，有人要留你一条性命，不过你也别想讨了好去！"他说着，就将手中的鞭子递给了管事太监，而后使了个眼色，便转身离去。

那管事太监手握皮鞭朝锦言走来，锦言慌忙喝道："你既然说有人要保我性命，难道就不怕那人会怪罪于你吗？"

那管事太监大约五十多岁，虽不是面目可憎之人，但也绝非善类。"这留痕室什么怪事都有，既然只说是留你性命，那让你吃点儿苦头也没什么。再说，我还要给李公公一个交代，姑娘，这几鞭子你就受着吧。"说罢，他挥起鞭子就朝锦言打来，锦言无处闪躲，生生受了那一鞭子，顿时皮开肉绽，疼得她直倒吸冷气，只不过三鞭子，她就蜷缩在地上，昏了过去。

锦言醒来的时候，只觉得浑身刺痛，伤口像重新被刀子划过一般。她浑身湿透，分不清是水还是汗，就着唇边的水渍舔了一下，才知道刚才是被人用盐水泼醒的。她痛得浑身颤抖，牙齿禁不住咯咯作响。

有个小太监进来，在管事太监耳边低语了几句，之后就匆匆出去了。那管事太监神色有些不安，说道："姑娘，既然有人保你性命，我就不再难为你。实话对你说了吧，这是皇后娘娘的旨意，我一个小小的管事怎么敢违忤？如果你有机会出这留痕室，也不要记恨于我，这已经是留痕室最轻的惩罚了。"

管事太监的话无异于又给了锦言一次重击。竟然是素语指使管事太监这么折磨自己的！这怎么可能？可是他一个小小的管事太监，又如何敢信口开河？

留痕室的太监们又将锦言架回了原来的屋子，把她扔在地上，便扬长而去。

永宁宫内，太后刚刚沐浴完毕，苏姑姑给她擦净了身子，又涂上宫廷秘制香膏，这才服侍她穿上亵衣。苏姑姑一边忙着给她系上衣带，一边说道："太后，奴婢已经将话交代给了留痕室的管事。他也是按照您的吩咐放了话出去，那燕瑾听了后就一直不曾开口说话，伤口再痛也不开口叫唤。奴婢看她是伤透了心，太后这招真是高明！"

"她伤得重吗？可别留下了疤痕，一个破了相的女子，哀家要来还有什么用？"太后缓缓地说着，语气里却丝毫未见怜惜之意。

苏姑姑有些自得，笑道："太后放心，那燕瑾虽然挨了鞭子，伤了皮肉，可是奴婢已经命人将去腐生肌的药混在盐水里了。她一方面是受了罪，可是另一方面也留不下疤痕。"

太后也笑了："苏辣子，哀家发现你是越来越聪明了。好，好得很。"

苏姑姑看太后脸上神色未变，这才放下心来，当即暗下决心，以后绝不在太后面前卖弄聪明。太后又问道："那个绿屏现在何处？"

"奴婢听说燕瑾被送去留痕室后，皇后就将她带回澄瑞宫了，听说一直跪在澄瑞宫的后院里呢。"

"好，你去知会兰舟一声，叫她……"太后对苏姑姑低声吩咐了几句，苏姑姑领命而去。

澄瑞宫内，素语不安地走来走去，显得有些焦虑。福全和兰舟都在一边候着，兰舟说道："娘娘，苏太医查过那些点心了，都没有毒。如今该怎么向皇上交代呢？"

素语喃喃地道："这个本宫并不怕，怕就怕那些管事的太监阳奉阴违，要置燕瑾于死地。"

"那个绿屏兀自嘴硬，一口咬定是燕瑾所为，可是听她口风不像是有人指使呢。"兰舟道。

"贫嘴贱舌的东西！如果不是在这节骨眼儿上，本宫真想除掉她。"素语怒道，"就这么叫她跪着，倒是便宜了她！兰舟，你去，该怎么做不需要本宫教你吧？"

兰舟应了下来，转身时，脸上有诡异之色一闪而逝。

福全道："娘娘，福全今儿个去留痕室的时候，发现李公公也去过了，不过没一会儿就急匆匆地离开了。"

"那老匹夫，本宫非除了他不可！"

正说着话，便听见兰舟奔回来喊道："娘娘，绿屏自尽了……"

素语大惊，吩咐福全将绿屏的尸首看管好了，别让人有机可乘，在尸首上下毒陷害自己。福全领命而去。看福全走远了，素语才朝兰舟喝道："贱婢，你做的好事！"

兰舟跪在地上，有些慌张，不知如何应对："娘娘，兰舟可是做错了什么？"

素语抄起茶盏朝她扔了过去，兰舟的额头上当即血流不止："贱婢，是不是你杀死了绿屏？你如果不老实交代，今儿个本宫就先逼你自尽！"

兰舟仿佛是下了决心一般，痛痛快快地应了下来："对，是兰舟杀死了绿屏，并制造了她自杀的假象！"

"你杀了绿屏，她口口声声说是燕瑾害死了温妃，这下死无对证，如何是好？是谁支使你这么做的？"素语心烦意乱，盛怒之下也觉得这话多此一举——定是太后支使。

兰舟倒像是下定了决心，说道："兰舟确实该死，不过在娘娘和燕瑾之间，兰舟还是选择了救娘娘一命。"

"这话怎么说？"

兰舟思虑再三，伏地而泣："娘娘，兰舟从前受太后指派，确有监视娘娘之意。不过兰舟现在想一心一意伺候娘娘，不敢再对娘娘有所欺瞒。"

素语眯起眼睛，听到兰舟亲口证实了自己的疑虑，不禁心潮起伏，但还是强作镇定道："你说下去。有功本宫自然会赏，有过本宫也不会轻饶了你。"

兰舟仍不敢抬头，说道："刚才兰舟接到太后指令，让兰舟胁迫绿屏，要她在明日审案时，翻供咬定是娘娘您害死了温妃娘娘。兰舟不敢违忤太后，可是也不愿见娘娘被人陷害，唯一的办法只有除去绿屏。娘娘，兰舟这辈子头一次杀人，兰舟对您是一片忠心啊……"

素语大惊，手不由得抖了一下，只觉得一颗心都要蹦出来一般。她深呼一口气，亲自扶起了兰舟，和颜悦色地道："如此说来，你救了本宫一命，本宫该谢你才是。以后你就在本宫身边好好效力，本宫不会亏待你的。"

绿屏"自尽"的消息传到了永宁宫，太后勃然大怒，喝道："这个兰舟是留不得了！燕瑾未洗清罪名，皇后还动不得她，定是兰舟这贱婢杀死绿屏，向皇后卖乖！"

苏姑姑惶恐地问道："太后，现下怎么办？"

太后不屑地说："你急什么？少了一个绿屏，不还有一个替死鬼吗？"

"太后是说赵太医？奴婢怕他分不清轻重，将温妃假怀孕之事再抖搂出来，那可就麻烦了。"

太后不悦道："说你聪明你就开始糊涂！那绿屏自尽了，赵太医就不能自尽吗？赵家一门就不能都自尽吗？"

苏姑姑恍然大悟："太后高明！如此一来，绿屏和赵太医俱畏罪自尽，可是仔细琢磨起来，却像是有人故意嫁祸于两人，这人是谁呢？便是皇后。"

太后阴沉地笑了几声，闭目不语。

次日，永宁宫内，皇上亲临，宣召后宫妃嫔齐聚，要彻底调查温妃被杀一案。

太后坐在主位上，环顾众妃嫔。素日与温妃有过节的妃嫔都战战兢兢、惶恐不安。素语倒是十分镇静，一边跷指看着自己的镶金指套，一边细心听着皇上问话。皇上今日却无昨日那般义愤填膺，只是问了几句紧要之话，听到绿屏和赵太医俱已自尽的消息，并无震怒，只是长长叹了口气。

太后眯着眼，口气平和道："皇帝，那绿屏和赵太医俱已自尽，此事算是死无对证。不过哀家倒似听说，赵府满门畏罪自尽之前，赵太医曾留下一封信，说是受皇后指使的。哀家也知道，只凭一封书信不足以说明什么，不过既然当着众妃嫔的面，皇后也该给个交代才是。"

素语已经明白过来，太后是要保锦言，故而心思一动，说道："绿屏和赵太医都是犯下滔天罪恶之人，他们的话能信吗？那绿屏还口口声声说燕瑾是凶手呢，太后，您觉得燕瑾会是凶手吗？"

太后今日微施粉泽，玉面淡拂，凤仪庄重。听到素语发问，她也不恼怒，徐徐说道："皇后辩得极好。哀家不相信燕瑾是凶手，自然也就不能相信皇后是凶手。皇后谋事果然不简单啊。"

这弦外之音素语自然清楚，不由得有些恼羞成怒，只是碍于皇上在场，不敢公然对抗。手一紧一松间，镶金指套已经在她的手心里留下了深深的印痕。

皇上星眸闪烁，不怒自威，鄙夷地道："此事无须再议了，温妃之死是咎由自取。即便她不死，今日朕也要将她赐死！"

众妃嫔不由得倒吸一口冷气，连平时一向莽撞的瑶妃，这会儿都不敢接话了，唯恐牵连到自己身上。太后和苏姑姑对视一眼，太后目光似是探询：皇上何以得知温妃假孕之事？而苏姑姑暗自摇头，表示不解。

皇上接着说："温妃和赵太医合谋，谎称有孕，欺上瞒下，罪该万死！然念温妃之父温时运还在为朝廷效力，朕就开恩不再追究温家上下。李朝海，着朕的手谕，吩咐御监司仍旧按妃的体制下葬温妃，即刻去办，并严密封锁温妃已死的消息，朕不想让温时运分心。等他办完了差，回到京都，朕还会重重赏他。"

众妃嫔跪在地上，齐声称赞皇上英明慈悲。皇上有些不耐烦，环顾了众妃嫔一眼，挥手道："都跪安吧。该放的人就放了，朕也不想有人无辜枉死。"

素语暗喜，知道皇上这是下令将锦言放出留痕室了，当即打算吩咐兰舟去留痕室要人。却见兰舟不停地在跟自己使眼色，她朝太后那边望去，太后已经在吩咐苏姑姑去留痕室将锦言接回永宁宫了，不由得暗骂了一声"老妖婆"，但也终于放了心。

众妃嫔散去后，太后却单单留住了素语，意味深长地道："皇后，目的没有达到，是不是很失望呢？"

素语当即回敬："这话臣妾听不明白，臣妾却知是太后失策了才对，绿屏自尽，太后一定很意外吧？"

太后冷哼一声，说道："那兰舟本就是朝秦暮楚的小人，皇后留在身边好好用着吧，将来少不了你的好处。"

素语笑了，笑得没心没肺的，话却是说得字正腔圆："太后请放心，那兰舟不管曾是谁家养的狗，臣妾都会将她调教得服服帖帖的。"

　

留痕室内，锦言还趴在地上，只要一动，伤口就会作痛，她竟是动也不敢动。和锦言同屋的女子似是不在了，锦言听不到她的一点儿动静，也不知她是生是死。她慢慢试探着坐起身来，理了理杂乱的头发，长叹了一声。

皇上命李朝海处死自己的绝情，素语命管事太监折磨自己的决绝，就像一把把利刃划在她的心口上，划得血肉淋漓，痛得几乎令她窒息。

锦言在黑屋内悄然思索，只觉得自从太后颁下懿旨，要册封闻家嫡女为皇后之后，一切都如梦一场。入宫后，她总是在别人的争斗和阴谋中顺势而为，从未想过要争取什么。从前总以为，只要素语肯放过双亲，自己就算命丧皇宫也值了。如今看来，素语是绝对不会饶过自己了，否则她不会命管事太监在留痕室对自己下如此毒手。

温妃到底是如何死的，她还不知道，但是料定必然与素语有关。那绿屏指认温妃是自己害死的，岂不是受了素语的指使？那日素语在皇上面前对自己的维护，不过是在做戏给自己看吗？锦言想来想去也想不明白，只觉得心乱如麻，有些泄气地闭上了眼睛，慢慢地睡了过去。睡梦中，只觉得身子轻晃，伤口扯得微痛，她皱眉呻吟。蓦地睁开眼睛，发现自己已经进了亮室，苏姑姑在一旁陪伴着，看见她醒来，笑道："好歹是醒了，姑姑我还担心你会睡上一段时间呢。苏太医已经给你察看了伤势，留下一些药膏，我让人给你上了药，又换了身干净衣服。太后嘱咐我在这儿候着，我哪儿也不敢去，就坐在旁边守着你。"

锦言连忙挣扎起身："折煞燕瑾了，燕瑾怎么敢劳烦苏姑姑呢？"

　　苏姑姑按住她，不叫她起身，笑道："一会儿我叫人给你送些吃的来，你静心养伤，别辜负了太后的一片苦心，她可是打心眼儿里疼你呢。"

　　锦言谢了几句，苏姑姑便去给太后复命了。不一会儿，便进来一个宫女，眉眼弯弯，嘴角含笑，让人看着就喜欢，锦言不由得多看了她几眼。那宫女马上脸色微红，端过来一碗药，扶起锦言让她喝下去。锦言受不住那苦，只喝了几口就推开了药碗。那宫女轻笑，也不劝，将药碗收起来送了出去，又进来站在床侧，也不说话。见锦言疑惑地看她，便说道："姑娘莫见怪，苏姑姑临走时，吩咐从柳要好好照顾姑娘。"

　　"你叫从柳？坐下吧，你我都是宫女身份，也不好称什么姑娘，叫我燕瑾就好了。"锦言客气地道。从柳也不再坚持，搬过一个绣墩来，坐在她床边，两人闲谈了起来。锦言似是无意地问道："惊鸿殿的事情是如何处理的？"

　　从柳似有些闪躲，支支吾吾地道："太后吩咐过，不让我跟你说。"

　　锦言侧了侧身子，一心要追问个明白，半是央求半是威逼，终于让从柳开了口："那绿屏在澄瑞宫自尽了。听说死前曾经透露，是皇后娘娘指使她陷害燕瑾姑娘你的，赵太医一家畏罪自尽，听说也是皇后娘娘指使人做的。最后太后为了力保你出来，还和皇后娘娘费了好一番口舌呢。"说罢，从柳长叹一声，"那绿屏和赵太医也是可怜，白白做了别人的替死鬼。"

　　锦言只觉得从柳的话犹如当头棒喝。原来如此，原来如此，素语，你好狠的心，难道你不知我原本就宁愿死在你的手里？锦言恨极反笑，笑得妩媚动人，眼中却泪光盈盈："从柳，这后宫总是有这么多莫名其妙的事情，谁也摸不透其中的道理。"

　　从柳故意装作没看见她的泪水，说道："不知皇后娘娘为何执意与你过不去？后宫都传开了，说因为皇上对你有意，皇后娘娘便心怀嫉恨，才想除掉你。"

　　锦言喃喃地道："是吗？"她知道的，素语从来没有因为皇上而嫉

230

恨过自己，如果非要说因为一个男人，那个男人却是锦亲王。

苏姑姑跪在蒲团上给太后捶着腿。太后闭目养神，手里握着一串佛珠，慢慢转动着珠子，忽然开口问道："那个从柳人机灵吗？别笨嘴笨舌的说漏嘴。"

苏姑姑笑道："太后放心吧，那个从柳最是能说会道，即便不是让她做那个差事，奴婢也想荐她到太后面前，陪太后说话解闷呢。"

"这就好，哀家费了那么大的工夫，不能毁在她的手里。"说罢，太后又闭上了眼睛。苏姑姑停下手里的动作，小心翼翼地试探道："太后，咱们知晓温妃假孕，又瞒下来的事，皇上仿佛也知道了……"

"他是皇帝，也是哀家的儿子，还能为一个小小的妃子来质问哀家不成？"太后有些恼怒，苏姑姑不敢再问下去，手上又捶起来，只是手劲拿捏不好，让太后没来由地厌烦，挥手让她停了下来，道，"那个燕瑾，哀家有心抬举她，让她笼络住皇上的心，可是看皇上最近对她冷冷淡淡、不闻不问的，倒是麻烦。"

苏姑姑思索了一下，仿佛想起什么似的，笑道："太后尽管放心，奴婢倒有个法子能让皇上对燕瑾重新热络起来，准保比以前还上心。"

太后点着她的鼻子笑骂："都一把年纪了，说话也不知道害臊！"

"太后，要不要让奴婢去探探燕瑾的口风？从前皇上对她有意，可是她一直回避着，如今皇上对她又是那种态度……"苏姑姑迟疑道。

太后不以为然，自信满满地道："她从前拒绝，只是不想让人知道她的身份。如今，哀家既然已经知道她是闻家的庶女，不如就名正言顺地给她个身份，让她死心塌地忠于哀家。"

"那奴婢现在就去跟燕瑾说……"苏姑姑兴冲冲地要去找锦言。太后喝住她："不急，现在还不到火候，先让她养好伤。再者，让从柳再给她煽把火，该怎么说不需要哀家教你吧？"

苏姑姑笑道："奴婢这就去办，一定不辜负太后的嘱托。"

温妃之事处理之后，皇上下令严密封锁消息，偶尔听见有宫女、太监私论此事，皆是杖毙处理。其后，皇上更修书一封，令钟离将军派人给温时运送去，并要人务必拦住温时运，让他在距边疆八百里处盘桓数日。书信上并没有提温妃惨死之事，皇上照旧安抚温时运，许诺他回朝之时定会重用他。

素语也命福全偷偷将两封信送了出去，一封给温时运，告诉他温妃已死，谋害温妃之人是太后；另一封信则命人送抵边疆，直接交付锦亲王。

锦言伤势也好得差不多了，因为用药及时，并没有留下疤痕，依旧肤如凝脂。从柳终日守在她身边，话也不多，里里外外也算待候得周到，只是锦言始终觉得有些不妥，所以对她也是礼让三分，分外客气。

这一日，阳光明媚，从柳劝锦言去庭院里走走，锦言本不想动，捺不住从柳一个劲儿地劝，只好应了下来。庭院里，百花争奇斗艳，凉风清爽宜人，倒有几分舒适。锦言靠在椅榻上，闭着眼，闲散地与从柳说着话，只听从柳悠悠说道："最近皇上除了去永宁宫请安，都歇在瑞宣阁，只有前几日因为修贤公主身子不适去过瑶仙殿，没有再临幸过别的妃子。"

锦言"哦"了一声，不再言语，心里却又痛了起来，手不自觉地捂在胸口位置慢慢地揉着，却如何也缓解不了。

"太后心里烦闷不安，后宫一直无子嗣，皇上再不亲近妃嫔，可如何是好？"

锦言仍旧不出声，微闭着眼，手却紧紧按着胸口。

"燕瑾，你虽然得太后怜爱，可如今还只不过是个宫女，难道你没有想过以后吗？"从柳看锦言一直不肯说话，不知不觉中，声音便透出一股急躁来。

"以后？"锦言默默念着，无奈地道，"我哪里还敢奢求什么以后？"

"有，只要你肯去争。"

"争？我拿什么去争？"锦言苦笑，难道要拿皇上如今的厌恶和冷漠去争吗？这已经不是从前了，皇上对自己成见甚深，否则怎么会下令处死自己？

"有，在这个后宫，你得到了最大势力的支持，你该庆幸的。"

"你说太后？太后对我确实好，只是我怕无以为报。"锦言明白了从柳的意图，只是不想轻易松口，她有她的顾虑。

永宁宫内，太后亲自召见了从柳，问道："哀家问你，那燕瑾是否心动了？"

从柳谨慎地回答："回禀太后，奴婢不敢妄断。她只是说太后大恩无以为报，既没有答应，也没有拒绝。既看不出喜怒，也看不出深浅，奴婢愚笨……奴婢摸不透这个人。"

太后叹气，说道："不用自责，哀家有时也猜不透她。左右不过还是个孩子，哪里有那么深的城府？或许是性子太过于内敛了。无妨，你先回去伺候着，诸事不要露出马脚来，也不要让她轻易跟外人接触。"

太后示意苏姑姑，苏姑姑忙去里间挑了几样首饰过来，太后拣了一支石榴红镶金簪子赏给了从柳，这才打发她回去。苏姑姑说道："太后，奴婢以为那燕瑾还是心存疑虑，忌惮皇后是她的姐妹，下不了决心争宠。"

太后阴险地笑道："哀家自有办法让她永无退路，你且等着看吧，这姐妹俩往后的日子可有的好看了。苏辣子，你悄悄散出消息去，就说燕瑾乃是闻家的庶女、皇后的姐姐，皇后一向容不下燕瑾，所以才千方百计要置她于死地。"

苏姑姑明白过来，带着笑容就出去了。太后从椅榻上站起身，踱到殿前，看着夕阳落下，烟霞漫天，不禁也生出些余暮的感慨。后宫风云几十年，为的就是保赫连家的势力长存，如今朝廷奸佞、忠臣俱在，难保没有人出来弹劾赫连家，只有让赫连家的女儿永远坐在后宫主位上，掌控后宫，才能维持赫连家的家族声威。自己也累了几十年，谁能替自己接下这副重担呢？

锦言依旧住在靠近宁泊湖的房间里，房间虽小，里面的物事却在悄然换新。慢慢地，有些宫女拿来一些妃嫔才能用的物事，锦言怕逾了礼制，便吩咐从柳放在箱底，从来不肯用。

从柳有些无奈，也暗暗佩服，所以在言语上对锦言越发谨慎，也不再说些煽动的话。锦言终日只是觉得闷，却也不肯轻易言语。

已是六月初一，各宫妃嫔都来永宁宫给太后请安，太后也命人过来知会锦言，要她前去，并且特别交代，要她好生装扮一下再去。

从柳轻笑道："太后是寻思着，要你将后宫妃嫔都比下去呢。"

锦言不敢不应，让从柳给她轻施脂粉，淡扫蛾眉。从柳从太后赏的衣服里挑了一件鹅黄衫子，锦言不肯穿，执意挑了一件浅绿衫裙，上面绣了六月初荷，衬得她越发风姿绰约，娇艳动人。锦言来到永宁宫大殿时，太后跟各宫妃嫔都在闲聊。锦言的出现顿时令众妃嫔止住了话，视线齐刷刷地落在了她的身上，或惊艳，或嫉妒，或不屑。

锦言给太后请了安，抬头便看见素语冷漠地看着自己，眼神中意味深长，既灼热又压抑。锦言不再与她对视，草草请了安，便站在太后的身侧，低下了头。太后上上下下打量着她，一脸的满意，笑道："哀家倒是没有想到，你这一装扮起来，尤为出色，只不过这衣裳太素了。"

锦言淡淡地回道："奴婢见宁泊湖的荷花开了，碧波涟漪，很是入眼。料想太后无暇前去观赏，便穿了这件衣服来应应景。"

太后欣慰道："难得你这丫头一片心意，用这种方式来提醒哀家去赏荷。苏辣子，你去准备一些茶水、点心，哀家今儿个兴致好，要与大家一同赏荷去。"

苏姑姑连忙吩咐人去准备，连太后没有吩咐到的东西也一齐备全了。

瑶妃不依地娇笑，扶着太后边走边说："太后，这是怎么了？这燕瑾就是比臣妾们好看，也不能这么宠着啊。她穿件带有荷花的衣裳，太后就拉着我们去赏荷，她哪日穿一件绣着月亮的衣裳，您定要带着我们赏月去，这还是好的，如果她穿了一件绣着山石的衣裳，太后是不是预备带着臣妾们登山去了？"

说着，众人哄笑，太后也朗声笑起来，点着瑶妃的额头笑骂："你这张嘴啊，都怪哀家平日里太宠你，什么都说得出口。那登山，哀家也是有心无力，哀家老了，没用了。"

　　当即有人过来溜须拍马，说了一堆好话，太后倒也开心，众人说说笑笑间便到了宁泊湖。那满湖的荷花果然好看，水中荷叶如盘，左右摇摆，风姿绰约。初荷天然去雕饰，玉洁冰清，一池碧莲千点红，令人心旷神怡，连心胸也开阔了不少。

第十六章

惜 佳 期

永宁宫算不上最大的宫殿，只因此宫内独有的假山湖泊、林园小径而别具一格。到了夏季，满湖的荷花怒放，大似瓷盘，小似粉拳，格外动人。太后命苏姑姑将茶水、点心布上，因座席不够，太后坐下后，只赐座给了素语和瑶妃，还余下一个座位，太后赏给了锦言。锦言连忙再三辞让，太后只得作罢，将座位赏给了惠婕妤。惠婕妤谢了恩，脸色并不好看，朝锦言望了过来。锦言装作没看到，只牢牢地盯着那满池荷花出神。

就在这时，皇上来了。他今日一身黄袍，额上带着沁红血玉，端的是风流逸致。众女纷纷将视线从荷花上转移到他身上，娇态媚笑不一。

"母后怎么如此偏心，这么好的景色，只叫了她们过来游赏……"皇上走过来，惠婕妤已经站起身，将座位空了出来。如此，素语和瑶妃依次坐了下去，换作皇上挨着太后坐下了。

锦言站在远处，离湖极近，偶尔衣衫被风吹起，便触到荷花之上。她不敢回头，可是感觉身后有一道炙热的目光刺得后背生痛，不知不觉中，她的脚步便往前移了移。

太后笑道："哀家见有人穿了荷花衫子好看，便想过来看看这真的荷花了。皇帝，今儿个早朝劳累，这会儿赏赏荷，歇上一歇吧。苏辣子，给皇上预备一些酸梅汤，也给皇后她们准备些吧。"

当太后说到荷花衫子时，锦言心里一惊，回头看去，见皇上正疑惑地看着她，眼中似有一丝不屑，正是那一丝不屑，击得她心碎神伤。

素语的嘴角勾起一抹令人难以察觉的冷笑，她转身道："白嫔，这样的好景色，难得太后和皇上都在，你就唱支歌来听听也好。"

自从庆嫔被赐死后，白嫔一直未曾近君服侍，终日也只是待在曼音阁里。锦言还在澄瑞宫时，曾与她闲聊过几次。锦言从留痕室出来又去了永宁宫后，两人倒一直未再相见。白嫔福了福，说道："臣妾自是情愿的，只是身子不争气，昨夜吹风受了凉，今儿个嗓子不适……"

素语轻轻"哦"了一声，皱眉道："怎么曼音阁的人没来禀报？这帮奴才越来越混账了，耽误了主子的身子，看他们有几个脑袋来担待？"

白嫔忙回道："是臣妾不叫他们说的。只不过是受凉而已，今儿个已经喝了姜汤发了汗，不过嗓子还有些不适，养几天想来就好了。"

太后悠悠地说道："也罢，皇后，挑个医术精湛的太医给白嫔瞧瞧去。白嫔，有他们这些人陪着哀家，你回去歇着吧。等身子好了，再来给哀家请安。"

白嫔谢了恩，转身离开，经过锦言身旁，对她微微一笑。

白嫔刚刚离开，众人不禁有些扫兴。突然听见有人说道："太后、皇上，臣妾的歌声虽然比不上白嫔姐姐，可也甘愿献丑，让太后和皇上高兴。"

众人将视线投到那人身上，却是灵选侍，她自从在竹林被封，至今未曾被皇上临幸，早已成了后宫的笑柄，如今看她站出来，四周都是不屑的冷笑。瑶妃冷哼一声："人家唱歌讨了皇上的欢心，你也来凑热闹？别掂不清自己的斤两，徒增笑料。"

瑶妃生气恼怒不是没有缘由的。白嫔本是从她瑶仙殿出去的，这会儿皇后又将灵选侍安排进了她的宫殿，她就将怒气一股脑儿地发泄在了灵选侍的身上，平时也没少作践灵选侍。这会儿看灵选侍竟然有胆子越过自己出来争宠，瑶妃如何不气？以后谁还会把她放在眼里？

灵选侍牢牢地盯住瑶妃，说道："白嫔姐姐与臣妾出来献歌，都只是为了讨太后和皇上高兴罢了。瑶妃娘娘既然不悦，那么请瑶妃娘娘来献歌可好？"

瑶妃顿时脸色煞白，极其难看，那双眼睛似要喷出火来。她嗓音沙哑，说话时的声音已是有些不悦耳，何况是唱歌？在众人面前被人揭了短，她气得七窍生烟，恨不得上前撕烂灵选侍的嘴，她一字一板地喝道："灵选侍，你竟敢在太后和皇上面前侮辱本宫？"

惠婕妤离灵选侍近一些，忙扯了扯她的衣袖，算是提个醒，不过也不愿意开口为她说话。瑶妃的面色更加难看，一时竟哭了起来，不依不饶地道："太后、皇上，你们就忍心看臣妾这么被人羞辱吗？"

素语暗地里只觉得好笑，不慌不忙地道："瑶妃，你也不必生气。依本宫之言，就叫灵选侍唱吧，唱得好就不追究了，太后高兴了也会赏她。若是唱得不入耳，那么就再追究她以下犯上之罪，也算给你一个交代，可好？"

瑶妃一愣，没有想到素语竟会为自己说话，那以下犯上的罪名定得十分重，算是给足了她面子。瑶妃冲素语感激地一笑。

瑶妃哪里知道，素语恨透了灵选侍，当初灵选侍受温昭仪指使混进澄瑞宫，虽然没有酿出大祸来，却也害得素语时时刻刻防备，哪里想到她一下子就被封为了灵选侍？

太后听着，只觉得心烦，说道："也罢，也罢，就让她唱吧。即便她唱歌难听，也比你们这样吵来吵去的好些。"

灵选侍不安地看了看皇上，见他依旧面无表情，只是望着满池荷花出神，似是没有听见众人的对话，不禁有些着急起来。因为紧张，灵选侍一张嘴便失去了音准，声音也有些干涩，不甚动听。她心里恐慌起来，只将目光紧紧地盯着皇上。皇上仿佛也听见了她的歌声，初始皱眉，慢慢地竟转过头来，目光中渐渐有了些鼓励。

灵选侍心里一动，声音慢慢地稳住了，最后的旋律虽然不能令人惊艳，但也颇有些伤感的回味。一时之间，大家都沉迷在歌声中，那歌声不婉转，也不悠扬，只是曲子中蕴含的情感打动了众人。皇上表情复杂，沉默了许久才问道："你这歌里唱的是什么？"

灵选侍答道："臣妾唱的是一个女子思念出门在外的丈夫，等到丈夫回来时，那女子却已经死了，两人相爱却不能相守，天人永隔。"

皇上再次陷入了深思，只是这一次，他看着灵选侍的眼神竟有了些温柔。锦言牢牢抓着帕子，无奈地闭上了眼睛，她知道皇上已经被灵选侍的歌声打动了。

瑶妃冷笑道："灵选侍，你这唱的是什么啊？亏你还好意思自己站出来唱给大家听，也不怕污了太后和皇上的清听。"她转身朝素语难得地一笑，说道，"皇后，先前你说她唱得不好便可以处置她，现在曲子既已听了，也该下令处置她了吧？"

未等素语回答，皇上脸色阴郁地喝道："都给朕住嘴！朕看她倒是有诚心，正因为唱得不好，却还主动出来讨太后和朕的欢心，这点儿诚意足以令你们汗颜。"

众妃嫔纷纷跪下不敢出声，气氛顿时凝重，有些胆大的妃嫔偷偷拿眼瞪着灵选侍，灵选侍一时之间也不知道该如何是好，脸色尴尬。

"皇帝，这点儿事何必动怒，难得今儿个好兴致，你既然觉得灵选侍诚心可嘉，不如晋其位分以示褒奖吧。"太后挑了一块点心，放在嘴里慢慢地嚼着。太后的话令各宫妃嫔皆倒吸一口凉气，将先前对锦言的嫉恨立即转移到了灵选侍身上，生怕皇上一高兴，便将灵选侍晋为嫔。皇上皱眉思索了一下，最后只封她为灵常在，众人纷纷松了口气。倒是灵常在掩饰不住失望之色，谢了恩后便不敢随意开口了。

起风了，风吹涟漪，碧波微动，满池荷花摇曳生姿，红绿相映分外有趣。锦言站在湖边，离众人远了些，却也看清了皇上阴郁的眼光落在了自己身边的初荷上。那朵初荷不曾怒放，只是羞涩地掩住了红颜，别有一种情怀。

锦言不知不觉便伸出手，想去够那朵初荷，只觉得那朵初荷或许能给自己带来些许安慰。只是手刚刚触到初荷，便听见一声大喝："谁允许你摘那朵荷花的？"

锦言吃惊之余，回头看去，正碰到皇上那犀利而鄙夷的眼神，顿时心如刀割，身子一软，便滑进了湖里。六月天，湖水并不寒冷，只是由于事发突然，锦言惊吓之余不住地在水里挣扎着，心却是痛的，不如就这般死去算了，想着想着，她便停止了挣扎，任自己沉了下去。耳边还隐约响着太后的呵斥和众人的惊呼声，不过，这一切都要远去了，素语，这样你就能忘记仇恨了吧？

就在她感觉要窒息死去的时候，突然有只手抓着她的衣领，将她拎了起来。她身子不由自主地站起来，才发现那湖水不过及腰深。她用手抹了一把脸上的水，才发现皇上蹲在岸边，衣袖全湿了，似笑非笑地看着她，他凑在她的耳边说道："你费尽心思将大家引到这里来，就是为了上演这一幕吗？可惜了，已经晚了，朕对你已经失望透了。"

锦言怒极，咬住嘴唇不出声。皇上冷笑一声，起身离开了湖边。

苏姑姑笑道："太后，您看燕瑾姑娘站在这满池荷花中，竟是比那花还要美上几分呢。"

众人齐刷刷地看去，锦言在水中粉黛尽去，站在几朵荷花中间，竟似出水芙蓉般亭亭玉立。美则美矣，只是眼中却满是隐忍和伤痛。彼时，锦言看到皇上走到灵常在面前，拉着她的手远去了。临走时，他有意无意地看过来，眼神中的憎恶让她犹如万箭穿心，痛到极致。

太后命人将锦言扶出来，担忧地说道："好端端的怎么就掉进了湖里？虽然是六月天，也难保不受凉。苏辣子，快去准备姜汤，待会儿给燕瑾送过去。"说着，便命人将锦言送回了房间。从柳看锦言这副模样回来，也是大吃一惊，赶紧提水来伺候她沐浴。

锦言只觉得心中凄苦，皇上临走时那憎恶的眼神令她无法承受，还有什么比那眼神更令自己心痛的呢？他早已没了当初对自己呵护时的深情厚谊，现在只剩下厌恶和憎恨。

锦言苦笑，太后啊太后，你这般费尽心机想让我做他的女人，可惜失算了，我已经无法成为你利用的筹码了。

瑶仙殿内，皇上拉着灵常在的手进了偏殿依月阁。灵常在喜笑颜开，她自觉终于熬出头来了，哪知才进了房间他就松开了她的手，坐在椅榻上，默默不语。灵常在自是不甘，这说不定是她唯一的机会了，她得珍惜。

她给皇上斟了茶端了过来，皇上却不接，她只好放在皇上身侧的几上。她将手小心翼翼地落在了他身上，慢慢揉着，另一只手不着痕迹地解开了自己的衣扣，顿时满室春光。等到灵常在的手慢慢往下时，皇上却似突然醒过来一般，猛地推开了她。灵常在没有防备，一屁股便坐在了地上。看着脚下这个衣衫不整、媚态毕露的女子，皇上突然没来由地厌恶，站起身来便欲往外走。

灵常在大惊失色，最终鼓起勇气喊道："皇上，您难道要令臣妾无颜面存活于世吗？"

皇上丝毫没有动心，仍旧往外走去。灵常在孤注一掷，膝行抱住他的腿，说道："皇上，只要您今夜留在依月阁，臣妾愿意将温妃之死的真相说出来！"

果然，这句话比千求万乞要有作用，皇上站定了脚步，弯下腰来，用手捏起她的下巴，狠狠地说道："你如果撒谎骗朕，可知有什么下场？"

灵常在豁出去一般，说道："如果臣妾有一句假话，臣妾甘受皇上惩治。"

皇上没有作声，灵常在从地上站起身来，拉着皇上的手，便往床榻那边走去。他皱眉坐在床榻上，问道："快些讲给朕听，到底是谁害死了温妃？"

灵常在这会儿像是变了一个人似的，眼媚身娇，只着一层轻纱，便往他身上靠去，娇笑着道："皇上，臣妾不美吗？只要皇上要了臣妾，臣妾便什么都愿意讲给皇上听。"

皇上心里冷笑，眼光落在灵常在的身上，却也有些心动。她身子滑腻，柔若无骨，偎依在自己身上，顿时让他有些意乱情迷。灵常在慢慢褪尽了衣物，不着一缕地呈现在了他的面前，又伸手来解他的衣扣，娇笑着便要往他怀里拱去。猛然间，灵常在被他锁住喉咙，狠狠地摔在了地上。

狼狈之中，灵常在面如死灰，嗫嚅道："皇上……"

"放肆！不要跟朕讲条件，快些把你知道的说出来，或许朕还会考虑饶你一命。"皇上浑身散发着一种阴郁气息，目光更是犀利，令灵常在不敢直视。

灵常在不着一缕地跪在地上，因为胆怯，身子不停地颤抖着，声音也略显干涩，说道："皇上，温妃娘娘与寄灵是族亲，这些宫里也有人知道。当初温妃娘娘将寄灵带进宫，不过是为了争宠，恢复温家荣光。寄灵不争气，只做了宫女，温妃娘娘看寄灵没有利用价值，所以和寄灵也是甚少来往。她临死前，曾偷偷见过寄灵一面，她说当初皇后娘娘中毒不是她做的，至于那个陷害她的宫女，她也实在不明白是怎么一回事。"

皇上有些不耐烦，说道："朕来问你，当初温妃谎称有孕，难道就没有一个人知道吗？"

寄灵慢慢回忆着，说道："温妃娘娘倒是说过，她说那赵太医虽是自己指使的，可是后来，后来……"

"后来怎么了？你如实招来，朕没有那么多耐心。"皇上不悦，两道剑眉蹙在了一起。灵常在咬咬牙道："本来寄灵不敢说，说了就是死，但不说在皇上面前也逃不过去。是太后知道温妃娘娘假孕，替她瞒了下来，却又让赵太医在她的安胎药里放了些虎狼之药，温妃娘娘不敢不喝，所以身子就慢慢地耗竭了。她临死的那日，寄灵曾去见过她，看见燕瑾奉了太后之命前来，温妃娘娘忧心忡忡，而寄灵怕人看见便躲在了幔帐后面。"

"就这些？"皇上听她絮絮叨叨没有个重点，早已心生厌烦。

"寄灵听到，温妃娘娘临死前说在枕下留给燕瑾一封信，只是燕瑾当时被绿屏陷害，进了留痕室，并没有机会拿走那封信。"

皇上急忙道："那封信现在何处？"

寄灵跪在地上，这会儿却得意地笑了起来，说道："那信自然在寄灵的手里，只是寄灵却不会这么轻易地交给皇上，除非皇上肯答应寄灵的条件。"

"朕如何相信你的一面之词？"

"皇上如若不信，大可以去问燕瑾。"

皇上的脸色或阴或晴，令灵常在吃惊，不过她还是硬着头皮说了下去："寄灵要皇上答应不杀温时运。"皇上笑道："朕怎么会杀他呢？他是朝中重臣，温妃已死，朕自会保全他。"突然他又盯着灵常在，狐疑地问道，"就这样简单？"

灵常在鼓足勇气回视他，说道："臣妾不是无欲之人，只是纵有再多的要求也不敢向皇上提。皇上不喜寄灵，自然不会宠幸寄灵，如果寄灵强求，只会徒增皇上厌恶罢了。寄灵宁愿留着一条命，好好地活着。只是保全温时运的性命，是温妃娘娘的遗愿……"

"那信的内容可以告诉朕了吗？"

"皇上，寄灵不能告诉皇上，等温时运回朝之时，寄灵才能奉上。"

皇上的脸色终于阴沉下来，喝道："贱婢，你就不怕朕现在将你就地处死？"

"那信的内容至关重要，藏着一个天大的秘密，皇上不看定会后悔不已，否则寄灵也不敢跟皇上提条件。"灵常在似乎信心满满。

皇上冷笑一声，从床上抓起一件衣衫扔给了她，说道："从今儿个起，你就给朕待在这儿，哪里也不要去。等温时运回朝之日，朕自有决断。"

"皇上，寄灵可以不离开这依月阁，可是如若有人非要来见寄灵呢？"

皇上置若罔闻，拂袖而去。灵常在颓废地坐在地上，冷汗淋漓。

皇上出了依月阁，便看见瑶妃带着修贤公主在院子里走来走去，定是在等自己出来。他逗了逗修贤公主，对瑶妃说道："从今儿个起，任何人不得进依月阁，灵常在就交给你了，她如果出了任何差错，朕就拿你是问。"

瑶妃心存疑虑，脸上也很不好看，却不敢不从。她应了下来，却发现皇上已经走远了。瑶妃对着依月阁狠狠瞪了几眼才作罢。

永宁宫内，太后从宁泊湖赏荷回来，有些乏了，便躺在殿外的藤榻上闭目养神。苏姑姑端了一碗酸梅汤进来，说道："太后，用些酸梅汤吧。刚才忙乱，太后也顾不上饮用，这会儿喝了好歹能解暑消乏。"

太后睁开眼睛，坐起身来，接过酸梅汤喝了几口，说道："这酸梅汤怎么不如上次的甜？"

苏姑姑笑道："您忘了？前日苏太医来给太后您请脉，说您最近有些气血凝滞，饮食要清淡些，所以这酸梅汤奴婢就让少加了些糖。"

太后点点头，说道："倒也是，甜食吃多了也会腻的。"

苏姑姑看太后心情颇好，不由得试探着问道："太后，奴婢看皇上似乎对燕瑾还是提不起兴趣来，这样下去该如何是好？不如单独给他们一个机会，如何？"

"也罢，明日就说是哀家的懿旨，要燕瑾去朝元殿给皇上送些点心去。"

苏姑姑迟疑着道："太后，这只怕不太好吧，后宫妃嫔不得入朝元殿……"

太后冷笑道："无妨，哀家要扶持她，自然要将她捧到天上去，否则那些人还是会生事将她踩下去的。她倒是不笨，只是斗志不强，哀家要让她除了争宠，别无二心。"

次日，苏姑姑亲自将食盒送到锦言的房间，又详细嘱咐了几句才离开。从柳一直未合上嘴，只觉得惊诧无比，倒是锦言一直神色淡淡的，不施脂粉，并执意要穿上宫女的服装，才提着食盒往朝元殿走去。

从永宁宫去朝元殿，路过澄瑞宫，锦言站定了脚步。冷不防见福全从里面出来，说道："燕瑾，皇后娘娘让您进去叙几句话。"

锦言有些迟疑，往身后看了看，只听福全道："不会耽搁多大一会儿的，福全会在这儿守着，有人来了就知会一声。"

福全欲接过锦言手里的食盒，锦言想了想，还是自己提着进去了。素语坐在大殿上，今日也未曾好好装扮，显得有些没精打采，看到锦言时，她又不屑地笑了："怎么？从留痕室出来就一步登天了？我本以为你出不了留痕室，没想到你一步就要踏进朝元殿了。"

锦言深深望了她一眼，不作声。素语不以为意，说道："听说，皇上欲册封你。怎么？你还不死心吗？是不是想我将这皇后的宝座还给你呢？"

锦言忍不住地道："你在这皇后宝座上，掌握生杀大权，多么威风，还能想到让给别人吗？皇后娘娘，如果无事，我就先暂且退下了。"

素语被气得够呛，抚着胸口喘息着，指着锦言的手也不停颤抖着，喝道："闻锦言，你信不信，你封妃之日，便是闻家满门抄斩之时？"

锦言冷眼看着她，走上前去，在她耳边坚定而决绝地说："闻素语，你也给我听着，从今以后，只要有我在，我断不会让你伤害到闻家！"说完，锦言提着食盒离去，身后是素语凄厉的叫声："好，你等着看吧，你受宠之时，闻家会满门抄斩；你侍君之时，闻家则尸骨无存！"

锦言不寒而栗，素语的声音似是从地府传来的鬼魅之音，瘆得她头皮发麻。她不敢回头，径直从澄瑞宫走了出去，才发现拎着食盒的手早已汗湿。

或许早已有人知会过，所以她一路并未遭到侍卫盘查。靠近朝元殿，锦言慢慢观察着这座宏伟宝殿，雕龙画凤，镏金嵌玉，瑰丽而又寂静，让她不禁有些失神。远处有个小宫女小跑过来，引着她进了朝元殿，又从朝元殿穿了过去，经过三条回廊，来到一处明净的院子里，名为瑞宣阁。小宫女将她带到这里，转身便走了。锦言在门外轻声说道："皇上，燕瑾求见。"

里面很安静，没有人应声。锦言又说了一遍，仍旧没有人应声，她将门推开，里面的布置格外雅静，并不似朝元殿那般华丽。她慢慢走进去，左右观察了下，未发现一个人，她将食盒放在桌上，转身欲走。这时，一道慵懒而低沉的声音在她身后响起："怎么？这就要走？"

锦言吓了一跳，那声音是从靠近窗边的屏风后面传过来的，她还未来得及答话，便听见里面的人以不容反驳的口气说道："给朕过来。"

"皇上……"

"上前答话。"

锦言有些迟疑，未来得及挪动脚步，便听见里面的声音更加低沉地传来："难道要朕亲自去请你过来吗？"

锦言长呼一口气，绕过屏风，便看到了一张龙榻。皇上正和衣卧在上面，意味深长地看着她，说道："难道母后就只是为了让你给我送点心吗？"

锦言捏着手里的帕子，站定了脚步。来这里之前，她是有些忐忑的，但如今站在他眼前了，她倒镇定了许多，既不言语，也不回避他的眼光，就这么看着他，甚至忘记了尊卑。

皇上合上眼，也不再出声，两人僵持着，静得只能听见彼此的呼吸。突然，皇上像是再也无法压抑住什么似的，伸手就将锦言扯了过去。锦言避之不及，跌倒在他身上，正要起身，却发现被他箍得紧紧地，根本动弹不得。锦言将脸埋在他的怀里，感受到了他的心跳，时光仿佛在这一刻停住了，一切都那么静谧而清幽，只有她慢慢落下的泪水湿了他的衣襟。而他却似并不在意，许久才说道："朕今日好累，许久未这么累过了。"

锦言想挪开身子，却被他翻身压在了身下，顿时她面色绯红，不敢与他直视。他用手轻轻勾起她的下巴，眼神深邃而痴迷，轻缓地道："你到底是个什么样的女子？"

锦言不语，仍旧是眼里噙着泪，娇弱似水的模样。

"你既然不肯开口，就让你的心来回答朕吧。"皇上沉声说着，一低头便吻了下去。一时之间，意乱情迷，满室皆是旖旎气息。锦言在皇上身下轻轻扭动，似是要逃避这炙热而强烈的爱欲。

锦言伸手环住他的脖颈，低吟了一声，心里却猛然觉得有些不对，将手再次抚上他的脸，才发现他的脸滚烫。锦言一惊，猛地推开他，从他炙热的怀抱里逃了出来，急道："皇上……"

皇上似笑非笑地看着锦言，她低头看去，才发现自己衣襟的扣子不知何时被解开了，露出一截香肩，她顿时羞得面红耳赤，忙坐起身来整理好衣襟。

皇上依旧倚在龙榻上，声音沙哑地说道："怎么？看朕身子不适，担心不能临幸你吗？"

锦言慌忙从龙榻上下来，背对着他，急道："请皇上自重。"

皇上朗声笑了起来："可别再说皇上自重了，小心朕真不自重了。"

锦言觉得这个房间已经不能再待下去了，她举步欲走，说道："皇上，燕瑾去给您请太医。"皇上一把拉住她，她站立不稳，又跌进了他的怀中。不过这次她并没有试图挣脱，只是静静地偎依着他。他将她揽在胸前，低声说道："朕嫌他们聒噪，就让那帮奴才下去了。朕也不想叫太医，他们没事就会将小病托大，治好了就是神医。而真正棘手的病，他们就只会一个劲儿地磕头说自己该死。"

"别的太医燕瑾不知，苏太医的医术总该是行的。皇上龙体欠安，还不让人请脉，这让太后知道了还不知会怎么心疼呢。"

"那你心疼吗？"他轻轻吻着她的耳垂，温热的气息扑到她的脸上，她的身子也逐渐有些火热起来。她不敢言语，可是也知这样不妥，不知不觉便黛眉微蹙。

皇上吻了吻她的眉心，说道："从此以后，朕只准你为朕一个人皱眉。"

锦言在心里轻叹，这就是帝王的爱，霸道而火热，却又飘忽不定。

"你可是在心里怨朕，怨朕当初对你那么无情？"

锦言在心里想了又想，不知该如何回答，却把一个问题抛向了皇上："那么皇上此刻为何又对燕瑾这般……"

皇上用手捧起她的脸，深深地凝视着她，说道："朕没有想到，你竟会如此喜欢朕，朕自然该珍惜的。"

锦言虽然有些不解，可是也不敢再迎上他炙热的目光。看到他越来越红的脸，锦言胆战心惊，郑重地道："皇上，燕瑾恳求皇上以太后为念，保重龙体。"说着，她再次起身欲去请太医。他一把抓住她的手腕，说道："你不要走，留下来陪着朕，哪里都不要去。"

他的眼神分明有几分眷恋，让锦言心里一热，差点儿落下泪来，她朝他点点头，算是应了，转身便走出瑞宣阁知会外面侍候的太监宫女。

顿时，皇上龙体不适的消息传遍了皇宫。太后亲自从永宁宫赶过来，命苏渔阳为皇上把脉。苏渔阳看过后，说皇上是受了夜凉风寒，需要静养几日。

皇上竟高热不退，慢慢失去了意识，却握着锦言的手腕不放。锦言用另一只手拿着帕子不停地给他拭汗。苏渔阳熬的药喂不进去，最后没有办法，在苏渔阳的意会下，锦言用嘴轻轻地将药汁喂到了他嘴里。一碗药喂下去，锦言也香汗淋漓。

太后吩咐李朝海好生侍候着，又见皇上抓着锦言的手不放，只好用又欣慰又心疼的语气说道：“这几日，就要辛苦你来照顾皇上了。皇上如有什么不妥，只管让他们去料理，这帮狗奴才如果不听，就来回禀哀家，一切自有哀家为你做主。”

锦言忙应了下来，当夜衣不解带地守在皇上的身边。他却因为高热渐渐说起了胡话，“润儿，润儿”。锦言听着，给他拭汗的手抖了一抖，不禁苦笑，闻锦言啊闻锦言，你太高估自己了，他是一国之君、九五至尊，他的心里怎么可能只有你？即便他现在拉着你的手不肯放，又怎知那是为了爱，还是一时的欢愉？

次日早晨，皇上终于醒了过来，头脑也清醒了几分，就看到锦言偎依在床榻前，眼睛轻闭，睫毛轻轻颤动着，肤色白皙，他顿时起了几分怜爱。他有心要逗她，用手捂着胸口，惊呼一声：“啊，朕命休矣。”说罢，一扭头便不再出声，握住锦言的手也松开了。

锦言倏地起身，大惊失色，只觉得五内如焚，连哭都忘了。半晌，她忽然笑道：“你既然死了，我也随你去吧，撇开这世间纷扰，你不再是帝王身，从此也不会累着你了。”

她边说边往后退，眼看就要往墙上撞去。躺在床上闭目装死的皇上猛地从床上跳起来，一把扯住她。因他并未复原，身子也跟着一软，两人滚落在地上。

房外的李朝海听见动静，推门进来，就看到皇上垫在锦言的身下，脸色蜡黄，有气无力，而锦言脸色发白，面无血色，似是昏厥了过去。

李朝海赶紧叫人将皇上扶到龙榻上，又谄媚地道："皇上，这燕瑾实在胆大包天，太后临走前嘱咐她要好生侍候皇上，她却出了这么大的岔子，不如禀告太后杖毙了吧？"

皇上猛地抬手，一巴掌将李朝海打倒在地。他身体虽虚弱，这一掌却是用尽了气力，李朝海顿时趴在地上动也不敢动，直喊着"奴才该死，皇上饶命"。

"你既然自知该死，如何要朕饶命？给朕滚出去，廷杖二十，不，三十！"皇上怒道。

这时已经有两个小太监胆战心惊地将李朝海拖了出去，拉到御监司行杖，只是这杖打得实不实，就要另说了。

皇上抱起锦言，将她放到龙榻上，轻轻抚了抚她的脸颊。这时锦言已经悠悠醒来，看见皇上赫然坐在自己跟前，才明白刚才受到了戏弄，她扭过头不理他，眼里却是止不住的泪水。皇上颇有些悔意，说道："都怨朕，朕怎知你这般傻？竟会追随朕而去。"

锦言一想到刚才的痛苦，犹如晴天霹雳般，顿时失声痛哭起来。任皇上怎么哄也哄不住，许久，她才慢慢止住了哭声，只是背对着他，就是不肯理他。皇上慢慢躺下，从背后抱着她，满意地道："朕有你这份深情，早已不知胜过多少美色。你放心，朕定不会负你。此景此情，此生难忘。"

锦言心动，心中不禁叹道，自己终是个女人，就算他是假话又如何？她慢慢地转过身，两人相视一笑，随后说笑了几句，就忘记了刚才的不愉快。

就在这时，突然隐约听见外面传来喧哗声，皇上皱眉，喝道："李朝海，是谁在外面喧哗？难道看朕身子没好利落，他们就反了天不成？"

外面没有人回应，皇上才想起李朝海早已被人拖去受罚了，只得又出声："外面是谁侍候？"

"回皇上，奴才小秦子在。前面是瑶妃娘娘，听说皇上龙体欠安，特来探望。"

皇上不悦道："难道她不知后宫女子不得擅入朝元殿吗？"

"奴才是那样说了，"小秦子有些为难地回道，"可是瑶妃娘娘她说……"

锦言心知，瑶妃是冲着自己来的，当下欲起身："皇上，不如让燕瑾先回永宁宫吧，先去给太后禀报一声，皇上身子已经大好了。"

皇上调笑道："你怎知朕身子已大好了？要不要……"他凑在锦言耳边低语了几句，她顿时羞得满面通红，皇上吻了吻她的脸颊，不舍地道，"去吧，朕不再为难你了。"

锦言站起身来，身子一软，有些站立不稳，她强撑着桌子站起身来，冲他微微一笑。皇上对小秦子说道："小秦子，用朕的软轿将燕瑾送回永宁宫。"

小秦子露出诧异之色，不过他够机灵，马上就领命去了。锦言知道推托无用，向皇上行了礼，就让一个小宫女扶着出去了。出了朝元殿，就远远看见瑶妃带着修贤公主还在那里大吵大闹，锦言立即放下了轿帘。不承想瑶妃几个箭步冲上来，掀开轿帘，便呵斥道："这皇上的软轿是你能坐的吗？还不快给本宫滚下来！"

锦言抬头看看她，从软轿上强撑着走下来，说道："好，燕瑾这就下来，请瑶妃娘娘坐上去可好？"

瑶妃一怔，未有皇命，她怎么敢坐皇上的软轿？可是被锦言一戗，她如何咽得下这口气？当即用尖厉的声音说道："贱婢，你什么身份，竟敢跟本宫这样说话！告诉你，即便本宫不能坐这软轿，也轮不到你来坐，也不瞧瞧你是个什么东西！"

"瑶妃娘娘，"小秦子说道，"这是皇上的旨意，如果瑶妃娘娘有何不满，尽可以去瑞宣阁见皇上。"

这无疑又打了瑶妃一个耳光，她扭曲着脸，气得浑身颤抖："狗奴才，抬高踩低，看见这个贱婢得势，就敢不把本宫放在眼里了？"

小秦子道了声"不敢"，又将锦言扶进了软轿，喊了声"起轿"，便离开了。瑶妃仍旧在那里跺脚怒骂，许久也没有人去理睬，只好灰溜溜地回瑶仙殿去了。

锦言坐着皇上的软轿回永宁宫的消息，犹如落水之石激起圈圈涟漪。苏姑姑亲自等在永宁宫门口，笑着将锦言扶下来，迎进了永宁宫的大殿。锦言向太后请了安，太后拿了几件饰物赏给她，便让从柳扶着她下去歇息了。太后笑道："苏辣子，你的主意不错，拿去的东西打动了皇上，哀家该赏你点儿什么才好？"

苏姑姑给太后捏了捏肩，说道："奴婢什么赏赐也不要，能为太后分忧，是奴婢分内的事。"她接着道，"这燕瑾既讨了皇上的欢心，澄瑞宫的那一位该着急了吧？"

太后冷哼一声，脸上却是满意之色："那就先让她着急吧。"

谁都以为锦言定会被皇上册封，可是谁也没有料到，几天过去了，一点儿消息都没有。后宫女子说话尖刻，将锦言挖苦了一番。锦言并不恼怒，终日窝在房间里，闷了就打开窗户，看看宁泊湖的满池荷花，偶尔想起那日与皇上的亲近，脸上都是红晕，竟惹得从柳取笑。

就在后宫女子都渐渐淡忘此事之时，皇上差小秦子来永宁宫找锦言。因锦言还是宫女身份，所以小秦子并未行礼，只是恭敬地笑道："小秦子给姑娘道喜了。"

从柳急忙问道："喜从何来？"

"皇上差小秦子来问，燕瑾姑娘看中这宫里的哪一处了？"

从柳拊掌笑道："果然是大喜，皇上这是要册封姑娘为主子了。从柳这就去回禀太后，让太后知道了也替姑娘高兴一下。"

锦言不回答小秦子的问题，脸上也并无表情，说道："皇上怎么不自己来问？"

小秦子一怔，没有料到她竟敢如此问话，支支吾吾的，竟不知如何回答："这……"

门被推开，皇上朗声笑道："朕就料到你会有此一问。"小秦子识趣地退了下去。

锦言的心猛地颤抖了一下，佯装若无其事，说道："皇上既然知道，还要玩这些把戏，岂不是多此一举？"

皇上走近，用手勾起她的下巴，半是宠爱半是威慑："朕要做的，即便是游戏又如何？"

锦言眼睛里有一丝受伤，她将头别过去，看着窗外荷花摇曳，颇有些神伤："所以皇上执意要与燕瑾游戏，当所有的人都以为皇上已经遗忘了我，而对我诸多嘲讽，我自己也该受不住这冷言冷语而对皇上万般期待之时，皇上才出现在我的面前，对吗？"

皇上笑道："可是朕也失算了，你不是承受不住压力的人，所以朕亲自来找你了。"他从背后抱着锦言，两人一齐往窗外看去，那满湖的荷花娇艳如故，只是锦言的心仿佛又沉了几分。

"你喜欢宫里的哪处居所？"他轻轻吻了吻锦言的头发，便将下巴抵在她的发丝上慢慢地摩擦着。

"那就选墨韵堂吧。"锦言忆起她与皇上的初遇。皇上环抱着她的手紧了紧，笑道："那是朕平日常去读书的地方，被你占了去，朕可去哪里读书啊？"

锦言不作声，如果要讨好他，她大可以说皇上照样可以去墨韵堂读书，自己则可以红袖添香。可是她沉默着，有些事是求不来的，感情便是，特别是帝王的感情。

"好吧，朕就将墨韵堂赏给你，不过那宅子有些旧了，朕这就着人修葺一番。"皇上突然又记起什么来似的，"你怎么不问，朕欲封你什么位分？"

"这个能由得了我做主吗？一切自有太后和皇上思虑，岂是我想要什么就能要什么的？"

皇上挑眉："朕跟你在一起，有时也是无趣。你不问问，怎知朕不肯答应？"

锦言转过身子，定定地看着他，一本正经地问道："如果，我要皇后之位呢？您肯给吗？"

第十七章

拂弦玉箫

皇上的脸色微变，似有些不悦，他深深叹了口气，抱着锦言，贴在她耳边低声说道："听话，朕知道你不是贪图权势之人，只是这样的话再也不要提起。做朕的女人或许有很多不得已的苦楚，可是坐上那个位置，却是……"他仿佛不忍再说下去，只是抱紧了锦言不再出声，锦言却感觉到了他无奈的悲伤。

"既然做皇后也不似表面那么风光，为什么还有那么多人抢着要做皇后？"

皇上苦笑道："你错了，哪一朝哪一代的后宫，众女莫不以入主中宫为傲，可是朕的后宫里，却恰恰相反……"

"因为做了皇后就会死？难道三年之期是真的？"锦言有些失神。皇上略为探寻地看了她一眼，说道："为什么你这么在意皇后的生死，难道就因为自己是闻家的庶女？"

锦言大惊，抬眼看去，只见皇上神情颇为平静，看不出任何端倪来，仿佛只是说了一句闲话罢了。

"你不必惊慌，母后已经将你的身世告诉了朕。"皇上看着她，"这并没有什么见不得人的，庶女也是人，在朕的眼里，你这个庶女比闻家的那个嫡女要好得多，更讨朕的喜欢。"

"皇上，燕瑾不是有心要瞒着您……"

"以后，你不用再对自己的庶女身份耿耿于怀，朕不在乎，也不许她们嚼舌根子，你不必怕。"皇上淡淡地说。

锦言眼里一热，心想，如果你知道了我真正的身份，又不知会做何感想？

三日后，锦言被册封为瑾美人，赐居墨韵堂。之后，她就被小秦子用皇上的软轿接了过去。刚安顿好，便见有些宫里的人送过来好多物品。锦言想打赏，却苦于手头空空，她不过是个宫女出身，哪有什么钱财？小秦子偷偷从身边掏出些银两来，说道："皇上早已想到这一层，所以命奴才备好了，以备瑾美人打赏之用。"

锦言没有想到，皇上竟会如此细致入微，心里有些感动。

根据祖制，册封妃位以下的都不用诰命金册，但是皇上想设宴庆祝，被锦言执意回绝了。皇上无奈，只好赐宴墨韵堂。他本想与锦言一同用膳，怎奈临时有边疆急报传来，让他一时抽不开身，所以就命小秦子过来侍候，自己晚些再过来。

锦言没有用膳，执意等他来了以后再用。小秦子急得没办法，说道："瑾美人，饶了奴才吧，等皇上过来看到奴才没有伺候主子用膳，还不得扒了奴才的皮啊？"

锦言掩嘴轻笑："哪里就要扒你的皮了？我会跟皇上求情的，让他赏你二十廷杖就罢了。"

小秦子欲哭无泪，说道："瑾美人，奴才知道没管住自己的嘴，惹恼了您，可是看在您如今已是主子的分上，还是饶了奴才吧。"

锦言一惊，随即不动声色地问道："难得公公主动提起这件事，那么我倒要听公公亲口说一遍此事，也正好可以撇了那些小人的添油加醋。"

小秦子忙说道："当日皇后娘娘命奴才去闻府宣您进宫的事，不知怎的让太后知道了，太后让苏姑姑来逼问了奴才好几次，奴才扛不住只得照实答了。本来奴才还担心这会给您惹来祸事，后来见太后并无异动，而您依旧得到皇上宠爱，奴才的心也才放下了。"

锦言沉默了许久，那小秦子战战兢兢地立在一旁，冷汗淋漓。忽然，锦言说道："秦公公不必介怀，以后我少不了还要劳烦公公。只要你我待之以诚，我定不会将那事放在心上。"

不过，锦言这夜并未等到皇上。小秦子去朝元殿看过，皇上正跟赫连长志还有岳中天议事，守卫森严，小秦子也只是从相熟的太监那里知道了些大概而已。

这也算是宫里的另一件趣闻，皇上晾了新宠一夜。不过，次日一早，皇上送来的赏赐之多令人咂舌，当下也不再有人敢取笑了。

锦言去给太后请安。太后一脸慈爱，拉着她的手夸道："这美人，也只有你担得起，瑾美人，不错，不错，以后你要好生侍候皇上，凡事多规劝着，可千万不要倚仗皇上的宠爱做出些不合规矩的事来。"

锦言娇憨一笑，回道："太后，臣妾谨听教诲。"

"也罢，你去给皇后请安吧，你们两姐妹的身份算是公开了，时常去叙叙话也是好的。"太后意味深长地看着锦言，眼中的精明一闪即逝。

"太后此言差矣，臣妾已经是皇上的人了，不该再有至亲骨肉的念头，即便是皇后娘娘，臣妾也只是将她当作皇后来看，没有其他的想法。"

太后似是很满意锦言的话，不住地点头，与苏姑姑相视一笑。

锦言谢了太后的赏，离去。从永宁宫出来，她的脸色很不好看，太后明显是在试探自己，如果自己刚才没有将话说得坚决一点儿，只怕太后将来少不了防备。

踏进澄瑞宫时，锦言长呼一口气。素语坐在主位上，白嫔也在，锦言朝白嫔微微一笑，便跪在青石之上，说道："给皇后娘娘请安。"

素语没有理会，仍旧握着茶盏与白嫔闲话着，白嫔倒似有些不自然，几番告退，素语都不准。锦言在地上跪了足足有小半个时辰，直到腿麻腰酸撑不住时，素语才懒洋洋地道："哟，瞧这是谁？原来竟是皇上新封的瑾美人，你不陪着皇上寻欢，来本宫这里做什么？"

锦言心里早有准备，料定素语会刁难自己，随即答道："臣妾来给皇后娘娘请安。"

素语指着她，不屑地笑道："白嫔，你瞧瞧，你还记得这个人吗？她先前只是本宫的一个奴婢而已，现在一眨眼便是皇上的新宠瑾美人了。"素语站起身来，离锦言近了一些，才低喝道，"你这是来向我示威吗？你是来告诉我，你将来会将本宫的一切都夺走吗？本宫可以明确地告诉你，不可能！一切都不可能，除非本宫死了，否则你别想夺走本宫的任何东西！"

锦言闭目，深叹一口气，反讥道："怎么？你怕了？你的杀伐决断呢？"

素语怒极反笑，笑得眼泪欲出，她伸出双手拉着锦言的胳膊，将锦言扶起，只是用力之大，令她尖利的指甲深深陷入锦言的肉内，让锦言疼痛难忍。但锦言硬是忍着没有哼出一声，对素语嫣然一笑，道："既如此，臣妾告退了。"说罢，便带着从柳疾步而出。

锦言刚走出去没多远，就听见白嫔在身后唤自己。她对白嫔一向颇有些好感，所以当即敛了怒色，静静地听白嫔说道："皇后娘娘似是很伤心，你刚走她便止不住地落泪……"

锦言无语，她想起在留痕室所受的毒打，还有绿屏的陷害……她只觉得寒心至极："是吗？只是这一切与我再也没有什么关系了。"

"后宫之中本就难以生存，得宠，受人嫉恨；不得宠，就会被人踩死。她是皇后娘娘，你们还是至亲姐妹，为什么不能携手呢？"

对于白嫔的好意规劝，锦言只有苦笑。

白嫔与锦言在御花园里走了走，彼此闲话了几句。锦言托词乏了，才转道回到墨韵堂。

天上下着细雨，从柳劝她快些回房间躲雨。锦言坐在廊亭上轻轻摇头，说是想在这儿听雨看雨。从柳没有办法，只好疾步回去拿油纸伞。

突然，远处隐隐约约有哭泣声传来，压抑而凄厉，锦言有些吃惊，循着声音找过去，正好到了一扇小门前。锦言忆起自己曾经无意推开了这扇门，才遇见了皇上。那边正是浣衣房，推开小门，锦言就看到一个宫女正缩在墙角处哭泣。看见锦言，她就把头偏向别处，哭声却止不住。锦言看见她手里还紧握着一把玉箫，显得倔强而固执，顿时来了兴趣，走过去低声问道："缘何哭泣？"

那宫女抬起头，瞪大了眼睛，充满了敌意："你也要来夺我的玉箫？"

锦言失笑道："我不擅乐，夺你的箫来做什么？不过是看你哭得可怜，才问问罢了。"

那宫女将信将疑地说道："她们都喜欢我这玉箫，说是不知偷了哪宫娘娘的，如果我不把玉箫交出来，她们就要将我活生生地打死。可这玉箫是我娘留给我的，我死也不会将它交出来的。"

正在这时，有些管事宫女齐聚过来，抓起这名拿玉箫的宫女便开始拳打脚踢。锦言喝止道："住手，你们这些奴才好大的胆子，竟敢在我的面前滥用私刑！"

"你是谁？瞧你的口气，难不成是哪一宫的主子？即便是，又为何来我们浣衣房？难道也看上了这贱婢的玉箫？我可告诉你，这玉箫可是瑶妃娘娘中意的物事，这事该不该你伸手，还是好好想想吧。"

锦言冷笑，这帮奴才原来是受了瑶妃的指使，她当下说道："我是墨韵堂的人，这浣衣房我也不是没见到过。这事该不该我伸手，这话问得好，这玉箫原本就是我赏给她的，你说我该不该管？"

先前说话的管事宫女有些迟疑地问道："墨韵堂的人？难道你就是皇上新封的瑾美人？"

锦言不理会她，径直走到拿玉箫的宫女面前，挽起她的手，说道："咱们走。"

那些管事宫女也不敢拦，尴尬地互望一眼，便纷纷离去了。锦言拉着那名宫女正要从小门进去，忽然听见身后有人轻轻地咳了一声："瑾美人，请留步。"

锦言转身，正是云姑。锦言微微一笑，云姑却有些急切，几步上前，欲与她单独聊上几句。那名宫女倒似识趣，马上退了几步，远远在一旁站着，左右看着，似是为两人望风一般。云姑近日有些憔悴，眉间已有浅浅的细纹，低声说道："你果然已是人上人，云姑有一事相求。"

锦言忍不住说道："云姑既然都能调教出绿屏那样差点儿将我置于死地的人，这会儿却说有事求我，岂不是可笑？"

云姑有些无奈道："绿屏那丫头心胸狭窄，她投靠皇后娘娘是我所教，可她陷害你却是连我也始料未及的，她死了也是咎由自取。唉，可惜了我几年的心血，本想盼着她能成器……"

锦言隐隐有些不屑道："云姑如果只想在这宫里有座靠山，那瑶妃岂不是一个好的选择？只不过我要提醒姑姑了，这宫里富贵繁华犹如过眼烟云，留是留不住的，即便强求得来，也是一场祸事。"

云姑苦笑道："这个道理我比你早懂了几十年，所以我才能活到今日。云姑知道瑾美人是想知道，刚才那管事宫女提到瑶妃娘娘，是不是浣衣房的靠山便是瑶妃娘娘了？其实不然，她是瑶妃娘娘的一个远房族亲，平时总喜欢狗仗人势。"

锦言见云姑极为真诚，也有些感慨："这里人多眼杂，姑姑有事还请长话短说吧。"

云姑却突然换上了另一张面孔，她呵斥道："瑾美人，别怪云姑没有提醒你，你想要这浣衣房的丫头，也要知会御监司一声……"

锦言不禁感到疑惑，循着云姑的视线回头看去，才发现从柳正站在门前，手里还撑着一把油纸伞。锦言不知道她听到了什么，但见她神色如常，才放下心来。锦言匆匆朝云姑点了点头，拉着那名拿玉箫的宫女便进了小门。

等回到了房间，从柳才笑着打量了一番那名宫女，说道："从柳取伞回来却不见主子，急得从柳到处去找。哪里想到，主子这么短时间就从外面带回一个人来。"

锦言接过从柳奉上来的热茶，淡淡地道："我见浣衣房的人欺她欺得厉害，便将她救了下来。你去知会一声御监司，就说浣衣房的一名宫女，我墨韵堂要了。"

从柳迟疑了下，又打量了一下那名宫女，便转身去了。

"你叫什么名字？"

"回瑾美人的话，奴婢名叫玉箫。"

锦言失笑道："算了，这玉箫是物，以后提起玉箫来也怕混了。不如，你就叫拂弦吧。"

拂弦跪下谢恩，又一一回了锦言关于自己家世之问。拂弦说，父亲早亡，她自幼就与母亲相依为命，前些年母亲病危之时，就将她送进了宫，撒手而去。

拂弦那时年纪尚小，在宫里又没有倚仗，只有受欺侮的份。原来在流霜阁霜美人那里当差，后来，那里的大宫女犯下过错，栽赃给了她。那霜美人耳根子极软，听信那大宫女挑唆，便将拂弦贬到了浣衣房。拂弦性子直，又听不得讥讽之话，所以与那些宫女发生口角之时，总是少不了被人欺侮。拂弦将玉箫亮出来之时，那管事宫女也认出是好东西，想讨瑶妃娘娘的好，便去回禀了瑶妃娘娘。

拂弦紧紧地握着玉箫，欲言又止，许久才说道："瑾美人，既然您肯为奴婢出头，拂弦……愿将玉箫奉上。"

锦言一怔，忽然又笑了起来，说道："拂弦，你是看我在浣衣房说此物是我赏赐给你的，就以为我也要夺你的玉箫吗？"

拂弦被锦言说破了心思，有些羞赧，说道："瑾美人，拂弦……"

"你留着就好，有我在，你的玉箫谁也不会夺了去。"似是承诺，又似是感慨，锦言这话说得铿锵有力。拂弦眼里一热，跪在锦言身前，低声哭了起来。从柳从外边回来，恰巧看到了这一幕，却只疑惑地看着，站在一旁不说话。

锦言对拂弦说道："拂弦，起来见过从柳吧，她来宫里日子长，以后跟她学着点，少不了你的好。"

"拂弦见过从柳姐姐。"拂弦抹了抹泪，向从柳施了礼。从柳赶紧扶起她，说道："从柳哪里敢当，你我同是奴婢，以后尽心服侍瑾美人便是正理。"

锦言当真乏了，就回寝室歇着去了。临走前又吩咐从柳安置好拂弦，拿几件合身的宫装给她。锦言这一睡，就睡了一个时辰。醒来的时候却吃了一惊，迎面便看见皇上面如冠玉的脸，眼神灼热而深情，而她正躺在他的怀中。皇上看她醒来吃惊面红的样子，格外开心，笑道："朕来了好一阵儿了，可看你睡得正甜，便不忍心叫醒你。"他又附在她耳边低语道，"连朕吻了你好几遍，你都没有察觉。朕的美人可真是贪睡呢，让朕怎么罚你好呢？"

锦言羞得窝在他怀里，不敢与其对视，只是低声回道："皇上，您好不知羞，趁臣妾睡了做那样的事。"

皇上朗声笑道："做哪样的事？倒是跟朕说清楚嘛，朕做了哪样的事？"

"就是那样的事。"

皇上笑得乐不可支，抱着锦言的手臂也微微用了力，笑过之后才又说道："朕这叫作，偷香。不过现在不必了，朕可以光明正大地一亲芳泽了。朕的美人……"皇上说着便低头吻了下去，缠绵而深情，时间久得令锦言几乎窒息，思想仿佛都被抽空了一般，只剩下这缠绵的吻。

不知何时，身上已不着一缕，锦言羞得不敢睁开眼睛。皇上伏在她的耳边说道："朕要你成为一个女人，真正的女人。"

那红纱帐内摇曳着一室春光，满屋的低吟律动，午后暖意不减，阳光从窗外照进来，照在两个沸腾的身影上……当沸腾慢慢平息，锦言已是香汗淋漓，她侧躺在皇上的身边，闭目喘息着，叹道："都说欢爱如梦一场，初始欢愉，后便……"

皇上轻轻地在她的粉唇上一啄，说道："朕会好好对你，不要想太多。"

"皇上，后宫佳丽无数，臣妾也不过是蒲柳之姿。想当初，臣妾在这墨韵堂遇见皇上，哪里想到今日会成为这后宫妃嫔中的一个呢？"锦言微微一叹，往日思绪浮上心头。

皇上将她揽过来，说道："曾经，你为了掩饰身份一次又一次地拒绝朕，那又是何必呢？好了，一切都已经过去了，从今以后，你待在朕的身边，朕自会保护你。"

两人又说了好多话，房间里的旖旎不减。

没过几日，皇上来到墨韵堂，神秘地对锦言说道："可知朕给你带来了什么？"

锦言笑道："皇上，别神神秘秘的了，这些日子皇上赏的无非就是金银玉石、绫罗绸缎。"

皇上脸上露出一丝欣喜，说道："这件可不一样，朕心里喜欢着呢，前些日子苏姑姑送过来的时候，朕不禁感慨你的用心良苦，特地命人裱了起来。"

锦言已经隐约猜到他指的是何物了，脸色不禁变得晦暗起来。随后，她看到了他身后那幅精心装裱的绣品，正是那日在竹林之中，他当着自己的面撕毁的纸张，后来她连夜将纸片缝接，手艺之妙，令人以为那丝线痕迹乃是云山雾水，美不胜收。

只是锦言的心却越来越沉，默默地听着皇上细细说来："那日，你进了留痕室，苏姑姑拿着这绣品而来，朕着实被你的一片苦心感动，所以你以往的过错，朕可以不再追究。"

犹如一盆凉水浇灌下来，锦言的心也跌到了谷底。原来如此，原来他并不是相信自己是无辜的，他只是以一个救世主的身份站在自己面前，他以为他的爱是恩赐！

锦言的泪犹如断了线的珠子一般滚落下来，皇上却是毫无察觉地看着她，笑道："怎么？朕对你好竟会令你激动如此？"

锦言苦笑，轻轻地说道："皇上对臣妾果然好，臣妾忘形了。"拂弦从一边递上来帕子，锦言拭去了泪水，深呼吸，低念道："有些事看清了，心里倒似清明了许多。"

皇上没有听清锦言的话，自顾自地说道："边疆战况紧急，温时运押粮过程中出了很多状况，再加上温妃的死对其打击甚大，朕已下令让寄灵做了温时运的义女，并封了她为妃，他们本来就是族亲，这也算是聊表安慰吧。"

"皇上仁德。"

锦言自然明白，素语发信给温时运，说了温妃被太后害死之事，那么温时运定会抵触到底。原本皇上令其缓几日交付粮草，可如今温时运还指不定会拖上多久。如今边疆告急，皇上定是顾不得与锦亲王的裂隙，凡事皆以大局为重。

皇上这次来，也不过是为了知会她一声，他要封寄灵为妃。锦言在心里冷笑，抬起头面对皇上时，却是笑靥如花。

几日后，寄灵封妃，赐居惊鸿殿——那原是温妃的住处，不禁让人诧异。听拂弦说，那日宫里热闹非凡，惊鸿殿内张灯结彩，皇上当夜宿在了惊鸿殿。次日皇上又大宴群臣，并且八百里加急给温时运送去书信。三日后，锦言听说，边疆战事已起，温时运按时交付粮草，没有影响战事。只是令人吃惊的是，锦亲王当即关押了温时运，令其成了阶下囚。同时，惊鸿殿内的灵妃也被禁足，任何人不得进入惊鸿殿，连饮食也由专人侍候。宫里的人私底下议论说，锦亲王此举乃皇上授意，当初皇上封寄灵为妃，也不过是要稳住温时运而已，只是谁也不敢公开谈论此事。

皇上照例隔日便来墨韵堂。锦言对他不卑不亢，总是拿捏得恰到好处，令他意犹未尽之余还抓不住她的短处。有时他也会故意说些狠话吓吓她，可是锦言并不惧怕，总是微微一笑，令他哀叹不已。

皇上所赐的绣品，依旧挂在房间内，锦言闲下来便会整日盯着它看，有时流泪了也不自知。拂弦悄悄递来帕子，说道："主子，拂弦知道您心里苦，可是这日子总要强过那些不得宠的妃嫔吧？拂弦前几日路过惊鸿殿，发现里面送进去的用品都是些半旧不新的，可咱们这墨韵堂呢，什么新鲜玩意儿不给送过来？拂弦看这也不比皇后娘娘的澄瑞宫差了多少呢。"

锦言擦净了泪，强颜欢笑道："既然如此，我又怎会心里苦？"

拂弦若有所思地道："主子，拂弦虽然愚钝，也明白伴君如伴虎，今日恩明日恨……"

锦言顿时沉默下来，直到从柳从外面回来，她才强打起精神，不让从柳看出端倪来。拂弦没有忽略这一细节，忙说道："拂弦真是该死！竟一时感慨说起身世，惹主子跟着落泪。"

从柳笑道："咱们主子就是心软，任人家欺侮到咱们头上来……"

锦言眉黛微蹙，轻轻"哦"了一声。拂弦看锦言仍旧失魂落魄的样子，忙跟着说道："从柳姐姐这话是何意？如今墨韵堂是皇上最喜欢待的地方，那些奴才还能看不明白？"

从柳撇撇嘴，说道："奴才们自然是不敢的，可是那些妃嫔们谁不嫉妒主子？就说今儿个，永宁宫来了人，说太后赏了娘娘一些人参。从柳去永宁宫领赏时，恰巧撞见了瑶妃娘娘和修贤公主，那瑶妃娘娘硬说从柳撞到了修贤公主，天地可证，从柳离修贤公主有三丈远呢。要不是苏姑姑过来求情，从柳差点儿被瑶妃娘娘杖毙。"从柳说完，仍旧心有余悸，拍拍胸口直呼后怕。

锦言心里明白，瑶妃不知从柳是太后的人，只以为她是自己的心腹，所以才想来招"敲山震虎"，拿修贤公主做文章，当下淡淡地道："以后见了她们，躲远点儿。她们位分高，我只不过是个美人，即便是我冲撞了她们，也少不得要遭殃。"

从柳听见这话，急忙说道："难道主子没有想过让皇上再晋您的位分吗？"

锦言倏地抬眼瞪着她，目光冷冽而犀利，从柳不安地绞着帕子，却强作镇定，说道："从柳也是为主子好……"

"你先下去吧，这里不需要你伺候了。"

从柳咬住嘴唇，想说什么，终于还是忍了下来，退了下去。

拂弦站在锦言身边，低声道："主子，您这样对她，就不怕太后知道吗？她终究是太后的人，不给她脸面，也就是不给太后脸面。将来见了太后，她老人家问起来，可怎么回答啊？"

锦言冷冷一笑："我就是想让太后知道，我不会任人摆布。至于从柳，只要她不犯什么大错，我也不会难为她，如今不过就是给她一个警告罢了。等一会儿，你去劝劝她就是了。"

拂弦低声应了。已是夏天，拂弦怕锦言受热，放下门帘，拿着团扇给她慢慢地扇着风。

午后，小秦子送来了冰，说道："瑾美人，皇上怕您受热，特命奴才送冰来给您降降温。皇上还说，过几日要起程去龙吟山庄，让您先收拾着行李，到时候伴驾随行。"

锦言让拂弦拿出银两赏了他，又说道："随行的还有何人？"

小秦子沉吟了一番，说道："本来这些话不该奴才说的，瑾美人听过就忘了吧。太后和皇后娘娘自然都要去的，瑶妃娘娘、修贤公主、曼音阁里的白嫔、绛紫阁的惠婕妤，此外，此外，还有……"

"公公，你是想说，还有惊鸿殿的灵妃？她也随行？"锦言问道。

小秦子赶紧摆手："奴才可什么也没说……"说完他行过礼就溜了。

拂弦问道："这可怪了，皇上已经下令让灵妃娘娘在惊鸿殿禁足，去龙吟山庄怎么还有她呢？"

锦言深叹了口气，说道："皇上是怕有人趁机灭口罢了。龙吟山庄这一趟，瞧着吧，一定会有好戏看的。"

拂弦感慨道："好戏自然是要看的，只是怕这戏里少不了主子您啊，现在谁不盼着您是这戏里的主角呢？"

锦言不说话，只是默默地扫了她一眼。但见拂弦沉浸在感伤之中，并无异状，锦言心里暗暗发慌：这个拂弦太过聪慧了。

出行前的几日，皇上要处理军国大事，还要妥善安排留守大臣，没有时间来墨韵堂，只是每日都吩咐小秦子过来瞧瞧，带个话。从柳和拂弦也忙得不亦乐乎，光行李就收拾了好几箱，锦言本想少拿一些东西，却拗不过两人，执意说没准儿带上的东西能派上用场呢。

临出行的那一晚，皇上仍旧没有来墨韵堂，从柳从外面回来说，皇上宿在了惊鸿殿。拂弦侍候锦言睡下，锦言却躺在床上辗转反侧，难以成眠。

次日清晨，妃嫔都给太后请了安，才一一上了马车。锦言已经多日不见灵妃，远远看去，灵妃比以前清瘦了许多，精神却还是不错的，没有一丝被禁足的拘谨。皇上朝锦言意味深长地轻笑，没有走近她，却挽着灵妃的手上了龙辇。

瑶妃在旁边低喝道："她是个什么东西？不过就是个宫女出身罢了！"

惠婕妤在一旁轻轻咳了一声，瑶妃皱眉瞪了她一眼，忽然又明白过来似的，朝锦言讥笑道："本宫倒是忘了，瑾美人从前也是做过宫女的……"

锦言微微一笑，回道："瑶妃娘娘记性可真好。"说完，她并无愠色地上了马车，只觉得身子一软，便靠在了车厢上。拂弦和从柳跟着在旁边近身伺候着，一时都没有开口。锦言想起皇上那意味深长的笑，她有些猜不透，隐隐觉得哪里不对劲，那温时运已无利用价值，灵妃何以又获皇上宠幸？

锦言突然忆起一事，顿时脸色大变：温妃临死前曾交代过她，在枕下留下了一封书信，只是自己当时被绿屏陷害，入了留痕室，那封书信现在不知落入了何人之手……难道在寄灵的手中？锦言越想越沉不住气，有些惊惧起来，从柳和拂弦看在眼里都是疑惑。

其间宿在了驿站，李朝海和小秦子忙前忙后地安顿众人，又怕众人劳累，晚膳就端进各房里用了。锦言坐立不安，趁从柳出去端晚膳的工夫，对拂弦低语了几句，拂弦依言而去。不多一会儿，拂弦回来，朝锦言点了点头。锦言用膳时心绪不宁，并没有吃几口，就赏给从柳和拂弦吃了。趁着从柳收拾餐具出去的时候，锦言带着拂弦出了房间，绕过一道回廊，便敲开一间房门。开门的人是兰舟，见了锦言，她有些吃惊，说道："皇后娘娘用过晚膳，便称乏了，已经歇下了。"

锦言没有理会她，径自穿过前厅进了寝室，见素语果然已经歇下了，但并未入睡。锦言坐在她的床榻边，忧心忡忡地道："你可知寄灵为何会被皇上宠幸？"

素语轻轻咳了几声，似是身子有些不适，不过话语仍旧尖酸刻薄："难道你失了宠，也见不得别人得宠？别忘了，这是后宫，和这么多女人争一个男人，不是那么容易的事情。"

锦言将寄灵可能得了温妃书信的事一说，素语当即坐起来，却止不住大声咳了起来："为什么不早说？只怕皇上这会儿早已知道了！"

锦言站起身来，在屋子里走来走去，急道："你还好意思来质问我？如果不是你当日让绿屏来陷害我，我会耽搁了此事？"

素语冷笑几声，抚着胸口说不出话来，只是指着锦言的手不停地哆嗦着。锦言咬着牙道："即便皇上知道了又如何？先前我惧怕，只是因为怕泄露此事，闻家遭灭门之灾，如今我看，即便皇上不下令，你也会促成此事。"

素语喝道："你出去，你给我出去！"说完，她又咳了起来。

锦言当即出门，临走时吩咐兰舟道："好生看着她，记得去禀报皇上请太医来。"

锦言带着拂弦回房间的时候，看见从柳正一脸焦急地站在门口，看见她回来，便松了口气，恢复了往日的沉静。

"从柳，你怎么不问我刚才去了哪里？"

"主子的事，做奴婢的哪里有过问的道理？"

锦言坐在椅子上，抿了口茶，轻轻"哦"了一声，说道："你若不问我去了哪里，将来怎么好跟太后交差？"

从柳大惊失色，当即跪在地上："从柳不敢！"

"如何不敢？难道此刻你就真的不想知道我刚才去了哪里？"锦言问出这话，心里也有些不安，这个从柳过于内敛，怕是不好治的主。从柳仿佛是下定决心一般，长舒一口气道："主子刚才让拂弦去探探皇后娘娘在哪个房间，这会儿自然是从皇后娘娘的房间里出来的。"

锦言猛地抬头看向拂弦，拂弦跟着跪下，急道："娘娘，拂弦没有惊动任何人啊，也万万不敢泄露给别人知道！"

从柳苦笑道："拂弦是没有透露，可是主子的一言一行都在别人的掌控之中啊！"

锦言颓然地坐在椅子上，低念："果然如此，果然如此……"说罢，她又望了从柳一眼。从柳仍旧跪在地上，说道："主子肯定奇怪，从柳为什么要说这些。从柳虽是太后派过来的人，即便从柳不能背叛太后，可是也绝不会做出伤害主子的事。"

锦言让拂弦扶起从柳，淡淡地道："我乏了，你们也早些歇着吧。"

次日傍晚，一行人便赶到了龙吟山庄。果然是依山傍水的好地方，亭台楼阁，错落有致，空气新鲜，凉爽不已。中间有个极大的湖泊，锦言本以为是人工开凿的，后来才得知是天然湖泊，整个山庄就是围绕湖泊而建。湖泊中央也有几座楼阁，皇上便住在那里，湖岸边都是各妃嫔的居所。皇上晚间想歇在哪个妃嫔那里，只需登上小船而去，便能到了，也算是别有一番情趣吧。

为了好辨别，各妃嫔的居所仍旧以原来的名字命名，太后的居所为永宁宫，素语的为澄瑞宫，灵妃的为惊鸿殿，白嫔的为曼音阁，惠婕妤的为绛紫阁，而锦言的居所，也仍旧名为墨韵堂。

这座墨韵堂比起皇宫里的墨韵堂，多了一种自由的气息。或许是不在深宫的缘故，锦言多了一丝欣喜，窗口正对着湖泊，远远便能看见皇上的居所，水汽氤氲。从柳和拂弦里里外外收拾着。昨夜过后，大家都没有再提起从柳的话，似是默契，又似在回避。

当夜，用过晚膳后，惠婕妤过来了。锦言招呼她坐下，惠婕妤欲言又止。锦言便让拂弦奉了茶，退了下去，从柳也立即退了下去。锦言坐在靠窗的座位上，看见远处有一艘小船缓缓而行，往皇上所居的楼阁驶去，惠婕妤在一边有意无意地道："似是从惊鸿殿方向过来的。"

锦言轻轻"哦"了一声，不再开口。

"难道你不想争取吗？没有皇上的宠幸，只能任人践踏，你想过那样的日子吗？"惠婕妤轻飘飘地道。锦言不悦，出言亦是直接："惠婕妤娘娘，有太后庇护您，何来任人践踏？"

"你也应该清楚，她只是利用我……"

"惠婕妤娘娘，没有别的事，我就斗胆请您先回了。"锦言倏地起身，转过身去，不再理会她。哪知惠婕妤没有丝毫恼怒，急切地道："瑾美人，算是我求你，将来不管你与太后如何争执，不要将我妹妹牵扯进去，她是无辜的。"

锦言问道："你妹妹？"她突然恍然大悟道，"你是说从柳？"

惠婕妤点点头道："不错，从柳就是我妹妹。当年我坐上这婕妤之位，太后为了控制我，将我妹妹接进宫安置在别的地方，我这做姐姐的有时想见她一面，也是千难万难。如今，她被太后安插在你的身边，叫我怎么能不担心？"

锦言被她感动了，说道："我可以承诺您的是，只要她不干害人害己的事，我会尽力保全她，如果她执意与我为敌，那么我也绝不会心慈手软。"

惠婕妤听见这话，一时也不知道该怎么回应了，只是站着不动，似是有口难言。

锦言唤道："从柳。"

从柳掀开门帘进来，看见惠婕妤后仍旧面不改色，只是朝锦言问道："主子，什么事？"

锦言轻描淡写地道："惠婕妤知道你素来擅长做些精致点心，想讨几个方子回去做了取悦皇上。"说罢，她便出了房间，留下她们姐妹俩在屋里相聚。

从柳急着叫道："主子……"她似是并不情愿，而惠婕妤却是一脸欣喜："妹妹……"

拂弦看到锦言出来，提议道："主子，今儿个月色不错，拂弦陪您去园子里走走吧。"

锦言点点头，夜风吹来，有些凉意，拂弦想回去拿件外衣，被锦言叫住了："算了，不要去惊扰她们。"

拂弦陪锦言顺着湖岸走去，看见岸边的青石，她便扶着锦言坐了下来。锦言远远望着湖中心的楼阁，彻夜通明一般。锦言说道："拂弦，你未进宫前，可曾喜欢过什么人？"

拂弦一怔，随即笑道："拂弦那时还小，哪里会喜欢上什么人？"

"那么，你见了皇上这般的男子，你会喜欢上他吗？"

拂弦听了这话，敛起了笑容，正色回道："对于皇上那样的男子，天下又有几个女子不倾心的呢？拂弦不是不喜欢，只是不敢喜欢。"

锦言倚着山石，讪讪地道："那么，喜欢上皇上的人，是不是很傻？"

"那不是傻，那是勇气，有勇气的人才敢喜欢皇上。"

锦言转过脸来，仔细看着拂弦，又拉起她的手道："拂弦，你真的只是一个宫女吗？会不会是太后或者别的妃嫔安插在我身边的耳目？"

拂弦失笑，被锦言握住的手很是放松："主子，拂弦早就猜到您不是那般信我，可是这信任也断然不是拂弦表白忠心就能取得的。"

锦言紧紧握了下她的手才松开，说道："或许，是我太紧张了。有时也怕心慈手软，做出不合宜的事来。"

拂弦却紧接着说道："主子，拂弦斗胆跟您较真儿地说句话——主子虽然心慈，手却未必软。"

锦言淡淡地问道："这话怎么说？"

拂弦一字一板地说道："惠婕妤来找主子，并不是明智之举，可是主子却让她们姐妹俩单独相处，也是一着狠棋。这摆明了是要让太后知道：惠婕妤和从柳已不能再相信。"

锦言暗暗心惊，自己的举动都能被她猜到，不知不觉便生了一丝戒备。拂弦叹道："拂弦既然敢说出此话来，只是想让主子明白，拂弦对您是毫无保留的，断不会做出背叛您之事。"

夜深了，锦言站起身往回走去，走到墨韵堂前，发现从柳已经站在外面候着了，惠婕妤不知何时已离去。从柳的眼睛有些红肿，似是哭过了一般。锦言让拂弦先回去歇着，又吩咐从柳侍候自己歇息。

"从柳，见到你姐姐开心吗？她可是一直惦记着你呢。要不是为了你，她也不会被太后牢牢控制住。"

从柳叹道："如今见了，又能怎么样呢？从柳和姐姐再也不能取信于太后了，两颗失去作用的棋子，只怕连性命也保不住了。"从柳说完，似是意犹未尽，又紧接着道，"从柳已经保证过，绝不会伤害您，您何苦要将我们姐妹俩逼上绝路呢？能在宫里苟活真的不易啊！"

锦言一怔，看来从柳确实比惠婕妤聪慧得多，当下说道："从柳，别怪我，我也想活下去啊。你放心，只要你们姐妹不与我为敌，我也绝不会出手伤害你们。至于太后那里，我自然有办法为你们周旋。"

　　从柳听见锦言的话，却是连个"谢"字也说不出口。锦言毫不在意，打发她下去歇着了。锦言却整夜左右翻转难以成眠。

第十八章

阳关孤唱

　　锦言在床上辗转反侧，柔软的长发铺满了枕席，单衣轻软，露出一截白皙的玉臂，随意地搭在锦缎薄被上。她突然觉得有些不对劲儿，正欲开口唤拂弦，就看见有人猛地掀开了纱帐。她正要惊呼，就被那人吻住，几乎要窒息。那么霸道而深长的吻，她自然知道是谁，当即放松了戒备，软下了身子。他抬起头，夜色无边，两人看不清对方的脸，却能感受到炙热的气息。他将头埋在锦言的脖子间，她耐不住痒，微微笑出了声。他深叹一声："你还是这般美好，朕忍不住就想要你。可是今夜月色极好，不陪朕一同赏月，也算是暴殄天物了。"

　　待锦言坐起身，他蹲了下来，亲手给她穿上了鞋。锦言半是羞赧半是欣喜。他挽着她的手来到窗前。锦言在窗前站定，他从后面拥着她，双手环抱着她的腰。锦言看到湖泊中央的楼阁，突然有些惊讶，皇上今夜不是宠幸了灵妃吗？怎么不过三更，便悄悄来了墨韵堂？

　　未等开口相询，她便看见从湖中心驶来一艘小船，分明就是灵妃先前乘坐的那艘。那船行驶得极慢，可是锦言却发现有些不妥。

　　皇上拥着她的身子，手却慢慢在她的腰间揉捏着，一边将下巴抵在她的肩上，轻轻地摩挲着。锦言禁不住他的挑逗，慢慢发出一声低吟。她软软地靠在他身上，低吟："皇上，不要……"

不过是闭眼前的一瞬，锦言忽然发现那艘小船竟是往墨韵堂驶来，只是已快要沉了。锦言陡然一惊，回过身来，指着那艘小船欲跟他说，再回过头去的时候，却发现那艘小船已经不见。他在她耳边低语道："不要分心，继续。"

锦言的心提到了嗓子眼儿，身子僵硬：原来他早就看到那艘小船在下沉了！或许这分明就是他安排的！今晚赏月是假，让自己亲眼看到这艘小船沉下才是真！

锦言声音颤抖："为什么？"

他没有停下手里的动作，慢慢解开了她的衣衫，低头吻着她的香肩，低语："她身上藏着一个巨大的秘密，朕不能叫任何人知道，所以她必须死。"

锦言先前被他的拥吻挑起的情欲早已消失得无影无踪，只觉得吻着自己的男子冷酷无情，十分可怕。

或许是感觉到了锦言的腿软，皇上将她拦腰抱起，放在了床榻上，反手轻轻放下幔帐。锦言一动也不动，任他将吻细密地布满自己的全身。她紧绷的弦一下子就放松了，欢情愉悦蔓延全身，娇柔低吟，直到疲惫睡去。

次日锦言醒来的时候，他早已离去。拂弦在一边侍候着，给她端来茶盏漱口，给她梳了妆，又捧来燕窝给她暖胃，看她脸色不佳，拂弦也只挑简练的话说："主子，宫里出大事了！灵妃娘娘昨晚失踪，后来被人从湖里捞了起来，已没了气息。"

锦言将碗递给拂弦，尽量平静地道："那皇上呢？"

"一早就离开了，去了澄瑞宫陪皇后娘娘用早膳。听说了灵妃娘娘的事后，皇上倒也没有十分恼怒，只是让人将看护船只的管事给斩了。"

从柳进来，看锦言神色阴晴不定，撇撇嘴道："从柳听人说，灵妃娘娘的船被人做了手脚，只是现在还没有查清是谁，也有人说看见灵妃娘娘的船是往咱们墨韵堂驶来的。"

锦言怒道："这是什么话？难道竟然有人怀疑是我做的手脚？"

"倒也没有如此肯定。不过宫里人一向爱捕风捉影，保不齐人云亦云，说得多了也就有人信了。"从柳的话不是没有道理，只是锦言听来，感觉格外刺耳。

锦言思索一番，便毫不迟疑地去了永宁宫。路上，她见远处有一片花海，就命拂弦去折几枝来，并且嘱咐不要折开得正艳的枝条。拂弦虽然一时没会意过来，但也依言去了。

太后刚刚用过早膳，还未撤下去。锦言给太后请过安，太后便命苏姑姑给她赐了座。锦言笑道："太后今儿个神色不错，这龙吟山庄风水果然好，才不过短短时日，太后在皇宫所中的暑气就消了一大半。臣妾一路走过来，看到这花开得正艳，就折了几枝送来给太后欣赏。"

苏姑姑赶紧将花接过去，插在桌上的花瓶里，不冷不热地道："瑾美人可真是有心。"

太后干笑了几声，意味深长地道："当日你用裙衫劝哀家去宁泊湖赏荷，哀家还觉得你别出心裁，今儿个折枝却只是捡些枯枝败叶，又是什么意思？"

锦言正色道："臣妾是想说，花一旦折下，就没了生气。不管当初多么艳丽，多么吸引人，只要没了根，它很快就会枯萎，多看一眼都会让人败兴。"

太后脸色很不好看，锦言匆匆告退离开。

拂弦试探着问道："难道主子怀疑是太后做的手脚？"

锦言摇头道："不，不是她。"

拂弦感到奇怪道："那娘娘今天针对太后说的话，岂不是要得罪太后了？"

锦言唇角勾起一抹浅笑，摇摇头，说道："走，我们去澄瑞宫。"

永宁宫内，苏姑姑气急败坏地将那几枝花扔在地上，怒道："太不知天高地厚了！竟然明目张胆地指责太后，她是不是怀疑您杀了灵妃？"

太后眯起眼睛，说道："苏辣子，你还是小看她了。她虽然先是暗示此意，可也向哀家表明了一件事情，那就是这件事与她无关。哀家只是奇怪，这事到底是谁做的，难道又是皇后？"

苏姑姑急忙点头道："皇后会做出这样的事，也不稀奇。"

太后原是假寐着，却突然厉声喝道："去给哀家细查，当时皇上在何处？是否一直在湖心岛上？"

苏姑姑依言而去，过了些时候，她回来在太后耳边低语了几句。太后神色愠怒，胸口起伏不平，怒极反笑，说道："哀家真是看走眼了！瑾美人这是在跟哀家玩花样吗？"

苏姑姑有些疑惑，说道："要说瑾美人也不是那样的人……"

"再给哀家去查，哀家要彻查闻府。"太后拍案而起，不知为何就起了心思，竟跟闻家较上劲儿了。苏姑姑忙应了一声，心里却是纠结难安。

锦言带着拂弦去了澄瑞宫，她让拂弦在外面等着，自己进了寝宫。素语正坐在床榻上，手里握着红笺，泪眼婆娑，素语看见她进来，急忙用帕子拭了泪，不自然地道："灵妃一死，这龙吟山庄又是你得独宠了。"

锦言有些不忿道："难道，连你也认为此事是我所做？"

素语微微蹙眉："你是说……是太后所为？"

锦言轻轻摇头，眼中闪过一丝恐惧，未等开口，便听见素语惊呼道："难道你是说，是那个人？"

那个人，不过就是隐讳地指明皇上罢了。这一次，锦言没有再否认。两人默然，坐在那里出神了很久，各自想着心事。心事或许不同，想来心境却是一般的吧。

待锦言带着拂弦回到墨韵堂，从窗外便看见皇上挺拔的身影透过烛光映在了窗纸上。拂弦催着锦言进去，锦言站在原地没有动，直到皇上从墨韵堂出来，叹息着离去，她才察觉到脸上冰冷一片，是泪。

灵妃的灵柩被运了回去，以妃子礼制下葬。温时运痛哭失女，只是这一次不知道是真哭还是假哭，而他在后宫可以倚仗的宫闱之力已全然没有了，只好沉寂下来，一时没有再去争名夺利。边关依旧战事不断，锦亲王回朝之日遥遥无期，但他的信笺依旧不断，只不过从未有一封是送给锦言的——或者，谁是澄瑞宫的主人，那封信便会送到谁的手里吧。

龙吟山庄内，灵妃的离奇死亡给众人带来了太多的惊惧和压抑，众人一时之间难以欢笑。素语身子有些不太好，跟来服侍的太医不得力，皇上命人召苏渔阳前来侍驾。龙吟山庄内的惊鸿殿被人封了起来，据说皇上派人连夜搜查，找出了一样东西，但谁也没提搜出了什么。锦言靠窗而立，望着对面湖心的楼阁苦笑不已，这一切终究是躲不过去了吗？

风又起了，或许是这一次太过猛烈，竟将锦言发间的镶金点翠玉簪吹落，她正要弯腰去拾，不承想，皇上却比她先行弯下腰。捡起玉簪后，皇上朝她温和地笑着，亲自给她插进发中，轻声细语道："美则美矣，不过……"

锦言心里一紧，脱口而出："不过什么？"

"不过未免太过于愁苦了些。"皇上的神情淡然，似是在说一些不相干的事情，"你如今虽然只是个美人位分，可是你也知道，朕宠爱你，慢慢就会给你晋位，妃也罢，贵妃也罢，还不是尽由你挑？"未等她松一口气，就听见皇上在她耳边低语了一句，"或者说，你想要的从来不是妃位，而是……皇后主位？"

锦言勉强一笑，正要说些话缓和心里的紧迫感，便被皇上勾起下巴，只见他目光犀利，漆黑的眸子里闪过几丝不忍，终究还是硬了心肠道："朕被你们姐妹骗得好苦！原来，原来，你才是真正的闻锦言……"

锦言听了此话，犹如雷霆万钧般的惊魂失魄，差点儿晕死过去。她目光惊恐而慌乱，转过身执起桌上的冷茶一饮而尽，而后渐渐缓和下心情来，低声地道："你都知道了……"

她明白，皇上定是从寄灵那里知晓了此事，而皇上也怕此事泄露出去，所以才要寄灵沉船而死。从惊鸿殿里搜出来的东西，必定是温静容留下的那封书信。但令锦言始料不及的是，那一刻，她心里除了恐惧与惊慌，想得更多的却是素语，这本是一场劫难，命数已定……

皇上走上前来，慢慢逼近她，那目光清冽而犀利，却带着淡淡的惋惜，叹道："如果当初是你入宫为后，朕必定会保全你……"

锦言仓皇退了一步，皇上的意思再明白不过，可是她却不能再反悔，当初，自己也早已是身在局中无所适从。饶是看似浓情深重的帝王恩宠，一朝也会变成蚀骨毒烟，待到那时，她还有何退路？她压抑住内心的震撼，仰起脸来，仍是娇媚如初，她轻言细语道："皇上，平心而论，如果当初手持诰命金册入主澄瑞宫的是锦言，皇上敢说锦言不会沦为与姐姐一样的下场吗？怕只怕，皇上若要保全锦言，锦言反而死得更快……"

皇上怔了一怔，正要开口说什么，便听见外面的拂弦说道："皇上，秦公公在外面候着，说是太后要您过去一趟，有要事相商。"

皇上冷着脸掀开门帘往外走去，又回头看了锦言一眼，才离开。锦言拍着胸口长舒一口气，唤拂弦随自己去一趟澄瑞宫。即便是光天化日之下，锦言也顾不得再避嫌，脚步匆匆地进了澄瑞宫，却冷不防撞见苏渔阳从里间出来，眉头微蹙。

"苏太医，皇后身子如何了？"

"皇后娘娘余毒已清，可是先前两种剧毒同时发作，耗尽丹元，恐要小心调理才不至于……"苏渔阳的语气中虽然颇有些担忧，但也不无自信，令锦言提到嗓子眼儿的心稍放下了一些。

锦言走进寝室，见到素语床边放着一碗药，知道她还未喝药，便端起来欲小心喂她，素语挥手拒绝，怎么也不肯喝。锦言有些恼怒，将药碗重重地放在了桌子上，溅出来的药汁落到了手上也不顾，她沉声说道："眼见大难临头，你还不肯顾惜自己的身子，你难道是想在被别人赐死前自行了断吗？"

素语挑了挑眉，睥睨着锦言："那又如何？我娘已经死了，我如果死去，一定没有一个人为我伤心。可是你不同，你如果死了，闻大人和沈夫人一定会伤心得肝肠寸断……"

锦言几乎是倒吸一口冷气，见到素语那漠然而尖刻的模样，她附耳低喝："你是不是忘了，还有一个人正在边关大漠中苦苦熬着，等着你营救回朝呢？"

果然，素语一怔，回过神来后，她双手掩面，慢慢地抽噎着。锦言看到从她指缝间流出了泪水，便心生不忍，缓了口气低声道："皇上已经知道了你我的秘密，不过你放心，皇上并没有怪罪我们，可是难保太后那边不会发难。"

　　或许是锦言一语中的，用皇上牵制住了素语，于是素语不再固执地敌视锦言。姐妹俩议论了许久，直到夜幕降临……趁着夜色，锦言回到墨韵堂。拂弦奉上热茶，见她有些失魂落魄，就淡淡地道："主子如果是在担心太后那边，拂弦倒是觉得可以放宽心，这后宫是谁的后宫？说起来不还是皇上的后宫，只要皇上心里念着主子，那么太后就不会那么快下手……"

　　拂弦正说着话，从柳忽然从门外进来，她脸色略显苍白，走到锦言跟前，便跪在了地上："求主子救救奴婢的姐姐……"

　　"从柳，你起来说话，惠婕妤究竟怎么了？"锦言吩咐拂弦将她扶起来，心里有些忐忑，难道惠婕妤已经出事了？从柳强忍着泪，手里紧紧地绞着帕子，哽咽道："从柳刚才去了姐姐那里，还未到跟前，便见苏姑姑领着几个宫女将姐姐带走了，从柳怕太后……"从柳说到这里，再也说不下去，绞着帕子抽噎着。

　　锦言心烦意乱地站起身来，安慰了从柳几句，便遣宫里的人去小心打探下消息。隔着窗户看到从柳退了下去，她才长呼了一口气。可是，几天以来，永宁宫那边一直都没有消息，锦言也去给太后请过安。太后态度如常，还是和蔼地与她说着话，只不过她仍觉得有些不妥，却说不上来哪里不妥。

　　就这样过了几日，龙吟山庄内看似没有再起波澜。皇上自那日后便一直未曾来墨韵堂，锦言除了进澄瑞宫看看素语的病情，也绝少出门。突然有一日，宫廷传来急件，催皇上火速回宫处理要事。于是，小秦子便奉旨知会众妃嫔收拾行李即刻起程回宫。

　　回到皇宫，锦言见拂弦和从柳都累得够呛，便叫她们下去歇着了，自个儿在御花园内随意散心，才绕过廊亭，便见回廊处走过一个熟悉的身影，令她不禁怔住了。那个人，那个人竟是自己在闻府时的丫鬟绿意？！

绿意见到站在自己面前的人竟是锦言，眼神不禁有些慌乱，却又迅速镇定了下来，她规规矩矩地向锦言行了礼。锦言忙将她扶起来，连忙问道："绿意，你怎么会在宫里？"

"瑾美人，绿意如今在琴贵妃跟前伺候，言谈不便之处，还请恕罪。"绿意说完，便匆忙起身离开。饶是锦言有万般惊诧，此刻也不敢在人前喝住她，只能眼睁睁看着她仓皇而去。锦言心想，自己无论如何也要再见绿意一面。

直到回了墨韵堂，锦言还在疑惑，绿意究竟是如何进宫来的？而且，她竟然在琴贵妃身边当差，难道说……难道说她是太后弄进宫里来的？这样一想，锦言不禁惊出一身冷汗，绿意是知道详情的，如果她已经将此事透露给太后，太后岂不是什么都了然于胸了吗？

锦言只觉得忧心如焚，拂弦在一旁小心地劝慰道："主子，事情怕是没有咱们想得那么简单，太后就算是想让绿意来做个活证，又怎么会放到琴贵妃那里去？说起来，太后理应将绿意藏在永宁宫才是……"

锦言怔了怔，顿悟过来，拂弦的话不无道理，照这样说来，绿意进宫难道是琴贵妃有意为之？她只知道这个琴贵妃是太后的亲侄女，身体羸弱，一直深居简出，与众妃嫔并无往来。思索再三，锦言决意带着拂弦去琴贵妃那里走一趟。可是想踏进琴贵妃的殿门，还需要一个合适的由头。

又过了几日，宫里仍然寂静如常，锦言却越来越不安起来，时常从梦中惊醒，抱膝而坐，拥着锦被直到天亮才昏昏沉沉地睡去。拂弦清楚她的心思，于是在为她梳妆时，淡淡地说："主子，这样无端地耗费心神，不如拂弦替主子去探一探深浅……"

锦言默然，于拂弦也是一种默许吧。

次日，拂弦在琴贵妃的宫殿外有意无意地弄坏了几株紫薇，言行举止还甚为"挑衅"，接着她便被人带到了琴贵妃面前。拂弦回来后，说她倒是见到了琴贵妃，只不过琴贵妃听说她是墨韵堂的人，倒也没有难为她，训斥了一两句便将她放了回来。

拂弦在琴贵妃面前无礼，那么锦言这个做主子的少不得要亲自上门赔礼。于是，锦言便有了进入琴贵妃居所的理由。锦言叫拂弦准备了几样清丽淡雅的饰物，便去了琴贵妃的居所。行至殿门前，便有一个细眉细眼的宫女将她引至正厅，备上清茶后，就退了下去。

锦言见琴贵妃所居宫殿清幽而静谧，颇有几分出尘的意境，便不由得多看了一会儿。内室里始终没有动静，却隐隐传来几声轻咳，拂弦也渐渐有些局促，看着锦言的眼神也不再那么镇定。反观锦言，只见她坐在檀木香椅上，沉静如水。

半个多时辰过去了，那个细眉细眼的宫女从内室匆匆出来，说道："主子身子不适，不方便出来见您，您还是请择日再来吧。"

仿佛是在意料之中，锦言并无诧异，问道："那么贵妃娘娘是否还有别的交代？"

"主子说，瑾美人的心事她懂，叫瑾美人不必担忧，万事随波逐流便可。"

锦言在心里咀嚼着"随波逐流"这四个字，不禁失了神，甚至忘记了来这里的初衷。

回到墨韵堂时，锦言才回过味来，琴贵妃口中所说的"随波逐流"，便是要她顺势而为。拂弦不咸不淡地提醒了几句，锦言才回过神来："罢了，罢了，该来的始终要来，该去的始终要去，我且等着看吧。"

这一夜，风平浪静，锦言睡得安好无梦。次日醒来时，她发现拂弦候在旁边已久，眼神慌乱，言语有些急切，说道："主子，这是今晨拂弦在住处发现的书信，上面写着，写着……"

锦言坐起身来，顾不得披衣，接过拂弦手里的书信，打开一看，发现这信上的内容竟牵扯了本朝一件极为隐秘的事。当今太后乃赫连一族所出，赫连家族权倾朝野，先帝在位时对此甚为担忧，所以曾秘留遗诏，除非五任皇后先后毙命，否则赫连氏之女不得入宫为后。

"拂弦，你可知这封信是谁送过来的？"

拂弦摇了摇头，身子颤抖，得知这惊天秘密只怕后患无穷，而那送信之人明显是想将锦言牵扯到里面来。锦言吩咐拂弦将书信烧掉，她望着一地余烬，叹息不已。

原来，宫中三位皇后先后西去，不过是太后为了让琴贵妃登上后位所做的铺垫，而素语误打误撞做了第四位，太后自然欲除之而后快，那么谁是第五位呢？恐怕太后并不在意吧，因为坐上后位的人不管是谁，都逃不了一死。太后要保全赫连家族的荣华和尊贵，势必要破先帝遗诏，才能将琴贵妃送上那个令人趋之若鹜而又胆战心惊的后位。

锦言苦笑，说道："拂弦，你说这后宫的女子争来争去，到底是为了什么？我们都是别人手里的棋子，在别人的棋局上斗得你死我活，不过是引得布局之人发笑而已。"

"主子，现在我们该怎么办？要不要将这件事告诉皇上？"

锦言摇了摇头："不行，只怕皇上也未必猜不出个中详情，他既然没有去干涉，我就算是去说了，又有什么用？唯今之计，只有让素语好生注意，不要轻易陷入太后的圈套才是。"

"以皇后娘娘的脾性，怕是难……"拂弦的话未说完，锦言也猜得出她后半句要说什么，可是即便如此，锦言却依旧不甘心，就这样让素语无辜死在赫连氏一族的手上，太不值。思索间，她便听见从柳脚步沉重地从外面进来，低声道："主子，太后有请。"

锦言与拂弦对视一眼，拂弦黛眉紧蹙，只怕锦言心里也不是个滋味。拂弦为锦言装扮完，站在一旁欲言又止，锦言看着她那副模样，明白她的心思，于是道："别怕，兵来将挡便是……"

行至永宁宫，苏姑姑迎了出来，满面春风地道："给瑾美人道喜了。"

"苏姑姑，喜从何来？"拂弦跟在苏姑姑后面边走边问。

还未等苏姑姑答话，众人已然到了太后身边。太后神色如常，并不见任何异常，见锦言请过安，便赐了座，说道："后宫就是女人们争宠的地方，在龙吟山庄时，哀家本来还想着能够清静一阵，可是谁知就出了灵妃的事，回到这皇宫，哀家更觉得有些气不顺。皇后不争气，哀家料她也成不了什么辅佐明君的贤后。燕瑾，哀家觉得你是个聪明人，皇上也疼你，你可不要做出让哀家失望的事来……"

这一席话，令锦言顿时面色苍白，太后的意思，难道是要她取代素语成为第五任皇后？锦言用力握住衣角，强自压住内心的起伏，淡淡地道："多谢太后器重，燕瑾一定会听太后的话。"

太后似乎颇为满意，嘴角带着笑意，使了个眼色，苏姑姑便赏给锦言好多东西。太后说道："如今，这后宫妃嫔甚少，哀家本想再挑几个进宫来服侍皇上，可是皇上说现在边疆征战，百姓怨言甚多，这个节骨眼儿上不想再生事，所以哀家就只能从现有的妃嫔里面抬几个，好叫你们能尽心服侍皇上，别再生出别的念头来。哀家素喜你沉静知进退，便做主给你晋了妃位，待他日你诞下子嗣，再晋为贵妃不迟。"

锦言慌忙跪下，几番辞让，太后都淡淡地说笑着给挡了回去，锦言只得作罢。从永宁宫出来时，仿佛众人都知道了一般，一些胆大的宫女，见了她便笑嘻嘻地唤了声"锦妃娘娘"。

路过一处亭榭之时，远远看见素语正坐在里面。锦言没有逃避，顺着小径走过去，只见素语捂着胸口轻咳几声，面白如纸，冷笑道："如今，你可是如愿了？好一个锦妃！闻锦言，想不到你扮出几分楚楚可怜的模样，就能得到一切……"

锦言正要开口辩驳，素语手一挥，急急地道："可是，你也不要忘了，我说过的，你封妃之日，便是闻家满门抄斩之时！"说罢，她便大声咳了起来。

锦言闭目，似有太多的沉痛，拂弦在一旁小声说道："主子，咱们快些回去吧，既然宫里人都知道了，只怕前来墨韵堂道喜的人不会少，这个节骨眼儿上还是不要失了礼数的好。"

锦言转身离开，身后是素语撕心裂肺的大喊："好，好，你不信我的话，你且等着看……"

回到墨韵堂，锦言步履沉重。拂弦为她斟茶奉上后说道："主子，事已至此，还是及早有所定夺才是，否则皇后娘娘那边真做出……"拂弦说到这里，见锦言脸色愈加愁苦，便止住了话，正要出去给她端一碗燕窝粥，掀开门帘便撞见了皇上，当即出声请安。

锦言见是皇上进来，仓皇间挤出一丝笑容，却是牵强无比，说道："不知皇上驾到，锦言失态，还请皇上恕罪。"

皇上的双眸闪过一丝令人不易觉察的冷厉，他淡淡地笑道："无妨，朕有心来看看你，怎么会动不动就问罪于你？"

皇上坐下后，又拍了拍身旁的座位，示意锦言坐到自己身边。锦言坐在他身边后低声说道："其实，锦言并不在意妃位，能在宫里这样平平静静地过一辈子就好。皇上可以再宠新欢，只要记得起旧爱便已足够。"

许久，一直没有回应，锦言抬头朝皇上看去，但见他双目如星辰闪耀，他伸手揽住她的腰，说道："朕说过要护你周全，你难道忘记了吗？如今这局势，不拼不搏，何以钳制他人？相信朕，从此朕的新欢旧爱都只有你一个人……"

或许是这话里的甜蜜让锦言沉醉，或许是这话里的承诺让她痴迷，她靠在他胸前，久久没有起身，可是未来如何，谁可掌控？

过了几日，因前方战事吃紧，皇上日夜操劳，顾不上后宫琐事，于是太后便将封妃之事暂时搁置，只叫苏姑姑送来好多赏赐以安锦言的心。宫里大多数人都已经知晓闻家姐妹之事，于是锦言、素语也各自用回了自己的名字。其间，锦言曾向太后请求让自己的娘亲进宫叙话，太后当即允了，并且封了沈蕊洁为一品诰命夫人。

沈蕊洁进宫那天，与锦言相拥而泣，母女俩泪眼滂沱，似有说不完的话。就在这时，素语苍白着脸进了墨韵堂，冷笑道："好一个母女相见的感人场面！闻锦言，你该知道，你越是这样，我越是恨你们入骨……"

素语的眼神冷厉，透着令人窒息的寒光。锦言将娘亲护在身后，匆忙拭了泪，说道："难得今儿个凑在一起，索性将话说个明白，娘，你告诉她，你根本没有杀她的娘亲！"

沈蕊洁半晌没有言语，锦言见状上前握着她的手说道："娘，你别怕，你告诉她真相，你没有杀二娘，你没有……"沈蕊洁使劲挣脱了女儿的手，面色凄然，仿佛视死如归一般，朝素语道："不错，你娘是我杀的！"

锦言大惊，急道："娘，你说什么，你怎么可能杀了她的娘亲？你虽然一直不待见二娘，可是要说你会动手杀人，我不信，我不信……"

素语似是银牙咬碎了一般，从齿缝里透出几句狠话来："你们记住，从此我再也不是闻家的人，我要让闻家血债血还，为我娘讨个公道！"未等素语转身离去，沈蕊洁便跪了下来，扯住素语的衣衫，哀求道："这一切都是我的错，你要怎么对我都可以，我毫无怨言。我只求你不要迁怒老爷和锦言，他们都是无辜之人……"

素语冷笑道："无辜？你竟然说他们无辜？那我娘呢，又是何其无辜？今日你这副可怜兮兮的嘴脸，丝毫也不能令我减去一分恨意！"

沈蕊洁面如死灰，伸出去的手缓缓垂了下来。就在那一刻，锦言仿佛看到昔日艳丽夺目的娘亲骤然添了十年沧桑岁月，她正欲上前扶起娘亲，就听见素语喝道："来人，闻夫人乏了，送她出宫。"

几名宫人上前架起沈蕊洁，她并不反抗，只是那么苦笑着，临出墨韵堂时才撕心裂肺地大喊："锦言，听娘的话！一定要好好活着，好好活着……"

直到素语的冷笑声响起，锦言才如梦初醒一般，慌乱而无助地跌坐在地，原来是真的，原来娘亲真的杀了人……

"闻锦言，你可是亲耳听见你娘亲承认了的！这样说来，我以后再对闻家使出什么手段，也是在情理之中的吧？"

素语冷笑着，将手递给锦言，把她扶了起来。锦言反握住素语的手，急切地哀求道："姐姐，不管我娘做了什么，我都愿意一力承担，父母已是年迈，我不能眼睁睁地看着他们……"

素语用力挣脱锦言的手，轻蔑地说道："闻锦言，我不会那么快就要了你的性命，我要你跟我斗下去，我要你生不如死，永远饱受折磨地活下去。"说罢，她颇有些轻狂地笑着离开了。拂弦匆忙从内室出来，扶着锦言坐下，轻声安慰她："主子，您不必过于担忧，只要您得了宠，讨了太后和皇上的欢心，皇后对主子也会无可奈何的。"

"真的是无可奈何吗？你难道没有看见姐姐眼里的恨吗？她恨不得将我千刀万剐，将我凌迟，她……"锦言语无伦次起来，或许是娘亲承认了杀人之事带给她的刺激太大了。

"主子，您难道忘了老夫人临走时说的话了吗？她要您活着，好好活着，不管发生什么事，您都不能忘记这句话。您活着不是为了自己，您活着就是实现了老夫人的心愿，您活着就是尽了孝心……"拂弦轻声细语，语气却是无比坚定。

锦言望着远处烟云散去，渐渐失了神，活着，好好活着……

永宁宫内，苏姑姑自然是将锦言、素语姐妹俩的这一出戏，添油加醋地讲给了太后听。太后掩着嘴笑着，喝了一口茶，说道："苏辣子，你去传个话，就说宫里的人都不可再议论此事。"

苏姑姑怔了怔，旋即明白了过来，失声笑了出来，领命而去。自此，宫里人明着不敢违抗太后懿旨，从不擅自议论此事，可是背地里却是议论纷纷，杜撰锦言和素语之仇，无端将姐妹俩之间的嫌隙又添了几分。皇上倒是来安抚了锦言好一阵，也提起过锦言封妃之事，锦言生怕会激素语做出什么事来，于是借口前方战事吃紧而婉拒了。再后来皇上又提起过几次，锦言都以种种理由拒绝了，慢慢地，皇上便没有再提此事，锦言也松了口气。就算是甘于平淡，也比封妃后胆战心惊来得好。

再后来，锦言听说琴贵妃的身子不好，时常咯血，让太后也忧心如焚，太后不得不亲自前往琴贵妃的住处，命苏渔阳亲自为琴贵妃诊治，看着琴贵妃喝了药缓解了病情才放下心来。

锦言去永宁宫请安之时，也时常碰上来永宁宫回禀琴贵妃病情的苏渔阳。她似是不经意地向他问起素语身子可好，苏渔阳都据实回答，不算是好。每每等苏渔阳走远了，锦言也咀嚼不出"不算是好"这几个字的含义。

一日午后，锦言翻来覆去却如何也睡不着，只觉得胸口发闷，拂弦劝她到御花园里走走，这个时辰的御花园反而是人最少的时候。锦言想了想，便随着拂弦去了，才进去便觉得热浪袭来，于是疾步走进了凉亭坐下。拂弦见锦言拭汗，于是说道："主子，您且在这边坐一会儿，拂弦去找人送碗梅子汤来解渴。"

锦言随意挥了挥衣袖，便独自坐在凉亭中歇着。无意间看到一个熟悉的身影闪进了远处的假山后，锦言心思一动，疾步而去，行至假山之时才缓下步子挪了过去，听见有个人压低了嗓子说道："我不能去见你们主子。"另一个人似是忍着怒气低喝道："绿意，你不要敬酒不吃吃罚酒，别忘了这是在皇宫，我主子想要你的命简直易如反掌。"

锦言大为惊诧，那闪进假山之后的熟悉身影果然就是绿意，只听绿意似是拿定了主意，说道："不，回去告诉你们主子，我到这宫里来不容易，我能活下来也不容易，你们什么都不用问了，我什么都不会说……"

假山后的另一人愤恨不已，又低声威胁了几句，才负气离开。绿意长舒一口气，正要离开时，却发现锦言站在了自己面前，她不禁骇然，低头行了礼便要离去。

"绿意，你站住……"锦言这时也明白了绿意身上定是藏着秘密，否则不会无缘无故地进宫，还处处躲着自己。

"小姐，啊，不，瑾美人……"

"绿意，你我之间一定要这样生疏吗？"锦言正欲上前，却发现绿意瞬间后退了几步，她眼神慌乱，手足无措，远远看见拂弦来了，便赶紧告退离开了。

锦言望着绿意的身影出神，连拂弦的话也未听清。拂弦命人将梅子汤放在石桌上，扶着锦言回到凉亭，低声说道："主子，刚才拂弦回去端梅子汤时，听见从柳姐姐在屋里哭得伤心。拂弦上前问她，她无论如何也不肯说，但是拂弦猜得出，她肯定是在担心惠婕妤之事。"

锦言喝了几口梅子汤，眼看西边云色渐起，黑压压的，知道要下大雨了，于是她便带着拂弦往回走，说道："这个自然，她心里牵挂着姐姐，唉，她们姐妹俩的感情总归是好的……"

"那主子，您能不能……"拂弦欲言又止。

"你是想让我救惠婕妤？你难道不知道我如今的处境吗？我也是铆足了劲儿讨太后的欢心，指望她将来能在闻家之事上有所关照。"锦言说到这里，终是不忍，低声补了句，"惠婕妤的事我只能尽力而为了……"

两人回到墨韵堂，拂弦将锦言的话说给从柳听后，从柳自然满心欢喜，千恩万谢的话说了一箩筐，又亲自下厨给锦言做了素手千金糕。果然，到了晚膳时候，窗外已是大雨滂沱。

"主子，下这么大的雨，皇上说不定不能过来陪主子用膳了，主子不如先用了吧，否则饿坏了身子。"

锦言下午才用了从柳亲手做的点心，一时还未消化完，于是淡淡地道："不急，再等一等吧。皇上如若想来，就算是下再大的雨，只怕也能衣履未湿地进来……"

正说着话，冷不防小秦子在门口高声喊道："皇上驾到。"

拂弦一边命人传膳，一边望着皇上轻笑，锦言佯怒瞪了她一眼。

"你这丫头笑什么，朕身上可有什么不妥？"

拂弦不顾锦言阻拦，抢着将刚才她的话又说了一遍。锦言面色微红，皇上却是大笑不止，说道："果然，还是你知道朕的心意。不过，你又如何知道朕定会鞋履未湿呢？"

锦言接过拂弦手里的茶，亲自奉上，低声道："那还不是臣妾知道皇上喜欢干净？已是初秋，地上落叶渐多，偏偏臣妾今日出门之时，发现地上的落叶并未打扫干净，皇上看了只会厌烦，又怎会愿意踩着枯叶湿泥而来呢？"

皇上一怔，随即开怀大笑起来，赞道："果然聪慧，如若是平时，你倒是猜对了，不过今日你却猜错了，朕今日当真是踩着枯叶湿泥而来的。"

这下换成锦言不解了，她瞅了他几眼，那镶金丝南珠的鞋履上分明是一尘不染，就在这时，候在一旁的小秦子笑着说道："今儿个皇上从朝元殿出来时就已经下了大雨，本来奴才想抬皇上的软轿过来，可是皇上怕您惦记，就等不及那一时半会儿的，撑着伞便要往墨韵堂而来，奴才只好命人给皇上又拿了一双鞋过来，就在进墨韵堂前才换上的。"

锦言朝皇上看过去，只见那双朗目内含着几分热烈与期待，似是在等着她回应。锦言心里一动，旋即低下头，低声说道："皇上是九五至尊，本该以龙体为重，回头叫太后知晓了，臣妾少不了要听一番训诫，如果皇上下回再这样，就是存心不顾及臣妾了。"

锦言的这番埋怨似真似假，却是动了几分真情，皇上见状走了过去，揽住了她的肩。小秦子和拂弦相视一眼，随即遣退了众人，又一并离去。

"朕处处想要抬举你，生怕别人不知道你多么得宠，怎么会是不顾及你呢？朕心里对你喜欢得紧呢。"

锦言眼眶一红，窝在皇上的怀里低声哽咽，说道："皇上，您该知晓臣妾的内心之忧啊。"

"朕知道你是在担心闻家，朝堂上有朕守着，朝堂外朕早已命侍卫多加小心看护闻府，不会让闻家遭无妄之灾的。朕都费了这么多的心思，难道还不能令你心安吗？"

锦言破涕为笑，双手揽住皇上的腰，在他的胸前轻轻地蹭着，说道："皇上肯为臣妾这样做，臣妾感激不尽。唉，不过这后宫自古都是权谋利欲之地，想那惠婕妤……"

锦言说到这里一顿，她明显感觉到皇上的身子一僵，皇上面色一沉，就松开了她，有些不悦地道："你绕来绕去说了那么多，就是为了惠婕妤？朕知道，你们没有那么深的交情，不过是她的妹妹从柳在你跟前伺候着，你大可以将从柳撇开嘛。你在宫里树敌已多，这时候再不知道尽敛锋芒，你叫朕如何保你？"

锦言当即跪了下来，语气坚决地说道："皇上一向是以仁治国，这后宫乃是皇上的家，亦理应以仁治之，如若宫中女子个个都只顾自己安危，又岂是皇上以仁治国的根本？如果锦言只是贪恋富贵、自私狭隘之辈，也配不上皇上今日的一番宠爱。"

窗外仍是瓢泼大雨，锦言的话却是掷地有声。良久，皇上长舒了一口气，低声说道："你起身吧。"说罢，他没有再看锦言一眼，唤了小秦子就起驾离去。拂弦进来时，锦言仍旧跪在地上，额头上布满细密的汗珠，拂弦扶起她来，低声说道："主子，这样做，值吗？"

一场秋雨一场寒，锦言半夜之时突然惊醒过来，才发现雨已经停了，只有房檐下不时滴落雨水，初时清脆，到后来便沉闷压抑，像是她胸口的郁结之气。待到次日，她前去给太后请安之时，出了门便打了个寒战，抬眼看去，天色暗青，云絮低垂，拂弦见状又回去拿了一件薄披风给她披上。

永宁宫内与往日并无不同，如果一定要说有何异常的话，就是太后当众宣布了惩戒惠婕妤之事，太后给惠婕妤随意定了个罪名，就将她打入了冷宫，并且终生不许踏出冷宫。

当锦言带着拂弦回到墨韵堂后，从柳就跪在了她的面前。

"从柳，惠婕妤之事，我已尽心了……"

"主子，能留住姐姐性命已是万幸了，如若不是主子求了皇上，只怕姐姐的下场比进冷宫还要惨上十倍。主子，从柳再求您一件事……"

原来从柳想要陪惠婕妤一起进冷宫。锦言劝了她几句，她不肯听："这后宫的事，从柳算是看透了，从柳只盼着能与姐姐相守一处就好。求主子成全，我们姐妹永不忘您的大恩。"

最终，太后还是答应了从柳的请求，既然从柳在锦言那里如同废棋一枚，倒不如做个顺水人情。不过，锦言在墨韵堂倒是消沉了好一阵子，有些郁郁寡欢。其间皇上甚少过来，只是时常让小秦子过来传个话，瞧上一瞧。

拂弦有些不解，心急道："主子，皇上这样冷落您，无非就是想要您低个头，他自己不好放下身段亲自来，但是只要您在小秦子面前示意下，皇上自然会消了气来墨韵堂。"

锦言卧在椅榻上，手里端着一碗温热的燕窝，她喝了一小口，抬眼看向拂弦之时，却是表情冷静，说道："拂弦，难道你还看不清我如今的处境吗？我既没有太后这样的姑侄之亲，又没有姐姐那样的中宫之位，我如果想要在后宫立足，保住闻家上下的性命，又岂能仅凭着皇上的宠爱？"

"主子，您是说……"拂弦是这般的聪慧人儿，霎时间便明白过来，眼神中闪着微微的笑意，"是了，是了，夺宠是出路，夺权更是出路。只要主子手里握着殇未朝半壁江山的兵权，即便是太后也要忌惮您几分。"

因为有了先例，所以在从柳离开后，墨韵堂内的宫女虽多，却再没有得锦言青睐的，那些以各种名义被放进墨韵堂的眼线，都只是做了粗使宫女或者针线宫女，真正在锦言跟前伺候的，还只是拂弦一人。

两人在内室里小声说着话，拂弦还不时从虚掩的门缝里往外看，生怕走漏了风声，直到锦言写完一封书信，拂弦才松了口气。锦言本想叫拂弦将书信送走，思索再三，还是说道："拂弦，你重新拿纸笔誊写一遍，她们不识得你的笔迹……"

拂弦一怔，顿时明白过来，颇有些得意地笑了："嗯，即便识得也没有关系，谁也不知道拂弦还有个本事。"

原来拂弦未进宫前一直习惯左手写字，还是进了宫后怕被人取笑，才铆足劲儿练右手。锦言微笑着，见拂弦誊写好了书信，便将自己先前写的书信撕碎，扔进了火盆里。她再三嘱咐拂弦要小心行事，拂弦领命而去。

待到夜深之际，拂弦才回来，低声说道："主子，拂弦不辱使命，信已经送了出去，但边关距此太远，想来需要十日才能有回音。"

锦言突然又有了一丝犹疑，苦笑道："拂弦，你说他如果不回信呢？"

拂弦不以为然，说道："主子，且放心等待几日又何妨？您信上已经写得明白，王爷也应该清楚，如今只有与您合作才会有出路。至于皇后娘娘，她空有一腔热心，却是无能为力了。"

锦言淡淡地笑了，说道："拂弦，你可真会宽解人，待到这宫里的事平静了，我一定会为你寻个好归宿。"

拂弦露出几分羞涩，说道："主子，拂弦哪里都不想去，就想留在主子跟前伺候一辈子。再者，这世上又有多少良人可依？不过都是些臭皮囊罢了，拂弦早已看开了，才不会去想那些虚无缥缈的东西呢。"

锦言一时倒未曾料到拂弦会如此说，微怔之下，就没有接话。

又这般过了十数日，锦言渐渐不安起来。拂弦自是明白她的心思，说了千万句开解的话，却也消除不了锦言心中的担忧。

因是秋日，锦言变得有些嗜睡，以往午后用过膳总是走动一下消消食才肯去歇息，如今才用过膳便抵不住困意，靠在椅榻上也能沉沉睡过去。拂弦欲言又止，像是要提醒锦言什么，可是看到锦言仍旧忧心忡忡的模样，她又迟迟开不了口。直到晚膳之时，皇上叫小秦子来赐膳。拂弦布菜之时，刚将一盘通翠鱼丝端到锦言面前，她便止不住地干呕了起来，待到缓过劲来儿，抬头看向拂弦之时，两人俱是一怔，说不出是欢喜还是焦虑。

小秦子自是将锦言的反胃干呕看在了眼里，回去禀报皇上后，便带着苏渔阳过来请平安脉。果然，锦言有喜了。苏渔阳开了安胎的方子，嘱咐拂弦如何煎药，而小秦子则赶回去禀告皇上。锦言靠在椅榻上，手轻轻抚着小腹，那一刻逐渐有些陌生而异样的心情传来，似是欣喜惊奇，又似焦虑不安。只是未等锦言适应这份心情，皇上已是疾步而来，朗声道："朕今日真是太高兴了……"

皇上落在锦言肩膀上的手臂轻柔而有力，似是读懂了她心中所想，柔声说道："别怕，有朕在！朕向你保证，一定会让你把孩子平平安安地生下来……"

锦言温柔地笑着，那一刻她是真的放下了所有忧虑。

那一夜，皇上留宿墨韵堂。两人躺在床榻上静静相依，皇上的手一直小心地抚摩着锦言的小腹，锦言羞涩而紧张地窝在他怀里，低声道："皇上，小心些……"

皇上轻轻刮了她的鼻子一下，心情大好，笑道："放心，朕比你还要小心呢。"

"皇上，如果臣妾怀的是……"

"不管是男是女，都好，朕心里都喜欢得紧。"他语气平静，不像是敷衍之词。就在那一刻，锦言的心变得无比柔软，渐渐有些后悔——将信送至边关南宫君悦处，到底是对还是错？

锦言有孕的消息传开，一时间，后宫暗流涌动，各妃嫔自是感慨不已。次日，各宫按捺不住，纷纷派人送来贺礼，探听虚实。锦言一一应下来也有些疲倦不堪，待到苏姑姑来时，只得强打起十二分的精神来应对。

"瑾美人，太后叫奴婢来讨赏了……"苏姑姑笑道。锦言起身，一边朝拂弦使了个眼色，一边笑着说："苏姑姑又来取笑锦言了，锦言这里能有什么让苏姑姑看得上眼的？"

"太后说了，瑾美人如今有了喜，即便赏奴婢一颗珠子，也是沾着喜庆的。"苏姑姑提到珠子时，语气稍顿了顿，但见锦言一直不动声色，才讪笑着说下去，"太后已经嘱咐奴婢不要多打扰瑾美人，可是您看奴婢就是管不住自己的这张嘴，回头叫太后知道了，少不得又是一通训斥。"

锦言心中一凛，这才知道苏姑姑是借着送贺礼来刺探她是否知道佛珠粒之事，她当即笑道："苏姑姑要别的东西，锦言这里或许没有，可是说到这珠子，锦言倒真有两串绝世佳品。"

拂弦从内室拿出一串佛珠，只见整串珠子均为拇指大小，珠圆玉润，反射着淡淡的光芒，煞是夺目。

"苏姑姑，主子有两串佛珠一直当宝贝收着，一条是太后赏的，一条就是这个了，您看这佛珠好吗？这可是皇上前儿个刚赐给主子的……"拂弦说着就要递给苏姑姑看，苏姑姑急忙按住她的手腕，讪讪笑道："这可如何使得，奴婢是怎么样的人，怎么配得上这珠子呢？原本就是奴婢说笑呢，瑾美人莫怪，莫怪。"

"苏姑姑，这佛珠你不收也罢，原本锦言就稀罕着，还没把玩够呢。可是，这些首饰你就收下吧，也算是锦言孝敬你的，你每日侍奉太后很是辛苦，锦言心里也颇为感激。"锦言走过来，接过拂弦手里捧着的妆匣，亲手塞到了苏姑姑手上。苏姑姑推托不过，寒暄了几句，便离开了。锦言站在门前，冷冷地望着她的背影，面色也沉了下来。

"主子，您将赵荣华留给您的佛珠粒染了色，混在这串佛珠里，还光明正大地给她看，万一她起了疑心，那可如何是好？"拂弦拍着胸口，手里还握着那串佛珠，只觉得烫手不已。

"她是只老狐狸，只有剑走偏锋才能瞒得过她，否则即便咱们说没有佛珠粒，她也会继续探查下去。这下也好，咱们不躲不闪，虚虚实实的，倒令她摸不清楚究竟是怎么一回事。"锦言紧紧抿着朱唇，看得出她心里并不似嘴上说的这般轻松。

待到了夜间，拂弦服侍锦言睡下后便出去了，不多时，她却又带了一封书信回来。锦言接过书信后，迟迟不肯拆开，又胡乱地塞给了拂弦，说："你念给我听。"

拂弦拆开信，只不过略扫一眼，就迟疑地望着锦言，低声说道："主子，这信还是您自己来看吧。"

锦言再也按捺不住，一把夺过信来，字字句句敲在心头，让她只觉得有股酸楚如暗潮汹涌而来。寝室内静寂无声，只能隐约听见锦言不再平静的呼吸声。良久，她才失了神一般靠在床榻上，说道："拂弦，他说边关很好，他叫我不要挂怀，他说只要我在宫中安好，那么他今生也别无憾事了……"

南宫君悦，这到底是在闻家梅林中温润如玉的你，还是与素语暗通款曲、书信往来的你？你到底有几分真心？最重要的是，你究竟对谁真心？你在书信上对素语说，边关很苦，黄沙大漠、热血枯骨，要她帮你摆脱困境。可是，你却对我说一切安好，叫我不要挂怀，丝毫没有提及权谋。君悦，你是用这种方式表达对我的疏远吗？

"主子，您如今有了身子，还是早些歇着吧。这些费神的事，明日再想吧。"拂弦怎么能看不出锦言心中所想，可也只能慢慢劝着，叫她不要费神。锦言茫然地点点头，闭目不言。可是没过一会儿，寝室外竟然响起了脚步声，锦言与拂弦相视一眼，知道定是皇上来了。于是拂弦飞快地将书信藏于怀中，站起身来去迎接皇上。锦言心神倦怠，索性装睡。

"皇上，主子刚睡下，您……"

"无妨，你先下去吧，朕在这里陪她一会儿。"

拂弦迟疑着退下了，皇上走至床榻前坐下，牵过锦言的手，轻轻地摩挲着，良久才说道："难道怀了朕的骨肉，就让你这么不开心吗？"

锦言心里一颤，未曾料到他竟说出这样一句话来，被握住的手不由自主地颤抖了一下，她睁开眼便看到了他那布满沉郁的眼睛。

"你可知道朕却是欢喜得紧。朕已经想过，待孩子出生之日，便大赦天下，减征赋税三年，将来，别管他是要继承皇位的帝王，还是显赫尊贵的公主，朕要天下人都记得他的恩情。"

锦言再也不能冷静，起身环抱着皇上的腰身，喃喃地道："皇上……"

锦言将脸埋在他的胸前，未承想脖颈间已是一片冰凉。她知道那是皇上落下的泪，心里更是悲苦，环抱住他腰身的手臂越发用力了，急道："皇上，不要这样……"

"朕这一生，没有经历过大风大浪，看似坦途，可是谁能知晓藏在朕背后的暗涌狂潮？大臣们倚老卖老，欺上瞒下，母后更是只顾扶持赫连一族，纵容他们称霸一方祸害百姓，就连，就连锦亲王，他也暗地里勾结各方势力，想要谋权篡位，将朕的皇位给夺了去……"

锦言大骇，猛然抬头，望着仍旧凄然苦笑的皇上，怔住了。那南宫君悦竟是这等人物？可笑自己以往竟是小看他了，一直以为他不过是被太后与皇上压制的闲散王爷，原来，他是深藏不露啊。

"所以，皇上才将他遣往边关？可是，他手握兵权，皇上就不怕……"锦言说到这儿，顿了顿，没有继续说下去。

"你是怕锦亲王会起兵造反，杀向皇城？他不会，他手里握着的几十万人马还不是要靠朕来养着？边关荒芜之地，寸草不生，他如今军饷、粮草全部依靠朝廷，外加临近边关的几个州郡统领都是朕的心腹，他们的妻儿家眷全部都被朕秘密安置在了别处，该怎么做，他们心里有数得很……"皇上淡淡地说着，眉目间却流露出帝王的威仪之气。

锦言思索再三，仍旧小心地试探道："可是皇上既然说锦亲王与各方势力有往来，必然也与朝中重臣有私交，今日皇上用军饷、粮草困住了锦亲王，定会有人上书请命，代替锦亲王镇守边关，好让锦亲王得以脱身安然回朝，以求再度谋划。"

皇上突然朝锦言看了一眼，眼底凛冽之色一闪而过，他淡淡地笑道："你猜得对，可是你却想不到，上书请命代替锦亲王镇守边关的人是谁……"

锦言怔住了，她确实猜不到，可是往往最没有可能的人才会这般出其不意，于是她低声问道："难道皇上说的是……钟离将军？"

"不错，正是钟离。"皇上嘴角抿着一丝笑，令人看不出喜怒来。锦言想起在永宁宫之时，几次见钟离将军深夜进出，先前以为他不过是太后的心腹，却见他与皇上另有一番情谊。这样的他，如何会做出对太后和皇上不利的事情来？

"皇上可是应了？"

"朕怎会那么容易就应下来？他钟离一家满门忠烈，十八年前却惨遭横祸，双亲俱亡，他母亲与母后是堂姐妹，于是母后就做主将他带进宫里来，可笑的是，钟离与朕一起长大，朕这次却猜不出他到底是如何想的。朕已经将这个难题留给母后了，钟离是她那边的人，该不该应允，母后自然明白。"

"可是，如果，如果太后真的应允了呢？"锦言低声问道，见皇上沉默不言，紧紧抿着薄唇，流露出隐忍刚毅，她的心也不由得跟着沉了下去。

如果太后当真应允，那就说明太后与锦亲王暗地里达成了某种协议……锦言不敢再往深处去想，见皇上仍旧缄默着，就好生劝慰了一阵，两人便歇下了。皇上一夜都搂着她，手臂上的力道未松一分，她知道他不曾入睡，还在忧心钟离之事，于是轻轻叹息着不敢翻身，待到天亮时才沉沉睡了过去。等到锦言醒来之时，皇上早已去上朝了。锦言怕他精神不济，吩咐拂弦准备一些安神滋补的汤水送过去。

"主子，您不去吗？"

锦言摇了摇头，叹道："朝元殿一向是妃嫔禁地，即便我去了皇上不怪罪，也会给别人留下话柄。我既然分不了他的忧，又何必去给他多添那些无谓的麻烦？"

锦言见拂弦提着食盒走远了，自己就去院子里走了走，见仍有宫女远远地跟着，心中不禁烦闷，便一一遣退了。不料，未过片刻，不知从哪里竟然冲出一个小太监来。锦言大骇，以为他是来加害自己的，只是未等惊呼，那小太监已向她跪了下来。

"瑾美人，您别怕，奴才是来向您请安的。"

锦言定住心神，问道："你是哪个宫的？怎么跑到这墨韵堂来了？不想被当成刺客抓起来，就说实话。"

那小太监倒也不惧，仍旧跪在地上，四下环顾，见左右无人，才压低了嗓子说道："奴才是锦亲王的人……"

锦言大骇，不动声色地后退了一步，低声喝道："休得胡言！锦亲王现在正带兵远驻边关，你却冒充他的人来此，可谓居心叵测！"

"如今边关战事吃紧，王爷又被刺杀，负了伤，如今放眼满朝，也就只有瑾美人能救王爷回朝，奴才冒死来见您，就是想求瑾美人……"

"大胆！我姑且念你是受人蒙蔽，所以才口出狂言，你若识趣就赶紧离开，否则就休怪我手下无情！"锦言喝道。那小太监抬头四顾，正要说什么，却见锦言面色冷冽，怒视着自己，他一时口拙竟说不成句："瑾美人，难道您真的不顾旧日情意了吗？王爷，他心里只有您啊！就算您不救他，最起码叫奴才带封书信给王爷，好叫他能够知晓您的难处。"

锦言听小太监说到这里，心中的猜疑却已证实，当即大喝："来人！抓刺客……"

片刻间，便上来五六个侍卫，齐刷刷地朝那小太监拥了过来。那小太监也不惊慌，看那样子竟像要束手待毙一般，那些侍卫们手脚麻利地将他绑了起来，准备带回去问话。

"站住……"锦言喝住他们，"他蹿到我墨韵堂来胡搅蛮缠，难道就这么算了？"

侍卫中的一名首领走上前来，再度行了礼，问道："瑾美人的意思是？"

"杀。"

那侍卫首领怔了怔，见锦言态度坚决，一时倒拿不定主意了。被抓的小太监现下才惊惧起来，大声吆喝道："小江子不是刺客，小江子也只是奉命行事……"

可是，他不曾想到，他的话说得越多，他死得也越快。不过片刻间，小太监已经死在了那侍卫首领的手里。鲜红的血液溅到锦言洁白的宫鞋上，显得刺眼而诡异。

锦言被侍卫护送回去时，拂弦还未曾回来。锦言将宫女全部屏退，独自躺在寝室里，心绪起伏。那梅林下白衣清逸的男子，低沉的声音犹在耳边，却已辨不清到底含着几分真情。

小秦子即刻赶了过来，禀道："瑾美人，皇上得知此事后大发雷霆，本想赶过来看您，却被那群老臣缠住无法脱身。皇上要奴才来传个话，叫您安心，他一得了空就马上赶过来……"

"小秦子，你回去告诉皇上，就说我不碍事，不过就是个误闯进墨韵堂的太监，疯言疯语地说了些话，已经被侍卫当场给杀了。"锦言淡淡地道。

小秦子又寒暄了几句，随后就复命去了。不多时，墨韵堂外传来一些嘈杂声，锦言缓缓地走出去，就见一人抱着拂弦走了进来，两人皆浑身湿透，走过的地方俱是水渍，而那人正是钟离将军。

"瑾美人，在下路过梨花塘时，见拂弦姑娘落了水，于是就将她带了回来。她受了惊吓，昏了过去，歇息一阵就会醒来，不碍事的。"

锦言忙命人将拂弦送去寝室，又让人拿过帕子给钟离将军擦拭身上的水，说道："如此，多谢将军了。"

锦言既未逐客，也未热情待客。钟离将军起身告退，转身之际欲言又止，见锦言仍未追问，这才又转过身来对她说道："瑾美人，再过几日，钟离便要远赴边关了……"

锦言轻轻地"哦"了一声，仍旧不动声色地说道："那么就恭贺钟离将军封帅，待凯旋之际，皇上定会重重赏赐你。"

钟离见她无动于衷，这才急道："钟离是奉太后之命，远赴边关，并且在锦亲王卸职回朝的路上布下了十三道关卡，锦亲王只怕……"

锦言做诧异状，说道："钟离将军，这样大的事情，你怎么不去禀报皇上呢？"

钟离沉下脸来，眼底闪过一丝探究，终于说道："许多年前，有三个男孩儿自幼一起玩耍，感情很要好。自从其中一个当了皇帝，另一个死了母妃，三人便渐渐疏远了。可是我知道，这三个男孩儿谁都没有忘记过去的那段回忆。即便世事变迁，他们也应该记得，不能互相残杀，不要让权欲蒙蔽了眼睛……"说罢，他转身离开，背影挺拔而洒脱。斜阳照在他的身上，仿佛是一个温润的光环，渐渐打湿了锦言的眼睛。

内室里，拂弦嘤咛一声，终于醒了过来。

"拂弦，你是怎么掉进梨花塘的？"锦言问道。

拂弦有些懵懂地抚着额回忆道："拂弦提着食盒去朝元殿，抄了近道，路过梨花塘时，突然膝盖一痛，站立不住，便跌进去了。"

果然如锦言预料的那样，拂弦定是被钟离暗算了才掉进了梨花塘，如此一来他将拂弦救起送回，趁机再将那些事说给自己听，就不会招人生疑了。拂弦见她失了神，于是低声唤道："主子，您……"

锦言为她掖了掖被角，说道："拂弦，你好生歇着吧。今儿事多，我想，我也该去澄瑞宫走一趟了。"

夜风习习，皎月铺满一地银辉，锦言扮作宫女，缓缓而行。

澄瑞宫内，素语大声地咳着，呛得双颊通红。锦言上前欲轻抚她的后背，未等伸过手去，便被她一把抓住。锦言仔细看去，那白净的手却是骨瘦如柴，青筋暴起……

"姐姐……"锦言不由自主地低唤了一声，眼睛一酸，将手覆了上去。素语猛地推了她一把，冷笑道："谁是你姐姐？我是这殇未朝的皇后，你难道尊卑不分了吗？"

锦言被素语推了个趔趄，她站直了身子，丝毫没有将素语的态度放在心上，她缓缓地将钟离的事说了个清楚，这下连素语也有些慌了。

"太后要取他的性命？这个歹毒的老太婆！她为什么就是不肯放过君悦？"素语恨得咬牙切齿，墨丝散乱地披在肩上，让她的样子显得狰狞而凶狠。

　　"我回去了，我来就是为了告诉你这件事。你好好养着身子，有些事，能做就做，做不了就忘了吧……"锦言说罢朝外走去，身后素语凄厉地喊道："闻锦言，那你来告诉我，什么该做，什么不该做？你来澄瑞宫告诉我这件事，又该不该做呢？你说啊！你说啊！"

　　锦言不再回头，出了澄瑞宫，她长长地呼了一口气。是啊，素语说得没有错，她来澄瑞宫报信到底应不应该呢？她清楚素语一定会去救锦亲王的，扪心自问，这算不算是自私呢？

　　回到墨韵堂，拂弦已经起身候在门口，见到锦言回来，她松了一口气。

　　"拂弦，不是叫你好生歇着吗？怎么又起来了？"

　　"主子不在墨韵堂，趁夜去了澄瑞宫，拂弦怎么可能睡得着？主子不用担心，拂弦已经喝了驱寒的药，不碍事的。"

　　锦言接过拂弦奉来的热茶，将下午遇到刺客之事告诉了她。拂弦听后大骇，问道："难道真的是锦亲王派来的人？"

　　锦言轻轻地摇了摇头，说道："如果是锦亲王的人，他不会不顾忌我如今的身份，叫一个小太监冒冒失失地来见我，连个信物都没有。可如若不是他，这后宫之中，又有谁知道我与锦亲王之间的那一段渊源呢？"

　　"会不会是皇后娘娘？毕竟她……"

　　"不会是她。即使能因此扳倒我，她也不会拿锦亲王来冒险的。"

　　两人陷入缄默中，莫名其妙的愁思却纷至沓来，令人难以抵御。不多时，皇上便赶了过来，他轻搂着锦言，拍了拍她的肩，说道："别怕，有朕在呢，他们谁也伤不了你，谁也伤不了朕的骨肉！那个刺客疯言疯语的，竟然冒充锦亲王的人进宫行刺，真是吃了熊心豹子胆了，看来朕这后宫是该整顿整顿了……"

　　锦言身子一僵，有些后怕起来，要不是自己当机立断撇清了与锦亲王的关系，没有对那个小太监假以辞色，此时好端端地偎依在皇上怀里的人哪里还是自己？原来自己的行踪，都在他的掌控之中，那么刚才自己去澄瑞宫的事情，想必他也知道了吧？果然，她只听皇上说道："你现在有了身子，就不要到处走动了，有什么事吩咐奴才们去做就好了。"

"锦言记下了。除了去给太后请安，或者去澄瑞宫瞧瞧姐姐，锦言哪里都不去就是了。"锦言这话说得圆滑，既说了自己会去澄瑞宫，可是也没有将刚才化装进澄瑞宫的事点出来。

皇上也不吭声了，眉头紧蹙，眼底却闪过令人不易察觉的凌厉寒光。

又过了几日，钟离将军终于赶赴边疆上任。临行时钟离将军又去了太后的永宁宫，出来时神色凝重，似是担负着千斤重担。

素语这几日身子不大好，苏渔阳每日频繁地进出澄瑞宫，药石针砭，也算用尽了心力。

不管怎么说，锦亲王要回朝的消息终于传回来了。满朝上下暗潮汹涌，文武百官都在斟酌到底该站在哪一边，皇上波澜不惊地应付着各种奏章，似是没有将这件事放在心上。唯独澄瑞宫内间或传来凄厉的笑声，时而欣慰，时而决绝。锦言找来苏渔阳，想问清楚素语的病情。苏渔阳斟酌了良久，才择言说道："皇后娘娘是心病，渔阳只怕是无能为力了……"

锦言挥了挥手，吩咐他下去，落寞地自语道："她也不过是个可怜之人，只因被雾迷了眼睛，看不清远方，才患了心病，等到云开月破之时，她该是能明白过来的。"

永宁宫内，太后斜卧在椅榻上，接过苏姑姑递来的帕子，轻拭了手，听着苏姑姑回禀着各宫的动静，良久，她才说道："是时候了，苏辣子，你该知道怎么做。"

苏姑姑顿了顿，迟疑地道："太后，现下时局动荡，宫中后位再有更迭，岂不是更招人眼？要不要再等等……"

"就算哀家这把老骨头能等下去，琴儿的身子等得了吗？就差再立一位皇后了，只要五任过去，一切都会万事大吉。哀家算计了一生，不能就这么将赫连家葬进去，绝不能！"

"是，奴婢现在就去做。"苏姑姑领命而去。

太后随后将手中的帕子扔在了地上。一阵疾风吹来，将地上的帕子吹得旋起，又落下，再度旋起、落下，太后冷笑着看着，仿佛是在看自己这一生叱咤风云的过往。她神情坚定，即便用一把利剑也不能斩断她心中的信念，想要保住赫连氏一族的荣宠，则务必要琴儿登上后位，不能就此让赫连氏一族没落，往日的荣华富贵就此烟消云散。

即便先皇曾立下遗诏，除非后宫五任皇后俱没，否则她赫连氏一族的女儿就不能入宫为后；即便先皇命她亲赴皇陵发下此血誓，不遵从此誓言就会死无葬身之地……那又如何？他应该知道她的手段的，既然要五任皇后俱没，那么她就连杀五任皇后，即便将来事发，为天下人唾骂，她仍然无悔，无愧于赫连氏一族。

她向来就是这样的人，为达目的不择手段，所以，闻家姐妹，你们既然入了这个局，就不要试图反转局势了，我赫连氏的手下从未有过逃生者！

那一夜，锦言辗转难眠，即便皇上就宿在身边。她小心翼翼地从他怀里挣脱出来，悄然无声地坐了起来，月色透过窗棂洒落一地银光，床榻下两双并排的鞋履显得那么闲适安然。或许只有脚步停下来的那一刻，人才能真正变得从容，此刻皇上的眉心没了往日的压抑与阴戾，他沉静安详地睡着，像个熟睡的婴儿。

锦言的手覆在小腹上，那里还未隆起，若不是太医告知，或许她至今也感觉不到身体的变化。可是此时，一切都不同了，从知道后的那一刻起，她便着了魔一般爱上了这种欣喜难安的感觉，这里面藏着她的孩子，一个新的希望……

到了次日，锦言晨起的时候，皇上已然离去。她有些慵懒地斜卧着，唤了几声"拂弦"，却一直没人答应，她心里还在疑惑拂弦跑到哪里去了，便听见有些压抑的说话声传来。锦言披衣起身，未出房门，便听见"闻家""大火"之类的字眼，只觉得脑子里轰的一声炸开了。

"拂弦呢？拂弦哪儿去了？"

几个次等宫女战战兢兢地在门口跪下，支支吾吾地不敢回话。锦言疾步奔出寝室，朝墨韵堂外跑去，身后传来那几个宫女此起彼伏的叫声："主子，主子。"

未等奔出墨韵堂，她便见皇上疾步而来，皇上神色凝重，眉眼间带着无奈与焦虑，他低沉地说道："都怪朕大意了……"

心存一丝侥幸的锦言，此时犹如断了线的风筝一般，软软地倒了下去。皇上手疾眼快，揽过她的身子，急传苏渔阳。锦言这一昏睡便是两个日夜，皇上一直亲自守在她的旁边，间或听见她在睡梦中的惊叫与呓语，看见她紧蹙的眉心，痛楚悲苦，眼角不断流出滚烫的热泪。皇上伸手拂去她眼角的泪水，只觉得触手过去，便烧得心口一痛。

锦言醒来之时，已是两日后的午后。皇上面容憔悴，见锦言醒来，一脸的欣喜，他喊道："拂弦，你家主子醒了，快去传膳！她久未进食，记得要口味清淡些。"

锦言很温顺地坐起来，在皇上的注视下喝了小半碗清粥，她淡淡地一笑，劝他回去歇着。皇上放心不下，临走时几番嘱咐拂弦要好生看护她。

"拂弦，这里没人了，其中的来龙去脉，你可以说给我听了。"锦言见皇上离开，脸色一沉，顿时面如冰霜，眼底不见一丝温度。拂弦心中一凛，她何曾见过锦言的这种神态，当下不敢再迟疑，将经过详细地说给她听了："三天前的那晚，闻家大火，火势异常凶猛，闻家六十七口尽数丧生于大火中。那么大的火，没有人相信不是人为，所以皇上派人去查，结果在闻府外找到一具尸首，身上藏着澄瑞宫的信物……"

锦言面如死灰，双手紧握，连指甲掐进手心，渗出了血丝也不觉得痛，她仍旧冷静地问道："拂弦，皇上是如何处置此事的？"

"皇上当即要派人去澄瑞宫搜查抓人，质问皇后娘娘。可是被太后拦住了，太后要等您醒来以后再做决断，她说这是闻家姐妹之间的事情，由您出面处理更合适。"

锦言冷笑，不发一言，对拂弦说道："你对外就说我身子不适，还卧病在床，谁来墨韵堂都不见。"

闻家遭此大难，皇上隆恩浩荡，特追封闻步青为一等清远侯……小秦子送来了圣旨，锦言却渐渐失了神，再也听不清楚，到了最后小秦子轻咳一声，她才回过神儿来，有些茫然地接过圣旨，只听小秦子笑道："恭喜锦妃娘娘……"

锦言一怔，当即明白过来，定是皇上为了安抚自己，所以才在这个时候封妃。恭喜，她此时的心境难道可以与"恭喜"二字匹配吗？或许是瞧出锦言的神色不对，一旁的拂弦赶紧抓了两个金元宝塞给小秦子，这才将他送了出去。

"拂弦，我封妃了，锦妃。是吗？"

"主子……"拂弦有些不是滋味，低声唤道。

"你为什么不恭喜我呢？我该高兴的，对吗？原先一直拒绝封妃，就是怕素语会加害我的双亲，如今闻府都化为灰烬了，我还顾忌什么呢？从此之后，后宫再无那个担惊受怕、战战兢兢的瑾美人了！我是锦妃，我要让整个后宫的人都看看锦妃是如何杀伐决断的……"锦言笑着，越笑越大声，直到笑出眼泪来才作罢。

锦言的封妃仪式很是奢华隆重，皇上亲自开启了兰陵宫作为锦言的居所，受宠之盛，令后宫妃嫔无不羡慕。

永宁宫内，太后假寐着，苏姑姑试探地问道："太后，那可是兰陵宫啊……"

"你急什么？皇上既然将她捧上了天，哀家自然也要顺势为之，回头在哀家那些宝贝里面拣几样送过去。"

"太后，"苏姑姑急得几欲跺脚，"闻家出事后，闻家姐妹一点儿动静也没有，您还要将宝贝送到兰陵宫去？那可是锦亲王之母住过的地方，是您平生最痛恨的地方啊！"

太后冷哼一声："住嘴！即便那贱人曾经住过兰陵宫又如何，她还不是死在了哀家手上？锦言现在住进去，你以为她就能逃得过哀家的手心吗？是哀家太低估了这个小贱人，她竟然能沉住气，连得知双亲是被自己的姐姐害死后都能不动声色。苏辣子，再下猛药……"

苏姑姑一怔，随即明白过来太后所说的下猛药是为何事，脸色忽变，久久才应了一声。

兰陵宫内，一时风光无限，数不尽的赏赐源源不断地送了进来，宫女、太监无数。锦言斜卧在床榻上，终日嗜睡，拂弦拼了命讲笑话给她听，她仍是一脸的漠然。拂弦知道她心里有恨，只是未曾爆发出来，所以便更刻意地隐去澄瑞宫的消息，不再在她面前提起一句。

"拂弦，你去澄瑞宫，就说皇后娘娘昨天从御监司要去的一匹烟霞云锦，被我看上了，叫她们给我送过来。"锦言小口地喝着燕窝，淡淡地道。

拂弦大骇，抬眼望去，见锦言仍旧是漠然的神态，心里已然明白过来。锦言已经对澄瑞宫的一举一动都了如指掌了，于是她赶紧低低应了声后便去澄瑞宫了。

当拂弦从澄瑞宫的宫女手中接过那匹烟霞云锦时，既在意料之中，又在意料之外，令人感慨不已。她将那匹云锦捧给锦言看，锦言看也不看道："扔到兰陵宫外，烧了……"

拂弦一怔，心知锦言是想用这样的方式来羞辱素语，当下也不敢辩驳，就去派人烧了。

这样的事情隔三岔五就要来一次，宫内妃嫔无不倒向了锦言这一边，每日来兰陵宫的妃嫔竟比去澄瑞宫的还多，渐渐地，澄瑞宫门可罗雀。

"主子，听说锦亲王回来了，皇上已在宫外给他赐了府邸，锦亲王来永宁宫请安之时，还去了澄瑞宫一趟。不过终究没进去，只是让人送进去一些小玩意儿，说是自己在边关时亲手做的。锦亲王走后，皇上也紧跟着去了澄瑞宫一趟，怒气冲冲地就出来了，扬言要为锦亲王指婚……"

拂弦絮絮叨叨地说着，却不知锦言早已得知了这一切。拂弦的话不过是又往她伤口上插了一把刀而已，当下她淡淡地扫了拂弦一眼，果然见拂弦不再吭声了。

转眼间，锦言搬进兰陵宫已有两个月了，皇上几乎夜夜都宿在了兰陵宫，并且还召集群臣为她腹中的孩子取名，皇子、公主的名字各取一个以备用。那些老臣无不挖空了心思取些吉祥的名字来讨好奉迎，但都被皇上否定了："朕的孩子一定要有个不同凡响的名字……"

已是秋初，锦言终日倦怠，在苏渔阳的劝告下，这才带着拂弦去御花园里走动走动。怎知才绕过假山，就碰见了一个几乎被她遗忘了的熟人——绿意。这次绿意没有再躲闪，而是痛哭流涕地伏在她脚下："小姐！小姐！都是绿意的错，是绿意没有本事阻止那场祸事……"

锦言沉下脸来，低声喝道："你站起来说。"

"小姐，绿意没脸见您。当初小姐进了宫，皇后娘娘派人来要将绿意处死，绿意阴差阳错被琴贵妃的家人所救，后来便被送进宫伺候着琴贵妃。"

"她为什么要处死你？就因为你在我身边伺候过？"

"不，是因为当初二夫人暴死时，皇后娘娘以为是大夫人所为，后来又派人来探查过。绿意不忍心大夫人被人陷害，小姐您再在宫里受苦，就说出了实情……"

锦言心中一凛，她虽然不相信周氏是自己娘亲所杀，但如若不是，素语又哪来的恨意入骨？事情已经过去这么久了，连她自己几乎都以为杀死周氏的人就是自己的娘亲，难道其中还有隐情？

"是老爷！是老爷杀死了二夫人……"

锦言大惊，恍若一声惊雷，震得她后退了几步。闻素语，你恨父亲杀死你娘亲，又何必迁怒于我娘亲？这下子，叫我如何再对你有愧疚之情？锦言望着澄瑞宫的方向，眼神冷冽如冰，扶在凉亭廊柱上的手指在上面刻下几道深深的痕迹，触目惊心……

凌波殿内，琴贵妃处。

"绿意，你做得很好，她可相信了你的话？"琴贵妃卧在椅榻上，

304

轻咳了几声，问道。

"自然。小姐……"绿意说顺了嘴，自知失言，便忙改了口继续说道，"锦妃聪明是聪明，可是但凡牵扯家人，她就会失了水准。"

"从今以后，她们还算得上家人吗？只能算是仇人……"

绿意怔了一下，说道："可是，如果锦妃迟迟不动手，咱们是否该再添一把火？"

"不用着急。这些事用不着咱们操心，自有人会去做，永宁宫的那位还没老到做不了事，只要她出手，必是狠招，咱们只等着看就好了。"琴贵妃伸出修长的手指轻轻抚着额，黛眉轻蹙，似乎只是说了这些话，就让她疲惫不堪。

"娘娘，绿意还有一事不明。您与太后终究是亲姑侄，这后宫里谁也越不过这层亲近去，您身子弱，有太后扶持着岂不是更好，又何必拒太后于千里之外？"绿意疑惑地问道。

琴贵妃冷哼一声，愤愤地道："你道我这满身病痛因何而来？如果不是我那个所谓的姑母下毒，我又怎么会变成今天这样？原本我与皇上也有几分青梅竹马的情意，且看如今，他再三顾忌之下，又来看过我几回？绿意，你不知我多么恨她，恨不得她死……"

绿意大骇，无论如何也不敢相信此事，说道："娘娘，这怎么可能？太后主持了半辈子后宫，就是为了让您登上皇后的宝座。您如果有个三长两短，她这一切岂不全都落空了？"

"她下毒就是为了控制我，即便我登上了后位，也会被她死死地捏在手里。"琴贵妃姣好的面容上泛起了一丝苦涩，"我曾让人偷偷地将她所用的香囊调了包，塞进了一些毒草，却被她发现了。她一生谨慎，活得比谁都小心，我想杀她，太难了！不过只要我活着一天，我总能找到机会的。"

绿意只觉得浑身冰冷，如浸在冰水中一般，眼前这个琴贵妃不再是抚琴写字的清冷女子，她心里蕴藏着的怨恨，竟比谁都要深！

"绿意，你是怕了我吗？也难怪，你是第一个知道我有这么多恶毒心思的人。这后宫的人都以为我从不插手后宫之事，可是又有谁知道我从来都不甘于寂寞，所谓深居简出，也不过是做给永宁宫里的那个人看的。"琴贵妃像是说起什么好玩的事情来一般，眼中闪过笑意，只是显得那么苍凉与悲苦，"那个赵荣华便是被我逼死的，谁叫她父亲入狱后，她不来求我，反而去求温静容那个贱人……"

琴贵妃说笑一般地说着，绿意却越来越惊恐，手脚渐渐颤抖了起来，她退了两步，倚在门框上动弹不得。

"绿意，你别走那么远，你离我近一些，我还有好些事没有说给你听呢。"琴贵妃朝绿意招了招手，一脸温和的笑，映在绿意的脑海里却如魔鬼一般，绿意惊恐地叫了起来。

琴贵妃皱皱眉，低声说道："这样不好玩，拖出去葬了吧………"

凌波殿内凄厉的惨叫声很快就消失了，又恢复了平静，谁也不曾想到这样静谧的地方，竟然藏了那么多鲜为人知的恶行。

过了几日，兰陵宫愈加安静，而澄瑞宫也不见任何动静。永宁宫终于再也按捺不住了，苏姑姑匆忙地布置着一切。太后让苏姑姑去各宫传懿旨，要众妃嫔在中秋节这一天齐聚永宁宫，锦言和素语自然都要过去。她们一个是当朝宠妃，荣华无双；一个是后宫之主，却无权势倚仗。锦言身着红色宫装，墨丝高缩，与拂弦一同去了永宁宫。众妃嫔之中，数她去得最迟，也数她最得太后另眼相看。

后宫之中，除了一直卧病在床的琴贵妃，无一遗漏都聚在了永宁宫。太后那一夜似是兴致极高，见锦言进来，便招呼她在宴席上坐下，而她的身旁正是素语。多日不见，素语又憔悴了几分，曾经明艳的脸上也少了光泽，显得消瘦倦怠，握住酒杯的手仍旧是骨瘦如柴，仿佛轻轻一触就会断了一般。

太后寒暄了几句，又叫苏姑姑奉上物品打赏了各妃嫔，便说道："近来后宫尚算安宁，锦妃有了身孕，你们也要争口气，多给皇上添几个子嗣，哀家也就欣慰了。"

众妃嫔似娇似羞地嬉笑着，却齐刷刷地将目光投向锦言、素语这一桌，有嫉恨、羡慕、怨恨……

　　"皇后、锦妃，你们姐妹俩一起侍君，后世相传也算是佳话一段。苏辣子，你亲自去给她们姐妹俩斟上酒，也叫她们姐妹俩干上一杯。"太后慈爱地说道。

　　"太后，锦妃如今有了身孕，皇后娘娘身子又不好，喝酒还是免了吧。不如奴婢从厨房取些珍珠红苕汤来，给众位娘娘尝尝。"苏姑姑笑着说道。

　　"你这个苏辣子，都一把年纪了，还忘不了处处卖个乖。也罢，就听你的。"太后挥了挥手道。不多时，苏姑姑取来了珍珠红苕汤，笑吟吟地亲自给锦言和素语盛上。锦言不经意地朝上看去，恰好看到太后射过来的精明目光，没来由地，她心里一慌，握住玉碗的手抖了一下，汤差点儿洒了出来。

　　"姐姐，既然太后盼着你我姐妹和睦相处，共同侍奉皇上，那咱们也该在此表个态，好让太后安心，不是吗？"锦言巧笑嫣然，似是早已忘记了往日芥蒂，端着玉碗就喝了一口。

　　太后和苏姑姑相视一笑，而后各自将目光别开，转了一圈后又齐刷刷地落在了锦言、素语身上。素语没有说话，端起玉碗也抿了一小口，而后借口身子不适，向太后告退离开。锦言也紧跟着告退，太后没有挽留，也没有叫人去送，像是故意给她们姐妹俩相处的机会。

　　"闻锦言！如果你还不算蠢的话，就赶紧传渔阳进宫为你诊治，那样或许你肚子里的孩子还有救！"

　　"闻素语！你真当我是傻子吗？即便我着了别人的道，那也是我为了对付你心甘情愿所做！因为你一日不死，就解不了我的心头之恨！"锦言怒道。

　　素语苦笑道："我恨来恨去，最后得到了什么？就是这种凄凉的境地吗？那么你的恨又是什么呢？难道我们看到的一切都是真的吗？我们真的只为自己活着吗？闻家已经没有了，就只剩下非要将对方置于死地的我们俩了……"素语说着，又狂笑起来，因为是在黑夜中，这笑声就显得尤为恐怖。说罢，素语一侧身就上了软轿离开了，兰舟护在一旁，望向锦言的目光复杂而无奈。

出乎意料的是，锦言喝过那珍珠红苕汤后并没有事，拂弦担惊受怕了一夜，看到锦言平安无事后，她道："主子，可把拂弦吓死了！果真出了什么事可怎么办？太后操办了这么大的阵势，却按兵不动，着实令人纳闷儿。"

锦言冷笑道："太后这样做，不过是为了掩人耳目而已。如果我真的在她的永宁宫里出了事，她也逃不了众人之口。既有这样的良机，她都没有出手，将来再出了什么事，那些妃嫔就更不会去猜疑她了。且等着看吧，这场杀戮马上就要开始了……"

锦言的话令拂弦不寒而栗，她迟疑不安，不知道要说什么话来宽慰锦言，见锦言靠在椅榻上假寐，她便轻轻地掩上门退了出去。过了晌午，锦言依旧未醒。拂弦匆匆进来，说道："主子，太后宫里来人了，说是让各宫娘娘都准备一份糕点给太后送过去。做得好的，太后有赏。"

锦言闻言倏地睁开了眼睛，反复思量后终于对其中布局了然于胸，她自嘲地笑道："该来的，还是会来，她怎么可能看着我一日日羽翼丰满、声势浩大？拂弦，你去准备糕点吧，记得，做得越差越好……"

任凭拂弦再心思玲珑，一时也没能明白其中究竟，只得应声而去，做了一份极差的糕点给永宁宫送了过去。拂弦走后，锦言不敢再有一丝懈怠，她在兰陵宫内来回走动着，心中难安。不多时，兰舟到了，手里捧着一个妆匣，说道："锦妃娘娘，这是皇后娘娘让奴婢给您送来的，她说您一看就会明白是怎么回事了。其实，皇后娘娘也很可怜，她终日一个人在澄瑞宫里郁郁寡欢，不见一丝笑容……"说罢，兰舟便转身离开了。

锦言打开妆匣一看，只见里面放置着一盘桂花酥。就在此时，如同预料中的一般，拂弦带着苏姑姑一同回来了。锦言长呼一口气，笑着迎了上去："苏姑姑，你怎么来了？可是这兰陵宫的糕点做得不好，太后叫你来兴师问罪了？"

苏姑姑吩咐宫女将一盘桂花酥放在桌上，笑道："锦妃娘娘这下可说对了，太后说这偌大的兰陵宫连盘糕点都弄不好，准是那些奴才糊弄了您。这不，叫奴婢送过来一盘桂花酥，让锦妃娘娘尝尝。"

拂弦此时已经明白究竟是怎么一回事了，她赶紧接话道："苏姑姑，这点心是哪个宫送过去的？太后可尝过没有？"

苏姑姑不动声色，仍是笑吟吟地道："这是澄瑞宫送过去的，太后心疼锦妃的身子，还没舍得尝呢，就先给锦妃娘娘送过来了。"

拂弦上前去接过那盘桂花酥，说道："主子刚用过了些点心，待到晚些时候，拂弦再拿给她吧。"

苏姑姑一把扯住拂弦的手腕，不怒自威："拂弦，咱们来时太后怎么说的，你还记得吧？"

拂弦当即一怔，无奈地望着锦言，因为怒极，脸涨得通红。苏姑姑松开她的手，将她扯到身后，笑着对锦言说道："锦妃娘娘，太后叫奴婢看着您吃几口再回去交差，否则岂不是辜负了太后的一片心意……"

锦言轻轻"哦"了一声，慢慢走近那盘桂花酥。她衣袖里还藏着一块从妆匣里拿出来的桂花酥，如果她偷天换日，苏姑姑应该看不出来，可是，如果不顺水推舟栽赃给素语，素语纵火灭闻家满门之仇，又该如何报？锦言伸手，取过一块桂花酥，缓缓递向口中，宽大的衣袖下，谁也不曾看出她的手在颤抖。苏姑姑看着她吃了下去，又说了几句客套话，才满意离去。

拂弦掩面而泣，见锦言眉头紧蹙，便扑了上来，喊道："主子，主子，您这是何苦呢？"

锦言的小腹间渐渐传来隐痛，额上布满细密的冷汗。拂弦扶着她躺在床上，大喊道："来人啊！去传太医，去请皇上……"

锦言揪着被角，几欲撕裂，小腹间的疼痛越来越剧烈。她咬着下唇，已经嗅到了血腥味，那撕心裂肺的痛排山倒海而来，令她慢慢地失去了意识，脑海里却还不断地浮现出苏渔阳为自己针灸驱痛，拂弦握着自己的手痛哭流涕，依稀还有对皇上咬牙切齿的恨意。

锦言腹中的龙嗣终究还是没了，一时间，后宫妃嫔各自窃喜。锦言躺在床上，终日病恹恹的，拂弦小心翼翼地伺候着她，不敢再提起当日之事。皇上每日都来看她，悔恨之意无以复加。锦言曾经在深夜听到他噩梦缠身时的呓语："别吃那桂花酥，别吃……"

锦言拥被而坐，一脸苦笑，他终究是九五至尊，权势巅峰上的天子，他怎么会不清楚个中缘由？只不过他有他的立场，他有他的筹谋，所以牺牲掉了她腹中的孩子，也只有在睡梦中才肯吐露出悔恨愧疚之意吧？

"拂弦，澄瑞宫如何了？"

拂弦一怔，见锦言情绪稳定，这才将憋了好久的话一一道来："主子当日昏迷过去以后，太后即刻命人去搜澄瑞宫，果然从皇后那里搜出一包加在桂花酥里的秘药。皇后已被软禁起来了，而兰舟从兰陵宫回去的路上就被乱棍打死了……"

锦言冷笑，素语当日也是料到了太后会借刀杀人，所以才命兰舟偷偷将一盘桂花酥送过来。她以为自己一定会吃下她送过来的、没有毒的桂花酥，那样她便不会背上行凶的罪名，而自己也不会失去腹中的孩子。

拂弦迟疑着，欲言又止，见锦言只是冷笑，就不敢问了。锦言知道自己昏迷后，拂弦看见了妆匣里的桂花酥，一定也清楚了个中缘由，于是说道："我知道你要问什么，你是想问我为什么没有吃兰舟送来的桂花酥吧？那么我问你，如果我当真吃下了没毒的桂花酥，你以为太后还会容我活到今天吗？太后扶持我，表面上是对我另眼相看，不过就是想让我做她手里的傀儡，如果她知道我与素语已达成了默契，那么今日这兰陵宫上下早已横尸满地了。"

拂弦惊惧地瞪大了双眼，颤声说道："主子，拂弦本来还以为您被仇恨蒙蔽了双眼，不惜以腹中孩儿赌皇后娘娘的命，现在看来拂弦还是想得太简单了！这后宫为什么会是这样的地方？难道这后宫杀孽太重，连神灵都不愿意眷顾了吗？"

锦言拉过她的手，一字一板地道："拂弦，不要怕，神灵既然不肯眷顾，咱们就靠自己！安安稳稳地、踏踏实实地活下去，既然要斗，咱们也能豁出命去斗，终会将那些欺侮过我们的人踩在脚下……"

永宁宫。

"太后，如今皇后被软禁，那锦妃终日不踏出兰陵宫半步，像是蔫儿了一样。不管怎么说，这后宫总算又安稳下来了，依旧牢牢地掌握在太后的手中。"

"苏辣子，你将她看得太简单了，那日各宫送来的糕点无不精致玲珑、花样百出，唯独兰陵宫送来了不像样的点心，她是怕哀家会用同样的手段来对付她！她城府深得很啊……"太后眯着眼，眼底一道寒光乍现。

"那可如何是好？她既然不是泛泛之辈，太后还是趁早除去才好。"苏姑姑绞着手里的帕子急道。

"急什么？这后宫怎么也要有点儿动静才好，这个锦言倒真称了哀家的心思，否则直到扶持琴儿坐上皇后宝座之前，哀家没有对手岂不是太闷了？唉，她倒叫哀家想起了自己的从前……"太后陷入了沉思之中，也不知那段烟尘岁月究竟是如何熬过来的，一晃已经几十年过去了。

又这般过了几日，天气渐渐转寒，兰陵宫内因为锦言体弱，早早用上了暖炉。

"主子，听说皇上昨儿个去了永宁宫，向太后提起要册封您为锦贵妃的事，太后也没有拦着，还说您身子弱，叫皇上多体恤您呢。"拂弦给锦言梳着发，低声说道。

"锦贵妃？"锦言在口中默默咀嚼着这几个字，只觉一阵苦涩，说道，"拂弦，当日我进宫之时，谁又能想到我一路走来竟成了贵妃？当日的丽贵人、赵荣华、温妃和灵妃……都已经不在了，惠婕妤永居冷宫，我也算是见证了那么多人的生生死死……"

"主子，您宽心些，只要皇上对您恩宠有加就够了。现在后宫之中，谁不艳羡皇上对您的好？"拂弦不以为意地说道。

"好？何谓好？他真的对我好吗？"锦言在心里默念，但最终也没有将话说出来。

十日后，锦言被册封为锦贵妃，仍居兰陵宫内，一时风光无限。皇上也铁了心要宠着她，除了每日去永宁宫向太后请安，间或去瑶仙殿瞧瞧修贤公主，便只来兰陵宫。可是，锦言却渐渐有些不安起来，说不清到底是为了什么，她只感觉到皇上落在自己身上的目光有些迷离与散乱。

"拂弦，我叫你暗地里去各宫将太后当日赏赐给众妃嫔的佛珠粒索要过来，事情办得如何了？"锦言端坐在妆台前，铜镜里的人越发消瘦了，尖尖的下巴令人看起来怜惜不已。

"主子封为贵妃，各宫娘娘都来送礼，拂弦借着回礼的名义，去各宫软硬兼施地都给要回来，就连瑶妃娘娘那么难缠的人物，拂弦都变着法儿从她手里要了来，可是唯独还有一颗，拂弦没敢去要呢。"

"是谁？"

"琴贵妃……"

"哦，是她？我竟忘了宫里还有一个她……"锦言的目光越过窗棂，久久望着外面，见落叶打着旋飞舞着，竟是一地的苍凉。当日那串佛珠被太后打散，赏赐给众妃嫔后，锦言几乎已经收集齐全，唯独少了琴贵妃手里的那一颗，听说绿意已经暴毙了，想必就是那琴贵妃的手段吧？

"主子，她是太后的亲侄女，恐怕拂弦出面压制不住她，不过她性子弱，想必成不了事。"

"拂弦，越是这样的人越像是深海蛟龙。太后老谋深算固然可怕，可是像琴贵妃这样深藏不露的人，才最是可怕！不急，等我慢慢和她玩，她有她的太后姑母做靠山，我身后不还有皇上在吗？"

"主子，还有一件事……"拂弦迟疑着不知如何开口，"拂弦听了您的吩咐，怕太后暗地里对皇后娘娘下杀手，于是在澄瑞宫安插了眼线。可是那人却回报，皇后娘娘已经病重，终日靠着药石续命……"

锦言心中一凛，顿时面色如纸。拂弦在一旁局促不安地站着，只听见锦言阴沉地道："拂弦，你去，将消息散布出去，就说皇后娘娘是天煞星转世，再存于世，恐对江山社稷不利……"

拂弦怔了怔，终于领命而去，身后是无声的叹息。

皇上对于这种坊间传闻不置可否，但拖了几个月后，还是架不住太后的几番施压，终于做了决断。

殇末朝，庆延十二年。

兰陵宫内，春意盎然，一派祥和景象，只有鱼贯而行的宫女身上流露出不安与惊恐来。

兰陵宫是锦贵妃的居所，陈设雅致奢靡，处处透出圣上的眷宠。锦贵妃跷着兰花指，等着宫女拂弦给她用凤仙花涂染指甲。锦贵妃轻言细语道："这凤仙花里加些许明矾，捣成汁液，涂在指甲上就是不一样，灵动的红，像是染了胭脂一般。"

拂弦给锦贵妃涂满十个指甲，用冰存许久的桑叶把指甲包了起来，试探着说道："娘娘，澄瑞宫里的那一位，这回只怕再也躲不过了，听说皇上已经赐了白绫、鸩酒。"拂弦又端详了锦贵妃几眼，说道，"您好歹去看一看吧，她总归是娘娘的亲姐姐，将死之人也需有人相送一程……"

"本宫不会去的，三年之期已到，她早该走了，两个对彼此恨之入骨的人相见，只怕会徒添悲愤，还是让她安心地去吧。"锦贵妃把包在指甲上的桑叶摘了下来，拂弦一片片从青石地上捡起，知道锦贵妃早已乱了心扉，连这桑叶需包裹指甲一夜的惯例也忘记了。

"娘娘，拂弦只怕您将来会后悔……"

"住嘴！本宫会后悔什么？本宫只后悔没有亲手杀了她，这后宫已经死了三任皇后，她不过是那第四个而已，无妨，皇上一定会厚葬她，她在地下也会喜欢这般的排场。"锦贵妃说话间有些激动，声音比往日少了一分镇定。

"娘娘，皇后被赐死，后宫不能一日无主，整个后宫谁也越不过您的荣宠去，如今只怕太后会下懿旨擢升您为皇后，那娘娘恐也会落到这个下场，可如何是好？"拂弦是兰陵宫的大宫女，行事一向稳重，这会儿却也紧张了起来。

"四个皇后都死了，那是她们愚笨，本宫如果坐上那巅峰之位，定当铲除永宁宫里的那个老妖妇，叫她化成白骨任人践踏！"锦贵妃说话间，眼睛眯起，神色凌厉。

"娘娘，拂弦听说，王爷要迎娶正妃了，他给您送来一封书信。"拂弦将书信递给锦贵妃，便垂手站在一旁。锦贵妃看着信封上龙飞凤舞的字迹，轻笑一声，旋即把书信扔进了未熄的暖笼里。拂弦叹息道："娘娘，这好歹是王爷的一片痴情，您何苦……"

"拂弦，枉你待在我身边两年，还看不透吗？南宫君悦已经不再是当年的南宫君悦了，他已经变了，对我的情意不过是与皇上抗衡的筹码，这封信，不看也罢。"锦贵妃站起身来，身上珠翠璀璨，神韵动人。

澄瑞宫内，已是荒芜一片。

皇后披散着一头长发，身穿白衣，坐在榻上，眼睛明亮却格外血红，她嘶叫着："闻锦言，你竟然不敢来看我？难道是怕我做了厉鬼也不饶过你吗？我的今日便是你的明日，我看你还能得意几天！我会在奈何桥上等你……"如厉鬼一般的声音在皇宫内回荡，令人不寒而栗。

皇后绝望地号叫几声，用瘦骨嶙峋的手抓起酒杯一饮而尽，不久便没了声息。

宫里又恢复了平静，讽刺的是，宫人们一面有条不紊地操办着旧皇后的葬礼，一面准备着新皇后的册封仪式，脸上的表情或喜或悲。

小秦子尖厉的嗓音从殿外传来："娘娘，皇后娘娘薨了，临走前还不断诅咒娘娘……"

锦贵妃闻言转过身，许久才低声道："这是她的劫数，怨不得我。"

青春渐把年华抛，朱颜改平添惆怅意，负了银屏锦瑟，徒留一笔风流账。宫闱深处，多少权谋利欲，多少帝王霸业兴起之地，而她只不过是想要活下去罢了。

临窗风渐凉，吹乱三千青丝，锦言紧了紧肩上的披风，斜倚在窗棂前，目光越过满园春色，落在宫墙外，那天空湛蓝，像是隔绝了庸尘俗世，将希冀放在如絮云端，落得淡然满怀。原来人生就是这样的一个局，布局之人远远站在一侧运筹帷幄，殊不知她早已落入局中，落入了宿命之局。

将记忆碾作尘泥，连同落红一起埋葬，从此流淌的韶光中，有一段花香。